Avant-propos

- **C'EST À DIRE !** est une méthode de français destinée aux grands adolescents, jeunes adultes et adultes débutants ou faux-débutants.
  Elle incorpore tous les principes préconisés par le Cadre européen commun de référence pour les langues.

- **C'EST À DIRE !** est une méthode ambitieuse.
  Le deuxième niveau de C'EST À DIRE ! (A2 → B1) vise l'acquisition du niveau A2 du CECR, qui pourra être certifiée par le DELF A2. Elle amorce en outre la présentation de certains contenus du niveau B1.

- **C'EST À DIRE !** est une méthode pratique.
  Dans une perspective actionnelle, elle développe les compétences de communication des apprenants en leur proposant des activités et des tâches qui les prépareront réellement à agir et interagir de façon efficace en contexte francophone.
  Les réalités socioculturelles, qu'elles soient présentées au fil des textes ou en parallèle, y tiennent une place importante.

- **C'EST À DIRE !** est un véritable outil de formation.
  La méthode privilégie l'acquisition des stratégies d'apprentissage pour impliquer les étudiants, les aider à progresser plus rapidement et à devenir autonomes.

- **C'EST À DIRE !** est un projet.
  L'ensemble des supports constitue un véritable dispositif pédagogique qui aborde les réalités langagières en variant les points de vue et qui prend en compte la diversité des situations d'apprentissage.

Organisation d'une unité

Objectifs

- Le thème général de l'unité.
- Les compétences à acquérir.
- Les stratégies à développer.
- La tâche finale.

Découvertes

« Situations »

- Deux documents déclencheurs : les contenus en contexte.
- Entraînement à la compréhension orale / écrite systématisée.
- Des documents authentiques appropriés au niveau.

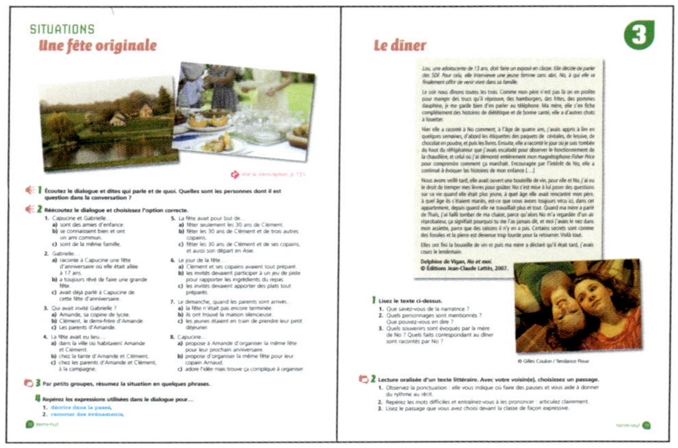

Outils

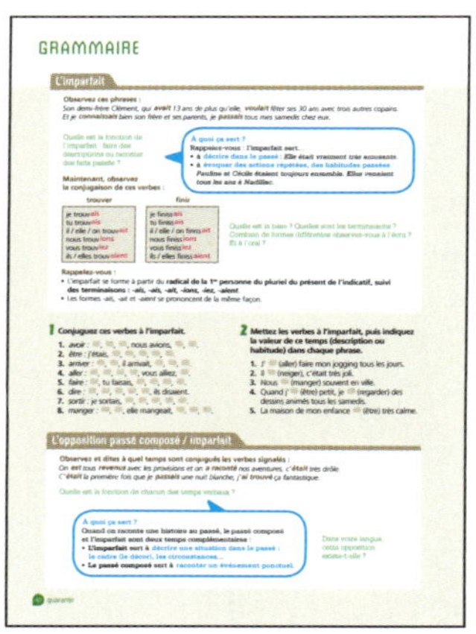

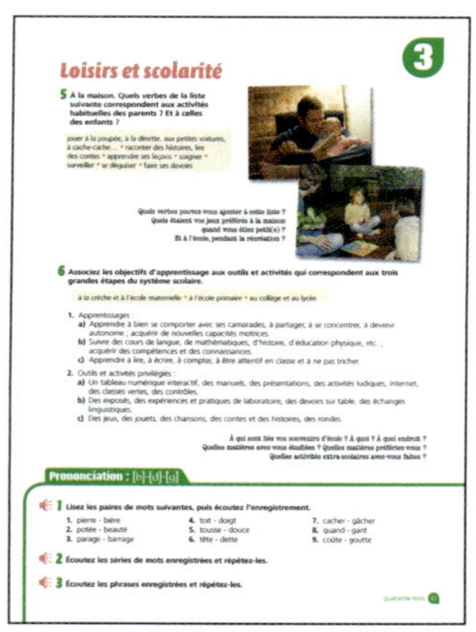

« Grammaire »

- Observation de la langue, en contexte.
- Appropriation des règles.
- Exercices d'application.

« Lexique et prononciation »

- Découverte active, par champs sémantiques.
- Réemploi dans un cadre communicatif.
- Pratiques de discrimination phonétique.

Compétences de communication

« Société »

- Des suppléments d'information socioculturelle.
- Un « plus » illustré par une vidéo (micro-trottoir ou documentaire).

« Compétences »

- Des activités pour s'approprier la langue.
- À partir de documents de typologies variées.

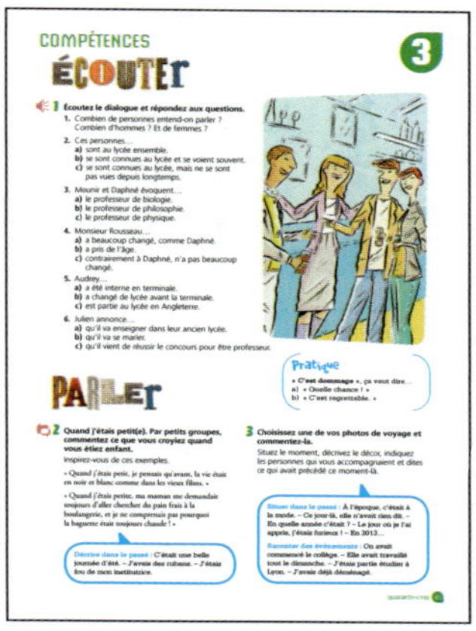

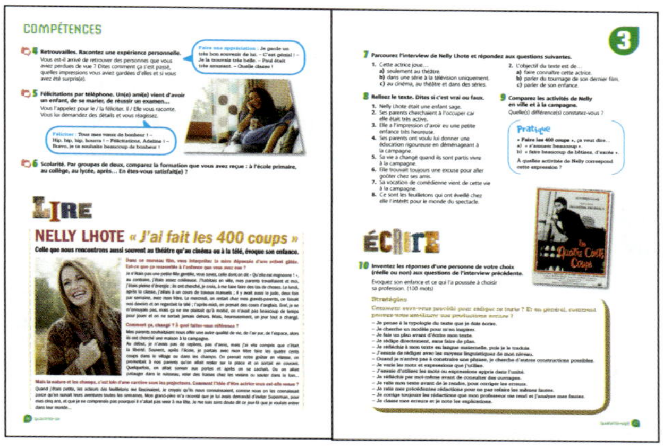

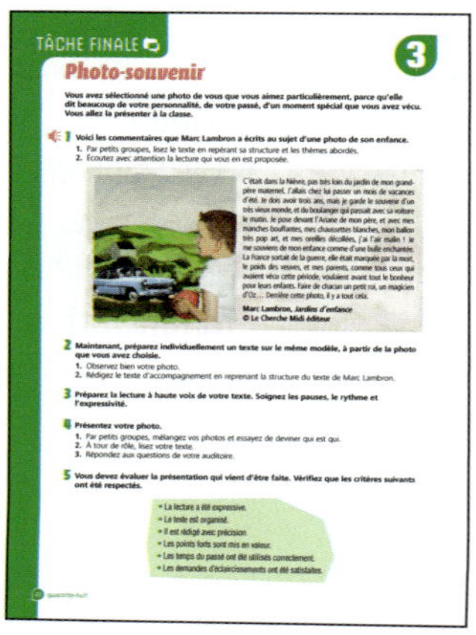

« Tâche finale »

- Un véritable projet collaboratif.
- L'aboutissement pratique de l'unité.
- Des critères d'auto-évaluation et de co-évaluation.

TABLEAU DES CONTENUS

	COMMUNICATION	GRAMMAIRE	LEXIQUE - PRONONCIATION
Unité 0 ***Retrouvailles*** p. 10 à 12	▶ Communiquer en français en classe ▶ Poser des questions ▶ Se présenter, présenter quelqu'un		
Unité 1 ***Portraits*** p. 13 à 24 	▶ Décrire une personne ▶ Formuler des définitions ▶ Attirer l'attention de quelqu'un ▶ Exprimer l'ignorance, la certitude ▶ Féliciter, consoler, encourager quelqu'un	▶ Le présent de l'indicatif (révision) ▶ Le futur simple (révision) ▶ L'impératif (révision) ▶ La place des adverbes	**Lexique** ▶ L'apparence physique, les vêtements ▶ Le caractère **Prononciation** ▶ L'intonation et l'accent d'insistance
Unité 2 ***Péripéties*** p. 25 à 36 	▶ Demander de raconter et raconter des faits ▶ Demander et donner des précisions ▶ Manifester son inquiétude ▶ Proposer et demander de l'aide ▶ Prendre et donner rendez-vous	▶ Le passé composé ▶ Les pronoms relatifs simples : *qui*, *que*, *où* (révision) + *dont*	**Lexique** ▶ Les activités quotidiennes ▶ Les incidents ▶ Les réparations **Prononciation** ▶ Les voyelles (révision)
Unité 3 ***Souvenirs*** p. 37 à 48 	▶ Décrire, situer dans le passé ▶ Raconter des événements passés ▶ Donner son opinion ▶ Faire une appréciation ▶ Féliciter quelqu'un	▶ L'imparfait ▶ L'opposition passé composé / imparfait ▶ Le plus-que-parfait	**Lexique** ▶ Les âges de la vie ▶ Les liens de parenté ▶ Les loisirs et la scolarité **Prononciation** ▶ Les sons [b], [d] et [g]
Unité 4 ***Transformations*** p. 49 à 60 	▶ Interrompre quelqu'un ▶ Demander des conseils, faire des recommandations ▶ Demander et donner des précisions ▶ Exprimer des émotions et des sentiments	▶ L'expression du lieu ▶ Le futur antérieur ▶ La négation ▶ La restriction	**Lexique** ▶ L'aménagement urbain ▶ Les changements personnels **Prononciation** ▶ Les consonnes en position finale
Unité 5 ***Que d'émotions !*** p. 61 à 72 	▶ Exprimer des émotions et des sentiments ▶ Plaindre, consoler, encourager et réconforter quelqu'un ▶ Conseiller quelqu'un ▶ Présenter des excuses	▶ Le subjonctif présent ▶ L'expression de la comparaison (révision)	**Lexique** ▶ Les émotions ▶ Les défauts ▶ L'amour **Prononciation** ▶ Les voyelles nasales [ɑ̃], [ɔ̃] et [ɛ̃]

STRATÉGIES

CO : faire son évaluation initiale, p. 11 ; comprendre globalement un document oral, p. 14
CE : faire son évaluation initiale, p. 12 ; comprendre des mots nouveaux, p. 59

SOCIÉTÉ	ORAL	ÉCRIT	TÂCHE FINALE
	Compréhension ▶ Conversation téléphonique ▶ Messages sur un répondeur **Production** ▶ Jeux de questions-réponses	**Compréhension** ▶ Mails ▶ Devinettes (portrait) **Production** ▶ Devinettes (portrait)	
▶ « Salutations sous toutes les latitudes » ▶ « Les noms de famille »	**Compréhension** ▶ Dialogue entre collègues ▶ Émission radiophonique **Production** ▶ Jeu (définitions) ▶ Monologue ▶ Conversation	**Compréhension** ▶ Coupures de presse ▶ Article de magazine **Production** ▶ Portrait	▶ « Pour faire connaissance autrement »
▶ « La passion du bricolage »	**Compréhension** ▶ Dialogue entre amis ▶ Monologue (anecdote) **Production** ▶ Monologues ▶ Dialogues	**Compréhension** ▶ Courrier des lecteurs ▶ Article de magazine **Production** ▶ Courrier des lecteurs	▶ « Brochure d'informations »
▶ « Les rythmes scolaires en France » ▶ « Le baccalauréat »	**Compréhension** ▶ Dialogues entre amis **Production** ▶ Conversation ▶ Monologue	**Compréhension** ▶ Extrait de roman ▶ Interview **Production** ▶ Interview	▶ « Photo-souvenir »
▶ « Les pères changent » ▶ « Apparition… transformation… disparition ? »	**Compréhension** ▶ Visite guidée ▶ Conversations ▶ Message sur un répondeur **Production** ▶ Visite guidée ▶ Conversations ▶ Monologue	**Compréhension** ▶ Extrait de blogs ▶ Extrait de roman **Production** ▶ Récit	▶ « La fabrique du futur » **BILAN COMMUNICATION 1-4** vers le **DELF A2** p. 134-135
▶ « Amour… Toujours ? »	**Compréhension** ▶ Répliques ▶ Réponses à une enquête **Production** ▶ Conversations amicales ▶ Monologue ▶ Interview	**Compréhension** ▶ Article de magazine ▶ Extrait de roman **Production** ▶ Témoignage	▶ « Réseau d'entraide »

EO : faire son évaluation initiale, p. 10 ; compenser le manque de vocabulaire, p. 33 ; exprimer des sentiments, p. 62
EE : faire son évaluation initiale, p. 22 ; rédiger un texte, p. 47

TABLEAU DES CONTENUS

	COMMUNICATION	GRAMMAIRE	LEXIQUE - PRONONCIATION
Unité 6 ***Côté cuisine*** p. 73 à 84 	▶ Faire des appréciations ▶ Donner son opinion ▶ Manifester sa surprise, son étonnement ▶ Demander et donner des précisions ▶ Exprimer un accord mitigé	▶ L'interrogation (révision) ▶ Les pronoms interrogatifs ▶ Les pronoms démonstratifs	**Lexique** ▶ La cuisine ▶ Les recettes **Prononciation** ▶ Les voyelles nasales [ɛ̃], [ɑ̃] / [ɛn]
Unité 7 ***SOS planète*** p. 85 à 96 	▶ Exprimer son accord ou son désaccord ▶ Proposer quelque chose ▶ Justifier une opinion ▶ Organiser son discours	▶ L'expression de la cause ▶ L'expression de la conséquence ▶ L'expression du but	**Lexique** ▶ Le bon vieux temps ? ▶ Le progrès ▶ Paysages et écologie **Prononciation** ▶ Les groupes consonantiques
Unité 8 ***Innovons !*** p. 97 à 108 	▶ Exprimer des souhaits ▶ Donner des conseils ▶ Faire des suggestions ▶ Faire des hypothèses ▶ Vanter les qualités d'un produit ▶ Se plaindre et réclamer ▶ S'excuser, se justifier ▶ Couper la parole	▶ Le conditionnel présent ▶ L'expression de la condition ▶ L'expression de l'hypothèse	**Lexique** ▶ Les modes d'emploi ▶ Les (nouvelles) technologies ▶ Les achats et le SAV **Prononciation** ▶ Les semi-voyelles [w], [ɥ] et [j]
Unité 9 ***Au travail !*** p. 109 à 120 	▶ Faire des compliments ▶ Remercier quelqu'un ▶ Exprimer la joie, la satisfaction ▶ Énoncer une norme sociale ▶ Rappeler quelque chose	▶ L'expression du temps et de la durée ▶ La double pronominalisation	**Lexique** ▶ Le travail ▶ Les métiers ▶ L'entreprise **Prononciation** ▶ Les liaisons et enchaînements
Unité 10 ***Culture*** p. 121 à 132 	▶ Exprimer une opinion ▶ Mettre en valeur une idée ▶ Attirer l'attention sur quelque chose ▶ Exprimer des goûts et des préférences ▶ Parler de ses habitudes	▶ Les adjectifs et les pronoms indéfinis ▶ Le discours indirect	**Lexique** ▶ La littérature ▶ Les beaux-arts ▶ La musique ▶ Les arts de la scène **Prononciation** ▶ Poème
Annexes p. 133 à 176	PRÉCIS GRAMMATICAL, p. 140	CONJUGAISON, p. 148 PHONÉTIQUE, p. 152	TRANSCRIPTIONS, p. 153

STRATÉGIES

CO : prendre des notes, p. 98 ; **EO :** préparer un exposé, p. 93 ; évaluer l'oral, p. 130
CE : utiliser un dictionnaire bilingue, p. 82 ; **EE :** analyser ses erreurs, p. 119

SOCIÉTÉ	ORAL	ÉCRIT	TÂCHE FINALE
▶ « Bon appétit ! »	**Compréhension** ▶ Conversation amicale ▶ Interview radiophonique **Production** ▶ Conversations ▶ Interview radiophonique ▶ Monologue	**Compréhension** ▶ Test ▶ Article de journal **Production** ▶ Participation à un forum	▶ « Enquêtes »
▶ « Du vert et du moins vert »	**Compréhension** ▶ Émission-débat (radio) ▶ Exposé en classe **Production** ▶ Exposé ▶ Conversation amicale ▶ Discussion	**Compréhension** ▶ Brèves ▶ Article scientifique **Production** ▶ Brèves	▶ « Défense de l'environnement »
▶ « Ingéniosité et astuce »	**Compréhension** ▶ Conversation amicale ▶ Échange commercial ▶ Présentation commerciale **Production** ▶ Discussions ▶ Monologue ▶ Portraits chinois	**Compréhension** ▶ Article de magazine **Production** ▶ Avis sur un hôtel	▶ « Le concours Gadget » **BILAN COMMUNICATION 5-8** **DELF A2** p. 136-137
▶ « Côté travail : les tendances de la décennie »	**Compréhension** ▶ Conversation amicale ▶ Interview radiophonique **Production** ▶ Conversations ▶ Monologue	**Compréhension** ▶ Article de magazine ▶ Interview ▶ Offres d'emploi et lettre de motivation **Production** ▶ Lettre de motivation	▶ « Témoignages professionnels »
▶ « Festivals et quiz culturel »	**Compréhension** ▶ Micros-trottoirs ▶ Émission radiophonique **Production** ▶ Discussions, débats	**Compréhension** ▶ Extrait d'un livre de sociologie ▶ Article de magazine **Production** ▶ Portrait d'un artiste	▶ « Émission de radio » **BILAN COMMUNICATION 9-10** vers le **DELF B1** p. 138-139

Stratégies croisées (tâches finales) : documentation, initiative, coopération, (co-)évaluation

unité

0 Retrouvailles

Dans cette unité, vous allez...

- réactiver vos compétences.
- faire connaissance avec les autres membres du groupe.
- faire votre évaluation initiale.

PARLER

1 Jeu. Faites connaissance et démêlez le vrai du faux au sujet de vos camarades.

1. Préparez trois affirmations portant sur votre caractère, vos qualités, vos habitudes, vos goûts… Attention, l'une de ces affirmations doit être fausse !
2. Énoncez vos affirmations en petits groupes ou devant toute la classe.
3. Les membres du groupe vous posent des questions jusqu'à ce que l'un d'entre eux découvre l'affirmation qui est fausse.

Pour vous aider :
Excuse-moi. / Excusez-moi. – Je voudrais savoir si… / J'ai besoin de savoir si… – Je dois te / vous demander si… – Qui sait comment on dit… en français ? – Sois / Soyez plus précis(e), s'il te / vous plaît !

2 Jeu. Points communs.

1. Élaborez trois questions à poser sur différents aspects de la personnalité : caractère, goûts, vie quotidienne, loisirs…
2. À tour de rôle, présentez-vous, puis posez vos questions à cinq personnes de la classe. Notez leur prénom et leurs réponses.
3. Écoutez aussi les questions de vos camarades, puis notez les prénoms des personnes interrogées et leurs réponses.
4. Le tour de classe est terminé. Avec qui avez-vous le plus de points communs ?

3 Énigme. Mais qui a tué Pierre ? Trouvez la clé du mystère.

Monsieur Lepic trouve Pierre couché sur le côté, dans une flaque d'eau, au milieu d'éclats de verre. Il est mort, mais son corps ne présente aucune trace de coupure.
Qui est Pierre ? Comment est-il mort ?

Évaluez-vous et commentez en petits groupes :

- Avez-vous réussi à vous exprimer de manière assez fluide, sans trop faire de pauses ?
- Pensez-vous que les autres vous ont compris facilement ?
- Qu'est-ce qui vous a semblé le plus difficile au moment de parler : la grammaire, le lexique ou la prononciation ?

ÉCOUTER

4 Écoutez le dialogue et dites si c'est vrai ou faux.

1. Gaëlle et Fatia sont parties en vacances à l'étranger.
2. Fatia téléphone à Gaëlle pour savoir comment se sont passées ses vacances.
3. Fatia peut continuer à faire de la gym à la rentrée.
4. Sa famille n'a aucun mal à reprendre le rythme après les vacances.
5. Gaëlle aime bien la rentrée parce qu'elle peut reprendre des activités.
6. Elle accepte immédiatement l'invitation de Fatia.

5 Écoutez ces messages téléphoniques et répondez aux questions.

1. Lesquels sont des messages d'accueil ? Lesquels ont été laissés par des personnes qui téléphonent ?
2. Lesquels sont d'ordre professionnel ? Lesquels sont d'ordre privé ?
3. Dites, pour chaque message, lequel provient…
   a) d'un magasin qui s'adresse à ses clients.
   b) d'une personne qui appelle un ami.
   c) d'une cliente qui s'adresse à une traductrice.
   d) d'un couple absent de son domicile.

Évaluez-vous et commentez en petits groupes :

- Quelle activité vous a semblé la plus facile ? Pourquoi ?
- Combien de bonnes réponses avez-vous obtenues ? Êtes-vous satisfait(e) de ce résultat ?
- Quelles stratégies avez-vous utilisées pour faire ces activités ?
  – J'ai lu les questions avant d'écouter l'enregistrement.
  – Je me suis posé les questions : *qui ?*, *où ?*, *quand ?*, *quoi ?* et *pourquoi ?*
  – Autres.

LIRE

6 Lisez attentivement le mail de Benjamin. Ensuite, dites à quel mail de Théo il répond. Justifiez votre réponse.

Salut Théo,

Ça va, mais moins bien que toi, apparemment. Les vacances sont loin maintenant et je les ai presque oubliées.
Je suis content pour toi ! Je t'avais dit que c'était un beau pays. Tu me montreras les photos ?
Compte sur moi pour samedi ! C'est une bonne idée et j'ai très envie de revoir tout le monde.
Ciao,
Benjamin

a

Salut Benjamin,
Ça va ? Déjà parti en vacances ? J'espère que non. Ça te dit, une fête avec les copains avant mon départ ? On pourra parler de la Pologne.
Dis-moi vite si tu peux.
À plus,
Théo

b

Salut Benjamin,
Ça va ? Déjà rentré de vacances ? Moi, oui. Ça fait assez longtemps, mais je suis encore en pleine forme. Tu es libre pour venir dîner chez moi après-demain ? J'ai invité Ismane et Arnaud aussi.
Réponds-moi vite !
À plus,
Théo

c

Salut Benjamin,
Comment ça va ? Moi, je viens de rentrer de vacances. Je suis hyper fatigué, mais très content. J'ai adoré la Pologne, quels beaux paysages ! Je te raconterai. J'organise une fête pour mon retour de vacances. Ce sera samedi, chez moi, vers 20 h.
Ça te dit ?
À plus,
Théo

7 **Qui est-ce ? Lisez ces devinettes et dites à quelles personnes célèbres elles font référence.**

1

Je suis né à Paris en 1967 sous le signe du Scorpion. J'ai fait des études de droit, mais je suis devenu célèbre grâce à la musique.
J'ai commencé comme DJ dans les plus grandes boîtes de nuit parisiennes et maintenant, sans fausse modestie, on peut dire que mes morceaux font danser la terre entière. Mais je n'ai pas que des amis dans la profession...
On me dit travailleur, exigeant, avec de la suite dans les idées. J'ai les cheveux châtain clair et un peu en bataille, je porte souvent une moustache et une petite barbe.
Ce qu'on sait de ma vie privée ? Que la mère de mes deux enfants s'appelle Cathy, mais je ne vous en dirai pas plus. Qui suis-je ?

2

Cette actrice d'une quarantaine d'années n'est plus une « Môme », mais elle peut jouer tous les rôles et Dior l'a choisie pour représenter l'élégance et le charme à la française.
Son interprétation d'une célèbre chanteuse parisienne du XXe siècle lui a apporté la gloire et une renommée internationale en 2008, ainsi qu'un Oscar et un César. Depuis, elle joue avec les plus grands réalisateurs français et étrangers. Elle est aussi très sensible à l'écologie et s'est souvent engagée pour des causes diverses. Très discrète sur sa vie privée, elle reconnaît tout de même qu'elle n'est pas très sportive, mais qu'elle peut l'être pour les besoins d'un film. Qui est-ce ?

Évaluez-vous et commentez en petits groupes :

- Quelle activité vous a semblé la plus facile ? Pourquoi ?
- Combien de bonnes réponses avez-vous obtenues ? Êtes-vous satisfait(e) de ce résultat ?
- Qu'est-ce qui vous a aidé à faire les activités : le type de texte, son organisation, les mots-clés, les mots transparents... ?

ÉCRIRE

8 **À vous ! Rédigez votre devinette.**

1. Sur le modèle des énigmes de l'activité 7, écrivez un texte vous concernant sur une feuille de papier anonyme. (80 mots)
2. Le professeur mélange ensuite tous les textes. Chaque élève en tire un au hasard et le lit.
3. Tout le monde essaie de deviner de qui il s'agit.

Vous avez terminé l'unité 0. Vous avez vos résultats en main. Pouvez-vous en tirer des conclusions ? Lesquelles ?

Portraits

unité 1

À la fin de l'unité 1, vous serez capable de...

- comprendre une émission de radio.
- comprendre et participer à une conversation entre collègues ou entre amis.
- faire le portrait d'un(e) ami(e) oralement.
- comprendre des témoignages dans un magazine.
- comprendre et rédiger le portrait d'une personne connue.

TÂCHE FINALE :
« Pour faire connaissance autrement ! »

Pour cela, vous apprendrez à...

- décrire une personne.
- formuler des définitions.
- attirer l'attention de quelqu'un.
- exprimer la certitude ou l'ignorance.
- féliciter, encourager et consoler quelqu'un.
- différencier les registres de langue.

Stratégies
Comment comprendre de manière globale un document oral assez long.
Faire son évaluation initiale (expression écrite).

SITUATIONS
Le nouveau collègue

Voir la transcription, p.153.

1 Écoutez le dialogue. Combien de personnes entendez-vous ? Où sont-elles ? De quoi parlent-elles ?

2 Réécoutez le dialogue et répondez aux questions.

1. Fabien et Stéphanie se voient-ils souvent ? Pourquoi ?
2. De qui Fabien parle-t-il ? Pour quelle raison ?
3. Quelle description physique fait-il de cette personne ?
4. Où travaille-t-elle ?
5. Comment Fabien la trouve-t-il ?
6. Stéphanie est-elle du même avis que lui ?
7. Que dit-elle de cette personne ?
8. Que reproche-t-elle à Fabien ?
9. Que lui suggère Stéphanie ?
10. Que vont-ils faire finalement ?

3 Repérez les expressions qui sont utilisées dans le dialogue pour…

1. **décrire**.
2. **attirer l'attention**.
3. **exprimer son ignorance**.

4 Quels éléments vous permettent de dire que les personnes qui parlent se connaissent bien ?

Pratique

« **Le boulot** » (fam.), c'est :
a) « un dossier compliqué. »
b) « le travail. »

« **Prendre un pot** » (fam.), ça veut dire :
a) « boire un verre dans un bar. »
b) « manger au restaurant. »

Stratégies

Comment faites-vous pour comprendre de manière globale un document oral assez long ?

– Je regarde les illustrations ou les photos qui accompagnent le document.
– Je lis les questions de compréhension qui me sont proposées.
– Je prête attention aux bruits de fond.
– Je fais attention aux voix pour imaginer les caractéristiques de chaque personnage.
– Je me pose les questions : *qui ?*, *où ?*, *quand ?*, *quoi ?* et *pourquoi ?*
– Je note les thèmes qui sont abordés.
– J'écris les mots-clés que je comprends.
– Je fais des interprétations à partir des mots transparents.
– Je transpose mon expérience de situations similaires.

Commentez rapidement avec la classe les procédés que vous utilisez. En utilisez-vous d'autres ? Lesquels ?

Un jeune artiste

1

Né d'une mère costumière […] et d'un père scénographe […], Pio Marmaï a suivi les cours de comédie de la Scuola Commedia dell'Arte, du Conservatoire de Créteil et du Centre dramatique national de Saint-Étienne. **Glamour**

Premier job : figurant. « À 9 ans. Mais dès l'âge de 5 ans, j'étais sur scène. Je servais de doublure pendant les réglages. » **Marie-Claire**

Le premier jour du reste de ta vie, *Un heureux événement*, *La Délicatesse*… Pio Marmai fait partie des acteurs français qui montent, qui montent… **Gala**

[…] il affiche déjà une dizaine de longs métrages, deux nominations au césar du meilleur espoir masculin […]. **Libération**

Pio Marmaï prend son métier très au sérieux. […] « J'estime que c'est un luxe d'être acteur. Quand on prend la parole, il faut qu'il y ait quelque chose à dire. […] » **Libération**

Comédien, certes, mais aussi metteur en scène de théâtre. Mais encore, chorégraphe, vidéaste… **L'Express**

« […] Finalement, après un tournage, il ne reste rien entre vos mains. Si : un film. » Alors Marmaï travaille aussi avec ses mains : stages de soudure, fabrication de tables, retape de moteurs de Harley des années 1970. **L'Express**

Hormis ce visage d'étudiant aiguisé et viril, [Marmaï] s'est plutôt taillé une silhouette d'haltérophile […]. Il faut dire que Marmaï est un acteur sportif. **CinéObs**

[…] ses cheveux : longs et bouclés, comme je les aime. Sa barbe, de trois jours : ça mérite même un lion d'or. Ses yeux, tendres et sincères : je triple la mise avec un oscar. **Cosmopolitan**

Pio, 25 ans, doit son prénom à son arrière-grand-père italien. Il a les yeux noisette, le cheveu brun abondant et une barbe dissimulant une fossette sur la joue gauche. **Grazia**

– Ne plus avoir un poil sur le caillou, c'est une angoisse ?
– Un peu quand même ! Avoir des cheveux blancs, je m'en moque complètement mais être chauve, ça non alors ! **Gala**

Pio est quelqu'un d'expansif et de généreux […]. Il a un côté tout fou, suractif, très attachant. ». **Zabou Breitman, Libération**

1 Ces extraits sont…

a) des phrases d'auteurs célèbres.
b) des coupures de presse.
c) des passages de romans.

2 Classez les extraits selon les catégories suivantes.

a) Aspects professionnels.
b) Caractère.
c) Portrait physique.
d) Origines.

3 Répondez aux questions.

1. Qui est Pio Marmaï ?
2. Que pouvez-vous dire de sa carrière ?
3. Comment considère-t-il sa profession ?
4. Quelles autres occupations a-t-il, à part son métier d'acteur ?

GRAMMAIRE

Le présent de l'indicatif (révision)

Observez ces phrases et repérez les verbes au présent :

– *Je ne me rappelle plus son prénom.*
– *Tu le connais ? Il est un peu étrange.*

– *Non, c'est pas vrai, on essaie toujours d'intégrer les nouveaux, mais lui, il mange un sandwich en 15 minutes à son bureau et l'après-midi, en général, il part en courant !*

– *Tu as beaucoup de boulot ?*
– *Bof, je travaille sur un dossier assez compliqué, ça fait trois semaines que je suis dessus, et je dois le remettre après-demain.*

– *On peut faire ça jeudi soir, pour fêter la fin de ton dossier, tu viens aussi !*

Quel est l'infinitif des verbes repérés dans les exemples ?

Classez ces verbes dans le tableau :

auxiliaires	___
verbes en *-er* (une base)	___
verbes en *-er* (deux bases)	___
verbes en *-ir(e)* (deux bases)	___
verbes en *-dre* / *-tre* (trois bases)	___
verbes en *-oir* (trois bases)	___
verbes irréguliers	___

À quoi sert le présent de l'indicatif dans les exemples ci-dessus ?

À quoi ça sert ?
Le présent de l'indicatif sert…
- à **décrire une action ou une situation qui a lieu au moment où on parle** : *Je sors du travail. Elle travaille très dur en ce moment.*
- à **décrire une habitude** : *Il arrive tous les jours à 8 h.*
- à **annoncer une situation à venir** : *Demain, il part en vacances.*
- à **donner des instructions** : *Vous venez dans mon bureau et vous présentez le projet aux clients.*

1 Par deux, conjuguez à tour de rôle au présent (oralement et par écrit) le verbe que votre voisin(e) vous propose.

Le futur simple (révision)

Observez ces phrases :
*Ça **sera** sûrement intéressant !*
*Vous le **connaîtrez** un peu mieux !*
*Vous lui en **parlerez** après la présentation.*
*D'accord, je **viendrai**.*

Quel est l'infinitif des verbes signalés ?
Quelles sont les terminaisons qu'on ajoute à l'infinitif pour conjuguer les verbes au futur ?

À quoi ça sert ?
Le futur simple sert…
- à **faire des prévisions, annoncer des actions futures** : *Nous arriverons demain.*
- à **donner des ordres, des conseils, des consignes** : *Vous ferez attention à lui !*
- à **faire des promesses** : *Je vous rappellerai.*

2 Conjuguez les verbes entre parenthèses au futur simple.

Quand je ___ (être) grand, je ___ (s'acheter) une maison à la campagne. Elle ___ (avoir) un énorme jardin dans lequel j'___ (avoir) plein d'animaux. Ils ___ (vivre) tous en liberté. Mon père me ___ (construire) une piscine pour l'été. Vous ___ (pouvoir) venir me voir quand vous ___ (vouloir) ! Nous ___ (discuter) dans le jardin et nous ___ (se baigner). Ce ___ (être) super !

Moi, quand je ___ (être) grande, j'___ (habiter) tout en haut d'un grand immeuble, tout l'étage ___ (être) à moi ! J'___ (avoir) une belle vue sur toute la ville. Vous ___ (venir) me voir, on ___ (faire) de la pâtisserie et ensuite, on ___ (goûter) sur la terrasse. Il y ___ (avoir) plusieurs ascenseurs, on ___ (pouvoir) faire la course ! Vous ___ (voir), ce ___ (être) super !

L'impératif (révision)

Observez ces phrases :
Tiens, regarde *!*
Ne fais pas *cette tête !*

Quel est l'infinitif des verbes signalés ?
À quelle personne sont-ils conjugués ?
Constatez-vous une différence par rapport au présent de l'indicatif ?
À la forme négative, quelle est la place des termes négatifs ?

Maintenant, observez ces phrases :
Méfie-toi *des rumeurs du bureau !*
Invitez-le *à prendre un pot après le boulot.*
Ne le jugez pas *sans le connaître !*

Quel est l'infinitif des verbes signalés ?
Quelle est la place des pronoms à la forme affirmative ? Et à la forme négative ?

À quoi ça sert ?
L'impératif sert…
- à **donner des conseils** : *Repose-toi.*
- à **donner des ordres, des consignes** : *Appelle-le !*
- à **interdire** : *Ne marche pas dans l'eau !*

3 **Par deux, conjuguez à tour de rôle à l'impératif (oralement et par écrit) le verbe que votre voisin(e) vous propose.**

4 **Donnez des ordres, des conseils ou formulez des interdictions.**

1. Il faut acheter des croissants pour la réunion avec les clients.
2. Si vous avez d'autres questions, vous devez les poser.
3. Pour passer un entretien d'embauche, il faut mettre un costume ou un tailleur.
4. Au travail, il ne faut pas boire trop de café.
5. On ne doit pas manger à son poste de travail.
6. Le téléphone portable ? Il faut le mettre en mode « réunion ».
7. Il ne faut pas se moquer des clients.
8. Et vos collègues ? Vous devez leur demander si ça les dérange d'avancer la réunion.

Les adverbes

Observez ces phrases :
Je l'ai trouvé ***plutôt*** *agréable,* ***un peu trop*** *carré peut-être, mais* ***très*** *aimable.*
Ça sera ***sûrement*** *intéressant !*
J'espère qu'il a mis un costume ***aujourd'hui*** *!*
Finalement*, après un tournage, il ne reste rien entre vos mains.*

Quelles informations véhiculent les adverbes signalés : la manière, l'intensité, la quantité, le temps, la fréquence ou la probabilité ?

Que modifient les adverbes signalés : un adjectif, un verbe, un autre adverbe ou toute la phrase ? Sont-ils toujours situés à la même place ?

Rappelez-vous les adverbes que vous connaissez et complétez la liste :
- **temps :** *tard, aujourd'hui, après…*
- **fréquence :** *toujours, rarement, parfois…*
- **lieu :** *ici, loin, ailleurs…*
- **quantité :** *assez, très, trop…*
- **manière :** *bien, vite, tranquillement…*

- **L'adverbe se place :**
  - **avant l'adjectif ou l'autre adverbe** dont il précise le sens.
  - **après le verbe** qu'il modifie, quand celui-ci est conjugué à un temps simple.
  - **en tête ou en fin de phrase**, quand il porte sur toute la phrase.

5 **Mettez les mots suivants dans le bon ordre pour former des phrases.**

1. elles / bien / tango / dansent / très / le
2. aujourd'hui / il / froid / fait
3. mon / j' / habite / loin / assez / bureau / de
4. il / gym / souvent / de / après / vient / son / cours
5. parlez / vous / pour / trop / moi / vite

LEXIQUE
L'apparence physique, les vêtements

1 Regroupez, dans les listes suivantes, les mots qui appartiennent à chaque catégorie.

1. Lexique du visage / Lexique du corps.

les cuisses • les cils • la poitrine • les sourcils • les épaules • les doigts • les yeux • le menton • les lèvres • les genoux • les joues • les chevilles • les dents • la langue • la taille • le front • les hanches • le torse • les coudes • les orteils • le nez

2. Lexique des vêtements / Lexique des accessoires.

le sac • les chaussures • les sandales • la veste • le foulard • les collants • le manteau • les gants • la robe • le blouson • la ceinture • le jean • le tailleur • les lunettes de soleil • le pull • le tee-shirt • les bottes • la cravate • la ceinture • les chaussettes • le pardessus • la montre • le bermuda • le costume

Construisez de courtes phrases avec des mots choisis dans les listes précédentes.

2 Observez les illustrations, puis lisez les descriptions suivantes et dites à quelles personnes elles correspondent. Ensuite, repérez les mots et les expressions qui permettent de décrire une personne physiquement.

a) Amandine est une femme grande et musclée. Elle a l'air d'avoir la quarantaine. Son visage est plein de taches de rousseur. Ses cheveux ondulés sont retenus en arrière par un bandeau. Elle porte une veste de tailleur et un pantalon.

b) Aïcha a un certain âge. Elle est assez menue. Elle a mis une ceinture sur sa robe à pois pour mettre en valeur sa taille fine. Sa peau mate fait ressortir ses beaux yeux verts. Elle a des traits fins. Elle a une coupe à la garçonne, elle aime bien ses cheveux courts et crépus.

c) Gaëtan est grand, plutôt rond. Il est large d'épaules. Il a le teint pâle en général, alors il profite des rayons du soleil le week-end pour prendre des couleurs. Il est d'âge moyen. Ses cheveux commencent à blanchir, mais sa chevelure est abondante ! Il porte une chemise à rayures et un bermuda vert.

3 Du corps aux actions. Que peut-on faire avec…

1. ses pieds ?
2. ses mains ?
3. ses yeux ?
4. ses oreilles ?
5. sa bouche ?
6. ses épaules ?

4 **Décrivez ces personnes en utilisant le vocabulaire des activités précédentes.**

Le caractère

5 **Choisissez dans cette liste les adjectifs qui correspondent à la façon d'être que vous préférez ou que vous détestez chez un(e) conjoint(e), un(e) ami(e) ou un(e) collègue.**

N'oubliez pas de mettre les adjectifs au féminin si besoin.

lâche • passionné • timide • ouvert • snob • patient • curieux • bavard • travailleur • coléreux • paresseux • dégourdi • amusant • orgueilleux • jaloux • sportif • fier • sentimental • cultivé • tendre • affectueux • courageux • gentil • compréhensif • drôle • calme • nerveux • hyperactif • simple • décontracté • organisé

Y a-t-il d'autres traits de caractère que vous aimeriez ajouter ?

6 **Quel adjectif utilisez-vous pour définir ces personnes ?**

1. Lionel n'arrête jamais de parler !
2. Delphine est toujours en train de faire quelque chose. Elle ne tient pas en place.
3. Charline a un grand sens de l'humour.
4. Arnaud admire les gens distingués et veut absolument leur ressembler.

7 **À votre tour : inventez des phrases pour illustrer d'autres traits de caractère ou d'autres façons d'être, puis demandez aux autres de trouver les adjectifs correspondants.**

Intonation et accent d'insistance

1 **Écoutez et dites, pour chaque série, dans quel ordre vous entendez ces phrases.**

1. **a)** Franck reste ici ? **b)** Franck, reste ici ! **c)** Franck reste ici.
2. **a)** On part ce soir ! **b)** On part ce soir ? **c)** On part ce soir.
3. **a)** Ils l'ont appelé ? **b)** Ils l'ont appelé. **c)** Ils l'ont appelé !

2 **Écoutez et comparez chaque série de phrases : qu'est-ce qui caractérise la deuxième phrase de chaque série ? Ensuite, réécoutez et répétez.**

3 **Écoutez et indiquez le mot qui est mis en valeur.**

1. Elles arrivent toujours en retard en classe.
2. Anne-Lise est vraiment très gentille.
3. Nous, on préfère partir samedi.
4. Le cadeau a coûté 200 euros sur Internet.
5. Ils veulent manger une glace après.
6. Venez avec nous !

Salutations sous toutes les latitudes

Le monde francophone présente une grande diversité d'un bout à l'autre de la planète. Les salutations et prises de contact varient donc d'un pays à l'autre. Par exemple…

En France et en Belgique, lors d'un premier contact, les hommes se serrent la main. S'il s'agit de deux femmes ou d'une femme et un homme, ils peuvent se serrer la main ou s'embrasser. En Belgique, on se fera une seule bise. En France, c'est plus compliqué, on peut se faire de deux à quatre bises, selon la région.

Au Québec, par contre, les personnes se saluent souvent d'un signe de la main, sans se toucher. Les hommes entre eux ne se font jamais la bise, chose qu'ils réservent à leurs amies et à la famille. « Allô ça va bien ? » est une autre manière de se dire bonjour, que tout le monde prononce au moins une fois dans la journée.

Au Sénégal, les salutations occupent une place importante. Avant toute chose, en entrant dans une pièce, il est d'usage de serrer la main de tous ceux qui s'y trouvent. Il faut prendre le temps de demander à son interlocuteur comment il va, s'il a passé une bonne journée, puis lui demander des nouvelles de sa famille. Il se montrera alors prêt à vous écouter.

Quel mode de salutation vous surprend le plus ? Et chez vous, quelle est la façon habituelle de se saluer ?

Les noms de famille

Les noms de famille sont apparus en France au XIIe siècle, quand il est devenu impossible de différencier simplement les gens par leur prénom.

Pour les distinguer, on a utilisé le nom du lieu où ils étaient nés, leur profession ou encore une caractéristique physique. Ces surnoms sont à l'origine de certains noms de famille, tels que Dubois, Dumoulin, Boulanger, Couturier, Barbier, Leroux, Lepetit…

Pendant très longtemps, le nom transmis à l'enfant a été celui du père uniquement. Depuis 2005, la loi permet de transmettre au choix le nom du père, de la mère ou des deux parents à ses enfants. Une seule condition : les frères et sœurs doivent obligatoirement avoir le même nom de famille.

Martin est le nom le plus commun en France. On le retrouve dans beaucoup de régions du nord au sud.

La loi de votre pays ressemble-t-elle à la loi française ? Si ce n'est pas le cas, en quoi est-elle différente ?

ÉCOUTER

1 Écoutez le document et dites de quel type d'émission il s'agit.

a) Une interview.
b) Un jeu radiophonique.
c) Un bulletin d'informations.

2 Quel est l'objectif de l'émission ?

a) Faire connaître un artiste.
b) Amuser les auditeurs.
c) Informer.

3 Réécoutez, puis dites si les phrases ci-dessous sont vraies ou fausses. Justifiez vos réponses.

1. C'est une émission qui est programmée le matin.
2. Florent est un auditeur.
3. La première personne évoquée est une actrice.
4. Laure gagne la première tasse.
5. La deuxième personne a une profession originale.
6. Camille ne trouve pas la réponse à la deuxième devinette.

4 Réécoutez l'émission et notez pour chaque personne évoquée les caractéristiques que Florent donne.

Comparez vos réponses avec celles de votre voisin(e).

PARLER

5 Devinette. Par petits groupes, préparez des présentations de personnes célèbres ou de professions. Ensuite, faites-les deviner aux autres.

Définir une profession : C'est quelqu'un qui travaille avec les malades. – C'est la dame qui vend le pain.

Exprimer son ignorance : Je ne le connais pas. – Son nom ne me dit rien. – Je ne vois pas qui c'est. – Je ne sais pas si on peut dire ça. – Aucune idée. – Je ne suis pas au courant de cette histoire.

Exprimer la certitude : Il n'y a pas de doute, elle est brillante ! – Aucun doute ! – C'est sûr que c'est lui. – Je suis certain qu'il a dit ça. – Je sais bien que tu n'es pas d'accord. – Je suis absolument sûre que c'est elle.

Féliciter : Ça, c'est très bien. – Bravo ! – Félicitations ! – Compliments !

COMPÉTENCES

6 Parlez d'une personne de votre entourage que vous aimez bien.

Décrivez-la physiquement, parlez de son caractère et de sa personnalité.

Décrire quelqu'un : Elle est grande, pas grosse, assez musclée. – Un blond avec des cheveux frisés, toujours en short et en débardeur, il n'est pas frileux. – Elle est grande pour son âge. – Il a plutôt une tête de scientifique. – Il a toujours l'air très décontracté. – Il a un aspect négligé. – Il a un côté fou, hyperactif, très attachant. – Elle est patiente. – Il est curieux de tout.

7 Vous avez un problème relationnel avec un(e) ami(e) à cause de son caractère. Vous en parlez à un(e) autre ami(e) qui vous donne des conseils.

Consoler, encourager : Ne t'inquiète pas ! – Ça va aller, ne t'en fais pas. – Ce n'est rien. – Ce n'est pas grave. – Courage ! – Allez ! – Vas-y !

Donner des conseils : Tu dois lui parler de vos problèmes. – Invite-la à prendre un café. – Sois patient.

Attirer l'attention : Tiens, regarde. – Dis, tu as remarqué la tête de Vincent pendant la réunion ?

ÉCRIRE

8 Galerie de portraits.

1. Choisissez un(e) artiste célèbre de votre pays.
2. Décrivez-le / la : parlez de son physique, de son caractère, de sa personnalité…
3. Cherchez une photo et affichez votre portrait à côté de ceux de vos camarades de façon à constituer un panorama de célébrités. (100 mots)

Stratégies

Évaluez votre production écrite.

- Écrire votre texte vous a-t-il semblé facile ou difficile ? Pourquoi ?
- Est-il organisé, bien structuré ?
- Qu'est-ce qui vous a semblé le plus facile et le plus difficile : le choix du vocabulaire, le respect de la grammaire et de l'orthographe… ?
- Avez-vous bien respecté les consignes ?

LIRE

1

🏠	Présentation	Aide et conseils personnalisés	Témoignages	Liens

À CHACUN SON PRÉNOM !

Ces personnes ont changé de prénom. Découvrez pourquoi elles ont changé et à quel âge, quelles démarches elles ont dû faire et comment a réagi leur entourage.

Je m'appelais Ginette. J'ai changé ce prénom en Gina. Je l'ai fait à la naissance de ma fille (j'avais 25 ans). Je n'étais ni contente ni mécontente de mon prénom. Ça a été l'idée du père de ma fille, il trouvait que ce prénom pouvait me porter préjudice, surtout au niveau professionnel, qu'on ne me prendrait pas assez au sérieux. Pour moi, cela a marqué clairement le passage à la vie « adulte ». Ce n'est pas très différent, en fait, mais ça correspond plus à mon image. Tout le monde a suivi, même si sur mes papiers, je suis toujours Ginette. Quand je commente ce changement avec mes nouveaux amis, ils le trouvent plus en consonance avec moi. Et puis, ma famille est ravie d'être dans le « secret ».
Gina

Mon ancien prénom était Françoise. Mon nouveau prénom : Maud. Je me suis mise à détester mon prénom après une grave maladie, à l'âge de 35 ans. Je ne supportais plus d'entendre les autres m'appeler « Françoise ». Après mon séjour à l'hôpital, mon mari, mon fils et moi avons trouvé ce nouveau prénom qui semblait m'aller mieux. Quand j'ai essayé de le rendre officiel auprès des autorités, ils ont refusé, même si j'ai expliqué que c'était pour des raisons de santé. J'ai dû associer les deux prénoms et ça a marché. À partir de là, tout mon entourage a accepté cette nouvelle identité : ils ont compris que c'était lié à un mal-être. Seule ma mère continue à m'appeler comme avant.
Maud

Je m'appelais Louis et j'ai changé pour Vincent à l'âge de 20 ans, je ne supportais plus du tout le fait d'avoir le même prénom que mon père. Tout le monde devait ajouter « fils » ou « père », pour parler de nous. J'avais l'impression d'être une autre personne. J'ai dû faire un dossier au tribunal pour le faire légalement. Maintenant, j'attends que ce soit officiel et je pourrai enfin dire adieu à « Louis le fils » pour de bon. Tout le monde à la maison a commencé à m'appeler Vincent et ce nouveau prénom m'a permis de me considérer comme une personne à part entière. Mon père est un peu déçu, il a l'impression qu'un lien s'est rompu, mais je suis « moi », je me reconnais enfin.
Vincent

9 Lisez rapidement le texte et choisissez l'option qui convient. Ensuite, proposez un titre pour chaque témoignage.

1. Ce texte est tiré…
- **a)** d'une revue spécialisée en ligne.
- **b)** d'un forum Internet.
- **c)** d'un hebdomadaire.

2. Le but de ce texte est…
- **a)** de raconter des anecdotes.
- **b)** de présenter des témoignages.
- **c)** d'analyser un phénomène de société.

10 Dites si c'est vrai ou faux. Justifiez vos réponses.

1. Les trois personnes ont changé de prénom à l'âge adulte.
2. Elles étaient mécontentes depuis l'enfance des prénoms qu'on leur avait donnés.
3. Elles ont toutes fait des démarches administratives pour officialiser ce changement.
4. Gina associe son nouveau prénom à une nouvelle étape de sa vie.
5. Elle a juste demandé aux gens de son entourage de l'appeler autrement.
6. Maud a eu des problèmes d'identité avec son premier prénom.
7. Elle a fait une dépression car elle ne supportait pas qu'on l'appelle Françoise.
8. Elle a obtenu que tout le monde l'appelle par son nouveau prénom.
9. Vincent a déjà obtenu le changement administratif de prénom.
10. Sa famille a accepté de l'appeler par son nouveau prénom.

TÂCHE FINALE

1

Pour faire connaissance autrement !

Voici quelques propositions de jeux à faire en classe.

1 Changeons de prénom !

Chaque participant pense à un prénom francophone qu'il aimerait porter, le dit à tout le monde et donne les raisons de son choix. Les autres peuvent lui poser des questions pour avoir plus d'informations.

2 Portrait chinois.

1. Chaque participant choisit un objet, une idée ou une image qui le représente et explique à la classe les raisons de son choix : par exemple, une fenêtre parce qu'elle signifie une ouverture au monde ou le contact visuel avec les autres.
2. À la fin de chaque présentation, les autres disent si l'objet, l'idée ou l'image leur semble bien choisis.

3 Jeu des questions.

Chaque participant pose trois de ces questions à la personne de son choix. Vous pouvez compléter le questionnaire.

1) Quel est le comble de la chance ?
2) Quel est votre idéal de bonheur sur la Terre ?
3) Quel est le pays où vous aimeriez vivre ?
4) Pour quel défaut avez-vous le plus d'indulgence ?
5) Quel est le personnage historique que vous préférez ?
6) Quel(le) est votre héros ou héroïne de fiction préféré(e) ?
7) Quel est votre groupe de musique préféré ?
8) Quelle est l'activité que vous préférez / détestez ?

4 Identité mystère.

1. Chaque participant écrit son nom sur un petit papier et le plie. Le meneur de jeu rassemble tous les papiers, les mélange et les redistribue au hasard.
2. Chacun doit alors faire le portrait (oralement ou par écrit) de la personne dont il a le nom, sans la nommer. Le groupe doit deviner de qui il s'agit.

Imaginez d'autres jeux, commentez vos propositions et amusez-vous bien !

unité 2

Péripéties

À la fin de l'unité, vous serez capable de...

- comprendre et participer à une conversation entre amis.
- comprendre et raconter des incidents et des anecdotes.
- comprendre des témoignages dans un magazine.
- comprendre un article de journal.
- exposer des problèmes par écrit et réagir (courrier des lecteurs).

TÂCHE FINALE :
« Brochure d'informations »

Pour cela, vous apprendrez à...

- demander de raconter et raconter des faits.
- demander et donner des précisions.
- manifester votre inquiétude.
- proposer et demander de l'aide.
- prendre et donner rendez-vous.

Stratégies
Compenser le manque de vocabulaire à l'oral.

SITUATIONS
Panne d'électricité !

Voir la transcription, p.154.

1 Écoutez le dialogue et répondez aux questions.

1. Qui sont les personnages ? Où sont-ils ?
2. Les personnages se connaissent-ils bien ? À votre avis, quelle est leur relation ?
3. Pourquoi Céline appelle-t-elle Fabien ?
4. Quel est son problème ?
5. Quelle est la réaction de Fabien ?

2 Réécoutez le dialogue et choisissez l'option correcte.

1. À quel moment Céline téléphone-t-elle à Fabien ?
   a) Le matin.
   b) L'après-midi.
   c) Le soir.
2. Elle lui demande…
   a) s'il veut venir dîner chez elle.
   b) si elle peut aller dormir chez lui.
   c) de venir dormir chez elle.
3. Il y a eu une coupure d'électricité chez Céline quand…
   a) elle faisait la vaisselle.
   b) elle prenait sa douche.
   c) elle nettoyait la salle de bains.
4. À cause de la panne d'électricité, …
   a) elle est dans le noir et elle ne peut pas se chauffer.
   b) elle est dans le noir mais elle peut se chauffer.
   c) elle ne peut pas sortir.
5. Le technicien…
   a) est venu mais il n'a pas pu réparer la panne.
   b) est venu mais elle n'était pas là.
   c) n'est pas encore venu.
6. Ses voisins…
   a) n'ont pas d'électricité non plus.
   b) sont absents.
   c) eux, ont de l'électricité.

3 Repérez les expressions qui sont utilisées dans le dialogue pour…

1. **demander de raconter et raconter des faits, des incidents, des anecdotes.**
2. **demander et donner des précisions.**
3. **manifester son inquiétude.**

Pratique

« **Demander un service** » signifie…
a) « demander un renseignement ».
b) « demander de l'aide ».

La parole aux lecteurs

2

Courrier des lecteurs

Bonjour Mylène,
En lisant ton courrier « Je suis une maman stressée », j'ai eu envie de te répondre car moi aussi, j'ai été une maman débordée. À la fin de mon congé parental[1] pour mon deuxième enfant, quand j'ai repris le boulot, j'ai cru que je n'y arriverais pas… mais avec mon chéri, on s'est organisés. La première décision qu'on a prise, ça a été de déménager : on s'est installés à cinq minutes de mon travail (avant, j'avais 45 minutes de transport) et ça a changé ma vie ! C'est du temps que je récupère et dont je peux profiter avec mes enfants. Ensuite, comme il n'y avait pas de place à la crèche pour ma petite Lucie, on a opté pour une nounou[2] en garde partagée[3] dans notre immeuble. C'est hyper pratique !
Et puis, mon mari et moi, on forme une véritable équipe. Le matin, chacun de nous s'occupe d'un enfant : lui prépare Thibault et l'amène à l'école et moi, je prépare Lucie. Et le soir, on se partage les tâches : le bain, le repas, les biberons…
Voilà, j'espère que mon expérience te sera utile et que tu vas trouver ton rythme.
Bon courage !
Soazig

Je suis très sensible aux bruits et ça me gâche la vie
Le problème dont je voudrais vous faire part empoisonne ma vie depuis des années : je suis très sensible aux bruits, même les plus quotidiens. Avec ma compagne, nous avons quitté notre appartement (à cause des voisins) pour vivre dans une maison individuelle, mais le bruit de la chaudière qui se met en marche, les radiateurs où l'eau circule, le parquet qui craque, etc. me mettent dans un état nerveux intenable.
J'ai commencé à faire une dépression qui affecte ma vie personnelle, mais aussi professionnelle : à mon travail, on m'a mis dans un service où je côtoie moins de monde mais je ne vais pas mieux.
Je suis désespéré et je ne vois pas de solution. Que me conseillez-vous ?
Sylvain, réf 3172

[1] congé non rémunéré accordé à des parents pour élever leur enfant.
[2] familier, pour la nourrice, l'assistante maternelle qui s'occupe de jeunes enfants contre rémunération.
[3] se dit quand deux familles se mettent d'accord pour faire garder leurs enfants par la même personne.

1 Lisez les textes ci-dessus, puis répondez aux questions.

1. Où peut-on lire ces textes ?
2. Qui écrit à qui et pourquoi ?
3. Quel est le problème évoqué par chacun ?

2 Relisez, puis répondez aux questions.

Texte 1

1. À quel congé Soazig fait-elle référence ?
2. Quelle est la première décision qu'elle et son mari ont prise quand elle a recommencé à travailler ? Quelles ont été les conséquences de cette décision ?
3. Comment ont-ils réglé le problème de la garde de leur fille ?
4. Comment s'organisent-ils pour s'occuper des enfants ?

Texte 2

1. Comment Sylvain et sa compagne ont-ils d'abord essayé de régler le problème ?
2. Est-ce que ce changement a résolu la question ?
3. Son problème a-t-il eu aussi des conséquences dans sa vie professionnelle ? Si oui, lesquelles ?
4. Quelle est sa situation actuelle ?

3 Connaissez-vous des personnes qui ont vécu des expériences ou qui ont eu des problèmes similaires ?

GRAMMAIRE

Le passé composé

Observez ces phrases :
*J'**ai fini** ma douche à l'eau froide.*
*J'**ai glissé** et je **suis tombée**.*
*Je me **suis énervée**.*
*Il n'**est** pas **venu** ?*

À quoi ça sert ?
Le passé composé sert à parler de **faits, d'événements ou d'actions qui ont eu lieu dans le passé** (proche ou non).

Quel est l'infinitif des verbes conjugués ? Quels sont les auxiliaires utilisés ? Avec quel auxiliaire se conjuguent les verbes pronominaux ? Avec quoi s'accordent les participes passés avec l'auxiliaire *être* ? Où se placent les termes de la négation ?

Maintenant, observez cette phrase :
*J'**ai passé** l'après-midi chez moi.*

Avec quel auxiliaire se conjugue normalement le verbe *passer* ? Et dans la phrase ci-dessus ?

- Certains verbes qui se conjuguent normalement avec l'auxiliaire *être* se conjuguent avec l'auxiliaire *avoir* quand ils sont suivis d'un COD :
  *Vous **êtes rentrés** tôt. / Elle **a rentré** la plante du balcon.*

Et maintenant, observez cette dernière phrase :
*La première décision que nous avons **prise**, ça a été de déménager.*

Avec quoi s'accorde le participe passé signalé ?

- Avec l'auxiliaire *avoir*, le participe passé s'accorde avec le COD quand il est placé avant le verbe (le COD est alors souvent un pronom).
  *Cette femme, je l'ai **rencontrée** à Athènes.*

1 Repérez les verbes au passé composé et classez leurs infinitifs : verbes conjugués avec *avoir*, verbes conjugués avec *être* (verbes pronominaux / autres).

André, médecin généraliste.

En semaine, ma journée commence toujours de bonne heure. Aujourd'hui, je me suis levé vers 6 h 30, j'ai fait un jogging et à mon retour, j'ai réveillé ma femme et mes enfants. On a pris le petit déjeuner ensemble, puis on s'est préparés pour partir. J'ai déposé les filles à l'école et j'ai emmené ma femme à son bureau. Je suis arrivé à mon cabinet vers 8 h 45 et les premiers patients sont arrivés peu après. Je déjeune souvent à l'extérieur, mais aujourd'hui, je n'ai pas eu le temps de sortir et j'ai juste mangé un sandwich sur place. Cet après-midi, j'ai travaillé jusqu'à 18 h, j'ai passé quelques coups de fil et je suis rentré. Nous avons dîné en famille : pour nous, c'est sacré ! Les filles se sont couchées vers 21 h 30, et ma femme et moi, on est restés à bavarder.

2 Complétez le texte avec les verbes ci-dessous au passé composé : *aller, changer, demander, dire, être, faire, hésiter, mourir, ne pas oser, partir, peindre, prendre, profiter, proposer, répondre, se marier, se retrouver, venir.*

Josette, 66 ans, retraitée.

J'___ ma retraite il y a trois ans et depuis, ma vie ___ énormément. Je suis veuve, mon mari ___ il y a quinze ans et mon fils ___ à Paris quand il ___. Justement, il ___ le week-end dernier car il ___ voir un client pas loin du village et il en ___ pour venir voir sa maman. Il me manque, mais quand il m'___ de le suivre à Paris, j'___. Ce que je fais de mes journées ? Ben, je ne m'ennuie jamais ! Ce matin, j'___ mes courses au marché, puis on ___ avec une copine du club de retraités pour prendre un café. Je participe souvent à l'organisation des activités. Le mois dernier, ça ___ une randonnée, le mois prochain ce sera une exposition de peinture, bon une petite exposition des tableaux que j'___ ces dernières années. C'est le maire du village qui m'___ ça, et je n'___ dire non. Il ___ que c'était important de soutenir l'art dans notre ville et je lui ___ que oui !

3 Complétez les terminaisons si nécessaire.

1. Ma valise était très lourde, je l'ai laissé… à la consigne.
2. La jeune fille que tu nous as présenté… habite près d'ici.
3. Je suis tombé… malade et je suis resté… à la maison.
4. Il a dû… jeter son gâteau et il a acheté… un dessert.
5. Anne ? Nous l'avons appelé…, mais elle n'a pas répondu….
6. Marie est allé… chez l'avocat lui apporter les documents qu'il lui a demandé….

Les pronoms relatifs simples

Observez ces phrases :
C'est du temps ***que*** *je récupère.*
Le bruit de la chaudière ***qui*** *se met en marche, les radiateurs* ***où*** *l'eau circule, […] me mettent dans un état nerveux intenable.*

Rappelez-vous :
- En français, le choix du pronom relatif dépend de sa fonction dans la proposition qu'il introduit :
  – sujet → ***qui*** : *Je connais l'artiste* ***qui*** *expose ici.*
  – COD → ***que*** : *L'hôtel* ***que*** *je vous recommande est bon marché.*
  – complément de lieu ou de temps → ***où*** : *Le quartier* ***où*** *je vis est très animé* (lieu). *Il a quitté son poste l'année où l'entreprise a déménagé* (temps).

À quoi ça sert ?
Les pronoms relatifs servent…
- à **unir des phrases et éviter des répétitions**.
- à **apporter des compléments d'information sur un nom**.

C'est la même chose dans votre langue ?

Maintenant, observez ces phrases :
C'est du temps que je récupère et ***dont*** *je peux profiter avec mes enfants.*
Le problème ***dont*** *je voudrais vous faire part empoisonne ma vie.*

- **Le pronom relatif *dont*** permet de remplacer un nom ou un pronom précédé de la préposition *de* (*d'*).
- ***Dont*** peut être complément :
  – **d'un nom :** *Je préfère ces tissus* ***dont*** *les couleurs sont éclatantes.* (les couleurs de ces tissus)
  – **d'un verbe :** *Les livres* ***dont*** *parle le professeur sont à la bibliothèque.* (parler de quelque chose)
  – **d'un adjectif :** *Ils n'aiment pas le garçon* ***dont*** *elle est amoureuse.* (être amoureuse de quelqu'un)

4 Complétez avec *qui, que, où*.

1. Je mets beaucoup le pull… tu m'as donné.
2. Les personnes… veulent s'inscrire doivent aller au guichet 3.
3. Le film… passe au ciné-club ce soir est un classique.
4. Le sport… je fais le plus souvent, c'est du footing.
5. Le restaurant… nous allons dîner samedi est libanais.

5 Reliez ces phrases en utilisant *dont*.

1. J'ai une nouvelle voiture. Je suis très content de cette voiture.
2. Voilà les clés. Tu avais besoin des clés.
3. Il a obtenu une bonne note. Il est très fier de cette note.
4. C'est un garçon très sympa. Je t'ai beaucoup parlé de ce garçon.
5. J'avais une fiancée. Le père de ma fiancée était instituteur.

6 Complétez librement.

1. Pio Marmaï est un acteur dont…
2. Nous avons appris un jeu dont…
3. « Intouchables » est un film dont…
4. J'ai rencontré Anaïs, la fille dont…
5. Ils vont louer l'appartement dont…
6. Le sport est un thème dont…

LEXIQUE

Les activités quotidiennes

1 Les moments de la journée. Complétez les textes suivants à l'aide des mots ci-dessous.

jour • journée • matin • matinée • après-midi • soir • soirée • nuit

1. Je me lève à 7 heures tous les ___ (sauf le mardi), mais aujourd'hui, je me suis levé à 6 heures pour arriver au bureau plus tôt, alors la ___ m'a semblé très longue jusqu'à la pause de midi.
2. Je vais en cours à la fac le ___, et après déjeuner, je travaille à la bibliothèque où je passe tout l'___. Le ___, je fais souvent du babysitting. Mes ___ sont très remplies, alors la ___ je dors comme un loir !
3. Je dîne de bonne heure et je me couche tard, alors j'ai de longues ___ pour lire, bavarder avec ma femme, regarder la télévision ou sortir.

Et vous, quelle routine avez-vous ?
Préférez-vous déjeuner et dîner tôt ou tard ? Pourquoi ?

2 L'hygiène quotidienne. Associez chaque action à l'objet ou au produit que vous utilisez pour la réaliser.

1. se laver les dents
2. se brosser les cheveux, se coiffer
3. se raser
4. se laver la tête / les cheveux
5. se savonner
6. s'essuyer

a) le savon, le gel douche
b) le shampoing
c) la brosse à dents, le dentrifrice
d) la serviette, le gant de toilette
e) la brosse à cheveux, le peigne
f) la mousse à raser, le rasoir

Continuez : proposez d'autres actions et faites deviner par vos camarades l'objet ou le produit nécessaire.

3 Les tâches ménagères. Écoutez le témoignage de cet homme au foyer.

1. Dites ce qu'il aime faire, ce qu'il n'aime pas faire, et ce qui ne le dérange pas.
2. Quelles sont les tâches dont il ne parle pas ?

Et vous ? Quelles sont les tâches que vous préférez ou détestez et celles qui ne vous dérangent pas ? Pourquoi ?

Incidents

4 Incidents domestiques. Que faites-vous dans les cas suivants ? Associez.

1. Vous vous êtes brûlé la main.
2. Vous avez cassé une assiette.
3. Vous avez fait déborder la baignoire.
4. Vous vous êtes coupé(e).
5. Vous avez renversé une casserole.

a) passer la serpillère
b) nettoyer la cuisinière
c) appliquer une pommade
d) désinfecter et mettre un pansement
e) ramasser et jeter à la poubelle

Avez-vous fait l'expérience d'autres incidents domestiques ? Qu'avez-vous fait ?

5 **Autres incidents. Où allez-vous et que faites-vous dans les situations suivantes ?**

1. Votre voiture tombe en panne.
2. Vous avez besoin d'argent.
3. On a volé vos papiers.
4. Vous êtes très enrhumé(e).

a) un distributeur automatique

b) un commissariat de police

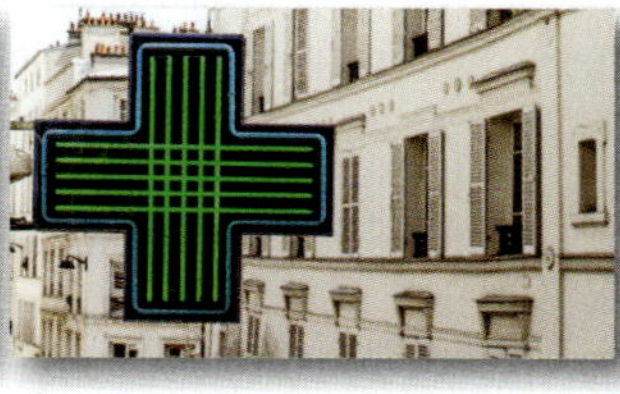

c) une pharmacie

d) un garage

acheter des médicaments • faire une déclaration de vol • retirer de l'argent • faire réparer sa voiture

Réparations

6 **Qui fait quoi ? Associez chaque professionnel à une définition.**

le peintre • le menuisier • le plombier • le maçon • l'électricien

1. Il fabrique ou répare les portes, les fenêtres, le parquet et les meubles.
2. Il peint ou repeint un mur, une pièce, une façade.
3. Il répare une fuite d'eau, il pose ou remplace les canalisations, les éléments sanitaires.
4. Il refait ou agrandit une pièce, il répare un mur.
5. Il fait l'installation électrique et intervient en cas de coupure de courant grave.

7 **Êtes-vous bricoleur(euse) ? Que savez-vous faire ?**
Commentez vos aptitudes avec vos voisin(e)s.

remplacer une ampoule • changer des piles • réparer un court-circuit électrique • changer les plombs • réparer une serrure • installer des rideaux • accrocher un tableau au mur • restaurer un meuble ancien • repeindre une pièce

Si vous ne bricolez pas, qui s'occupe du bricolage chez vous ?

Prononciation : les voyelles [révision]

1 **Comment prononcez-vous les mots suivants ? Vérifiez avec l'enregistrement.**

1. pot – pont – peau
2. lit – lu – loup
3. port – pur – père
4. me – mes – mais
5. pas – pan – panne
6. du – doux – dos

2 **Écoutez l'enregistrement et repérez dans les séries ci-dessus le mot que vous entendez.**

3 **Écoutez ces cinq séries de trois phrases. Pour chacune, indiquez la phrase qui est différente : a), b) ou c).**

La passion du bricolage

L'engouement des Français pour le bricolage et les loisirs créatifs ne diminue pas. D'après l'appel à témoignage du *Monde* à l'occasion du salon Créations et savoir-faire, à Paris, en novembre 2013, deux tiers des Français s'adonnent au « Do it yourself », ou « Faites-le vous-même » en français, et ce, dans des proportions égales pour les hommes et les femmes : 53 % et 54 % respectivement, selon une étude Opinionway.

Les raisons sont multiples : économiser, recycler, réparer, entretenir ou embellir des objets tout en oubliant ses soucis, concevoir des objets uniques et personnalisés et avoir la satisfaction de l'avoir fait soi-même. C'est un loisir qui, d'après le sociologue Ronan Chastellier, « forme et transforme celui qui l'accomplit ».

UN LOISIR DOMINICAL

L'ouverture des magasins de bricolage le dimanche est autorisée en France depuis le début de l'année 2014. Selon le Conseil d'État, « la faculté d'acheter le jour-même les diverses fournitures permettant de bricoler peut être regardée comme nécessaire à la satisfaction de ce besoin ».

LOISIR SOLITAIRE OU PARTAGÉ

Cette passion se retrouve sur la Toile, où foisonnent les blogs, forums, fiches techniques et vidéos. Certains de ces loisirs sont devenus tellement tendance qu'ils sortent du cadre de la maison et même du Web. C'est le cas des cafés-tricot qui se multiplient en France et en Europe du nord, et où débutants et « pros » de tout âge se retrouvent pour partager leur savoir-faire et « papoter ».

Et dans votre pays, existe-t-il la même passion pour ces activités ?

Plutôt en solitaire ou à plusieurs ?

ATTENTION AUX INCIDENTS DOMESTIQUES !

Bricoler comporte des risques : chaque année, 300 000 personnes sont victimes d'accidents liés à ce passe-temps. Pour les éviter, le ministère de la santé et ses partenaires mènent des campagnes de prévention et d'information :

http://www.sante.gouv.fr/bricolage-et-produits-menagers.html

COMPÉTENCES 2

ÉCOUTER

1 Écoutez cette anecdote, puis remettez dans l'ordre les dessins qui l'illustrent. Ensuite, donnez-lui un titre.

2 Résumez l'anecdote et dites d'où vient l'effet comique.

PARLER

3 Vous êtes parti(e) en vacances dans un pays étranger et vous avez eu un contretemps : racontez à votre voisin(e).

Exemples : papiers volés ou perdus, incident de transport, difficultés à vous faire comprendre dans une langue étrangère.

Demander de raconter, raconter des incidents ou des anecdotes : Qu'est-ce qui t'arrive ? – Mais pourquoi ? – Raconte-moi ! – Et alors, qu'est-ce que tu as fait ? – Ce matin…, tout d'un coup… – En plus… – Du coup… – Ben, j'ai essayé de… – Ensuite… – Alors… – Et aujourd'hui, même chose…

Demander des précisions sur un événement : Mais tu as appelé la compagnie, j'imagine ? – Ils ne sont pas venus ? – Tu n'as pas rappelé ?

Stratégies

Dans une conversation, si vous ne trouvez pas le mot dont vous avez besoin, que faites-vous ?

- J'utilise une expression qui me permet de gagner du temps, comme par exemple : *Euh…* ; *Je ne sais pas, moi* ; *Comment dirais-je…*
- J'utilise un mot plus simple et approximatif, comme *meuble* pour *buffet*.
- J'explique ce que le mot veut dire.
- Je fais un dessin sur un papier.
- Je francise le mot de ma langue maternelle.
- Je fais des mimiques pour me faire comprendre.
- J'utilise un mot passe-partout comme *chose* ou *truc*.
- J'utilise des mots de ma langue maternelle.

Commentez vos réponses avec la classe et utilisez les stratégies qui vous semblent utiles pendant les activités de cette section.

COMPÉTENCES

4 Il est tard, votre conjoint(e) n'est pas encore rentré(e) et vous êtes inquiet(ète). Enfin, il / elle téléphone.

Vous l'interrogez pour savoir ce qui s'est passé et vous lui proposez votre aide.

Manifester son inquiétude : Oh là là ! Qu'est-ce qui t'arrive ? – Tu m'inquiètes. – Rien de grave, j'espère ? – Tu t'es fait mal ? – Je ne vois pas de solution.

Proposer, demander et refuser de l'aide : Ils m'ont proposé de… – Tu as besoin d'aide ? – Si tu veux, demain on s'en occupe ensemble. – J'espère que mon expérience peut te servir. – Je t'appelle pour te demander un service. – Je peux venir dormir chez toi ? – Que me conseillez-vous ? – Je ne veux pas vous déranger.

5 Vous avez raté votre avion et vous téléphonez à votre ami(e) pour le / la prévenir que vous ne pourrez pas arriver comme prévu.

Vous vous excusez et vous lui expliquez que vous ne pouvez pas prendre un autre vol.

6 Votre voiture a besoin d'une réparation. Vous téléphonez à votre garagiste pour prendre rendez-vous.

Prendre et donner rendez-vous : Je voudrais prendre rendez-vous pour / avec… – Est-ce possible le matin ? – Je ne peux pas le jeudi, pouvez-vous me donner un autre jour ? – Ce n'est pas possible plus tard / plus tôt ? – Lundi à 17 h 30, ça vous va ?

7 Par groupes de trois, dites s'il est difficile de partager les tâches ménagères chez vous. Pourquoi ?

LIRE

8 Lisez le texte ci-contre, puis répondez aux questions.

1. De quel type de document s'agit-il ?
2. De qui parle-t-il ?
3. Qu'a fait cette personne ?
4. Pourquoi ?

9 Relisez le texte, puis dites si c'est vrai ou faux.

1. Jessica Stilwell s'est mise en grève parce qu'elle était débordée par les tâches ménagères.
2. Elle a pris cette décision un matin où son mari était absent.
3. Elle a informé ses filles de son intention.
4. La grève consistait à ranger et à nettoyer seulement ce qu'elle et son mari utilisaient.
5. Ses filles ont tout de suite compris qu'elles devaient aider à la maison.
6. La situation a été à l'origine de disputes entre tous les membres de la famille.
7. L'état de la maison a fait changer les filles d'attitude.

Accueil > Société

GRÈVE DES TÂCHES MÉNAGÈRES

Une mère de famille de Calgary, au Canada, a fait parler d'elle à travers le monde après avoir décidé de faire la grève des tâches ménagères chez elle, fatiguée de ranger et nettoyer ce que ses trois filles laissaient traîner. Comme beaucoup d'autres parents, Jessica Stilwell, travailleuse sociale à temps plein et mère de trois filles, deux jumelles de 12 ans et une de 10 ans, est une mère débordée.

■ Elle a craqué dimanche, après un week-end passé seule avec ses filles car son mari participait à un tournoi de golf. Quand elle s'est assise pour la première fois de la journée, le soir vers 23 h, face à l'impressionnant désordre qui régnait chez elle, elle a eu l'idée de faire la grève sans avertir ni réprimander ses enfants. Son mari et elle ont alors décidé de ne plus s'occuper de la vaisselle ni du linge sale de leur progéniture. À partir de ce moment, la mère gréviste et son complice ont rangé seulement ce qu'ils utilisaient, eux, dans la maison. On imagine facilement le chaos domestique… et les mauvaises odeurs !

■ Dès le premier jour, les assiettes abandonnées ont commencé à s'empiler, le lave-vaisselle était archi-plein, des chaussures et des sacs traînaient dans l'entrée. Puis les aliments laissés sur la table ont commencé à sécher. Derrière le divan, on pouvait voir des chaussettes sales, des bouteilles de jus de fruits vides et des mouchoirs en papier. Les sacs thermos utilisés pour le déjeuner des filles, qu'elles devaient vider et nettoyer au retour de l'école, ont commencé à sentir mauvais dans le couloir. Les parents ont emballé les repas dans des sacs en plastique, mais quand il n'y a plus eu de sacs disponibles, ils ont utilisé des sacs poubelles. Les filles ont commencé à se dire qu'il se passait quelque chose d'anormal dans la maison mais elles n'ont pas changé d'attitude pour autant.

■ Le troisième jour, l'une d'elles a dit, devant l'état de la cuisine : « C'est dégoûtant ! » Le quatrième jour, la petite dernière a fondu en larmes en disant : « Je ne veux plus emporter mes repas dans un sac poubelle. » Mais après quelques efforts pour ranger, elle a repris ses mauvaises habitudes. Enfin, les trois sœurs ont commencé à se disputer et à s'accuser mutuellement d'être responsables de tout le désordre et de toute la saleté.

■ Au bout de six jours, les parents ont arrêté leur grève, les filles se sont excusées et toute la famille a participé au nettoyage de la maison.

10 **Faites la liste des éléments qui ont perturbé la vie quotidienne de cette famille.**

11 **Vous êtes-vous senti(e) proche d'un des personnages de cette histoire ?**

ÉCRIRE

12 **Rédigez au choix l'un des deux textes suivants. (100 mots)**

1. La lettre à laquelle a répondu Soazig (page 27, texte 1).
2. Votre réponse à Sylvain (page 27, texte 2).

Brochure d'informations

Vous êtes chargé(e)s d'élaborer une brochure d'informations pratiques destinée à des francophones qui vont s'installer dans votre ville ou votre région ou qui viennent d'y arriver pour travailler ou étudier.

1 **Tous ensemble, décidez quel public vous visez avec cette brochure, quel support vous convient le mieux pour la distribuer, puis mettez-vous d'accord sur les différentes rubriques.**

Exemples : « Démarches administratives », « Adresses utiles », « Vie quotidienne », « Loisirs », etc.

2 **Formez ensuite autant de groupes que de rubriques, puis à l'intérieur de chaque groupe, élaborez votre texte.**

1. Choisissez les renseignements, conseils et astuces que vous désirez inclure dans votre rubrique.
2. Une fois le contenu de la rubrique validé, partagez-vous la rédaction des informations.

3 **À vous ! Présentez votre rubrique à la classe, qui évalue ensuite les informations que vous donnez en fonction des critères ci-dessous. Enfin, mettez-vous tous d'accord pour réaliser matériellement la brochure.**

- 3 étoiles : informations pratiques, indispensables, astucieuses, directement utiles au public visé.
- 2 étoiles : informations pratiques, nécessaires, intéressantes, utiles pour un public francophone en général.
- 1 étoile : informations générales, intéressantes, modérément utiles pour un public francophone.

unité 3

Souvenirs

À la fin de l'unité 3, vous serez capable de...

- **comprendre et participer à des conversations.**
- **raconter des souvenirs (vacances, enfance...).**
- **décrire une photo (oralement et par écrit).**
- **comprendre un texte littéraire (extrait de roman).**
- **comprendre et écrire une interview dans un journal.**

TÂCHE FINALE :
« Photo-souvenir »

Pour cela, vous apprendrez à...

- décrire dans le passé.
- raconter des événements passés.
- situer dans le passé.
- donner votre opinion, faire des appréciations.
- féliciter quelqu'un.
- identifier le registre de langue.

Stratégies
Comment rédiger un texte.

SITUATIONS
Une fête originale

Voir la transcription, p. 155.

1 Écoutez le dialogue et dites qui parle, de quoi et de qui.

2 Réécoutez le dialogue et choisissez l'option correcte.

1. Capucine et Gabrielle…
- **a)** sont des amies d'enfance.
- **b)** se connaissent bien et ont un ami commun.
- **c)** sont de la même famille.

2. Gabrielle…
- **a)** raconte à Capucine une fête d'anniversaire où elle était allée à 17 ans.
- **b)** a toujours rêvé de faire une grande fête.
- **c)** avait déjà parlé à Capucine de cette fête d'anniversaire.

3. Qui avait invité Gabrielle ?
- **a)** Amande, sa copine de lycée.
- **b)** Clément, le demi-frère d'Amande.
- **c)** Les parents d'Amande.

4. La fête avait eu lieu…
- **a)** dans la ville où habitaient Amande et Clément.
- **b)** chez la tante d'Amande et Clément.
- **c)** chez les parents d'Amande et Clément, à la campagne.

5. La fête avait pour but de…
- **a)** fêter seulement les 30 ans de Clément.
- **b)** fêter les 30 ans de Clément et de trois autres copains.
- **c)** fêter les 30 ans de Clément et de ses copains, et aussi son départ en Asie.

6. Le jour de la fête…
- **a)** Clément et ses copains avaient tout préparé.
- **b)** les invités devaient participer à un jeu de piste pour rapporter les ingrédients du repas.
- **c)** les invités devaient apporter des plats tout préparés.

7. Le dimanche, quand les parents sont arrivés…
- **a)** la fête n'était pas encore terminée.
- **b)** ils ont trouvé la maison silencieuse.
- **c)** les jeunes étaient en train de prendre leur petit déjeuner.

8. Capucine…
- **a)** propose à Amande d'organiser la même fête pour leur prochain anniversaire.
- **b)** propose d'organiser la même fête pour leur copain Arnaud.
- **c)** adore l'idée mais trouve ça compliqué à organiser.

3 Par petits groupes, résumez la situation en quelques phrases.

4 Repérez les expressions utilisées dans le dialogue pour…

1. **décrire dans le passé**.
2. **raconter des événements**.
3. **donner son opinion**.

Le dîner

3

Lou, une adolescente de 13 ans, doit faire un exposé en classe. Elle décide de parler des SDF. Pour cela, elle interviewe une jeune femme sans abri, No, à qui elle va finalement offrir de venir vivre dans sa famille.

Le soir nous dînons toutes les trois. Comme mon père n'est pas là on en profite pour manger des trucs qu'il réprouve, des hamburgers, des frites, des pommes dauphine, je me garde bien d'en parler au téléphone. Ma mère, elle s'en fiche complètement des histoires de diététique et de bonne santé, elle a d'autres chats à fouetter.

Hier elle a raconté à No comment, à l'âge de quatre ans, j'avais appris à lire en quelques semaines, d'abord les étiquettes des paquets de céréales, de lessive, de chocolat en poudre, et puis les livres. Ensuite, elle a raconté le jour où je suis tombée du haut du réfrigérateur que j'avais escaladé pour observer le fonctionnement de la chaudière, et celui où j'ai démonté entièrement mon magnétophone *Fisher Price* pour comprendre comment ça marchait. Encouragée par l'intérêt de No, elle a continué à évoquer les histoires de mon enfance [...]

Nous avons veillé tard, elle avait ouvert une bouteille de vin, pour elle et No, j'ai eu le droit de tremper mes lèvres pour goûter. No s'est mise à lui poser des questions sur sa vie quand elle était plus jeune, à quel âge elle avait rencontré mon père, à quel âge ils s'étaient mariés, est-ce que nous avons toujours vécu ici, dans cet appartement, depuis quand elle ne travaillait plus et tout. Quand ma mère a parlé de Thaïs, j'ai failli tomber de ma chaise, parce qu'alors No m'a regardée d'un air réprobateur, ça signifiait pourquoi tu me l'as jamais dit, et moi j'avais le nez dans mon assiette, parce que des raisons il n'y en a pas. Certains secrets sont comme des fossiles et la pierre est devenue trop lourde pour la retourner. Voilà tout.

Elles ont fini la bouteille de vin et puis ma mère a déclaré qu'il était tard, j'avais cours le lendemain.

Delphine de Vigan, *No et moi.*
© Éditions Jean-Claude Lattès, 2007.

© Gilles Coulon / Tendance Floue

1 Lisez le texte ci-dessus.

1. Que savez-vous de la narratrice ?
2. Quels personnages sont mentionnés ? Que pouvez-vous en dire ?
3. Quels faits correspondent à des souvenirs ? Quels faits correspondent à la situation présente ?
4. Quel est le registre de langue ?

2 Lecture à voix haute d'un texte littéraire. Avec votre voisin(e), choisissez un passage.

1. Observez la ponctuation : elle vous indique où faire des pauses et vous aide à donner du rythme au récit.
2. Repérez les mots difficiles et entraînez-vous à les prononcer : articulez clairement.
3. Exercez-vous, puis lisez le passage que vous avez choisi devant la classe de façon expressive.

GRAMMAIRE

L'imparfait

Observez ces phrases :
Son demi-frère Clément, qui ***avait*** *13 ans de plus qu'elle,* ***voulait*** *fêter ses 30 ans avec trois autres copains.*
Et je ***connaissais*** *bien son frère et ses parents, je* ***passais*** *tous mes samedis chez eux.*

Quelle est la fonction de l'imparfait : faire des descriptions ou raconter des faits passés ?

À quoi ça sert ?
Rappelez-vous : l'imparfait sert…
- à **décrire dans le passé** : *Elle était vraiment très amusante.*
- à **évoquer des actions répétées, des habitudes passées** : *Elles venaient tous les ans à Nadillac.*

Maintenant, observez la conjugaison de ces verbes :

trouver	finir
je trouv**ais**	je finiss**ais**
tu trouv**ais**	tu finiss**ais**
il / elle / on trouv**ait**	il / elle / on finiss**ait**
nous trouv**ions**	nous finiss**ions**
vous trouv**iez**	vous finiss**iez**
ils / elles trouv**aient**	ils / elles finiss**aient**

Quelle est la base ? Quelles sont les terminaisons ? Combien de formes différentes observez-vous à l'écrit ? Et à l'oral ?

Rappelez-vous :
- L'imparfait se forme à partir du **radical de la 1re personne du pluriel du présent de l'indicatif, suivi des terminaisons :** ***-ais, -ais, -ait, -ions, -iez, -aient***.
- Les formes *-ais*, *-ait* et *-aient* se prononcent de la même façon.

1 Conjuguez ces verbes à l'imparfait.

1. *avoir :* …, …, …, nous avions, …, ….
2. *être :* j'étais, …, …, …, …, ….
3. *arriver :* …, …, il arrivait, …, …, ….
4. *aller :* …, …, …, …, vous alliez, ….
5. *faire :* …, tu faisais, …, …, …, ….
6. *dire :* …, …, …, …, …, ils disaient.
7. *sortir :* je sortais, …, …, …, …, ….
8. *manger :* …, …, elle mangeait, …, …, ….

2 Mettez les verbes à l'imparfait, puis indiquez la valeur de ce temps (description ou habitude) dans chaque phrase.

1. J' … (aller) faire mon jogging tous les jours.
2. Il … (neiger), c'était très joli.
3. Nous … (manger) souvent en ville.
4. Quand j'… (être) petit, je … (regarder) des dessins animés tous les samedis.
5. La maison de mon enfance … (être) très calme.

L'opposition passé composé / imparfait

Observez et dites à quel temps sont conjugués les verbes signalés :
On ***est*** *tous* ***revenus*** *avec les provisions et on* ***a raconté*** *nos aventures, c'****était*** *très drôle.*
*C'****était*** *la première fois que je* ***passais*** *une nuit blanche, j'****ai trouvé*** *ça fantastique.*

Quelle est la fonction de chacun des temps verbaux ?

À quoi ça sert ?
Quand on raconte une histoire au passé, le passé composé et l'imparfait sont deux temps complémentaires :
- **L'imparfait** sert à **décrire une situation dans le passé : le cadre (le décor), les circonstances**…
- **Le passé composé** sert à **raconter un événement ponctuel**.

Dans votre langue, cette opposition existe-t-elle ?

3 Mettez ce récit au passé.

Il fait beau. Il y a beaucoup de gens dans la rue. Je décide d'aller me promener au bois de Vincennes. Je téléphone à Richard et je lui demande s'il veut m'accompagner. Il est trop fatigué, il a envie de se reposer. Je sors de la maison et je prends le métro à Odéon. Les rames sont vides, la climatisation ne marche pas. J'ai très chaud. Je sors du métro et j'entre dans un bar, je commande une menthe à l'eau. C'est rafraîchissant.

Le plus-que-parfait

Observez ces phrases :
*Ils nous **avaient laissé** la maison pour nous tout seuls.*
*Ils **étaient venus** une semaine avant pour repérer les lieux.*

À quelles autres formes connues ressemblent les formes verbales signalées ?

- Le plus-que-parfait est un temps composé. Il se forme avec **les auxiliaires *être* ou *avoir* à l'imparfait et le participe passé du verbe que l'on conjugue**.

trouver	venir
j'**avais** trouvé	j'**étais** venu(e)
tu **avais** trouvé	tu **étais** venu(e)
elle **avait** trouvé	il / elle / on **était** venu(e)(s)
nous **avions** trouvé	nous **étions** venu(e)s
vous **aviez** trouvé	vous **étiez** venu(e)(s)
ils **avaient** trouvé	ils / elles **étaient** venu(e)s

À quoi ça sert ?
Le plus-que-parfait sert à **marquer l'antériorité par rapport à un verbe au passé** (imparfait ou passé composé) :
On lui a mis un plâtre parce qu'il s'était cassé la jambe.
→ 1er événement : *se casser la jambe.*
→ 2e événement : *mettre un plâtre.*

- Les règles pour l'accord du participe au passé composé s'appliquent aussi au plus-que-parfait :
*J'ai lu **la lettre** que ma sœur m'**avait envoyée**.*
*J'ai téléphoné à **la personne** qu'on m'**avait recommandée**.*

4 Mettez les verbes au plus-que-parfait. N'oubliez pas d'accorder le participe passé quand c'est nécessaire.

1. À mon arrivée, vous dormiez déjà, vous ▒ (jouer) tout l'après-midi avec vos nouveaux jeux.
2. Nous ▒ (partir) en classe verte, nous avions plein de choses à raconter à notre retour !
3. Il écoutait la chanson que nous ▒ (enregistrer) en cours de musique.
4. Elle ▒ (venir) pour Pâques et, une semaine après, elle est revenue.
5. Maman riait aux éclats parce que ma sœur lui ▒ (raconter) une histoire drôle.
6. Christian et Pascale étudiaient les poèmes que leur grand-mère ▒ (écrire).

5 Pour chaque phrase, dites quel événement a eu lieu avant et lequel a eu lieu après, puis mettez les verbes au passé composé ou au plus-que-parfait.

1. Sa sœur ▒ (ne pas venir) à son anniversaire, il l'▒ (regretter) longtemps.
2. Quand tu ▒ (téléphoner), le bébé ▒ (déjà naître).
3. Ils ▒ (recevoir) leurs voisins à dîner, ils les ▒ (inviter) la veille.
4. Ma mère ▒ (retrouver) un album de photos que ma tante lui ▒ (offrir).
5. Parce qu'il ▒ (neiger) toute la nuit, les voitures ▒ (ne pas pouvoir) circuler ce matin.
6. Ils ▒ (partir) en Tunisie, ils ▒ (préparer) leur voyage depuis longtemps.

Les âges de la vie

1 Quelle étape de la vie sont en train de vivre…

1. les enfants ?
2. les adolescents ?
3. les adultes ?
4. les personnes âgées ?

Que font-ils pendant ces étapes ? Faites des phrases avec ces verbes pour chacune d'elles.

s'épanouir • grandir • vieillir • mûrir

Quelle est, pour vous, la plus belle étape de la vie ? Pourquoi ?

2 Souvenirs. Complétez les phrases ci-dessous à l'aide des verbes suivants.

évoquer • se rappeler • retenir • oublier • regretter • se souvenir de

1. La maîtresse n'avait pas … nos prénoms, on devait les écrire sur une étiquette et la poser sur notre table.
2. Il avait … comment était sa grand-mère, il l'avait à peine connue.
3. Je n'ai aucun souvenir de ma petite enfance mais je … très bien de tous mes amis du primaire.
4. Mes parents … encore les colères que je piquais quand j'étais petite !
5. Comme je … le temps des grandes vacances de notre enfance !
6. Nous nous retrouvons tous les ans et nous … nos souvenirs de jeunesse.

Quels sont vos premiers souvenirs ? À quand remontent-ils ?

Les liens de parenté

3 Associez ces noms par paires.

neveu • tante • beau-père • belle-sœur • belle-fille • gendre • grand-père • demi-frère • arrière-grand-mère • cousin • nièce • beau-frère • belle-mère • grand-mère • arrière-grand-père • cousine • oncle • demi-sœur

4 Complétez les phrases avec les mots suivants. Attention : il y a des mots en trop !

fils / fille • cadet(te) • père / mère • membres de la famille • beaux-parents • petit frère / petite sœur • frère / sœur • parents • garçon / fille • famille • ainé(e) • enfants • grands-parents

1. Actuellement, la plupart des … s'occupent de leurs enfants à égalité avec les mères. Les … peuvent aussi assumer un rôle auprès de leurs petits-enfants car les parents ont des journées très chargées.
2. Je suis père de famille nombreuse. J'ai trois … : deux … et un garçon.
3. L'…, Apolline, a 12 ans et la …, Katia, a 8 ans. Mon …, Théo, a 10 ans.
4. Nous sommes rarement réunis parce que la plupart des … sont dispersés aux quatre coins du monde.
5. Je m'entends très bien avec mes …, avec mon beau-père mieux qu'avec ma belle-mère, mais bon… je n'ai pas vraiment à me plaindre.

Venez-vous d'une famille nombreuse ?
Y a-t-il autour de vous beaucoup de familles monoparentales ?
Et de familles recomposées ?

Loisirs et scolarité

3

5 **À la maison. Quels verbes de la liste suivante correspondent aux activités habituelles des parents ? Et à celles des enfants ?**

jouer à la poupée, à la dînette, aux petites voitures, à cache-cache... • raconter des histoires, lire des contes • apprendre ses leçons • soigner • surveiller • se déguiser • faire ses devoirs

Quels verbes pouvez-vous ajouter à cette liste ?
Quels étaient vos jeux préférés à la maison quand vous étiez petit(e) ?
Et à l'école, pendant la récréation ?

6 **Associez les objectifs d'apprentissage aux outils et activités qui correspondent aux trois grandes étapes du système scolaire.**

à la crèche et à l'école maternelle • à l'école primaire • au collège et au lycée

1. Apprentissages :
- **a)** Apprendre à bien se comporter avec ses camarades, à partager, à se concentrer, à devenir autonome ; acquérir de nouvelles capacités motrices.
- **b)** Suivre des cours de langue, de mathématiques, d'histoire, d'éducation physique, etc. ; acquérir des compétences et des connaissances.
- **c)** Apprendre à lire, à écrire, à compter, à être attentif en classe et à ne pas tricher.

2. Outils et activités privilégiés :
- **a)** Un tableau numérique interactif, des manuels, des présentations, des activités ludiques, Internet, des classes vertes, des contrôles.
- **b)** Des exposés, des expériences et pratiques de laboratoire, des devoirs sur table, des échanges linguistiques.
- **c)** Des jeux, des jouets, des chansons, des contes et des histoires, des rondes.

À qui sont liés vos souvenirs d'école ? À quoi ? À quel endroit ?
Quelles matières avez-vous étudiées ? Quelles matières préfériez-vous ?
Quelles activités extra-scolaires avez-vous faites ?

Prononciation : [b]-[d]-[g]

1 **Lisez les paires de mots suivantes, puis écoutez l'enregistrement.**

1. pierre – bière
2. potée – beauté
3. parage – barrage
4. toit – doigt
5. tousse – douce
6. tête – dette
7. cacher – gâcher
8. quand – gant
9. coûte – goutte

2 **Écoutez les séries de mots enregistrées et répétez-les.**

3 **Écoutez les phrases enregistrées et répétez-les.**

Les rythmes scolaires en France

En 1881 et 1882, les lois scolaires de Jules Ferry (homme politique français) rendent l'enseignement gratuit, obligatoire et laïc, et font du jeudi un jour sans école. À l'origine, l'objectif est de permettre aux élèves de recevoir une instruction religieuse en dehors de l'école.

En 1972, c'est le mercredi qui devient un jour sans école.

Mais, le débat sur les rythmes scolaires s'ouvre vraiment **dans les années 80** avec le développement de la chronobiologie. **Dans les années 90,** différentes expérimentations ont lieu. Elles débouchent **en 2008** sur la semaine de quatre jours à l'école primaire : on ne travaille plus le samedi matin.

Cette réforme est restée source de discussions et, **depuis 2014**, les heures d'enseignement sont réparties sur cinq journées plus courtes (du lundi au vendredi) et les activités extra-scolaires sont encouragées. Mais le débat est loin d'être clos…

Les rythmes scolaires sont-ils différents dans votre pays ?

Le baccalauréat

Le baccalauréat a été créé en 1808, sous Napoléon. C'est l'examen qui valide la fin des études secondaires et qui permet d'accéder aux études supérieures.

Au XIXe siècle, le baccalauréat était une épreuve élitiste. La première année, il n'y a eu que 31 bacheliers. Les épreuves étaient toutes orales et concernaient les auteurs grecs et latins, la rhétorique, l'histoire, la géographie et la philosophie.

Vers 1830, des « boîtes à bac » pour « bachoter » commencent à apparaître pour préparer l'examen. On atteint plusieurs milliers de candidats.

En 1853, on introduit une épreuve de langue vivante !

Depuis, le baccalauréat s'est progressivement démocratisé (gratuité du lycée, ouverture aux filles…). Son contenu et sa forme ont beaucoup évolué au fil des années. Aujourd'hui, il existe trois types de bacs (général, technique et professionnel) et différentes spécialisations ; les épreuves peuvent être écrites ou orales.

Existe-t-il un équivalent du bac dans votre pays ?

Comment s'appelle-t-il ?

Que savez-vous de son histoire ?

ÉCOUTER

1 Écoutez le dialogue et répondez aux questions.

1. Combien de personnes entend-on parler ? Combien d'hommes ? Et de femmes ?

2. Ces personnes…
a) sont au lycée ensemble.
b) se sont connues au lycée et se voient souvent.
c) se sont connues au lycée, mais ne se sont pas vues depuis longtemps.

3. Mounir et Daphné évoquent…
a) le professeur de biologie.
b) le professeur de philosophie.
c) le professeur de physique.

4. Monsieur Rousseau…
a) a beaucoup changé, comme Daphné.
b) a pris de l'âge.
c) contrairement à Daphné, n'a pas beaucoup changé.

5. Audrey…
a) a été interne en terminale.
b) a changé de lycée avant la terminale.
c) est partie au lycée en Angleterre.

6. Julien annonce…
a) qu'il va enseigner dans leur ancien lycée.
b) qu'il va se marier.
c) qu'il vient de réussir le concours pour être professeur.

Pratique

« C'est dommage », ça veut dire…
a) « Quelle chance ! »
b) « C'est regrettable. »

PARLER

2 Quand j'étais petit(e). Par petits groupes, commentez ce que vous croyiez quand vous étiez enfant.

Inspirez-vous de ces exemples.

« Quand j'étais petit, je pensais qu'avant, la vie était en noir et blanc comme dans les vieux films. »

« Quand j'étais petite, ma maman me demandait toujours d'aller chercher du pain frais à la boulangerie, et je ne comprenais pas pourquoi la baguette était toujours chaude ! »

Décrire dans le passé : C'était une belle journée d'été. – J'avais des rubans. – J'étais fou de mon institutrice.

3 Choisissez une de vos photos de voyage et commentez-la.

Situez le moment, décrivez le décor, indiquez les personnes qui vous accompagnaient et dites ce qui avait précédé ce moment-là.

Situer dans le passé : À l'époque, c'était à la mode. – Ce jour-là, elle n'avait rien dit. – En quelle année c'était ? – Le jour où je l'ai appris, j'étais furieux ! – En 2013…

Raconter des événements : On avait commencé le collège. – Elle a travaillé tout le dimanche. – Je suis partie étudier à Lyon. – J'avais déjà déménagé.

4 Retrouvailles. Racontez une expérience personnelle.

Vous est-il arrivé de retrouver des personnes que vous aviez perdues de vue ? Dites comment ça s'est passé, quelles impressions vous aviez gardées d'elles et si vous avez été surpris(e).

Faire une appréciation : Je garde un très bon souvenir de lui. – C'est génial ! – Je la trouvais très belle. – Paul était très amusant. – Quelle classe !

5 Félicitations par téléphone. Un(e) ami(e) vient d'avoir un enfant, de se marier, de réussir un examen...

Vous l'appelez pour le / la féliciter. Il / Elle vous raconte. Vous lui demandez des détails et vous réagissez.

Féliciter : Tous mes vœux de bonheur ! – Hip, hip, hip, hourra ! – Félicitations, Adeline ! – Bravo, je te souhaite beaucoup de bonheur !

6 Scolarité. Par groupes de deux, comparez la formation que vous avez reçue : à l'école primaire, au collège, au lycée, après... En êtes-vous satisfait(e) ?

LIRE

NELLY LHOTE « J'ai fait les 400 coups »

Celle que nous rencontrons aussi souvent au théâtre qu'au cinéma ou à la télé, évoque son enfance.

Dans ce nouveau film, vous interprétez la mère dépassée d'une enfant gâtée. Est-ce que ça ressemble à l'enfance que vous avez eue ?

Je n'étais pas une petite fille gentille, vous savez, celle dont on dit « Qu'elle est mignonne ! », au contraire, j'étais assez coléreuse. J'habitais en ville, mes parents travaillaient et moi, j'étais pleine d'énergie ; ils ont cherché, je crois, à me faire faire des tas de choses. Le lundi, après la classe, j'allais à un cours de travaux manuels ; il y avait aussi le judo, deux fois par semaine, avec mon frère. Le mercredi, on restait chez mes grands-parents, on faisait nos devoirs et on regardait la télé ; l'après-midi, on prenait des cours d'anglais. Bref, je ne m'ennuyais pas, mais ça ne me plaisait qu'à moitié, on n'avait pas beaucoup de temps pour jouer et on ne sortait jamais dehors. Mais, heureusement, un jour tout a changé.

Comment ça, changé ? À quoi faites-vous référence ?

Mes parents souhaitaient nous offrir une autre qualité de vie, de l'air pur, de l'espace, alors ils ont cherché une maison à la campagne.

Au début, je n'avais pas de repères, pas d'amis, mais j'ai vite compris que c'était la liberté. Souvent, après l'école, je partais avec mon frère faire les quatre cents coups dans le village ou dans les champs. On prenait notre goûter en vitesse, on promettait à nos parents qu'on allait rester sur la place et on sortait en courant. Quelquefois, on allait sonner aux portes et après on se cachait. Ou on allait patauger dans le ruisseau, voler des fraises chez les voisins ou sauter dans le foin...

Mais la nature et les champs, c'est loin d'une carrière sous les projecteurs. Comment l'idée d'être actrice vous est-elle venue ?

Quand j'étais petite, les acteurs des feuilletons me fascinaient. Je croyais qu'ils nous connaissaient, comme nous on les connaissait parce qu'on suivait leurs aventures toutes les semaines. Mon grand-père m'a raconté que je lui avais demandé d'inviter Superman, pour mes cinq ans, et que je ne comprenais pas pourquoi il n'allait pas venir à ma fête. Je me suis sans doute dit ce jour-là que je voulais entrer dans leur monde...

7 **Lisez l'interview de Nelly Lhote et répondez aux questions suivantes.**

1. L'objectif du texte est de…
a) faire connaître cette actrice.
b) parler du tournage de son dernier film.
c) parler de son enfance.

2. Cette actrice joue…
a) seulement au théâtre.
b) dans une série à la télévision uniquement.
c) au cinéma, au théâtre et dans des séries.

8 **Relisez le texte. Dites si c'est vrai ou faux.**

1. Nelly Lhote était une enfant sage.
2. Ses parents cherchaient à l'occuper car elle était très active.
3. Elle a l'impression d'avoir eu une petite enfance très heureuse.
4. Ses parents ont voulu lui donner une éducation rigoureuse en déménageant à la campagne.
5. Sa vie a changé quand ils sont partis vivre à la campagne.
6. Elle trouvait toujours une excuse pour aller goûter chez ses amis.
7. Sa vocation de comédienne vient de cette vie à la campagne.
8. Ce sont les feuilletons qui ont éveillé chez elle l'intérêt pour le monde du spectacle.

9 **Comparez les activités de Nelly en ville et à la campagne.**

Quelle(s) différence(s) constatez-vous ?

Pratique

« Faire les 400 coups », ça veut dire…
a) « s'amuser beaucoup ».
b) « faire beaucoup de bêtises, d'excès ».

À quelles activités de Nelly correspond cette expression ?

ÉCRIRE

10 **Inventez les réponses d'une personne de votre choix (réelle ou non) aux questions de l'interview de Nelly.**

Évoquez son enfance et ce qui l'a poussée à choisir sa profession. (100 mots)

Stratégies

Comment avez-vous procédé pour rédiger ce texte ? Et en général, comment pouvez-vous améliorer vos productions écrites ?

– Je pense à la typologie du texte que je dois écrire.
– Je cherche un modèle pour m'en inspirer.
– Je fais un plan avant d'écrire mon texte.
– Je rédige directement, sans faire de plan.
– Je réfléchis à mon texte en langue maternelle, puis je le traduis.
– J'essaie de rédiger avec les moyens linguistiques de mon niveau.
– Quand je n'arrive pas à construire une phrase, je cherche d'autres constructions possibles.
– Je varie les mots et expressions que j'utilise.
– J'essaie d'utiliser les mots ou expressions appris dans l'unité.
– Je réfléchis par moi-même avant de consulter des ouvrages.
– Je relis mon texte avant de le rendre, pour corriger les erreurs.
– Je relis mes précédentes rédactions pour ne pas refaire les mêmes fautes.
– Je corrige toujours les rédactions que mon professeur me rend et j'analyse mes fautes.
– Je classe mes erreurs et je note les explications.

Photo-souvenir

Vous avez sélectionné une photo de vous que vous aimez particulièrement, parce qu'elle dit beaucoup de votre personnalité, de votre passé, d'un moment spécial que vous avez vécu. Vous allez la présenter à la classe.

1 Voici les commentaires que Marc Lambron a écrits au sujet d'une photo de son enfance.

1. Par petits groupes, lisez le texte en repérant sa structure et les thèmes abordés.
2. Écoutez avec attention la lecture qui vous en est proposée.

C'était dans la Nièvre, pas très loin du jardin de mon grand-père maternel. J'allais chez lui passer un mois de vacances d'été. Je dois avoir trois ans, mais je garde le souvenir d'un très vieux monde, et du boulanger qui passait avec sa voiture le matin. Je pose devant l'Ariane de mon père, et avec mes manches bouffantes, mes chaussettes blanches, mon ballon très pop art, et mes oreilles décollées, j'ai l'air malin ! Je me souviens de mon enfance comme d'une bulle enchantée. La France sortait de la guerre, elle était marquée par la mort, le poids des veuves, et mes parents, comme tous ceux qui avaient vécu cette période, voulaient avant tout le bonheur pour leurs enfants. Faire de chacun un petit roi, un magicien d'Oz… Derrière cette photo, il y a tout cela.

Marc Lambron, *Jardins d'enfance*

2 Maintenant, préparez individuellement un texte sur le même modèle, à partir de la photo que vous avez choisie.

1. Observez bien votre photo.
2. Rédigez le texte d'accompagnement en reprenant la structure du texte de Marc Lambron.

3 Préparez la lecture à haute voix de votre texte. Soignez les pauses, le rythme et l'expressivité.

4 Présentez votre photo.

1. Par petits groupes, mélangez vos photos et essayez de deviner qui est qui.
2. À tour de rôle, lisez votre texte.
3. Répondez aux questions de votre auditoire.

5 Vous devez évaluer la présentation qui vient d'être faite. Vérifiez que les critères suivants ont été respectés.

- La lecture a été expressive.
- Le texte est organisé.
- Il est rédigé avec précision.
- Les points forts sont mis en valeur.
- Les temps du passé ont été utilisés correctement.
- Les demandes d'éclaircissements ont été satisfaites.

unité

Transformations

4

À la fin de l'unité 4, vous serez capable de...

- comprendre des messages sur un répondeur.
- comprendre et participer à une visite guidée.
- comprendre et participer à des conversations en direct ou par téléphone.
- parler de votre formation et de votre parcours professionnel.
- comprendre des témoignages sur un blog.
- comprendre un texte littéraire et écrire un texte sur le même modèle.

TÂCHE FINALE :
« La fabrique du futur »

Pour cela, vous apprendrez à...

- interrompre quelqu'un.
- demander des conseils et faire des recommandations.
- demander de confirmer des informations, confirmer des informations.
- demander et donner des précisions.
- exprimer des sentiments ou des émotions.

Stratégies
Comment comprendre des mots nouveaux.

SITUATIONS

La cité ardente

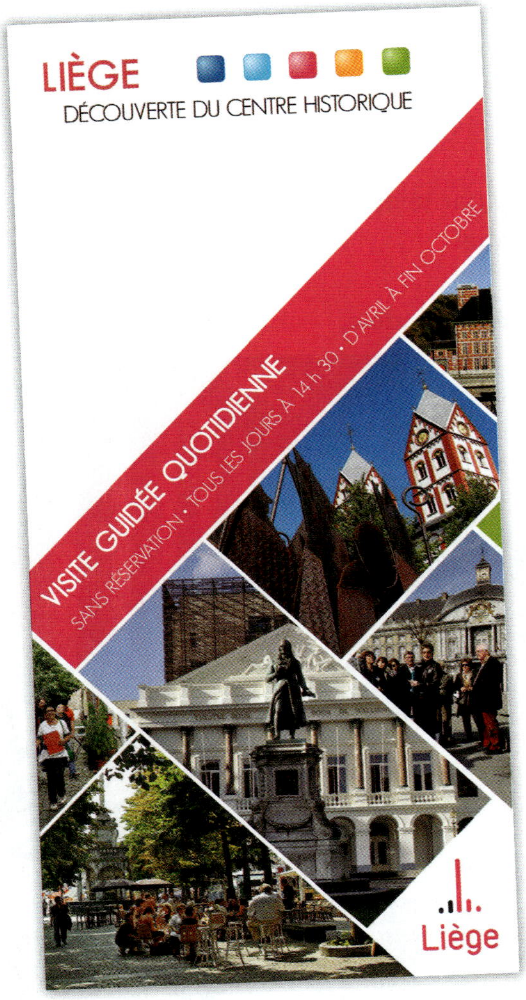

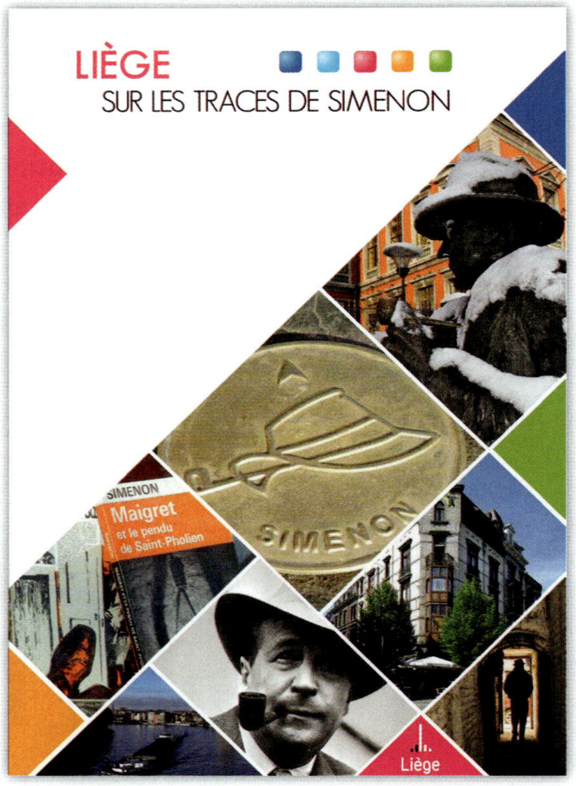

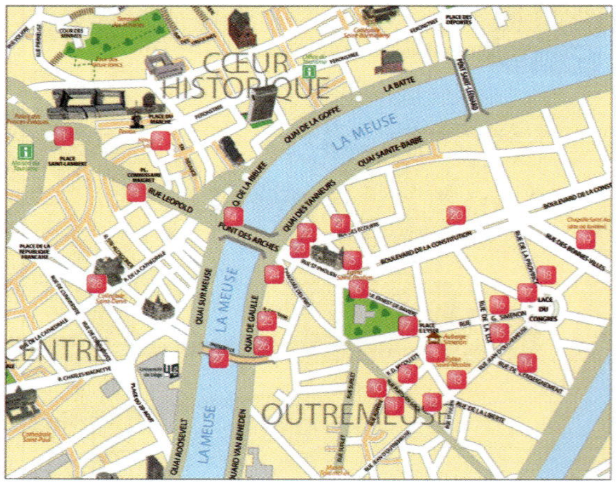

1 **Écoutez le dialogue. Combien de personnes entendez-vous ? Qui sont-elles ? Que sont-elles en train de faire ?**

2 **Réécoutez le dialogue, puis répondez aux questions.**

1. Quelle ville visitent les touristes ?
2. Combien de temps dure la visite ?
3. De combien de parties se compose-t-elle ?
4. Combien de touristes s'adressent à la guide ? Lui parlent-ils sur le même ton ?
5. Comment réagit Élodie aux interventions du premier touriste ?
6. Quels types d'informations donne-t-elle sur la ville ?
   a) quartiers
   b) musées
   c) restaurants
   d) transports
   e) monuments
   f) fleuve
   g) personnes célèbres
7. Quel musée est en projet ? Pourquoi n'est-il pas encore construit ?
8. Quelles autres visites Élodie recommande-t-elle ?

Voir la transcription, p. 156.

3 **Repérez dans le dialogue les expressions utilisées par la guide ou par les touristes pour…**

1. **commencer et terminer une visite guidée.**
2. **demander des compléments d'informations ou des précisions.**
3. **confirmer une information.**
4. **faire des recommandations.**

Ils ont sauté le pas !

Carrière

La semaine dernière, nous avons lancé un appel à témoignage à tous ceux et toutes celles qui ont osé changer de vie, qui ont sauté le pas. Voici aujourd'hui les témoignages qui nous ont le plus émus ou étonnés.

Sandrine, 42 ans, devenue hôtelière au Mexique

Voilà : après des études d'informatique, j'ai travaillé de 1995 à 2002 à Paris, puis mon entreprise m'a envoyée à Mexico pour quatre ans. Là-bas, au Mexique, je ne connaissais personne, mais j'ai découvert des paysages magnifiques ! J'ai alors décidé de me reconvertir dans le domaine de l'hôtellerie. Je ne suis rentrée que pour préparer mon grand départ.

En 2006 pourtant, je n'ai pas démissionné : j'ai demandé une année sabbatique car j'avais un peu peur de ne pas réussir ou de changer d'avis. J'ai acheté un grand terrain où j'ai fait construire dix bungalows, avec un paysage grandiose tout autour. En 2008, j'avais terminé les travaux et réuni une équipe, alors j'ai enfin démissionné de mon ancien poste.

Et voilà, je ne regrette rien ! Je suis très heureuse, non seulement parce que je vis une vie que je n'avais jamais espérée mais aussi parce que je suis fière d'avoir relevé le défi ! D'ici quelques années, j'aurai acquis plus d'expérience.

Cédric, 37 ans, devenu conducteur de TGV

C'est vrai que j'avais une profession reconnue et bien rémunérée : directeur commercial. Mais depuis quelques années, je n'arrêtais pas de me répéter que ce travail n'était pas fait pour moi, ni moi pour lui non plus ; je n'aimais plus mon travail. Mes amis et ma famille en avaient marre. Et moi, ma seule envie, c'était de travailler dans le monde des chemins de fer : les voyages, les grands horizons…

Un ami m'a lancé un défi. Ça m'a soufflé et c'est ce qui m'a décidé. D'abord, j'ai démissionné puis suivi une formation, mais ça ne s'est pas fait tout seul. J'ai fini par avoir un poste.

Je n'ai aucun regret par rapport à mon ancienne profession, je me sens bien, j'ai l'air plus dynamique, on me trouve rajeuni et je me sens moi, vraiment. Tout le monde me dit que j'ai l'air épanoui ; c'est sans doute parce que j'ai pu réaliser mon rêve d'enfant !

1 De quel type de texte s'agit-il ?

a) D'une étude sociologique. **b)** De témoignages. **c)** De faits divers.

2 Lisez les textes de Sandrine et Cédric, puis répondez aux questions pour chacun.

1. Quel était son ancien travail ?
2. Pour quelle(s) raison(s) voulait-il / elle changer de profession ? Quel événement a précipité le changement ?
3. Quelles ont été les conséquences de cette reconversion ?
4. Quel bilan fait-il / elle de cette expérience ?

3 À quel témoignage avez-vous envie de réagir ? Pourquoi ?

4 Repérez dans les textes les expressions utilisées pour exprimer des sentiments ou des émotions.

GRAMMAIRE

L'expression du lieu

Observez ces phrases et repérez tous les mots et expressions qui servent à indiquer le lieu :
Sur votre gauche, vous pouvez voir l'Hôtel de ville et, juste en face de nous, le Perron. De l'autre côté, là derrière, c'est le Palais des Princes-Évêques. Nous voilà dans le quartier d'Outremeuse, Simenon y a passé sa jeunesse. On ne sait pas encore où se fera le musée.

- **On indique le lieu avec des mots de différentes natures :**
  - **des prépositions :**
    *Je vais **à** la piscine.*
    *Je viens **de** l'école.*
    *Je suis passée **par** le parc.*
  - **des adverbes :**
    *Mes clés sont **ici** ?*
    ***Là-bas**, à Tahiti, il est heureux.*
    *Je préfère aller **ailleurs**.*
  - **des pronoms :**
    *C'est le quartier **où** il habite.*
    *J'**y** passe tous les jours.*
    *Le métro ? J'**en** viens.*
- **Les prépositions et les adverbes ont parfois la même forme, mais pas toujours.**

prépositions	adverbes
Mon quartier est **près du** / **loin du** centre-ville.	Le centre-ville est **tout près** / **loin**.
Il y a une petite cour **devant** / **derrière** le pavillon.	La voiture est garée **devant** / **derrière**.
J'habite **dans le** / **en dehors du** centre.	Les clés sont restées **dedans** / **dehors** !
Il y a un chewing-gum collé **sur** / **sous** la table.	Ne mets pas tes pieds **dessus** / **dessous** !
Ses parents habitent **en dessous de** chez elle.	Mes parents habitent **en dessous**.
J'ai changé la lampe qui est **au-dessus de** la table.	Regarde les oiseaux **au-dessus** !

1 Choisissez l'option correcte.

1. Les bungalows sont ▒ *(en face / devant)* de la plage.
2. Il y a des palmiers ▒ *(tout autour / sur)*.
3. Le restaurant est ▒ *(près / dedans)* de la plage.
4. On peut manger ▒ *(à l'extérieur / hors)*.
5. ▒ *(Devant / À droite)* du restaurant, on peut louer des parasols.
6. Le propriétaire est ▒ *(là-bas / près)*, ▒ *(dans / au bord)* de l'eau.

2 Complétez avec *où*, *y* ou *en*.

1. Il ▒ a habité toute sa vie.
2. C'est le quartier ▒ il a grandi.
3. Il n'a pas voulu ▒ aller.
4. Je suis au travail, j'▒ sors à 18 h.
5. On ▒ est allés hier.
6. Liège est la ville ▒ Simenon est né.
7. Tu vas à la fac ? J'▒ sors !
8. Il était à Nice. Il ▒ est revenu tout bronzé !

Le futur antérieur

Observez ces phrases :
*Quand nous **aurons terminé**, je vous ferai quelques suggestions.*
*Quand tous **se seront mis** d'accord, le projet prendra forme.*

- Le futur antérieur est un temps composé qui se forme avec un **auxiliaire (*être* ou *avoir*) au futur et le participe passé du verbe que l'on conjugue.**

À quoi ça sert ?
Le futur antérieur sert…
- à **indiquer qu'un fait est antérieur à un autre** : *Quand il aura appelé, nous partirons.*
  → action 1 : *appeler*
  → action 2 : *partir*
- à **faire des prévisions, des suppositions** : *Il aura eu peur.*

3 Faites des phrases avec le futur antérieur.

1. prendre ma décision – te faire signe
2. organiser une fête – rentrer
3. chercher du travail – obtenir son diplôme
4. commencer les cours – m'inscrire
5. terminer les devoirs – jouer avec tes amis
6. sortir le chien – aller se coucher

La négation

Rappelez-vous :
*Je **ne** connaissais **personne**.*
*Je **n'**ai **pas** démissionné.*
*Je **ne** regrette **rien**.*
*Une vie que je **n'**avais **jamais** espérée.*
*Je **n'**aimais **plus** mon travail.*

Combien de termes négatifs contiennent ces phrases ? Où sont-ils placés par rapport au verbe ? Quel terme apparaît dans toutes les phrases ? Qu'est-ce qui détermine le choix du 2e terme négatif ?

Observez ces phrases :
***Personne ne** sait où cela se fera.*
***Rien ne** pouvait m'arrêter.*
*J'avais un peu peur de **ne pas** réussir.*

Combien de termes négatifs contiennent ces phrases ? Où sont-ils placés par rapport au verbe ? Est-ce l'ordre auquel vous êtes habitués ?

- **Les deux termes négatifs se placent avant le verbe lorsque la négation est le sujet de la phrase et avec un verbe à l'infinitif :**
  ***Personne n'aura vu** le film, c'est dommage.*
  *Elle préfère **ne rien dire**. Elle lui a dit de **ne pas poser** de questions.*

  Et maintenant, observez ces phrases :
  *Et si vous **n'**avez **pas** de moyen de transport, **ni** envie de prendre le bus, je vous conseille « Vélocité ».*
  *Je **n'**en retirais **ni** plaisir **ni** bénéfices personnels.*

Combien de termes négatifs contient chaque phrase ?
Combien de fois y utilise-t-on la conjonction *ni* ?
Quel serait l'équivalent de *ni* dans une phrase affirmative ?

- **Lorsque la négation porte sur deux éléments, on utilise *ne* … *pas* (*de*) … *ni* (*de*) ou *ne* … *ni* … *ni* :**

*J'aime bien **la** banlieue et **les** villages.*
*→ Je **n'**aime **pas la** banlieue **ni les** villages.*
*→ Je **n'**aime **ni la** banlieue **ni les** villages.*

*J'ai vu **des** vélos et **des** voitures à louer.*
*→ Je **n'**ai **pas** vu **de** vélos **ni de** voitures à louer.*
*→ Je **n'**ai vu **ni** vélos **ni** voitures à louer.*

Avec l'article indéfini, que se passe-t-il ?

4 Mettez ces phrases à la forme négative.

1. Quelque chose me dit que j'ai raison.
2. Il me dit toujours qu'il m'aime.
3. Tout le monde est d'accord.
4. C'est bizarre, j'entends quelque chose.
5. Manger des légumes, c'est bon pour la santé !

5 Complétez ces phrases avec une négation.

1. Il ne regarde ___ de films ___ de documentaires à la télévision.
2. Je n'ai visité ___ musées ___ jardins.
3. Je ne prendrai ___ de fromage ___ de dessert.
4. Tu ne connais ___ Paris ___ Rome ?
5. Tu n'auras vu ___ Romain ___ Pauline !

La restriction

Observez ces phrases :
*Je **ne** suis rentrée **que** pour préparer mon grand départ.*
*Je **n'**avais **qu'**une envie, démissionner.*

En quoi la structure signalée ressemble-t-elle aux structures négatives ? En quoi est-elle différente ?

- On peut remplacer les termes ***ne*** … ***que*** par l'adverbe *seulement :*
  *Il **ne** boit **que** de l'eau. → Il boit seulement de l'eau.*

6 Reformulez ces phrases avec *ne … que*.

1. Il boit seulement de l'eau minérale.
2. Le soir, je mange seulement une salade.
3. Je vois seulement des films en VO.
4. On sert seulement des plats exotiques.

LEXIQUE
Aménagement urbain

1 Relevez dans ce texte les termes qui permettent de décrire la transformation d'une ville.

« Ma ville a beaucoup changé dernièrement. Dans les vieux quartiers qui donnent sur les quais, on a démoli de nombreux immeubles et on en a restauré d'autres. On a remodelé les espaces verts et on a aménagé des parkings souterrains. On a nettoyé les eaux du port et transformé le bord de mer en promenade. On a élargi les avenues, qui sont maintenant bordées d'immeubles neufs. Des bancs et des aires de jeux sont apparus sur les places et donnent, avec la présence d'enfants qui rient et qui crient, l'impression d'une ville jeune et plus active. De nouveaux lampadaires, plus fonctionnels, remplacent les anciens. Des moyens de transport plus nombreux unissent le centre-ville aux banlieues et aux zones industrielles, où de nombreuses usines se sont installées.
Il reste encore beaucoup de travaux à faire et d'infrastructures à créer pour améliorer ma ville, mais il est déjà beaucoup plus agréable de s'y promener à pied ! »

2 Décrivez ces deux photos du même endroit, prises à plusieurs années d'intervalle. Aidez-vous du vocabulaire de l'activité précédente et des expressions ci-dessous.

La description d'une photo

Il s'agit d'une photo de…
Sur cette photo, on voit…
Au premier / second plan, on observe…
À l'arrière-plan / Au fond, on distingue…
Au centre / Au milieu, on peut voir…
Sur le côté gauche / droit, on aperçoit…

Votre quartier ou votre ville ont-ils changé ces dernières années ? Quelles transformations avez-vous pu observer ? Qu'en pensez-vous ?

Changements personnels

3 Décrivez les changements qui se sont produits chez cette personne. Choisissez les mots nécessaires dans la liste ci-dessous.

blanchir (les cheveux) • perdre ses cheveux • se teindre les cheveux • changer de coupe de cheveux / de coiffure • embellir • enlaidir • grossir • mincir • maigrir • rajeunir • vieillir • prendre un coup de vieux • changer de manière de s'habiller • changer de look

Vous connaissez une personne qui a beaucoup changé au cours des dernières années (dans votre entourage ou dans le monde du spectacle). Racontez.

4 Racontez ce parcours professionnel en quelques phrases en utilisant la plupart de ces verbes.

obtenir un poste • changer de poste • démissionner • être licencié • se reconvertir • devenir cadre • être muté • avoir une promotion • obtenir de l'avancement • intégrer une nouvelle équipe • monter son entreprise

- **2014 à aujourd'hui :** « L'horlogerie gourmande », Genève
  Auto-entrepreneur (chocolatier)
- **2009-2012 :** Biopharma, Genève
  Responsable communication (service communication)
- **2008-2009 :** Pharmacool, Laval
  Responsable relations internationales (service communication)
- **2005-2008 :** Pharmacool, Genève
  Assistant relations internationales (service communication)
- **2003-2005 :** Pharmacool, Genève
  Assistant commercial (service commercial)

Prononciation : les consonnes en position finale

1 Indiquez pour chaque paire de mots lequel est prononcé en premier et lequel en deuxième.

1. cou – coupe
2. soupe – sous
3. tu – tube
4. bombe – bon
5. vos – vogue
6. vague – vas
7. mais – mec
8. pas – Pâques
9. doux – doute
10. pot – pote
11. coup – coude
12. fait – fête

2 Écoutez les mots suivants en faisant bien attention à leur terminaison, puis classez-les selon que le dernier son prononcé est un son vocalique ou un son consonantique. Que constatez-vous ?

1. peau
2. botte
3. an
4. âne
5. pomme
6. du
7. porte
8. beau
9. pont
10. dupe

3 Entraînez-vous à prononcer ces paires de mots, puis vérifiez avec l'enregistrement.

1. haut – homme
2. plu – plume
3. mais – même
4. si – cime
5. bout – boum
6. rat – rame

Les pères changent

En l'espace de 30 ans, les pères ont changé. Pour 56 % des Français (sondage Sofres 2010), les pères assument mieux leur rôle et leurs responsabilités, et les femmes sont les premières à le reconnaître (75 %). Dans l'ensemble, ils sont prêts à montrer leur affection sans avoir le sentiment de renoncer à leur identité masculine et ils occupent une place plus importante auprès de leurs enfants. Des législations sur les congés paternité sont apparues progressivement dans le monde francophone : en 2002 en France et en Belgique, et en 2006 au Québec.

Dans votre pays, le rôle du père a-t-il changé au cours des dernières décennies ? Les pères ont-ils la possibilité de prendre un congé parental ? Qu'en pensez-vous ?

Apparition… transformation… disparition ?

Le boom des réseaux sociaux

En 2014, 80 % des Français étaient « socionautes ». Selon une étude de l'Observatoire des réseaux sociaux en France, le profil des utilisateurs tend à évoluer : on remarque une baisse des 25-34 ans et une augmentation des plus de 50 ans.

Autre changement perceptible : un grand nombre de Français continuent à se connecter à un réseau social tous les jours ou presque, mais moins de temps qu'avant. Et c'est moins pour exposer ou partager leur vie privée et leurs opinions que pour diffuser, consulter et récupérer des informations.

Ces tendances vous semblent-elles encore d'actualité ? Est-ce différent dans votre pays ? À votre avis, les réseaux sociaux seront-ils aussi importants dans l'avenir ?

Le téléphone

Depuis les années 90, on utilise de moins en moins les cabines téléphoniques : en 2014, une cabine servait trois minutes par jour. On envisage de les démonter progressivement.

Les cabines sont-elles condamnées à disparaître du paysage urbain ? Peut-on envisager de les « recycler » ? Qu'en pensez-vous ? Que proposez-vous ?

Dans votre pays, dans votre ville, quels sont les secteurs où vous avez pu observer des changements au cours des dix dernières années ?

Quels autres changements aimeriez-vous ajouter à ceux qui sont présentés ici ?

COMPÉTENCES

ÉCOUTER

1 Écoutez ces enregistrements et déterminez la nature de chacun.

a) Message sur répondeur téléphonique.
b) Conversation en vis-à-vis.
c) Conversation téléphonique.

2 Quels sont les objectifs de chacune des personnes qui parlent ?

a) Bavarder et donner des informations.
b) S'excuser, demander un service et faire des promesses.
c) Proposer, donner des informations et convaincre.

3 Qualifiez le ton de la personne qui parle dans chaque enregistrement.

a) Chaleureux.
b) Très agité.
c) Gêné.

4 Résumez oralement chaque enregistrement.

PARLER

5 Par petits groupes, organisez une visite guidée de votre école, de votre quartier ou de votre ville.

L'un(e) de vous joue le rôle du / de la guide. Les autres jouent les touristes.

Se présenter et prendre congé : Bonjour, je me présente : … – Moi, c'est … : je suis votre guide pour la journée. – Merci pour cette visite. – À tout à l'heure ! – À plus tard ! – À demain ! – À bientôt ! – Au revoir !

Commencer et terminer une visite guidée : Je vais vous accompagner ce matin. – Tout le monde m'entend ? – La visite s'achève. – Ça vous a plu ? – Vous avez des questions ?

Interrompre quelqu'un : Oh, regardez là-bas ! – S'il vous plaît ! – J'ai une question, s'il vous plaît. – Pardon ! – Excusez-moi ! – Écoutez…

Demander des compléments d'informations ou des précisions : Il faut combien de temps pour cette visite ? – Et de l'autre côté, là, qu'est-ce que c'est ? – C'est quoi ?

6 Vous allez déménager dans un autre quartier où habite un(e) de vos ami(e)s. Vous lui téléphonez pour lui demander des conseils.

Demander des conseils ou faire des recommandations : Vous avez des suggestions à nous faire… ? – Si cela vous intéresse, vous pouvez… – Je vous recommande… – Est-ce que vous pouvez nous conseiller… ?

7 Changement de look. Vous avez pris rendez-vous avec un(e) conseiller(ère) pour changer votre apparence.

Vous lui parlez de vos envies et lui demandez de confirmer certaines informations. Il / Elle vous pose des questions pour en savoir plus et il / elle vous oriente.

Demander de confirmer des informations, en confirmer : J'ai entendu parler…, c'est vrai ? – Oui, c'est exact. – Mais ce n'est pas… ? – C'est pratique, non ? – Vraiment ? – C'est bien ça ? – Oui, c'est intéressant, n'est-ce pas ?

8 Nouvelle vie. Racontez à votre voisin(e) un changement radical dans votre vie ou dans celle d'un(e) de vos ami(e)s.

Exposez la situation de départ, ce qui a provoqué ce changement et la situation finale. Évoquez les sentiments ou émotions ressentis par votre ami(e) ou par vous-même.

Exprimer des sentiments et des émotions : Elle en avait assez / marre (fam.). – Ça m'a soufflé. – J'ai eu peur. – J'ai paniqué. – Je n'ai aucun regret. – Je me sens bien. – Ça m'exaspère. – Zut, c'est trop tard. – Rien à faire, je n'y arrive pas !

9 Présentez votre formation, votre parcours professionnel ou celui d'une personne que vous connaissez. Expliquez les changements de parcours et les sentiments qu'ils ont provoqués chez vous ou chez cette personne.

LIRE

10 Lisez l'extrait de *Un étang sous la glace*, puis dites si c'est vrai ou faux.

1. La narratrice est installée dans une voiture, en face d'un immeuble moderne.
2. La maison jaune attire son attention.
3. Cette maison lui rappelle d'anciens souvenirs.
4. C'était celle de son oncle et de sa tante.

Je m'installe confortablement, et c'est alors que j'aperçois entre les immeubles une vieille maison à la façade jaune, recouverte à l'étage supérieur de lattes en bois. Comment se fait-il qu'elle soit restée là, anachronique, un peu ridicule, rappelant une époque ancienne, qui contraste avec celle de la conception des immeubles ? Pourquoi n'a-t-elle pas été démolie, comme sans doute toutes les villas qui bordaient la rue Armand Barras ? Et pourquoi m'est-il si désagréable de la regarder ? Désagréable est un mot faible, mon malaise devient insupportable, je suis sur le point de mettre la voiture en marche et d'aller la garer plus près du cabinet dentaire. Mais je ne peux pas, c'est comme si ma main refusait de tourner ma clé de contact. Je reste là, je respire mal, je regarde la maison, et tout à coup j'éprouve un choc comme lorsqu'on se réveille au milieu d'un rêve : la maison du vieux professeur d'allemand.

La maison du vieux professeur d'allemand…

Cela vient de loin, d'une autre vie. […] Si la maison jaune que je vois de ma voiture est bien celle que je crois, alors la villa d'oncle Edmond et de tante Thérèse se trouvait exactement à la place de l'immeuble bleu et blanc devant lequel je suis garée.

Les images se mettent en place comme les morceaux d'un puzzle et je vois, je ne peux m'empêcher de voir avec netteté ce qui existait à la place de l'immeuble bleu et blanc : le mur qui entourait la propriété de mon grand-oncle Edmond, avec la barrière aux pointes acérées qui le surmontait, le garage, le gravier blanc, le porche, la façade en pierres de taille, le toit en pente, la terrasse devant la chambre de cousine Arlette, et puis, derrière la maison, le jardin avec la pelouse, les bouleaux, les peupliers, les sapins, le grand marronnier. Et, tout au fond du jardin, le portail qui ouvrait sur le vaste pré qu'oncle Edmond avait acheté pour ne pas avoir de voisins de ce côté-là et où il avait fait aménager un étang.

L'étang. Les quelques nénuphars. Les gros poissons blancs.

Yvette Z'Graggen, *Un étang sous la glace*

11 Répondez aux questions suivantes.

1. Pourquoi la narratrice ne s'attendait-elle pas à voir une telle maison dans cette rue ?
2. Quels sentiments éprouve-t-elle devant cette maison ?
3. Qu'est-ce qu'il y avait à la place de l'immeuble bleu et blanc ?
4. Comment était la villa d'oncle Edmond et de tante Thérèse ?
5. Avez-vous vécu une expérience semblable à celle qui est racontée dans le texte ?

Stratégies

Comment découvrez-vous le sens de mots nouveaux dans un texte complexe ?

Relevez les mots que vous ne connaissiez pas et dites quels indices vous ont aidé(e) à les comprendre.
- Le sens global du texte.
- L'intention du document.
- Les mots connus autour du mot nouveau.
- La fonction grammaticale du mot dans la phrase.
- La formation de ce mot.
- L'illustration qui accompagne le texte.
- La proximité avec votre langue maternelle.

Par petits groupes, commentez vos réponses.

ÉCRIRE

12 Sur le modèle de ce texte, présentez un endroit de votre enfance. (100 mots)

Dites quand vous aviez quitté cet endroit et quand vous y êtes retourné(e). Décrivez les changements produits et les sensations que vous avez ressenties.

La fabrique du futur

L'organisation non-gouvernementale « La fabrique du futur » lance un appel à participation pour une grande réflexion collective sur la ville de demain.

Elle demande d'élaborer des propositions de transformation de la ville afin de répondre aux défis actuels :

- la montée démographique
- la diminution des ressources naturelles
- le changement climatique
- la transformation des modes de vie

Ces propositions seront présentées et débattues en assemblée générale au siège de l'organisation.

Vous avez décidé de participer à cette réflexion.

1 **Chaque élève choisit le sujet qui l'intéresse le plus. La classe s'organise en quatre groupes en fonction des sujets choisis.**

2 **Par groupes, organisez un remue-méninges pour mieux cerner le sujet et déterminer des mots-clés.** Ensuite, lancez des recherches à partir de ces mots-clés (sur Internet, par exemple) pour vous informer et pour élaborer des propositions concrètes.

3 **Préparez votre exposé. Classez les propositions, puis rédigez-les.** Décidez de ce que va présenter chaque membre du groupe.

4 **Pendant l'assemblée générale, présentez vos propositions aux autres groupes. N'oubliez pas d'annoncer votre sujet !** À la fin de chaque présentation, engagez le débat avec votre public : les membres des autres groupes vous demandent des éclaircissements et donnent leur opinion.

5 **Évaluez chacune des présentations. Vérifiez que les critères ci-dessous ont été respectés.**

- La présentation a été claire et convaincante.
- Le texte est organisé et respecte les consignes.
- Le projet a été exposé avec précision.
- Les points forts ont été mis en valeur.
- Les temps du futur ont été utilisés.
- Les demandes d'éclaircissements ont été satisfaites.

unité

5

Que d'émotions !

À la fin de l'unité 5, vous serez capable de...

- **comprendre des extraits de conversations et des micros-trottoirs.**
- **participer à des conversations et raconter des moments forts.**
- **comprendre un article de divulgation (psychologie).**
- **comprendre un texte littéraire (extrait de roman).**
- **raconter par écrit une anecdote (différences culturelles).**

TÂCHE FINALE :

« Réseau d'entraide »

Pour cela, vous apprendrez à...

- présenter des excuses.
- exprimer des sentiments et des émotions.
- plaindre quelqu'un.
- consoler, encourager et réconforter quelqu'un.
- conseiller quelqu'un.

Stratégies
Comment exprimer des sentiments.

SITUATIONS

Sentiments partagés

1 Écoutez ces répliques. À quel sentiment correspond chacune d'entre elles ?

1. la peur
2. la tristesse
3. la joie
4. l'amour, la tendresse
5. l'envie, la jalousie
6. l'indifférence
7. la déception
8. la colère

2 Imaginez ce qui a pu provoquer ces réactions.

3 Réécoutez et repérez les expressions utilisées pour exprimer les sentiments mentionnés ci-dessus.

Voir la transcription, p. 158.

4 Lisez la réponse donnée à chacune des personnes enregistrées. Qui répond à qui ?

1. Allô Fabrice ! Félicitations ! Je suis contente que tu aies du travail !
2. Je regrette que tu le prennes comme ça, je ne l'ai pas fait exprès…
3. Vous avez eu de la chance !
4. Bien sûr ! Tu le revois quand ?
5. C'est toujours moi qui décide de tout, je préfère que tu donnes ton avis, cette fois !
6. C'est dommage, tu le méritais, ce nouveau poste.
7. Ah là là ! On ne peut jamais rien prévoir !
8. Ça me fait de la peine de te voir dans cet état, mon pauvre !

5 Et vous, que répondez-vous aux personnes enregistrées ?

Stratégies

Comment peut-on exprimer ses sentiments ?

- Avec un ton de voix particulier.
- En parlant plus vite ou plus lentement selon les sentiments.
- À l'aide de mots ou d'expressions spécifiques.
- En utilisant des interjections.
- Grâce à des gestes et des mimiques.
- En nommant le sentiment qu'on éprouve.

Connaissez-vous des moyens différents d'exprimer des sentiments, dans d'autres cultures ou dans la vôtre ?
Et vous, comment manifestez-vous votre joie ou votre tristesse ?

L'intelligence émotionnelle

5

Vous avez eu une mauvaise journée ? Vous trouvez que vos enfants vous écoutent moins aujourd'hui, que votre conjoint(e) est plus distrait(e) que d'habitude ? Quelle attitude adoptez-vous ?
C'est votre intelligence émotionnelle qui détermine votre manière de réagir aux faits ou aux situations de la vie quotidienne.

Qu'est-ce que l'intelligence émotionnelle ?

Selon le psychologue David Goleman, qui a défini ce concept dans les années 1990, c'est « la capacité à reconnaître ses sentiments et ceux des autres, à gérer ses réactions émotionnelles […] et à se motiver pour atteindre ses buts. » Elle sollicite cinq compétences de base : la conscience de soi, la maîtrise des émotions, la motivation, l'empathie et les aptitudes humaines. Depuis, on a beaucoup écrit à ce sujet. Des études ont révélé que les personnes qui ont une intelligence émotionnelle très développée sont généralement en meilleure santé que les autres, qu'elles résistent mieux au stress et se montrent plus satisfaites de leur qualité de vie. Heureusement, l'intelligence émotionnelle, évaluée par le quotient émotionnel (QE), s'acquiert, s'enseigne et se développe à tout âge, à la différence du quotient intellectuel (QI) qui augmente à l'adolescence, puis stagne et finit par diminuer.
Développer cette forme d'intelligence ne signifie pas brimer ses émotions, mais jouer avec, en tirer parti. Il faut travailler sur leurs manifestations, en chercher la cause ; s'occuper de soi, développer sa créativité et sa spiritualité ; écouter les autres et les comprendre ; et enfin, être tolérant avec soi-même.
Le monde de l'entreprise s'intéresse de très près au QE : les entreprises américaines et quelques grands groupes européens en ont fait un outil de recrutement. En effet, l'intelligence émotionnelle n'est pas qu'une affaire d'épanouissement personnel : la perception de soi, l'expression individuelle, l'aptitude relationnelle, la capacité de décision et la gestion du stress sont indispensables, dans des proportions différentes selon les postes de travail.

1 De quel type de texte s'agit-il ?

a) D'un article d'opinion. **b)** D'un témoignage. **c)** D'un article de divulgation.

2 Retrouvez dans le texte les informations correspondant aux thèmes suivants.

a) Les compétences nécessaires à l'intelligence émotionnelle.
b) Le rapport entre l'âge et le QE.
c) Le travail sur soi.
d) L'importance du QE dans le monde professionnel.

3 Lisez les affirmations ci-dessous et retrouvez les trois phrases qui vous correspondent le plus. Commentez en petits groupes.

1. Les jours où je suis de mauvaise humeur, j'envoie promener la terre entière.
2. Quand une bonne nouvelle me remplit d'enthousiasme, je n'arrive pas à dormir.
3. Au cinéma, je suis « bon public », je ris ou je pleure facilement : je participe au film à ma manière.
4. Quand je me sens triste, j'apprécie que les autres m'aident à retrouver le moral au lieu de me laisser dans mon coin à broyer du noir.
5. Je ressens physiquement mes émotions : je suis capable de trembler comme une feuille si j'ai peur.
6. Si j'ai un problème avec quelqu'un, je préfère qu'on en parle sans attendre.

4 Selon vous, l'intelligence émotionnelle correspond-elle à l'idée que l'on se fait de l'intelligence en général ? Pensez-vous qu'il soit important de la développer pour mieux vivre ? Votre profession requiert-elle un QE élevé ?

GRAMMAIRE

Le subjonctif présent

Observez ces phrases :
*Il faut qu'on **fête** ça tous ensemble !*
*Il faut absolument que je te le **présente** !*

parler	dire	finir
que je parl**e**	que je dis**e**	que je fin**isse**
que tu parl**es**	que tu dis**es**	que tu fin**isses**
qu'il parl**e**	qu'elle dis**e**	qu'on fin**isse**
que nous parl**ions**	que nous dis**ions**	que nous fin**issions**
que vous parl**iez**	que vous dis**iez**	que vous fin**issiez**
qu'ils parl**ent**	qu'elles dis**ent**	qu'ils fin**issent**

Combien de formes différentes constatez-vous à l'écrit ? Et à l'oral ? Quel autre temps présente les mêmes formes aux 1re et 2e personnes du pluriel ?

- **Formation :**
  Le subjonctif présent des verbes réguliers se forme à partir de **la base de la 3e personne du pluriel du présent de l'indicatif suivie des terminaisons : *-e, -es, -e, -ions, -iez, -ent*.**

- **Verbes irréguliers :**
  – ***aller :*** *que j'aille, que nous allions*
  – ***avoir :*** *que j'aie, que nous ayons*
  – ***être :*** *que je sois, que nous soyons*
  – ***faire :*** *que je fasse, que nous fassions*
  – ***falloir :*** *qu'il faille*
  – ***pleuvoir :*** *qu'il pleuve*
  – ***pouvoir :*** *que je puisse, que nous puissions*
  – ***prendre :*** *que je prenne, que nous prenions*
  – ***valoir :*** *que je vaille, que nous valions*
  – ***vouloir :*** *que je veuille, que nous voulions*
  – ***savoir :*** *que je sache, que nous sachions*

Observez ces phrases et repérez les verbes qui exigent le subjonctif :
Je trouve ça injuste qu'elle ait le poste.
Je veux que tu sois la première à le savoir.
Il faut que tu fasses attention !
Je suis contente que tu aies du travail !
Je préfère que tu donnes ton avis !
Je regrette que tu le prennes comme ça, je ne l'ai pas fait exprès…

Qu'expriment ces verbes ?

À quoi ça sert ?
Le subjonctif est un mode verbal qui sert principalement à **exprimer la subjectivité**.
On l'utilise **après un verbe qui exprime** :
- **un sentiment** : *être content / triste que, avoir peur que, regretter que…*
- **l'obligation, la volonté avec ses nuances** : *il faut que, souhaiter que, préférer que, vouloir que, exiger que…*

- **Une exception :** le verbe *espérer* (à la forme affirmative) se construit avec l'indicatif. *J'espère qu'il va bien !*

Attention ! Observez ces phrases :
Je suis content de partir.
Je suis content que tu partes.

Quelle est la différence entre ces deux phrases ?

- Quand le sujet des deux verbes est le même, on utilise l'infinitif au lieu du subjonctif :
  Je suis content : je pars. → *Je suis content de partir.*

1 Conjuguez les verbes au subjonctif présent.
1. Il faut que tu … (préparer) le déjeuner.
2. Je souhaite que vous … (avoir) beau temps.
3. Je suis content qu'elle … (pouvoir) venir à mon anniversaire.
4. Tu as peur qu'ils … (vouloir) abandonner le projet.
5. Ils préfèrent que nous … (rester) ici.
6. Ils regrettent qu'il … (devoir) rentrer.
7. Vous avez peur que je … (ne pas finir) ce dossier ?
8. Elle est ravie que nous l'… (inviter).

2 Donnez des ordres ou des conseils. Utilisez la structure *Il faut que*…
1. Une femme à son mari : passer à la banque / retirer de l'argent / aller faire les courses / préparer à manger / mettre la table / faire la vaisselle / descendre les poubelles / sortir le chien.
2. Un collègue au nouvel infirmier : établir les horaires avec le chef du service / prendre un bon café le matin / arriver à l'heure / savoir prendre des initiatives / être gentil avec les patients.

L'expression de la comparaison

Rappelez-vous :

Je ne crois pas qu'elle soit plus compétente que moi.
Il y avait autant d'étoiles dans ses yeux que dans le ciel !
Il est aussi amoureux que moi !
Je vis mon retour plus difficilement que d'habitude.
Vos enfants vous écoutent moins aujourd'hui.

Quelles expressions servent à établir des comparaisons ? De quel type sont-elles (infériorité, égalité ou supériorité) ? Sur quelles catégories de mots portent-elles ?
Quel mot introduit le 2e terme de la comparaison ? Dans votre langue, c'est la même chose ?

- **Le comparatif (rappel) :**

infériorité	égalité	supériorité
moins + adjectif + que **moins + adverbe + que** **moins de + nom + que** **verbe + moins que**	**aussi + adjectif + que** **aussi + adverbe + que** **autant de + nom + que** **verbe + autant que**	**plus + adjectif + que** **plus + adverbe + que** **plus de + nom + que** **verbe + plus que**

Observez ces phrases :

*Il a juste **mieux** su que moi se faire valoir.*
*Elles sont en **meilleure** santé que les autres.*

Mieux est le comparatif de quel adverbe ?
Meilleure est le comparatif de quel adjectif ?

- **Comparatifs irréguliers :**
  Les comparatifs de supériorité des adjectifs *bon* et *mauvais* et des adverbes *bien* et *mal* sont particuliers :
  ***bon*(*s*) / *bonne*(*s*) → *meilleur*(*s*) / *meilleure*(*s*)**
  ***mauvais* / *mauvaise*(*s*) → *plus mauvais* / *mauvaise*(*s*) ou *pire*(*s*)**
  bien* → *mieux
  mal* → *plus mal* ou *pire

Maintenant, observez ces phrases :

*Ça a été **la plus grande** peur de ma vie.*
*On a évité **le pire**.*

Quels sont les éléments communs au comparatif et au superlatif ? Et les différences ?

- **Le superlatif** se forme à partir du comparatif auquel on ajoute un article.

Enfin, observez ces dernières phrases :

*Ça nous a fait **comme** une douche froide.*
*C'est toujours **la même** chose avec toi !*

- ***Comme*** sert aussi à faire des comparaisons.

De quel type ? Dans votre langue, c'est la même chose ?

3 Complétez ces phrases avec un comparatif.

1. L'hiver au Canada est ___ (froid) ___ l'hiver en France.
2. Je suis content, j'ai fait ___ (fautes) ___ dans le précédent devoir.
3. Mon ordinateur est vieux, il marche ___ (bien) ___ avant.
4. Les enfants sont contents, il y a ___ (neige) ___ l'année dernière.
5. À Pékin, il y a ___ (habitants) ___ à Paris.

4 Complétez ces phrases avec un article si nécessaire.

1. Anaïs est ___ meilleure élève de sa classe.
2. Les légumes surgelés sont ___ moins bons que les légumes frais.
3. Le 21 juin est le jour ___ plus long de l'année.
4. ___ plus important pour moi, c'est d'être entouré de ma famille.
5. Je vois Chloé ___ plus souvent qu'avant.

5 Reconstituez ces phrases.

1. Il est malin comme…
2. Elle est haute comme…
3. Tu es libre comme…
4. En ville, on ne voit pas autant…
5. Ce bracelet a la même…
6. Tu es pâle comme…
7. C'est clair comme…
8. Le ciel est plus clair que…

a) d'étoiles qu'à la campagne.
b) trois pommes.
c) l'air.
d) un singe.
e) couleur que ta chemise.
f) la nuit dernière.
g) un linge.
h) de l'eau de roche.

LEXIQUE

Les émotions

1 Associez un sentiment ou une émotion à une manifestation proposée dans la liste ci-contre.

a) la tristesse
b) la joie
c) la surprise
d) la peur
e) l'indifférence
f) la colère
g) l'ennui
h) le dégoût

2 Complétez les phrases suivantes avec des verbes ou expressions de la liste.

1. Il est très triste, il n'arrête pas de ___.
2. J'ai réussi mon examen. Quand je l'ai su, j'ai ___.
3. Ses amis lui ont organisé un anniversaire surprise. Il ne s'y attendait vraiment pas. Quand il les a vus, il ___.
4. Il s'est fait agresser il y a un an. Quand il en parle, il ___ encore.
5. J'étais tellement intimidé que je ___.
6. La soupe avait un drôle d'aspect, ils ___.
7. Son comportement pendant la réunion était inacceptable. J'ai dû ___.
8. Tout l'indiffère, je lui demande ce qu'elle préfère, et elle ___.

L'expression des émotions

se sentir paralysé(e)
sauter (de joie)
sursauter
rester impassible
trembler (de tous ses membres), frissonner
applaudir
taper du poing sur la table
hausser les épaules
pâlir / rougir
se ronger les ongles, avoir un tic
bâiller
lancer un regard noir, froncer les sourcils
faire la moue, faire la grimace
rester muet(te), se taire
pousser un cri, crier
se plaindre
rire (aux éclats), éclater de rire
soupirer
pleurer (à chaudes larmes), sangloter

Êtes-vous une personne particulièrement sensible ?
Vous entendez-vous bien avec les personnes très sensibles ? Pourquoi ?

Les qualités de nos défauts

3 Lisez ces interprétations positives de certains défauts, commentez-les, puis trouvez-en une pour l'orgueil et une pour la gourmandise.

1. L'avarice : c'est avoir le sens des priorités, montrer sa capacité de gestion, faire attention à l'argent, avoir la tête sur les épaules.
2. La colère : c'est faire preuve de vivacité, de sincérité, d'une grande sensibilité.
3. L'envie : c'est admirer et désirer ce que possède autrui, vanter les possessions et justifier les privilèges d'autrui, vouloir toujours le meilleur.
4. La paresse : c'est montrer son calme, sa sérénité, son assurance, son sens de l'organisation.
5. La luxure : c'est manifester son appétit de vivre, son énergie vitale, sa sensualité, son refus des tabous.

Quels défauts acceptez-vous le mieux ?
Quels sont ceux que vous supportez le moins ? Pourquoi ?

L'amour !

4 **Choisissez, dans les paires suivantes, les termes qui décrivent le mieux les relations amoureuses selon vous.**

a) le coup de foudre / la découverte de l'autre
b) la passion / la tendresse
c) la jalousie / la confiance
d) les conflits / l'harmonie
e) les larmes / les rires
f) la rupture / l'union
g) les aventures / la fidélité

Commentez vos réponses en petits groupes. Avez-vous tous la même vision de l'amour ?

5 **Les manifestations amoureuses. Complétez les phrases ci-dessous avec les verbes suivants.**

plaire • prendre / tenir par la main, le bras, les épaules ou la taille • sourire • prendre / serrer dans ses bras • enlacer • embrasser • donner un baiser • ne pas quitter des yeux

1. Ils se regardaient sans cesse, c'était même plus que ça, ils ne se … . Manifestement, ils se … beaucoup, ils semblaient amoureux.
2. Ils marchaient doucement et tantôt ils se … la main, tantôt ils se … la taille. Souvent, ils s'arrêtaient rien que pour se … longuement.
3. Elle avait très froid. Il l'… dans ses bras. Elle lui … et l'… sur la joue. Elle avait un très joli sourire.

Prononciation : les voyelles nasales [ɑ̃]-[ɔ̃]-[ɛ̃]

1 **Écoutez et dites si les deux mots prononcés sont identiques ou différents.**

a) [ɑ̃] - [ɔ̃]

	1.	...	8.
=			
≠			

b) [ɛ̃] - [ɔ̃]

	1.	...	8.
=			
≠			

2 **Écoutez et indiquez le genre de l'adjectif.**

a) [ɑ̃] - [an]

	1.	...	6.
masculin			
féminin			

b) [ɔ̃] - [ɔn]

	1.	...	6.
masculin			
féminin			

3 **Écoutez et répétez les paires de mots enregistrées. Attention ! Le premier mot contient une voyelle nasale et le deuxième une voyelle orale.**

Amour… Toujours ?

Petit panorama de la chanson française

Les artistes francophones sont très nombreux à avoir mis l'amour en chansons. En voici un petit aperçu, des grands classiques aux plus modernes.

Ma mie de grâce ne mettons
Pas sous la gorge à Cupidon
Sa propre flèche…
J'ai l'honneur de ne pas te demander ta main
Ne gravons pas nos noms au bas d'un parchemin

La non-demande en mariage, Georges Brassens

Ma plus belle déception
Si l'amour m'a déçue
C'est qu'l'amour ça déçoit
C'est vrai que j'y ai cru
C'est qu'l'amour on y croit
Bien sûr que j'ai connu
L'amour bien avant toi
Des fois l'amour ça tue
Et des fois pas

Ma plus belle déception, Linda Lemay

Avec le temps, va, tout s'en va
On oublie le visage et l'on oublie la voix
Le cœur, quand ça bat plus, c'est pas la peine d'aller
Chercher plus loin, faut laisser faire et c'est très bien

Avec le temps, Léo Ferré

Roméo kiffe Juliette et Juliette kiffe Roméo
Et si le ciel n'est pas clément tant pis pour la météo
Un amour dans l'orage, celui des dieux, celui des hommes
Un amour, du courage et deux enfants hors des normes

Roméo kiffe Juliette, Grand corps malade

Et on se prend la main comme des enfants
Le bonheur aux lèvres un peu naïvement
Et on marche ensemble d'un pas décidé
Alors que nos têtes nous crient de tout arrêter
Il m'aime encore
Et toi tu m'aimes un peu plus fort

Comme des enfants, Cœur de pirate

Et nous vivons en parallèle et la ville nous sépare un peu
Nous nous croisons dans les tunnels
Ligne 13, la ligne 2
Parallèle, à côté dans Paris nos corps parallèles
Pas les mêmes, pas mélangés, pas loin et à côté quand même

Les amants parallèles, Vincent Delerm

Connaissez-vous ces chansons françaises ? Ces quelques titres et paroles, vous donnent-ils envie de les écouter ? Connaissez-vous d'autres chansons en français sur l'amour ?

Et dans votre pays, y a-t-il sur ce thème des chansons célèbres depuis des générations ? Y a-t-il une chanson d'amour que vous aimez tout particulièrement ? Laquelle ?

ÉCOUTER

1 Écoutez ces personnes.

1. Que font-elles ?
   - **a)** Elles répondent à une enquête.
   - **b)** Elles participent à une conversation amicale.
   - **c)** Elles font un exposé.
2. Retrouvez les trois questions auxquelles elles ont répondu.
3. Choisissez dans cette liste les défauts qu'elles ont cités : l'amateurisme, la jalousie, l'hypocrisie, la suffisance, l'opportunisme, le manque de respect, l'irresponsabilité, l'impolitesse, la médiocrité, la lâcheté, l'avarice.

2 Réécoutez l'enregistrement et répondez aux questions.

1. À qui la première personne interviewée attribue-t-elle un défaut qu'elle trouve insupportable ?
2. Dans quels contextes la deuxième personne situe-t-elle le premier défaut qu'elle cite ?
3. Quels sentiments éprouvent les trois personnes par rapport aux défauts évoqués ? Justifiez vos réponses.
4. À quelles qualités donnent-elles le plus d'importance ?
5. Quelle importance accordent-elles à la sincérité dans le couple ?

3 Si on vous pose ces questions, que répondez-vous ?

PARLER

4 Coup de blues. Vous êtes plutôt déprimé(e) en ce moment. Vous en parlez à deux de vos proches.

L'un(e) vous reproche votre état. L'autre essaie, au contraire, de vous réconforter.

5 Racontez un moment de joie ou de bonheur.

Évoquez les sensations et émotions que vous avez ressenties.

Exprimer la joie et la satisfaction : Je suis content / heureux… – Je flotte ! – Je plane ! – Je suis sur un petit nuage ! – C'est trop (bien) ! – Super ! – Génial ! – C'est sympa ! – C'est très bien ! – C'est parfait ! – Je suis contente que tu sois venu plus tôt. – C'est génial qu'elle t'ait invitée !

Exprimer la tristesse, la déception :
Je suis triste. – Ça ne va pas bien. – Je n'ai goût à rien. – Ça nous a fait comme une douche froide. – C'est horrible. – C'est une grosse déception. – C'est injuste. – Je suis vraiment déçue.

Exprimer sa colère, sa mauvaise humeur :
Ah, là tu exagères, vraiment ! – Mais ce n'est pas possible ! – Ça ne va pas, non ? – Assez ! – Ça suffit ! – J'en ai assez. – J'en ai marre ! (fam.) – Tu m'énerves ! – Tu es pénible ! – Ça m'agace.

Consoler, réconforter et encourager :
Ça va aller ! – C'est rien ! – Ne vous inquiétez pas ! – Ne t'en fais pas ! – Ce n'est pas grave ! – Ça va s'arranger, tu verras ! – Courage ! – Il faut que tu passes à autre chose.

6 Racontez l'une de vos plus grandes peurs à votre voisin(e).

Exprimer sa peur : J'étais pétrifié. – On a eu une peur bleue. – Ça a été horrible. – Qu'est-ce que j'ai eu peur ! – J'ai peur qu'il ne veuille pas…

Exprimer sa surprise, son étonnement : Ah ! – Oh ! – Oh, non ! – Quoi ? – Ce n'est pas possible ! – Ça alors ! – C'est pas vrai ! – Comment ? – Quel choc ! – Tu n'imagines pas ce que ça peut faire ! – Oh là là ! – Ça m'étonne qu'il ait fait ça. – C'est surprenant que vous n'ayez rien dit !

Plaindre quelqu'un : Je te plains. – Désolé ! – Mon pauvre !

Exprimer son soulagement : Ouf ! – Enfin ! – Maintenant, ça va mieux ! – Ça y est ! – C'est fini !

7 Vous avez été excessivement dur(e) avec un(e) ami(e). Vous lui téléphonez pour lui présenter vos excuses.

Présenter ses excuses : Je regrette vraiment. – Désolé. – C'est dommage. – C'est de ma faute. – Je suis désolée. – J'espère que tu pourras me pardonner.

Exprimer l'indifférence : Ça m'est complètement égal. – Ça ne me fait ni chaud ni froid ! – C'est comme tu veux. – Je m'en fiche.

8 Famille, je vous aime ! Par petits groupes, commentez les rapports que vous entretenez avec les membres de votre famille et comparez-les.

9 Savez-vous profiter pleinement de la vie ? Voici un petit questionnaire pour le découvrir.

Choisissez quatre questions et posez-les à votre voisin(e), puis répondez à votre tour à quatre questions de son choix. Ensuite, commentez les différences et les similitudes entre ses réponses et les vôtres.

1. Quand avez-vous fêté quelque chose pour la dernière fois ?
2. Comment rompez-vous la routine ?
3. Quand on vous invite à une fête, êtes-vous toujours prêt(e) à y participer ?
4. Êtes-vous conscient(e) des petites choses positives qu'il y a dans votre vie ?
5. Aimez-vous observer ce qui se passe autour de vous ?
6. Quand vous êtes-vous fait un cadeau pour la dernière fois ?
7. Chez vous le soir, valorisez-vous ce que vous avez fait pendant la journée ?

LIRE

10 **Lisez le texte suivant et dites si c'est un texte de type journalistique ou littéraire.**

Une Vietnamienne émigrée au Québec raconte ses souvenirs.

Tout récemment, j'ai vu à Montréal une grand-mère vietnamienne demander à son petit-fils d'un an : « *Thu'o'ng Bà đê' đâu* ? » Je ne sais pas comment traduire cette phrase de seulement quatre mots, mais qui contient deux verbes, « aimer » et « porter ». Littéralement, c'est : « Aimer grand-mère porter où ? » Le petit s'est touché la tête avec la main. J'avais complètement oublié ce geste, que moi-même j'ai fait mille fois quand j'étais petite. J'avais oublié que l'amour vient de la tête et non pas du cœur. De tout le corps, seule la tête importe. Il suffit de toucher la tête d'un Vietnamien pour l'insulter, non seulement lui mais tout son arbre généalogique. C'est ainsi qu'un timide Vietnamien de huit ans s'est transformé en tigre furieux quand son coéquipier québécois a frotté le dessus de sa tête pour le féliciter d'avoir attrapé son premier ballon de football.

Si une marque d'affection peut parfois être comprise comme une offense, peut-être que le geste d'aimer n'est pas universel : il doit aussi être traduit d'une langue à l'autre, il doit être appris. Dans le cas du vietnamien, il est possible de classifier, de quantifier le geste d'aimer par des mots spécifiques : aimer par goût (*thích*), aimer sans être amoureux (*thu'o'ng*), aimer amoureusement (*yêu*), aimer avec ivresse (*mê*), aimer aveuglément (*mù quáng*), aimer par gratitude (*tình nghĩa*). Il est donc impossible d'aimer tout court, d'aimer sans sa tête.

J'ai de la chance d'avoir appris à savourer le plaisir de lover ma tête dans le creux d'une main, et mes parents ont de la chance de pouvoir capter l'amour de mes enfants quand ces derniers leur donnent des baisers dans les cheveux, spontanément, sans protocole, pendant une session de chatouilles au lit.

Moi, j'ai touché la tête de mon père une seule fois. Il m'avait ordonné de m'appuyer sur lui pour sauter par-dessus la rampe du bateau*.

Kim Thúy, ru

*L'auteure fait allusion à la fois où sa famille et elle-même ont dû quitter le Vietnam.

11 **Répondez aux questions.**

1. Qu'est-ce qui déclenche la réflexion de la narratrice ?
2. De quelle partie du corps vient l'amour pour un Vietnamien ?
3. Que faut-il éviter de faire à un Vietnamien ? Pourquoi ?
4. À quelle conclusion arrive la narratrice après avoir raconté l'anecdote ?
5. Qu'est-ce que la langue vietnamienne permet de préciser quand on parle d'amour ?
6. Quels gestes inacceptables dans la culture vietnamienne ont été permis à l'auteure et à ses enfants au Québec ?
7. À quelle occasion la narratrice, quand elle était enfant, a-t-elle pu faire ce geste à un membre de sa famille ?

12 **Comparez le langage de l'amour des Vietnamiens à celui de votre culture.**

ÉCRIRE

13 **À l'étranger, vous est-il arrivé d'être mal compris(e) à cause de différences culturelles ? Racontez ou inventez. (100 mots)**

Réseau d'entraide

Vous avez découvert un service d'entraide psychologique entre particuliers. Participez : exposez votre problème et répondez à votre tour à une demande d'aide.

1 Lisez cet échange entre Margot et Timothée.

La question :
Appel à l'aide

Je déteste les animaux depuis mon enfance, même les domestiques. Je panique quand un chien s'approche de moi dans la rue et je refuse d'aller chez des amis si je sais qu'ils ont chat, chien ou tortue. J'ai interdit, bien sûr, à mes enfants d'en avoir mais j'ai très mauvaise conscience car ils en rêvent, et je sais qu'un animal est très important pour la socialisation d'un enfant. Pourriez-vous m'envoyer vos conseils et vos témoignages ?

Margot

Réponse :

Si tu détestes les animaux domestiques et que tu en as peur, c'est peut-être à cause de l'éducation que tu as reçue. Pour moi, c'était le cas car ma mère en avait peur et me disait toujours de faire attention, de ne caresser ni chien ni chat, etc. Mais un jour, mon meilleur ami a trouvé un chien dans la rue et l'a adopté ; il était tellement affectueux, tellement gentil, il avait besoin de tellement de tendresse que peu à peu, j'ai eu envie de le caresser et de m'occuper de lui quand mon ami n'était pas là. Depuis, j'adore les chiens et j'en ai même pris un à la maison ! Voilà mon témoignage, j'espère qu'il te sera utile et qu'il te donnera envie de faire des efforts.

Timothée

2 À votre tour : rédigez un message d'appel à l'aide !

1. Formez des groupes autour des problèmes ci-dessous ou d'un autre de votre choix :
   - J'ai du mal à contrôler ma colère, ma déception.
   - Je déteste parler en public.
   - Je réagis très mal aux critiques.
   - Je n'arrive pas à résoudre les conflits.
   - Je n'aime pas travailler en équipe.
   - Je ne supporte pas ma belle-famille, les ami(e)s de mon mari / ma femme.
2. Rédigez un message commun : exposez clairement votre problème et les sensations ou les sentiments qu'il provoque en vous. Vous avez 20 minutes !

3 Chaque groupe tire un message au sort.

1. Lisez le message auquel votre groupe doit répondre. Commentez-le.
2. Préparez votre réponse par écrit : apportez vos témoignages et vos conseils. Vous avez 20 minutes !
3. Affichez l'appel à l'aide et votre réponse.

4 Chaque groupe découvre la réponse apportée à son problème.

1. Lisez devant la classe votre appel au secours et la réponse obtenue.
2. Chaque groupe évalue son message et la réponse reçue à l'aide des critères ci-contre.

- Le problème a été posé clairement.
- Vous avez décrit vos sentiments et vos sensations.
- La demande d'aide a été formulée de manière explicite.
- La réponse reçue correspond à votre demande d'aide.
- Elle contient une partie « témoignage » et une partie « conseils ».
- Elle est clairement formulée.

5 Votez pour l'échange le plus intéressant !

Côté cuisine

unité 6

À la fin de cette unité, vous serez capable de...

- **comprendre une émission radiophonique (gastronomie).**
- **comprendre et participer à une conversation amicale (gastronomie).**
- **comprendre un article de journal (société).**
- **répondre à un test (cuisine).**
- **participer à un forum virtuel.**

TÂCHE FINALE :
« Enquêtes »

Pour cela, vous apprendrez à...

- donner une appréciation positive ou négative.
- exprimer l'étonnement et la surprise.
- demander et donner des précisions.
- exprimer un accord mitigé.
- exprimer votre opinion, votre point de vue.

Stratégies
Comment utiliser un dictionnaire bilingue.

SITUATIONS

La table de Phil

Voir la transcription, p. 159.

1 Écoutez le dialogue et répondez aux questions.

1. Qui sont les personnages ? Quelles relations existe-t-il entre eux ?
2. Où sont-ils ? Que font-ils ?
3. Qu'est-ce qui surprend Olivier ?
4. Que pense Lucie du savoir-faire culinaire de Phil ?
5. Comment Phil et Lucie s'organisent-ils en matière de cuisine ? Est-ce la même chose pour Olivier ? Pourquoi ?
6. Les « Petits paniers futés », qu'est-ce que c'est ? Quels en sont les avantages ?

2 Repérez les expressions utilisées pour…

1. **donner une appréciation positive ou négative**.
2. **exprimer l'étonnement, la surprise**.
3. **demander et donner des précisions**.

Pratique

La « **bouffe** » (fam.) veut dire…
a) « la nourriture ».
b) « le ménage ».

La « **malbouffe** » (fam.) veut dire…
a) « des plats mal cuisinés ».
b) « une mauvaise alimentation ».

La cuisine et vous…

1 Lisez le test ci-contre et répondez-y individuellement.

2 Quelle est l'objectif de ce test ?

1. Définir votre savoir-faire culinaire.
2. Évaluer votre culture culinaire.
3. Déterminer votre rapport à la cuisine.

3 Par petits groupes, commentez vos réponses au test.

1. Que découvrez-vous sur vos camarades ?
2. Avec qui avez-vous le plus de points communs ? Et de différences ? Cela vous surprend-il ?

4 Racontez : quelle personne associez-vous à votre souvenir culinaire le plus marquant ?

Celle qui vous a appris à cuisiner, celle qui vous donne ses meilleures recettes, celle qui vous fait de bons petits plats… ?

5 Quels « ingrédients » faut-il, à votre avis, pour qu'un repas soit réussi ? Expliquez.

Une bonne ambiance, des rires, des saveurs divinement combinées, des plats bien présentés, autre chose ?

Test : Aimez-vous cuisiner ?

6

Que représente la cuisine pour vous ? Un art… un plaisir… une corvée… un domaine inconnu ? Voici quelques questions avec trois réponses possibles. Choisissez celle qui correspond le mieux à votre profil.

1 En matière de cuisine, vous êtes…
- 🍴 passionné(e) et perfectionniste : vous pouvez y passer du temps.
- 🥄 totalement ignorant(e) : la cuisine, comment ça marche ?
- 🔪 pratique et rapide : pas question d'y passer des heures !

2 Si vous rentrez tard le soir, que vous préparez-vous pour dîner ?
- 🥄 Le plus simple : je sors une pizza du congélateur et hop, c'est prêt !
- 🍴 Mon repas est prêt, je n'ai plus qu'à le réchauffer.
- 🔪 Je me prépare une salade avec un peu de pain et de fromage.

3 Lequel de ces ustensiles vous semble indispensable en cuisine ?
- 🍴 Un bon couteau.
- 🔪 Une poêle anti-adhésive.
- 🥄 Un ouvre-boîte.

4 Quand vous cuisinez, …
- 🔪 vous en profitez pour faire autre chose en même temps.
- 🍴 cela vous met de bonne humeur.
- 🥄 vous stressez car ce n'est pas votre fort !

5 Pour vous, le plat idéal, c'est…
- 🔪 celui qui allie saveur et santé.
- 🥄 celui qui est préparé par un grand chef.
- 🍴 celui qui est gourmand et bien présenté.

6 À quand remonte le dernier repas que vous avez préparé pour des amis ?
- 🔪 À quelques semaines.
- 🍴 Au week-end dernier.
- 🥄 Je ne me rappelle pas.

7 Si on ouvre votre frigo, lesquels de ces aliments y trouve-t-on ?
- 🥄 Des pizzas ou des plats surgelés.
- 🔪 Des légumes et des produits laitiers.
- 🍴 De tout !

8 Quelle utilisation faites-vous des plats préparés et surgelés ?
- 🍴 Ils peuvent vous dépanner parfois.
- 🥄 Ils vous servent très souvent de repas.
- 🔪 Aucune, ils vous font un peu peur.

9 Combien de fois par mois préparez-vous un petit plat mijoté ?
- 🔪 Une fois par mois en moyenne.
- 🍴 Plusieurs fois par mois.
- 🥄 Jamais.

Un maximum de 🍴
Vous aimez la bonne chère et la cuisine est synonyme pour vous de plaisir et de convivialité. Vous adorez cuisiner, découvrir de nouvelles recettes et en inventer. On trouve de tout dans votre cuisine : une vraie caverne d'Ali Baba !

Un maximum de 🔪
Vous n'êtes pas passionné(e) par la cuisine, mais vous faites attention à ce que vous mangez. Pas de « malbouffe » ! Votre cuisine n'est pas très élaborée, mais elle est équilibrée et à base de produits naturels.

Un maximum de 🥄
Vous ne savez pas cuisiner et ça ne vous intéresse pas. Ceci n'est pas une priorité pour vous. Vous mangez de manière anarchique. Selon vous, pourquoi perdre du temps à faire des courses et à cuisiner quand il existe un grand choix de plats cuisinés et prêts à emporter ?

GRAMMAIRE

L'interrogation (révision)

Observez ces phrases :
Tu me la feras goûter, ta blanquette ?
Consommez-vous des plats cuisinés ?
Et toi, Olivier, est-ce que tu cuisines ?

Combien de formes d'interrogation observez-vous ?
Qu'est-ce qui les différencie ?

- Il y a trois manières différentes de poser une question, selon le registre de langue : du plus familier, qui se limite à l'intonation (et au point d'interrogation), au plus soutenu, avec inversion du sujet.
- Ces trois possibilités sont valables aussi dans le cas des interrogations partielles, quand on demande une information précise (avec un mot interrogatif) :
  ***Comment** ça marche **? Où** l'**avez-vous** achetée **? Pourquoi est-ce que** tu achètes des plats surgelés ?*

Attention à l'inversion du sujet à la 3e personne !

- Si le verbe finit par une voyelle, on intercale un « *-t-* » : *Aime-**t**-elle cuisiner ?*
  Si le sujet est un nom, il est repris par un pronom : ***Phil** fait-**il** souvent la cuisine ?*

1 Trouvez les questions possibles et variez les registres.

1. Une part de gâteau. J'ai faim !
2. Je prépare le repas, les enfants vont arriver.
3. Je vais lui offrir un livre.
4. Il lit le journal dans le salon.
5. Je prends un café avec des tartines.
6. Nous faisons du sport.

Les pronoms interrogatifs

Observez ces phrases :
Que** représente la cuisine pour vous **?
Qui** fait la cuisine tous les jours **?
*C'est **quoi**, ça **?***

Que représentent les pronoms *qui*, *que* et *quoi* dans ces phrases : des personnes ou des choses ?

- **Le pronom *qui*** peut être sujet ou complément :
  ***Qui** a préparé le dîner ?* (sujet)
  ***Qui** as-tu invité ?* (complément)
- **Le pronom *que*** est complément d'objet direct :
  ***Que** ferez-vous à dîner ?*
- **Le pronom *quoi*** est complément d'objet direct ou indirect.
  Quoi remplace ***que*** :
  – dans le langage familier : *Tu fais **quoi** ?* au lieu de ***Que** fais-tu ?* ou de ***Qu'**est-ce que tu fais ?*
  – après une préposition : ***De quoi** as-tu besoin ? Tu sais **avec quoi** j'ai préparé cette tarte ?*

À quoi ça sert ?
- *Qui* sert à **interroger sur une ou plusieurs personnes**.
- *Que / qu'* et *quoi* servent à **interroger sur une ou plusieurs choses**.

Maintenant, observez ces phrases :
*Voici quelques questions et trois réponses possibles. Dites **laquelle** vous correspond le mieux.*
*Quels ustensiles utilisez-vous souvent en cuisine ? **Lequel** (de ces ustensiles) vous semble indispensable ?*

Quels mots *laquelle* et *lequel* remplacent-ils ?

	masculin	féminin
singulier	lequel	laquelle
pluriel	lesquels	lesquelles

À quoi ça sert ?
Les pronoms interrogatifs *lequel*, *laquelle*, *lesquels*, *lesquelles* servent à **faire préciser ou à interroger sur un choix.**

Attention à la prononciation ! À l'oral il n'y a que trois formes différentes.

Quels pronoms se prononcent de la même façon ?

2 Complétez les phrases avec *qui*, *que* ou *quoi*.

1. Tu fais ▒, demain ?
2. ▒ a-t-il épousé ? Une amie d'enfance ?
3. ▒ est-ce que tu fais ? On t'attend !
4. Tu viendras avec ▒ ? Je n'ai pas bien entendu son prénom.
5. C'est ▒, ce paquet ? Un cadeau ? Merci !

3 Complétez les questions avec *lequel*, *laquelle*, *lesquels* ou *lesquelles*.

1. Il hésite entre deux musées. ▒ visitera-t-il ?
2. Tu aimes bien ces deux voitures. ▒ tu vas acheter ?
3. Elle veut acheter des fleurs. Elle choisira ▒ ?
4. Elle a beaucoup de gants. ▒ va-t-elle mettre ?

Les pronoms démonstratifs

Observez ces phrases :
*D'habitude, je n'aime pas beaucoup les gâteaux, mais **celui-là**, il est absolument délicieux !*
***Ceux** du commerce, on ne les trouve pas bons.*

Quels mots remplacent *ceux* et *celui-là* ?

	masculin	féminin
singulier	celui-ci /-là celui…	celle-ci /-là celle…
pluriel	ceux-ci /-là ceux…	celles-ci /-là celles…

À quoi ça sert ?
Les pronoms démonstratifs servent à **désigner des objets ou des personnes présents dans la situation**.

Attention à la prononciation ! À l'oral, il n'y a que trois formes différentes.

Lesquelles ?

- Les pronoms démonstratifs masculins / féminins sont toujours accompagnés :
  - d'un adverbe :
    *Prends **celle-ci**, ou **celle-là**.*
  - d'une proposition relative :
    *Un plat réussi est **celui dont** il ne reste plus une miette.*
  - de la préposition *de* + nom :
    *Ces produits n'ont rien à voir avec **ceux des** grandes surfaces.*

Maintenant, observez ces phrases :
***Cela** me met de bonne humeur.*
***Ceci** n'est pas une priorité pour vous.*
*Mais, **c'**est quoi, **ça** ?*
*Ils nous apportent **ce** qu'on a commandé.*

- En français, il existe aussi des pronoms démonstratifs neutres.

ce / c' + être ce… + relative	ceci – cela ça (fam.)

Existe-t-il un pronom neutre dans votre langue ?

4 De quoi parlent-ils ? Écoutez et choisissez la bonne réponse.

1. **a)** D'un vélo. **b)** D'une voiture. **c)** D'une moto.
2. **a)** D'une émission de télé. **b)** D'un film. **c)** D'un concert.
3. **a)** D'un appartement. **b)** De fromages. **c)** De plages.
4. **a)** D'un dessert. **b)** D'une boisson. **c)** De pâtes.

5 Complétez les phrases suivantes à l'aide de *ce* (*c'*) ou *cela* / *ça*.

1. Je ne sais pas ▒ dont il a besoin.
2. Aujourd'hui, il neige, mais ▒ est exceptionnel.
3. Un coursier a apporté ▒ pour toi, ▒ est un cadeau ?
4. Écoute ▒ que je te dis !

LEXIQUE

La cuisine en question

1 Quiz. Par petits groupes, répondez aux questions. Le groupe qui a trouvé le plus de bonnes réponses a gagné.

1 Citez...

1. 5 fruits et 5 légumes représentatifs de la saison actuelle.
2. les 3 viandes les plus consommées dans votre pays.
3. les poissons ou fruits de mer qu'on utilise pour faire : la paella, les sushis et des grillades en plein air.

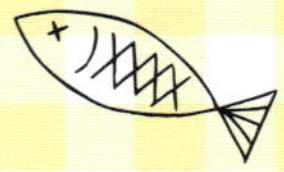

2 Lequel des récipients ou ustensiles est nécessaire pour...

1. faire cuire (des pâtes...) ?
2. faire une friture ?
3. faire bouillir (des légumes...) ?
4. égoutter (des pâtes...) ?
5. servir (une soupe...) ?
6. ouvrir une bouteille de vin ?
7. ouvrir une boîte de conserve ?

- une poêle
- une friteuse
- une passoire
- une cocotte-minute
- une louche
- un décapsuleur
- un ouvre-boîte

- une casserole, un fait-tout
- une casserole
- une casserole, un fait-tout
- une passoire
- une pelle
- un tire-bouchon
- un épluche-légumes

3 Quels appareils électroménagers utilisez-vous pour...

1. conserver les aliments au froid ?
2. faire rôtir un gigot, un poulet... ?
3. faire cuire une soupe... ?
4. laver la vaisselle ?

4 Où...

1. rangez-vous les produits non périssables ?
2. lavez-vous les verres fragiles ?

Pouvez-vous compléter le quiz en inventant d'autres questions à poser ?

2 Dans la liste ci-dessous, quels aliments appartiennent aux catégories suivantes ?

les pommes de terre • le fromage frais • le veau • l'ananas • la langouste • la tomate • le colin • le brie • la poire • l'huile d'olive • le riz • le beurre • la langoustine • la lotte • les lentilles • les pâtes • l'agneau • la sole • le gruyère • la laitue • le quinoa

a) fruits et légumes
b) matière grasse
c) poissons et crustacés
d) céréales et légumes secs
e) viandes
f) produits laitiers

Trouvez d'autres aliments pour chacune de ces catégories.

3 Quelques notions de diététique. Quels aliments...

1. supprimez-vous ou mangez-vous modérément pour éviter de grossir ?
2. mangez-vous fréquemment pour avoir une alimentation saine et équilibrée ?
3. mangez-vous fréquemment pour prendre du poids ?
4. mangez-vous habituellement si vous faites du sport ?
5. mangez-vous en quantité si vous êtes fatigué(e) ?

Faites-vous très attention à votre alimentation ? Si oui, de quelle manière ?
Quel est votre péché mignon ? Y succombez-vous souvent ?

4 **Les goûts. Quels aliments et quelles boissons associez-vous aux saveurs suivantes ?**

acide • amer • doux • fade • fort • épicé • salé • sucré

Préférez-vous le sucré ou le salé ? Êtes-vous plutôt petits-fours ou amuse-gueules ?

Le monde des recettes

5 **Quelle liste correspond…**

a) à la préparation des ingrédients ? **b)** aux différents types de cuisson ? **c)** à la présentation du plat ?

découper • garnir • verser le jus dans une saucière • faire des parts • couper en tranches

faire mijoter • faire rôtir • faire revenir • faire bouillir • faire frire • faire griller • faire cuire

couper (en morceaux / en rondelles / en tranches) • éplucher • râper • saler • poivrer • mélanger • épicer • laisser reposer • faire macérer • faire revenir • retourner • battre • verser • pétrir • étaler

6 **Complétez le texte suivant à l'aide de verbes de l'activité 5.**

Pour faire une tarte aux pommes, je ... de la farine dans un récipient creux, j'ajoute du beurre, du lait, un peu de sel, de la levure et je ... l'ensemble. Je ... la pâte pendant une heure.
Pendant ce temps, je lave les pommes et je les ... . Je beurre le moule que je vais utiliser.
Quand la pâte est prête, je l'... dans le moule et je la mets au four pendant 20 minutes. Puis je sors le moule du four, je ... la crème pâtissière et les pommes sur la pâte et je laisse ... encore 15 minutes. Et voilà, la tarte est prête !

Quel est votre plat préféré ?
Pouvez-vous en donner la recette à vos camarades ?

7 **Associez un plat à chaque boisson.**

1. du champagne
2. du vin blanc
3. du vin rouge
4. de la bière
5. du cidre

a) des crêpes
b) des huîtres
c) une choucroute
d) un rôti de bœuf
e) un gâteau d'anniversaire

Prononciation : les voyelles nasales [ɛ̃]-[ɑ̃]-[ɛn]

1 **[ɛ̃] – [ɑ̃]. Écoutez et dites si les deux mots sont identiques ou différents.**

	1.	…	8.
=			
≠			

2 **[ɛ̃] – [ɛn]. Écoutez et indiquez le genre de l'adjectif.**

	1.	…	6.
masculin			
féminin			

Bon appétit !

Le petit-beurre

Ce célèbre petit gâteau nantais représente l'année à lui tout seul : 4 coins pour les 4 saisons, 52 dents comme les 52 semaines et 24 trous, comme les 24 heures d'une journée…

Une particularité française

En France, on utilise le plus souvent du sucre en morceaux. Leur taille dépend du nombre de morceaux qu'on compte dans la largeur de la boîte : un sucre n° 3 sera donc plus grand qu'un n° 4.

Quelles informations vous semblent utiles, amusantes ou surprenantes ?

Et dans votre pays, quelles particularités culinaires pouvez-vous mentionner ?

Le concours de la meilleure baguette artisanale de Paris

Il a lieu chaque année en France. Le boulanger gagnant reçoit un prix en euros et obtient une grande notoriété car il fournit le palais de l'Élysée pendant un an.

Le plaisir de la cueillette

Pour manger sain et s'offrir le plaisir d'une cueillette, des producteurs ouvrent leurs vergers et potagers au public. Le prix des fruits, fleurs et légumes est aussi plus avantageux.

Le Guide rouge

Annuaire et guide gastronomique de Michelin, c'est l'un des plus célèbres et des plus anciens. Les meilleurs restaurants sont récompensés par des étoiles. Les critères sont la qualité des produits, la maîtrise des cuissons et des saveurs, la personnalité du chef dans sa cuisine, le rapport qualité-prix et la régularité dans le temps et sur l'ensemble de la carte.

Il existe aussi le BIB gourmand : le Michelin des bonnes petites tables pour les restaurants qui utilisent des produits frais du terroir et de saison.

CERTIFIÉ AB AGRICULTURE BIOLOGIQUE — APPELLATION D'ORIGINE PROTÉGÉE — label Rouge

Les labels alimentaires officiels en France

Retrouvez à quel label s'applique chaque définition.

1. Il désigne un produit dont toutes les étapes de fabrication sont réalisées selon un savoir-faire reconnu dans une même zone géographique, qui donne ses caractéristiques au produit. Il protège le nom de ce produit dans tous les pays de l'Union européenne.
2. Il garantit que les ingrédients sont bio à 95 % minimum et qu'ils ont bénéficié de pratiques spécifiques de production.
3. Ce signe atteste que le produit est d'une qualité supérieure à son équivalent sur le marché grâce à des critères stricts d'élaboration et de production.

L'équivalent de ces labels existe-t-il dans votre pays ?

Quels labels peut-on y trouver ?

Savez-vous s'ils sont officiels ou simplement commerciaux ?

COMPÉTENCES

6

ÉCOUTER

1 Écoutez le document et dites qui parle, de quoi et où.

2 Réécoutez le document et répondez aux questions.

1. Quelle est la « recette » de la personne interviewée pour un repas réussi ?
2. Pour quelle raison la cuisine a-t-elle toujours été un plaisir pour elle ?
3. Pourquoi est-il difficile de choisir un plat représentatif de la cuisine suisse ?
4. Quels plats cite-t-elle finalement pour représenter son pays ? De quelles « régions culturelles » proviennent-ils ?
5. Quels sont les ingrédients du plat dont elle donne la recette ?
6. Comment prépare-t-on ce plat ?
7. S'agit-il d'un plat lié à une célébration ?

N.B. : Les *rösti* (orthographe française : rœsti, röschti) sont le plat national de la Suisse alémanique.
Il s'agit de fines galettes de pomme de terre râpée que l'on va ensuite dorer à la poêle.

PARLER

3 Un repas succulent ! Vous dînez avec des amis chez l'un(e) d'eux / elle, qui est bon(ne) cuisinier(ère) et fait tout lui-même / elle-même.

Par petits groupes, commentez les différents plats servis.

Faire une appréciation positive ou négative sur un plat : Celui-ci est absolument délicieux ! – Vraiment savoureux ! – Je l'ai trouvé très bon ! – Il est cuit à point. – Rien à voir avec… – C'est pas mauvais, mais… – C'est trop / pas assez… – Elle est excellente, un vrai régal ! – Bravo !

Exprimer la surprise, l'étonnement :
Tu fais de la pâtisserie ! Pas possible ! – Parce que tu ne fais pas seulement des gâteaux ?

4 Par petits groupes, dites ce qui est le plus important pour vous quand vous faites des courses pour un repas. Commentez.

Exemples : le prix, l'aspect, le goût, la composition des produits, les ingrédients, le lieu de fabrication, la traçabilité, etc.

Exprimer son opinion, son point de vue :
Pour moi, c'est… – À mon avis,… – Je trouve que… – Il me semble que…

Donner un accord mitigé : J'imagine que tu as raison, mais… – C'est vrai que… – C'est possible… – Peut-être… – Si tu veux… – Ouais ! (fam.) – Bof ! (fam.)

5 À la radio. Par groupes de trois, vous participez à une émission de radio sur l'alimentation : l'animateur(trice) reçoit un(e) spécialiste en nutrition qui répond aux questions d'un(e) auditeur(trice).

6 Quel genre de gastronome êtes-vous ? Parlez de vos préférences ou de vos spécialités : les plats salés, plutôt traditionnels ? Les plats sucrés-salés et la cuisine exotique ou inventive ? Les desserts ?

ÉCRIRE

7 **Participez au forum « Se régaler avec les restes ! » Parlez de vos habitudes, partagez vos astuces, donnez vos conseils... (100 mots)**

Utilisez un dictionnaire bilingue pour vous aider.

Stratégies

Utilisez-vous un dictionnaire bilingue (papier ou en ligne) pour comprendre ou pour écrire un texte ? Comment faites-vous ?

Vous venez d'écrire un texte. Quelles difficultés avez-vous rencontrées en utilisant un dictionnaire bilingue ?

- J'utilise toujours le même dictionnaire.
- Je prends la première traduction du mot que je cherche.
- Je regarde toutes les traductions possibles du mot que je cherche.
- J'observe l'orthographe du mot.
- J'identifie la nature grammaticale du mot (verbe, nom, adjectif...).
- Je tiens compte du contexte dans lequel le mot apparaît ou dans lequel je veux l'employer.

Par petits groupes, commentez vos réponses.

LIRE

8 **Lisez le texte ci-contre.**

1. Qui l'a écrit ?
2. Où et quand a-t-il été publié ?
3. Quel en est le thème principal ?

9 **Relisez le texte, puis répondez aux questions en retrouvant les passages qui justifient vos réponses.**

1. Qu'est-ce qui va remplacer l'alimentation traditionnelle en 2050 ?
2. Quelles sont les problématiques posées par la consommation de viande ?
3. Va-t-on utiliser plus de semences OGM ? Quelles sont les alternatives évoquées dans le texte ?
4. En quoi l'alimentation (du futur) influera-t-elle sur la santé des individus ? Donnez des exemples.
5. Quelles conséquences les changements évoqués dans l'article auront-ils sur l'industrie agro-alimentaire ? Donnez des exemples.
6. Quelle dimension importante de l'alimentation les experts devront-ils prendre en compte?

10 **Associez ces mots du texte à leur synonyme.**

1. « se gaver » :
   a) « acheter »
   b) « manger avec excès »
2. « bouleverser » :
   a) « perturber »
   b) « calmer »
3. « dépourvu de » :
   a) « sans »
   b) « avec »
4. « guetter » :
   a) « menacer »
   b) « attendre »

6

En 2050, les cafards colonisent l'assiette.

Par CATHERINE BERNARD

Oubliez la côte de bœuf saignante et le tartare-frites. Dans un peu plus de trente ans, nous mangerons des steaks de criquets accompagnés d'une bouillie d'orge ou un ragoût de viande de synthèse aux fèves de soja avec, pour finir, un suprême de citron cuisiné aux algues. Bio, bien entendu [...]

T-bone*. Au rayon viande, par exemple, *nada* : vers 2050, c'est décidé, nous serons tous végétariens. Ou presque. Question de réalisme. Après l'Organisation des Nations Unies pour l'alimentation et l'agriculture (FAO), le *Stockholm International Water Institute* a récemment planché sur la question. Et il est formel : l'élevage est bien trop gourmand en terres arables et en eau. Car, pour nourrir les bêtes, il faut cultiver leur alimentation, émettant par là même une quantité colossale de gaz à effet de serre ! Que les fanas du *T-bone* se fassent une raison : il paraît que l'excès de viandes - surtout rouges - est mauvais pour les artères. Et pas question de se rabattre sur les poissons sauvages : ils risquent pour beaucoup l'extinction. [...]

Pas ou peu de viande donc, mais rien ne nous empêchera de nous gaver de céréales, légumineuses, fruits et légumes toujours plus variés, ou d'œufs et de produits laitiers. Le tout grâce à la biotechnologie moderne, bien entendu.

Ce qui ne veut pas dire nécessairement avoir recours aux semences OGM. Peut-être l'agro-écologie connaîtra-t-elle un âge d'or, en permettant de tirer le plus naturellement du monde le meilleur de conditions de culture localement très variées et bouleversées par le réchauffement climatique : il faudra inventer des nouvelles méthodes, pour les micro-algues, par exemple ; apprendre à sélectionner les espèces de riz - ou de blé - adaptées au changement climatique et, tant qu'à faire, dépourvues de leur gluten allergisant ; enrichir les aliments avec des acides gras (des composés chimiques végétaux ou des antioxydants jugés bénéfiques, tels les oméga-3 ou les stanols) ; ou même, en amont, les plantes pour qu'elles produisent plus de ces composés si précieux.

La santé est dans notre assiette et, en 2050, nous pourrions cuisiner notre propre médication pour prévenir cancers, maladies cardio-vasculaires, diabète et autres risques d'obésité qui nous guettent ! Certains envisagent carrément une alimentation individualisée, adaptée à la carte génétique de chacun, comme les chercheurs du programme européen Food4Me. Évidemment, la convivialité des repas entre copains risque de s'en ressentir.

Plaisir. Avec un tel programme, l'industrie agroalimentaire a encore de beaux jours devant elle. Elle devra certes faire une place aux alternatives, comme le *slow food* (nourriture « lente », par opposition au *fast food*), aux circuits courts (type Amap ou agriculture urbaine), et même à des concurrents de taille moyenne, capables de transformer des produits plus locaux et moins standardisés. Mais elle reste la mieux placée pour intégrer ces nouveaux ingrédients de manière contrôlée et acceptable pour le consommateur. Car il n'est pas sûr qu'en 2050 ce dernier, déjà si sensible aux risques sanitaires, avalera des steaks aux criquets sans être totalement sûr que quelqu'un, en amont, a bien vérifié leur innocuité.

Santé, environnement... Les experts ès alimentation oublient cependant un critère primordial : le plaisir. Celui né du goût, mais aussi de la convivialité des repas. Personne ne dégustera des insectes ou ne mangera sain par devoir. [...]

**Steaks de bœuf*

Enquêtes

Journalistes d'un mensuel, vous participez à la réalisation d'un dossier sur l'alimentation.

1 **Lisez les sujets d'enquêtes et choisissez individuellement celui qui vous intéresse le plus, puis formez un groupe avec ceux qui ont choisi le même sujet.**

2 **Remue-méninges. À l'intérieur de chaque groupe…**

1. chacun dit spontanément les cinq premiers mots qui lui viennent à l'esprit et note tous les mots qui surgissent dans le groupe.
2. sélectionnez les idées proposées, regroupez celles qui se répètent et établissez une liste à partir de laquelle vous allez travailler.

3 **Recherche d'informations. Faites des recherches sur Internet afin de mieux cerner le sujet et de pouvoir déterminer les cinq questions sur lesquelles reposera votre enquête.**

4 **Rédaction. Chaque question doit proposer trois options. Vous pouvez vous inspirer d'enquêtes que vous avez lues.**

5 **Enquêtez ! Posez vos questions aux autres membres de la classe et notez les réponses.**

6 **Rapport. Mettez en commun les réponses obtenues et rédigez votre rapport.**

7 **Présentation. Chaque groupe lit son rapport. Les autres l'évaluent en fonction des critères suivants.**

- Les questions et les réponses possibles sont pertinentes.
- Les questions et les réponses possibles ont été bien formulées.
- Le rapport final est clair.
- Le rapport est complet.
- Le rapport reflète bien le profil du groupe.

unité 7

SOS planète

À la fin de l'unité 7, vous serez capable de...

- comprendre une émission radiophonique (éco-gestes).
- comprendre et faire un exposé (écologie).
- participer à une conversation et à une discussion (alimentation et consommation).
- comprendre et rédiger des brèves sur l'écologie.

TÂCHE FINALE :
« Défense de l'environnement »

Pour cela, vous apprendrez à...

- exprimer votre accord ou votre désaccord.
- proposer quelque chose.
- justifier une opinion.
- organiser votre discours.

Stratégies
Comment préparer un exposé.

SITUATIONS

La parole aux auditeurs

1 Écoutez cette émission radiophonique, puis répondez aux questions à propos de…

1. l'émission.
- Comment s'appelle-t-elle ?
- À quelle heure commence-t-elle ?
- Combien de personnes entendez-vous ?
- Dans quel ordre les thèmes suivants sont-ils mentionnés : économie d'énergie, tri des déchets, pollution des mers, emballages plastiques ?
- À votre avis, les personnes qui interviennent ont-elles toutes le même âge ? Justifiez votre réponse.

2. l'animateur.
- Quel est son profil ?
  a) Sérieux et peu communicatif.
  b) Très spécialisé et très communicatif.
  c) Toujours d'accord avec les participants et très communicatif.

2 Réécoutez cette émission, puis répondez aux questions à propos de…

1. la première intervenante.
- Comment s'appelle-t-elle ?
- D'où téléphone-t-elle ?
- De quel problème veut-elle parler ?
- Quel éco-geste propose-t-elle ? Pourquoi ?

2. le deuxième intervenant.
- Comment s'appelle-t-il ?
- D'où téléphone-t-il ?
- Quel problème environnemental soulève-t-il ? Quelle solution propose-t-il ?
- Sur quel autre aspect veut-il insister ?

3. la troisième intervenante.
- Comment s'appelle-t-elle ?
- D'où téléphone-t-elle ?
- Quel est l'objectif de son intervention ?
- Quel éco-geste a-t-elle mis en pratique ? Quel en a été le résultat ?
- Pourquoi fait-elle référence aux paroles du deuxième intervenant ?

3 Repérez dans les interventions les expressions utilisées pour…

1. **exprimer son accord**.
2. **proposer quelque chose**.
3. **justifier une opinion**.
4. **donner des exemples**.

Voir la transcription, p. 160.

4 Avez-vous, vous aussi, des éco-gestes à proposer ? Lesquels ?

Les brèves

La seconde vie des mégots

Un jeune Américain, Tom Skasy, était persuadé que tout pouvait être réutilisé d'une manière ou d'une autre, c'est pourquoi il a fondé en 2001 l'entreprise TerraCycle. À l'origine, il s'agissait de produire de l'engrais organique à partir de déchets alimentaires. Ensuite, l'entreprise a commencé à recycler d'autres sortes de déchets : des bouchons en liège, des sacs de chips, des bouteilles en plastique, des capsules de café…

Le dernier déchet visé ? Les mégots ! Comment procède-t-on ? Des bénévoles récupèrent les mégots afin de les envoyer à l'antenne nationale de TerraCycle, qui se charge de trier les matériaux et de les recycler. La cellulose, une fois fondue et débarrassée de ses toxines, peut servir à la fabrication d'objets en plastique divers.

D'abord lancé au Canada, puis aux États-Unis et en Espagne, le programme est arrivé en France.

La poule aux œufs d'or

Adopter des poules pour réduire les déchets, voilà ce qu'a proposé la commune de Podensac à ses habitants. Pourquoi ? Parce que, d'après le maire, « une poule, ce n'est pas cher, c'est facile d'entretien, mais surtout… ça mange les déchets organiques ! » Oui à l'écologie, mais aussi aux économies !

Car « chacune consomme jusqu'à 150 kilos de déchets végétaux par an. Avec 1 000 poules sur 9 300 foyers, cela représente 150 tonnes par an et donc 15 000 € d'économisés [sur le ramassage des poubelles] ».

L'opération a été un succès et d'autres villes viennent de lancer ce « plan poules ».

Pourquoi recycler votre ancien portable ?

D'une part, parce que vous ne vous en servez plus, d'autre part, parce que c'est un vrai danger pour la planète : comme il contient des substances toxiques, il représente une micro-bombe pour l'environnement.

Les solutions ne manquent pas pour le recycler.

- La plus simple : le rapporter au magasin qui vous accordera une réduction sur l'achat du nouveau téléphone.
- La plus rentable : le vendre. De nombreux sites rachètent les portables, soit pour les remettre en état et les revendre, soit pour en récupérer certaines pièces.
- La plus solidaire : en faire don à une association qui recycle les DEEE (déchets d'équipement électriques et électroniques) à des fins solidaires ou à toute autre ONG pour qu'elle se charge du recyclage et tire un bénéfice de la revente.
- La plus inattendue et la plus sportive : participez au championnat de lancer de portable qui a lieu en Finlande tous les ans ! Tous les téléphones sont bien entendu recyclés après la compétition.

Une boîte de nuit tendance écolo

Grâce à un mécanisme mis au point par deux jeunes Néerlandais dans une discothèque de Rotterdam, danser permet désormais de produire du courant. Les dalles de la piste de danse produisent en effet 25 watts par pas capté. Par conséquent, l'énergie des danseurs génère l'électricité nécessaire pour alimenter les lumières de la boîte.

Mais ce n'est pas tout ! Elle propose également les consommations dans des gobelets recyclables et recueille l'eau de pluie pour faire fonctionner les chasses d'eau des toilettes !

1 Qu'est-ce qu'une brève ?

a) Un court article de presse.
b) Un résumé.
c) Un article d'opinion.

2 Lisez ces brèves et répondez aux questions.

1. Quel est le sujet de chacune ?
2. Quel est leur point commun ?
3. Quel est l'intérêt de chacune des initiatives présentées, d'un point de vue écologique ?

3 Quelle brève vous a le plus intéressé(e) ? Ces initiatives vous semblent-elles de bonnes idées ?

Pratique

Un(e) « **bénévole** » :
a) fait quelque chose gratuitement.
b) est une personne aimable avec tout le monde.

GRAMMAIRE

L'expression de la cause

Observez ces phrases et relevez les mots qui introduisent la cause :
À cause de ces résidus, un écran se forme sur la mer et va freiner la photosynthèse.
Puisque je ne travaille pas sur l'ordi, je l'éteins le midi, et je le débranche la nuit.
Avec une poule, on fait des économies car « chacune consomme jusqu'à 150 kilos de déchets par an.
Pourquoi ? Parce que, d'après le maire, ça mange les déchets organiques !
Comme il contient des substances toxiques, le portable représente une micro-bombe pour l'environnement.
Grâce à un mécanisme mis au point par deux Néerlandais, danser permet désormais de produire du courant.

Identifiez les deux faits qui sont mis en relation : quel fait est à l'origine de l'autre ?

À quoi ça sert ?
L'expression de la cause sert à **expliquer ou justifier ce que l'on affirme**.

- **Pour exprimer la cause, on utilise :**

car **parce que** **comme** **puisque**	**grâce à** (cause positive) **à cause de** (cause négative)

- **Place dans la phrase :**
  - En début de phrase : *puisque, comme.*
  - En fin de phrase : *parce que, car.*
  - En début ou en fin de phrase : *grâce à, à cause de.*

- **On peut aussi exprimer la cause de façon implicite :**
  Je n'irai pas au cinéma avec vous : j'ai deux examens à préparer.

1 Lisez ces phrases et identifiez, pour chacune, le mot qui introduit la cause, ainsi que les deux faits qui sont mis en relation : lequel justifie ou explique l'autre ?

1. La production des déchets municipaux devrait augmenter car les gens consomment plus.
2. Comme il n'a pas plu depuis un mois, j'ai été obligée d'arroser le jardin tous les jours.
3. Benjamin a cueilli des fleurs parce qu'il veut préparer une salade originale.
4. Puisque c'est l'année des éco-gestes, faisons un effort au sein de l'entreprise.

2 Exprimez la cause de manière explicite. Variez les expressions utilisées.

1. La couche d'ozone s'amincit. On utilise beaucoup de sprays.
2. Les poissons meurent dans les rivières. Les industries y déversent leurs déchets.
3. La recherche médicale progresse. Les couples stériles peuvent avoir des enfants.
4. Il y a beaucoup de voitures en ville. Le taux de pollution est très élevé.
5. Cet hôtel est écologique ! C'est compliqué d'y trouver une chambre.
6. Son ancien portable fonctionne encore. Elle le revend.

L'expression de la conséquence

Observez ces phrases :
*Nous voulons y participer à notre manière, **c'est pour cette raison que** nous ouvrons notre antenne.*
*Un écran se forme sur la mer et va freiner la photosynthèse, et **donc** aussi la vie végétale près des côtes.*
***Alors**, évitons les huiles solaires.*
*Tom Skasy était persuadé que tout pouvait être réutilisé, **c'est pourquoi** il a fondé l'entreprise TerraCycle.*

Identifiez dans les phrases précédentes les deux faits qui sont mis en relation : quel fait est le résultat de l'autre ?

À quoi ça sert ?
L'expression de la conséquence sert à **expliquer ou justifier ce que l'on affirme**.

- **Pour exprimer la conséquence, on utilise :**

alors donc par conséquent	c'est pourquoi c'est pour cette raison que c'est pour ça que

- **On peut aussi exprimer la conséquence de façon implicite :**
Mon ordinateur ne marchait pas hier. Je n'ai pas pu consulter mon courrier.

3 Lisez ces phrases et identifiez, pour chacune, les mots qui introduisent la conséquence, ainsi que les deux faits qui sont mis en relation : lequel est résultat de l'autre ? Reformulez avec d'autres mots qui introduisent la conséquence. Variez les mots et les constructions.

1. Ils se déplacent toujours à vélo, par conséquent ils ne dépensent pas d'argent en essence.
2. C'est une centrale électrique au charbon, donc elle émet du CO_2.
3. Cette usine rejette des produits chimiques dans l'eau. C'est pourquoi elle pollue la rivière.
4. Les réserves de pétrole diminuent, alors le prix de l'essence va augmenter.

4 Exprimez la conséquence de manière explicite. Variez les mots et les constructions.

1. J'utilise des ampoules basse-consommation. Je consomme moins d'électricité.
2. C'est une voiture électrique. Elle ne rejette pas de gaz toxiques.
3. Il y a eu une marée noire. La pêche est interdite.
4. Il n'y a presque pas de vent cette semaine. Les éoliennes produisent peu d'électricité.

L'expression du but

Observez et repérez dans ces phrases les mots qui introduisent le but :
Les éco-gestes : ces gestes tout simples que nous pouvons faire afin de contribuer à préserver notre environnement.
J'en ai parlé à mes colocs pour qu'ils fassent ce petit geste.

Classez ces mots selon qu'ils sont suivis d'un verbe à l'infinitif ou au subjonctif.

À quoi ça sert ?
L'expression du but sert à **présenter l'objectif ou l'intention qui justifie un fait ou un événement.**

- **Pour exprimer le but, on utilise :**

pour afin de + infinitif	pour que afin que + subjonctif

- Quand les deux verbes ont le même sujet, on utilise *pour / afin de* + infinitif :
***Des bénévoles** récupèrent les mégots **pour les envoyer** à l'antenne nationale de Terracycle.*
- Quand les deux verbes ont des sujets différents, on utilise *pour que / afin que* + subjonctif :
***Tu** vas donner ton téléphone à une association **pour qu'elle se charge** du recyclage.*

5 Terminez ces phrases librement.

1. Je suis allée à la bibliothèque afin de ….
2. Nous sommes arrivés tôt pour que ….
3. Mes parents vont acheter cette voiture afin que ….
4. Tu lui as téléphoné pour ….
5. Les voisins ont porté plainte pour ….
6. Les employés sont en grève pour que ….
7. Elle a préféré ne pas sortir afin de ….
8. Vous êtes partis afin que ….

LEXIQUE

Le bon vieux temps ?

1 Des personnes âgées commentent certaines situations vécues durant leur jeunesse. Lisez leurs propos et dites ce qui a changé depuis leur époque.

- De mon temps, on rendait les bouteilles consignées au magasin pour qu'il les renvoie à l'usine qui les lavait, stérilisait et remplissait à nouveau.
- On lavait les couches des bébés tous les jours.
- Il n'y avait pas autant de voitures.
- On raccommodait systématiquement les vêtements, qui passaient d'un frère à un autre.
- On n'avait qu'une télé à la maison (et encore !) et quand elle était cassée, on la réparait.
- On faisait les courses à pied dans les magasins du quartier.
- On faisait la vaisselle à la main.
- On cuisinait tous les jours de bons plats familiaux.
- On buvait l'eau qu'on allait chercher aux fontaines.
- On avait un jardin et on faisait pousser les fruits et légumes dont on avait besoin.

Pouvez-vous citer d'autres tâches quotidiennes qui s'effectuaient différemment avant ?

Le progrès ?

2 Comparez les situations évoquées dans l'activité précédente avec ce qu'on fait aujourd'hui dans ces cas-là. En quoi peut-on parler de progrès ?

3 Les progrès scientifiques et techniques peuvent être à l'origine d'évolutions positives ou négatives.

1. Classez les phénomènes suivants selon qu'ils vous semblent positifs, négatifs, ou que vous ayez une opinion partagée.

la découverte de l'univers • la production de gaz toxiques / à effet de serre • la fonte des glaciers • le contrôle et la prévention des catastrophes naturelles • les marées noires • la contamination alimentaire • l'augmentation de l'espérance de vie • la disparition d'espèces végétales et animales • le développement des énergies renouvelables • les déchets radioactifs • l'étude des maladies rares / génétiques • la crise énergétique • les technologies de pointe • le recyclage des déchets • la réduction des distances • le changement climatique • les organismes génétiquement modifiés • la déforestation • la recherche scientifique

2. Par petits groupes, comparez vos résultats et expliquez vos différences de point de vue.

Complétez ces listes avec d'autres éléments et expliquez vos choix.

Paysages et écologie

7

4 **Une organisation non gouvernementale pour le développement durable et la préservation de la planète propose le manifeste ci-dessous.**

Manifeste pour sauver la planète

Nous produisons au-dessus des possibilités de la planète et nous jetons, nous salissons, nous gaspillons... Soyons tous responsables et faisons pression sur nos gouvernements pour...

- mettre en place des politiques en faveur d'énergies plus propres, afin de réduire les émissions de CO_2.
- lutter contre la déforestation.
- préserver les écosystèmes et la biodiversité.
- favoriser l'agriculture biologique et locale.
- réduire la production et l'utilisation des emballages.

Y a-t-il des aspects sur lesquels nous pouvons agir individuellement en tant que citoyens ? Lesquels et comment ?

Êtes-vous d'accord avec ce manifeste ? Pourquoi ?

5 **Décrivez ces photos et commentez-les.**

Utilisez, si nécessaire, un dictionnaire bilingue ou monolingue.

Prononciation : les groupes consonantiques

1 **Écoutez et indiquez quel groupe consonantique est prononcé : [ks] comme « index » ou [gz] comme « exemple ».**

	1.	...	8.
[ks]			
[gz]			

2 **Écoutez les mots suivants et indiquez les graphies qui correspondent aux groupes consonantiques entendus.**

1. [ks] : action, lexique, occident, exposer, accent, collection.
2. [gz] : examen, hexagone, exil, zigzag, exact, exagérer.

3 **Écoutez les mots enregistrés et dites s'ils commencent par une voyelle ou par une consonne.**

4 **Écoutez et répétez les phrases enregistrées.**

Du vert et du moins vert

Connaissez-vous ces personnes ? Que pensez-vous de leurs déclarations ?

Le Plan Écophyto

C'est une initiative lancée en 2008, pilotée par le Ministère de l'agriculture, de l'agroalimentaire et de la forêt. « Le principal défi d'Écophyto est de diminuer de moitié le recours aux produits phytosanitaires (ou pesticides) avant 2018, tout en continuant à assurer un niveau de production élevé, tant en quantité qu'en qualité : la France doit produire mieux en réduisant la dépendance des exploitations aux produits de protection des plantes. »

Selon vous, que faut-il faire pour protéger l'environnement ? Quelles seraient vos priorités ?

Que représente le nucléaire en France pour la production d'électricité ?

Le nucléaire en France, ce sont 19 centrales qui, ensemble, disposent de 58 réacteurs. Ces centrales nucléaires ont produit en 2013 73,3 % de l'électricité, ce qui représente environ 17 % de l'énergie globale. La France est la deuxième puissance électro-nucléaire au monde, derrière les États-Unis. L'utilisation civile de l'énergie nucléaire pour produire de l'électricité est un sujet polémique en France depuis plusieurs décennies. Ceux qui s'opposent à cette source d'énergie mettent en avant la longévité et la dangerosité de certains déchets nucléaires, alors qu'EDF, l'entreprise qui exploite les installations, met en valeur l'absence de production de CO_2.

Et dans votre pays, comment est produite l'électricité ? Que pensez-vous de l'énergie nucléaire ? Et des autres sources d'énergie ?

COMPÉTENCES

ÉCOUTER

7

1 Écoutez ce document, puis répondez aux questions suivantes.

1. Qui est Loïc ? Que fait-il ? Dans quel cadre ?
2. Quel est le thème de son exposé ?
3. Est-ce que l'enregistrement correspond à l'exposé entier ?
4. Comment va-t-il développer son sujet ?
5. Quel point de vue défend Loïc ? Justifiez votre réponse.
6. Que pensez-vous des idées exposées par Loïc ? Pourquoi ?

PARLER

Stratégies

Comment faites-vous pour préparer un exposé ?

- Je pense aux idées que je vais exposer et je les organise (introduction, développement, conclusion).
- Je pense à des exemples pour illustrer ce que je dis.
- Je tiens compte du profil de mon auditoire.
- Je cherche le lexique nécessaire.
- Je recherche les structures qui me permettront d'introduire les différentes parties de mon discours (*D'une part, d'autre part…*).
- Je développe de façon claire les points que j'aborde.
- Je regarde des modèles d'exposés pour m'en inspirer.
- Je cherche des informations complémentaires sur le thème que j'ai choisi.
- Je donne mon point de vue avec rigueur et précision.
- Je prépare une conclusion.

Que pouvez-vous faire d'autre ? Commentez vos réponses par petits groupes.

2 Préparez un court exposé où vous aborderez un sujet en rapport avec l'environnement.

Introduire son sujet : Eh bien, je vais vous parler de… – Je voudrais vous présenter…… – Mon exposé porte sur… – J'aborderai…

Organiser son discours : Ensuite… – Tout d'abord… – Puis… – D'une part… – D'autre part… – De l'autre… – D'un côté… – D'un autre côté…

Donner un exemple : Je vous citerai un exemple… – Par exemple…

Conclure son discours : Bref… – Finalement… – Pour finir / conclure… – En conclusion… – En résumé… – Donc…

3 Mangeons mieux ! Vous avez décidé d'opter pour une alimentation plus saine et plus respectueuse de l'environnement.

Vous exposez vos idées à un(e) ami(e), qui vous donne à son tour des conseils.

Proposer : Pourquoi ne pas… ? – On ne pourrait pas… ? – Alors, évitons… – On pourrait aussi… – Il vaudrait mieux…

COMPÉTENCES

4 Discussion. Faut-il consommer moins pour le bien de la planète et de l'humanité ?

Par groupes, donnez votre avis et expliquez. Un membre du groupe jouera le rôle du / de la modérateur(trice).

Exprimer son accord : Je suis (complètement / tout à fait) d'accord avec vous. – Oui, nous pouvons y faire quelque chose. – Absolument. – Vous avez parfaitement raison. – Et là, je suis d'accord avec... – C'est très juste, ce que vous venez de dire. – C'est ça. – C'est une bonne idée.

Exprimer son désaccord : On ne peut pas... – C'est faux. – C'est inexact. – Ce n'est pas vrai. – Je ne pense pas. – Pas vraiment. – Absolument pas ! – Pas du tout ! – Pardon, mais vous avez tort. – Vous vous trompez.

LIRE

5 Lisez le texte ci-contre, puis répondez.

1. Sur quoi portent les recherches présentées ?
2. Quel rapport existe-t-il entre psychologie et environnement ?
3. Quels sont les deux mécanismes qui influencent le comportement des individus ?
4. Adoptons-nous tous une attitude bien définie face à l'écologie ? Quelle est la conséquence ?
5. Quelles émotions morales ont le plus d'impact sur nos intentions et comportements écologiques ?

6 Maintenant, complétez le texte avec les extraits ci-dessous.

a) *je peux me sentir coupable*
b) *les émotions individuelles négatives disparaissent rapidement*
c) *Plus l'attitude des individus est ambivalente*
d) *soit favorables, soit défavorables*
e) *même si je ne suis pas responsable de cette situation*
f) *Par exemple*

7 Que pensez-vous des affirmations de ce texte ?

ÉCRIRE

8 Écrivez deux brèves à partir des titres proposés ci-dessous. (50 mots par texte)

– « On gaspille trop ! »
– « Nouvelles tendances écologistes »
– « Il a été nommé le super écolo ! »
– « La ville du futur »
– Autre

Débat : comment protéger l'environnement ?

7

[...] De nombreuses campagnes de marketing tentent d'amener les individus à modifier leurs comportements. Mais malgré l'omniprésence des messages écologiques et une attitude généralement positive face à l'écologie, on constate encore peu de changements. Comment amener les individus à adopter davantage de comportements favorables à l'environnement ? L'Unité de Psychologie Sociale de l'ULg [Université de Liège], en collaboration avec des chercheurs en marketing de la K.U. Leuven [Université catholique néerlandophone de Louvain] et des Asbl [associations sans but lucratif] de terrain, s'est penchée sur deux mécanismes qui influencent ces comportements : l'ambivalence des attitudes et les émotions morales.

L'ambivalence des attitudes

Généralement, les attitudes sont considérées comme des jugements unidimensionnels, soit positifs, soit négatifs. Ainsi, on se réfère à l'attitude des individus par rapport à une problématique ou à un comportement en disant qu'ils y sont •••. Par exemple, les individus peuvent se déclarer plutôt favorables à une utilisation réduite des automobiles car cela contribue à la réduction des émissions de CO_2.

Cependant, la situation est souvent plus complexe. Les individus ne sont pas nécessairement favorables ou défavorables à une problématique ou un comportement mais peuvent avoir les deux attitudes en même temps [...]. •••, je peux d'une part être favorable à une moindre utilisation de ma voiture car cela réduit mon impact négatif sur l'environnement et, d'autre part, me sentir réticent(e) à abandonner mon véhicule car cela me privera de ma liberté. [...]

Les recherches de l'Unité de Psychologie Sociale de l'ULg montrent que cette ambivalence influence négativement les intentions et les comportements écologiques. [...]•••, moins ils ont ces comportements écologiques et moins ils ont l'intention de les avoir.

Les émotions morales

Les émotions morales sont ressenties suite à l'évaluation morale d'un comportement. Les plus étudiées sont la fierté, la culpabilité, la honte et la colère. Elles peuvent être individuelles, vicariantes ou collectives. Les émotions individuelles sont liées à l'évaluation de nos propres comportements. Par exemple, si je parcours un trajet très court en voiture plutôt qu'à pied, je pourrais après coup me sentir coupable ou honteux(se). Cependant, •••. L'être humain est expert dans l'art de la justification et, en réfléchissant un peu, je trouverai une bonne excuse à mon comportement et ma honte ou ma culpabilité s'envolera.

Les émotions vicariantes* sont ressenties lorsque l'on évalue le comportement d'une autre personne, généralement proche de nous (un ami ou un membre de notre famille par exemple). Ainsi, si j'observe un ami proche adoptant un comportement néfaste à l'environnement, •••, même si je n'ai pas eu de comportement négatif moi-même.

Enfin, les émotions collectives sont ressenties suite à l'évaluation des comportements du groupe social auquel nous appartenons. Par exemple, je peux me sentir coupable ou honteux(se) parce que les habitants de mon pays produisent beaucoup de CO_2, •••.

Les résultats des recherches de l'Unité de Psychologie Sociale de l'ULg montrent que, parmi les émotions morales individuelles et vicariantes, seule la culpabilité vicariante a un impact sur les intentions et les comportements écologiques. Ainsi, lorsque nous nous sentons coupables parce que nos proches ne respectent pas assez l'environnement, nous ressentons un besoin de réparer et nous posons davantage de comportements écologiques.

*ressenties à la place de quelqu'un d'autre.

Extrait de : *Psychologie et écologie : comment amener à davantage de comportements favorables à l'environnement ?*

Principal Responsable : Benoit Dardenne
Chercheurs associés : Nathalie Delacollette, Johanne Huart
Unité de Psychologie Sociale de l'ULg
Le site de vulgarisation scientifique de l'Université de Liège : http://reflexions.ulg.ac.be

Défense de l'environnement

Vous participez à des journées de défense de l'environnement. Votre classe est chargée de présenter des propositions et de participer au débat qui suivra.

1 **Par groupes, proposez des sujets en rapport avec l'écologie, puis choisissez le plus intéressant à développer.**

2 **Recherchez des informations, des données et des documents sur le sujet.**

3 **Élaborez un plan pour présenter vos propositions et répartissez-vous le travail.**

4 **Individuellement, préparez la partie dont vous êtes chargé(e) (informations, chiffres, photos...).**

5 **Mettez en commun au sein du groupe.**

1. Vérifiez que votre proposition est bien structurée.
2. Sélectionnez les images nécessaires pour les diapositives (de deux à quatre) qui accompagneront vos propositions.
3. Préparez les deux questions pour lancer la discussion à la fin.

6 **Chaque membre du groupe s'entraîne à la présentation orale de sa partie.**

7 **Chaque groupe présente sa proposition, puis débat avec le reste de la classe.**

8 **Évaluez l'ensemble de l'activité pour chaque groupe. Vérifiez que les critères suivants ont été respectés.**

- Le sujet a été bien choisi.
- La durée prévue pour l'exposition a été respectée.
- L'exposé contient les informations, données et documents suffisants.
- Il est bien organisé.
- Les intervenants ont parlé sans regarder tout le temps leur texte.
- Ils se sont exprimés clairement.

Innovons !

À la fin de l'unité 8, vous serez capable de...

- **comprendre et participer à un échange commercial.**
- **comprendre et participer à des conversations amicales (innovations).**
- **jouer au portrait chinois.**
- **comprendre un article de revue (nouvelles technologies).**
- **répondre par écrit à une enquête de satisfaction.**

TÂCHE FINALE :
« Le concours Gadget »

Pour cela, vous apprendrez à...

- exprimer des souhaits, faire des hypothèses.
- faire des suggestions, donner des conseils.
- couper la parole à quelqu'un.
- vanter les qualités d'un produit, donner des arguments.
- vous plaindre et réclamer.
- vous excuser et vous justifier.

Stratégies
Comment prendre des notes.

Une voiture intelligente

Périph : abréviation de « boulevard périphérique », la voie circulaire de 35 km qui fait le tour de Paris.

Voir la transcription, p. 161.

1 **Écoutez. Qui sont les personnages, où se trouvent-ils et de quoi parlent-ils ?**

2 **Réécoutez le dialogue et prenez des notes pour pouvoir répondre aux questions suivantes.**

1. Pourquoi Florian est-il en retard ? Comment réagit Arnaud ?
2. Quelle voiture décrit Arnaud ? Comment fonctionne-t-elle ?
3. À qui pourrait-elle être utile ? Quel avantage y trouve Arnaud ?
4. Et Florian, de quel type de voiture parle-t-il ? Quels avantages évoque-t-il ?
5. Arnaud partage-t-il le même point de vue ? Pour quelle raison ?
6. Quel avis Arnaud et Florian ont-ils sur les voitures hybrides ?
7. Quel conseil Arnaud donne-t-il à Florian ?

3 **Repérez les expressions utilisées dans le dialogue pour…**

1. **faire des hypothèses**.
2. **couper la parole**.

4 **Pour ou contre les voitures intelligentes ? Donnez votre avis.**

Stratégies

Comment procédez-vous pour prendre des notes quand vous écoutez un document ?

Remettez ces phrases dans l'ordre.

- J'accepte de ne pas tout comprendre lors de la première écoute.
- Je fais attention à l'organisation du document.
- Je garde en tête les questions auxquelles je dois répondre.
- Je lis les questions de compréhension pour préparer mon écoute.
- Je reste concentré(e) même si le document me semble difficile.
- Je mets en relation mes notes avec les questions posées.
- Pour aller plus vite, j'utilise des abréviations ou des symboles.
- Je note les mots qui me semblent importants.
- Je vérifie et complète mes notes lors de la deuxième écoute.
- J'organise ma feuille de prise de notes.

Commentez vos réponses avec la classe.

Pratique

« Le hic » (fam.), ça veut dire : « Le problème ». Vrai ou faux ?

Télé-achat

8

Voir la transcription, p. 162.

1 Écoutez l'enregistrement et répondez aux questions.

1. À qui s'adresse l'homme ?
2. De quoi parle-t-il ?
3. Quelle est son intention ?
4. Quel ton emploie-t-il ? Pourquoi ?

2 Remettez dans l'ordre les différentes étapes de la présentation.

a) argumentation
b) accueil
c) demande de précision
d) conclusion
e) présentation du produit

3 Comment est ce super robot ? Réécoutez l'intervention et prenez des notes sur les points suivants.

– nom
– caractéristiques
– fonctions
– accessoires
– prix et modalités de paiement

4 Répondez aux questions.

1. Que veut savoir la femme ?
2. Que lui répond le présentateur ?
3. Est-elle satisfaite de la réponse de celui-ci ?
4. Quels sont les principaux arguments du présentateur ?
5. Qu'offre-t-il en supplément ?
6. À quoi servent ces gadgets ?
7. Quelle est la condition pour recevoir ces cadeaux ?
8. Quel est le dernier argument utilisé ? Pourquoi ?

5 Repérez les expressions utilisées pour vanter les qualités d'un objet.

6 À votre avis, est-ce que ce robot est vraiment original ? Et bon marché ?

Pratique

« C'est le top ! », ça veut dire :
a) « C'est l'inconvénient. »
b) « C'est l'idéal. »

GRAMMAIRE

Le conditionnel présent

Observez ces phrases et repérez les verbes au conditionnel :
Un appareil intelligent, qui vous ferait les sauces, qui mixerait…
Julien, je voudrais demander une précision.
Tu devrais lui demander conseil.
En tout cas, moi j'aimerais bien l'essayer, pour voir !
Elle devrait arriver sur le marché dans une dizaine d'années.

À quoi ça sert ?
Le conditionnel sert…
- à **formuler poliment une demande** : *Je voudrais un renseignement, s'il vous plaît.*
- à **exprimer des souhaits** : *Il aimerait changer de voiture.*
- à **donner des conseils** : *Tu ferais mieux d'attendre !*
- à **présenter une information non vérifiée** : *Elle serait sur le point de démissionner.*

- **Formation :**
  Le conditionnel présent se forme comme le futur à partir de **l'infinitif**, mais **suivi des terminaisons : *-ais, -ais, -ait, -ions, -iez, -aient.***

aimer	couper
j'aimer**ais**	je couper**ais**
tu aimer**ais**	tu couper**ais**
il aimer**ait**	elle couper**ait**
nous aimer**ions**	nous couper**ions**
vous aimer**iez**	vous couper**iez**
elles aimer**aient**	ils couper**aient**

Combien de formes différentes constatez-vous à l'oral ? Et à l'écrit ? Observez les terminaisons. Quel temps de l'indicatif vous rappellent-elles ?

Attention aux verbes irréguliers ! La base du conditionnel est la même que celle du futur simple.
– ***aller :*** *je serais*
– ***avoir :*** *j'aurais*
– ***devoir :*** *je devrais*
– ***envoyer :*** *j'enverrais*
– ***être :*** *je serais*
– ***faire :*** *je ferais*
– ***falloir :*** *il faudrait*
– ***pouvoir :*** *je pourrais*
– ***venir :*** *je viendrais*
– ***voir :*** *je verrais*
– ***vouloir :*** *je voudrais*

1 Conjuguez au conditionnel présent les verbes entre parenthèses.
1. Dans un monde idéal, les guerres entre les peuples … (ne pas exister).
2. Je n'entends rien ! Tu … (pouvoir) fermer la porte, s'il te plaît ?
3. Selon la revue *Science*, un vaccin contre cette maladie … (être) bientôt au point.
4. Je … (prendre) bien un petit café, tu m'en fais un, s'il te plaît ?
5. On … (vouloir) lui acheter un appareil photo pour son anniversaire.
6. Vous … (faire) mieux de prendre le métro, c'est plus rapide.
7. J'… (aimer) avoir un robot multifonctions pour cuisiner !
8. D'après nos sources, les rebelles … (être) sur le point de se rendre.

2 Reformulez ces demandes poliment à l'aide du conditionnel.
1. À l'agence de voyages : « Je veux un billet aller-retour pour Perpignan. »
2. À hôtel : « Vous me donnez la clé de la chambre 112 ? »
3. Au restaurant : « Garçon, apportez-moi l'addition ! »
4. À table : « Papa, le sel, s'il te plaît. »
5. Au café : « Un diabolo-grenadine et un coca. »
6. À l'office de tourisme : « Je viens d'arriver et je veux des renseignements. »

3 Donnez des conseils aux personnes suivantes.
1. À un jeune homme qui veut maigrir.
2. À une jeune fille qui prépare un examen.
3. À un couple qui veut visiter votre ville.
4. Au maire de votre ville.
5. À un jeune qui veut devenir champion de tennis.
6. À une amie qui cherche un emploi.

L'expression de la condition

Observez ces phrases :
*Si vous **voulez** hacher plus fin, vous **appuyez** sur le bouton.*
*Vous **bénéficierez** de 10 % de remise **si** vous **commandez** avant samedi.*

À quel temps sont les verbes qui suivent la conjonction *si* ?
Et les verbes *appuyer* et *bénéficier*, à quel temps sont-ils ?

- **La construction *si* + présent** de l'indicatif **+ présent / futur** de l'indicatif ou **impératif**.
  Si introduit des faits qui constituent **une condition nécessaire pour que l'action** (à l'indicatif ou à l'impératif) **se réalise :**
  ***Si** tu **viens**, je te **montrerai** ma nouvelle voiture.*

Attention !

- La conjonction *si* s'apostrophe devant *il / ils* mais pas devant *elle / elles* :
  ***S'il** t'invite au restaurant, accepte !*
  ***Si elle** téléphone, dis-lui que je la rappellerai.*

4 Associez les éléments correspondants de chaque colonne pour faire des phrases.

1. Si je gagne au loto,
2. Si je trouve un billet d'avion bon marché,
3. Si tu apprends le chinois,
4. S'il est allergique au pollen,
5. Si nous obtenons une subvention,

a) tu trouveras plus facilement du travail.
b) Il doit éviter de sortir au printemps.
c) nous monterons notre entreprise.
d) je ferai le tour du monde.
e) je le réserve aussitôt.

L'expression de l'hypothèse

Observez ces phrases :
***Si** tu **voulais** aller en boîte et t'amuser sans avoir à penser au retour à la maison, c'est elle qui te **ramènerait** à la maison.*
***Si** j'**étais** à ta place, j'**attendrais** de voir comment ça évolue.*

À quel temps sont les verbes qui suivent la conjonction *si* ?
À quel mode sont les verbes *ramener* et *attendre* ?

- **La construction *si* + imparfait** de l'indicatif **+ conditionnel** présent.
  Si introduit **une hypothèse plus ou moins improbable** ; **l'action** liée à cette hypothèse **est donc également virtuelle** :
  *Si les voitures **volaient**, on **gagnerait** du temps.*
  *Si j'**avais** de l'argent, je m'**achèterais** un modèle hybride.*
  *Si je **savais** cuisiner, je n'**aurais** pas besoin de ce super robot.*

À quoi ça sert ?
Le conditionnel sert aussi…
- à **exprimer des souhaits difficilement réalisables** : *S'il pouvait, il viendrait.*
- à **exprimer des éventualités** : *S'ils étaient là, ils nous aideraient.*

5 Terminez les phrases à l'aide des éléments fournis.

1. Si j'avais davantage de temps libre, ▬ (aller plus souvent voir des expositions).
2. Si elle ne trouvait pas de travail ici, ▬ (en chercher à l'étranger).
3. Si elle venait me voir plus souvent, ▬ (voir les enfants grandir).
4. Si je devais apprendre la musique, ▬ (choisir le violon).
5. Si mon voisin n'était pas sourd comme un pot, ▬ (ne pas pouvoir jouer de la batterie).
6. S'il avait un robot multifonctions, ▬ (cuisiner davantage).

6 Terminez les phrases suivantes librement.

1. Si je gagnais au loto…
2. Si je faisais un petit effort…
3. Si tu rentrais un peu plus tôt…
4. Si la maladie n'existait pas…
5. Si les autoroutes n'étaient pas payantes…
6. Si j'étais un animal…

LEXIQUE

Comment ça marche ?

1 Le robot ménager. Complétez le texte avec les mots suivants.

brancher • un bouton • marcher • sous garantie • un mode d'emploi • mettre en marche • une prise • régler • le service après-vente (SAV)

Hier, j'ai acheté un robot ménager et j'ai voulu l'étrenner sans consulter le …. Impossible d'y arriver ! Il faut dire que je ne suis pas très habile. En fait, il fallait tout simplement le … à … de courant, … sa vitesse en appuyant sur … rouge et après, le … grâce à un interrupteur vert. De toute façon, à ma grande surprise, il n'a pas voulu …. Après avoir essayé à plusieurs reprises en vain, j'ai dû contacter … en insistant sur le fait qu'il était … car ils voulaient me faire payer la réparation !

Donnez le mode d'emploi d'un appareil électroménager que vous utilisez fréquemment et faites deviner de quel appareil il s'agit.

2 Comment louer un Vélo'v si vous êtes de passage à Lyon ? Remettez les instructions dans l'ordre.

a) Appuyez sur le bouton de la « bornette » et tirez le vélo vers vous ; la première demi-heure est gratuite.
b) Prenez un ticket « un » ou « sept jours ».
c) Attendez la validation et choisissez votre vélo.
d) À la station Vélo'v de votre choix, identifiez-vous à la borne avec votre ticket en le passant devant le lecteur.
e) En cas d'arrêt entre deux stations, vous disposez d'un antivol pour protéger le vélo.
f) Arrivé(e) à la station, restituez votre vélo à un point d'attache.
g) Un signal sonore et un voyant lumineux vous confirment que le vélo est restitué.
h) Composez votre code confidentiel et sélectionnez « prendre un vélo ».

Avez-vous déjà utilisé un service semblable ? Qu'en pensez-vous?

Les nouvelles technologies

3 Vous avez un ordinateur, une tablette tactile ? Décrivez-les. Aidez-vous des mots suivants.

un écran • une zone d'affichage • une touche • un clavier • un port USB • une souris • un pavé tactile • une sortie vidéo numérique • une prise casque • un bureau • un connecteur • un micro • une clé USB • un lecteur CD / DVD

4 Comment utiliser un ordinateur ou une tablette et que faire avec ?

icône • sauvegarder • lien • enregistrer • surfer • déposer • logiciel • poster • cliquer • favoris • taper • nuage • naviguer • document • télécharger • partager • bureau • site

1. Observez les mots ci-dessus : identifier les verbes et les noms.
2. Lesquels de ces mots sont en rapport avec le traitement de texte et lesquels avec Internet ?
3. Que faites-vous quand vous écrivez un texte ?
4. Que faites-vous sur Internet ?

Ordinateur, tablette tactile, portable : quels avantages reconnaissez-vous à chaque objet ?

5 Lisez les propos de cet « accro » des nouvelles technologies. Qu'en pensez-vous ? Et vous, quels usages faites-vous de celles-ci ?

« Moi, je suis accro… des ordinateurs, des tablettes et des portables nouvelle génération, de tout produit technologique ! Sans eux, je ne pourrais pas vivre ! Entre mon travail et mes loisirs, je passe jusqu'à 16 heures par jour devant un écran : mail, visioconférences, surf, réseaux sociaux, chat, musique, films et vidéos, retouche d'images… bref, je fais tout avec ! Je guette la sortie des nouveaux modèles, tout mon argent y passe ! »

Quelle place l'informatique tient-elle dans votre vie ?

Achats et service après-vente (SAV)

6 Vous voulez acheter un nouvel appareil ?

livrer • payer des frais d'envoi • faire un devis • faire une réclamation • commander • changer de modèle • renvoyer / retourner • établir la facture • se faire rembourser

1. Dites ce que doit faire le client et ce que doit faire l'entreprise ou le magasin à partir de la liste ci-dessus.
2. Établissez la liste chronologique des démarches à effectuer en remettant ces verbes dans l'ordre.

7 Conseils, recommandations, plaintes… Complétez les phrases avec les éléments de la colonne de droite qui conviennent.

1. Mon amie m'a déconseillé ce modèle…
2. Le réparateur m'a averti…
3. Je me suis plainte à la direction…
4. Le magasin m'a prévenu que…
5. On m'a recommandé de…
6. Tu me conseilles…
7. Je regrette de…

a) un four à micro-ondes ou électrique ?
b) parce que j'étais très mécontente du service après-vente.
c) m'être précipité pour commander ce lave-vaisselle qui est vraiment trop cher.
d) parce que la batterie se décharge trop vite.
e) mon frigo ne serait pas livré avant demain.
f) que ma chaudière n'allait plus tenir très longtemps.
g) bien entretenir ma voiture pour éviter les pannes.

Inventez d'autres fins de phrases pour les éléments de la 1re colonne.

Prononciation : les semi-voyelles [j]-[ɥ]-[w]

1 Écoutez les séries de mots suivantes.

1. nier – nuée – nouer
2. miette – muette – mouette
3. biais – buée – bouée
4. scier – suer – souhait

2 Écoutez et dites si les deux mots prononcés sont identiques ou différents.

	1.	…	6.
=			
≠			

3 Écoutez et indiquez le son que vous entendez.

	1.	…	6.
[j]			
[ɥ]			
[w]			

Le concours Lépine : ingéniosité et astuce

Toujours d'actualité, le concours Lépine créé en 1901 par Louis Lépine, préfet de police de Paris, est le rendez-vous annuel des inventeurs. Le concours Lépine International Paris accueille chaque année plus de 550 inventeurs venus de différents pays.

Depuis les années 2000, l'appellation « Concours Lépine » regroupe plusieurs éditions annuelles dont une version européenne à Strasbourg, lors de la Foire européenne, et une version junior lors du salon des jeunes inventeurs et créateurs de Monts-en-Touraine.

Beaucoup d'objets incontournables de notre quotidien ont vu le jour grâce à ce concours :

- **le stylo à bille** (1919),
- **l'aspirateur** (1923),
- **le cœur artificiel et le poumon d'acier** (1937),
- **les lentilles de contact** (1948).

La majorité des inventions actuelles portent sur la santé, les énergies renouvelables et les nouvelles technologies, avec des applications très utiles dans divers domaines. Citons par exemple :

- **le « top-braille »**, un appareil de poche qui permet la lecture instantanée en braille de n'importe quel texte imprimé, avec une fonction audio pour le rendre sonore (2010).
- **l'« éco-groupe »**, conçu en 2011 par un jeune inventeur de 15 ans, est un groupe électrogène mobile qui n'émet pas de CO_2 grâce à des panneaux solaires, une éolienne et une dynamo.
- **la « wind power »**, l'invention gagnante du concours 2012, un dispositif créé pour permettre aux capitaines de bateaux de connaître parfaitement la pression des vents afin de faciliter les manœuvres portuaires.

On estime qu'une invention sur deux du concours parviendra à être commercialisée, ce qui en fait un tremplin idéal pour les inventeurs.

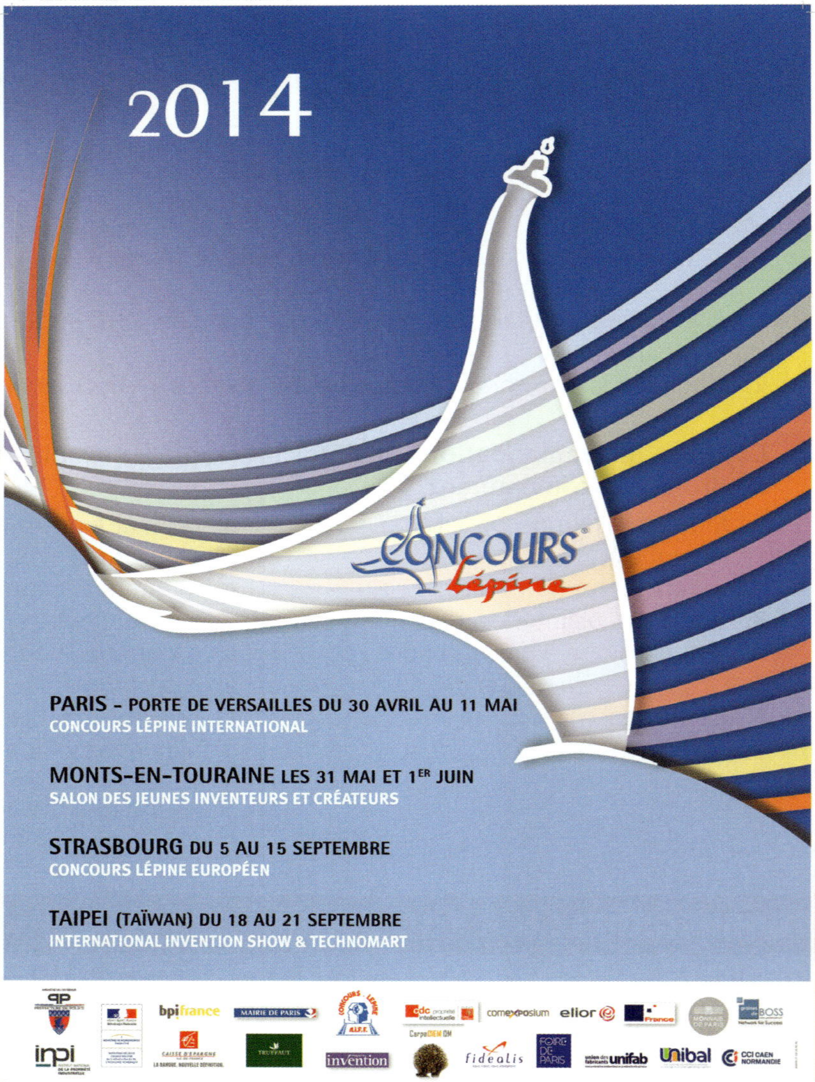

Laquelle de ces inventions trouvez-vous la plus étonnante ? La plus utile ?

Et vous, quel(s) objet(s) ou invention(s) vous faciliteraient le quotidien ? Présentez votre idée au reste de la classe.

ÉCOUTER

1 Écoutez le dialogue, puis répondez aux questions.

1. À qui téléphone la cliente ?
2. Quelle est la raison de son appel ?
3. Comment réagit-elle aux explications qui lui sont données ? Les accepte-t-elle ? Pourquoi ?
4. Que lui propose le réceptionniste ?
5. Que demande-t-elle alors ? L'obtient-elle ?

2 Que pensez-vous du comportement et des réactions des deux personnages ?

3 Imaginez d'autres fins possibles à cette situation.

PARLER

4 La dame de l'activité 1 se plaint au directeur de l'hôtel.

Se plaindre d'un mauvais service, faire une réclamation : Le chauffage ne marche pas. – La salle n'est pas utilisable, il fait un froid glacial. – Comment ça, le chauffage est en panne ? Vous plaisantez, j'espère ? – Mais, c'est insensé ! – Et on ne m'a pas prévenue ! – Il faut à tout prix trouver une solution ! – C'est inadmissible !

S'excuser et se justifier : Je suis désolée, Madame, mais nous avons un problème de chauffage... – Je comprends bien, Madame, mais nous ne pouvons rien faire pour l'instant... – Je vous prie de nous excuser. – Vous pensez bien que nous avons beaucoup insisté... – Croyez bien que, si nous en avions, ils seraient déjà dans la salle, mais... – Je vous présente à nouveau toutes nos excuses.

5 Vous avez acheté un ordinateur il y a quelques jours, mais il ne marche pas bien.

Vous revenez au magasin et vous parlez avec le / la responsable du service après-vente.

Rassurer : Ne vous inquiétez pas. – Ils devraient arriver d'un moment à l'autre. – Nous vous préviendrons. – Ne vous en faites pas, je m'en occupe personnellement ! – Pas de souci.

COMPÉTENCES

6 **Vous venez d'acheter un appareil électroménager dernier modèle et vous en parlez à un(e) ami(e).**

Vous lui expliquez les avantages de l'appareil : fonctions, accessoires, prix, garantie…

Vanter les qualités d'un produit : Ce robot est fait pour vous. – Il fait tout vite et bien. – C'est le top ! – Un seul appareil pour tout faire. – Ce modèle, par exemple, est rapide, moderne, fonctionnel et très facile à l'emploi. – C'est ultra rapide et pratique. – Dernière qualité, le prix !

7 **Quelle place occupent les réseaux sociaux dans votre vie ? Les considérez-vous utiles, indispensables… ?**

8 **Jeu du portrait chinois. Par petits groupes, l'un(e) de vous pense à un personnage célèbre, un objet, un animal, un pays, un endroit…**

À tour de rôle, les autres lui posent des questions pour deviner de qui ou de quoi il s'agit.

ÉCRIRE

9 **L'hôtel Paradis vous invite à répondre à un questionnaire de satisfaction en ligne. À la fin du questionnaire, vous arrivez à la case « Vos suggestions ».**

Elles peuvent concerner les points suivants :
– la réception : qualité de l'accueil (courtoisie, efficacité, disponibilité…) ;
– la chambre : confort, silence, température, propreté, sanitaires, qualité du service d'étage… ;
– le petit déjeuner : en salle ou en chambre, qualité et quantité.

Rédigez la réponse d'une personne très contente de l'hôtel et celle d'une personne très mécontente. (50 mots chacune)

LIRE

10 **Lisez l'article ci-contre. Sur quoi porte-t-il ?**

11 **Vrai ou faux ? Justifiez votre choix avec des extraits du texte.**

1. On a beaucoup contesté le rôle des écrans dans l'apprentissage.
2. L'utilisation des nouvelles technologies développe la capacité de réaliser plusieurs tâches à la fois.
3. L'écran et le livre privilégient le même type de raisonnement.
4. Il est important de faire parler l'enfant sur son expérience avec les jeux vidéo.
5. Il est conseillé d'introduire la tablette avant l'âge de trois ans.
6. Un enfant doit utiliser la tablette tout seul pour développer son intelligence intuitive.
7. La lecture sur écran favorise la mémorisation de contenus.
8. L'utilisation des tablettes favorise la motivation de l'enfant car il peut travailler quand il le souhaite.

12 **Associez ces mots du texte à leur synonyme.**

1. tâtonnements :
a) hésitations
b) réactions

2. démarche :
a) geste
b) façon de faire

3. encourager :
a) forcer
b) motiver

4. prendre du recul :
a) prendre de la distance
b) rester à proximité

Et si les tablettes les rendaient intelligents ?

Tout le monde en rêve ou en réclame, même les tout-petits. Mais sont-elles vraiment bonnes pour leur développement ? Chercheurs et psychiatres se veulent rassurants.

Longtemps, on a accusé les écrans de tous les maux. Aujourd'hui, des voix s'élèvent pour vanter leurs vertus. Les tablettes tactiles, plus maniables, pourraient développer l'intelligence. Il est vrai que les applications sont nombreuses : lecture de livres, possibilité de s'enregistrer, de prendre des photos, de faire des recherches sur Internet [...].

Une compréhension intuitive

« Il a été démontré que la pratique de jeux vidéo d'action améliore les capacités d'attention visuelle et l'attention simultanée à plusieurs choses », explique Olivier Hondé, directeur du laboratoire de psychologie du développement et de l'éducation de l'enfant au CNRS. Les enfants d'aujourd'hui savent lire un texte sur Internet tout en répondant à un SMS et en écoutant de la musique. À cela s'ajoute une autre différence, selon Serge Tisseron, psychiatre et psychanalyste : « Alors que le livre privilégie un raisonnement linéaire qui s'appuie sur la succession de mots, la formulation d'hypothèses et de déductions, l'usage des écrans favorise une forme d'intelligence intuitive qui fonctionne par <u>tâtonnements</u> : l'enfant peut réussir même s'il n'a pas compris comment ni pourquoi. » Cette <u>démarche</u> est propice à l'innovation. Mais pour progresser, l'être humain a aussi besoin d'apprendre à réfléchir, à formuler des hypothèses et des déductions. D'où l'intérêt d'<u>encourager</u> l'enfant à raconter ses jeux vidéo pour l'amener « à <u>prendre du recul</u> et à passer d'une forme d'intelligence à une autre ».

Une condition : avoir acquis une pensée logique

Toutefois, pour Serge Tisseron, l'introduction des tablettes n'est pas prioritaire avant trois ans. « Les bébés ont besoin d'explorer le monde avec tous leurs sens et de construire leurs repères spatiaux et temporels. Pour cela, rien de mieux que les pages d'un livre qui permettent de comprendre qu'il existe un avant et un après. » Et de mettre en garde les parents : « Si les écrans prennent trop tôt la place des activités traditionnelles, l'enfant risque d'être fragilisé par eux et d'échouer à construire une pensée organisée et logique. » Un avis partagé par Olivier Houdé : « L'exposition précoce et excessive des bébés aux écrans, sans présence humaine éducative, est déconseillée. Mais une tablette peut, avec le concours d'un adulte, participer à leur développement cognitif : découvrir et catégoriser les couleurs, les formes, les sons... » La tablette doit toutefois rester un jouet parmi d'autres.

Une mémoire en mutation

Puisque, avec les tablettes, il n'y a plus besoin d'apprendre par cœur, serait-ce la fin de la mémoire ? Non, répond Serge Tisseron, car les écrans interactifs vont amener les enfants à développer une autre forme de mémoire, qui consiste « à travailler avec diverses sources, à les croiser, à les comparer ». Une démarche qui conduit surtout à se rappeler où est stockée l'information pour la retrouver rapidement en cas de besoin. Olivier Houdé en relève les limites : « Sur Internet, les jeunes retiennent plus les accès (les liens sur les moteurs de recherche) que les contenus eux-mêmes. »

Le concours Gadget

Un nouveau concours européen vient d'être créé pour promouvoir l'esprit d'innovation chez les jeunes et les moins jeunes. Un jury international attribuera un prix aux trois inventions les plus astucieuses, utiles et originales.

Le concours est ouvert à tous et à toutes. Vous avez décidé de tenter votre chance !

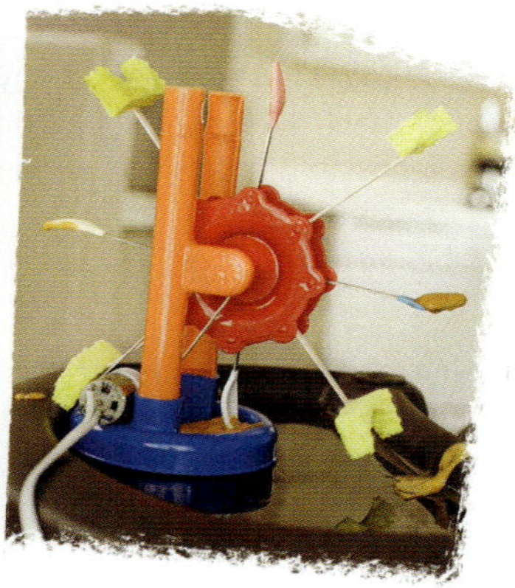

1 Élaboration du projet.

1. Par petits groupes, documentez-vous pour stimuler votre imagination (lecture de textes, observation d'objets insolites).
2. Décidez quel domaine vous désirez servir avec votre invention (travail, vie quotidienne, loisirs…).
3. Procédez à un remue-méninges pour obtenir une liste de gadgets possibles.
4. Enfin, choisissez le gadget que vous allez inventer.

2 Donnez corps à votre projet.

1. Définissez la finalité de votre gadget, ses fonctions et ses avantages.
2. Décrivez-le très précisément.
3. Élaborez le mode d'emploi correspondant.
4. Attribuez-lui un nom.
5. Élaborez des arguments de promotion.
6. Représentez-le (dessin, photo, maquette, présentation PowerPoint…).

3 Rédigez les grandes lignes de la présentation de votre gadget à partir du travail réalisé à l'activité 2, puis mémorisez-les.

4 Présentez votre gadget aux autres groupes.

5 À la fin des présentations, la classe procède à la sélection des trois meilleurs gadgets en fonction des critères suivants.

- Le gadget est à la fois astucieux, utile et original.
- La présentation a été claire et convaincante.
- Tous les points de l'activité 2 ont été abordés.

Qui a gagné ? Qu'allez-vous faire avec les trois prototypes sélectionnés ? Comment allez-vous récompenser les gagnants ?

unité 9

Au travail !

À la fin de l'unité 9, vous serez capable de...

- **comprendre une interview radiophonique (travail).**
- **comprendre et participer à une conversation amicale.**
- **produire un monologue (études, travail).**
- **comprendre des extraits d'articles de presse (travail), des annonces (offres d'emploi).**
- **comprendre et rédiger une lettre de motivation.**

TÂCHE FINALE :
« Témoignages professionnels »

Pour cela, vous apprendrez à...

- faire des compliments et remercier.
- exprimer la joie, la satisfaction.
- énoncer une norme sociale.
- rappeler quelque chose à quelqu'un.

Stratégies
Analyser ses erreurs à l'écrit.

SITUATIONS

Rencontre fortuite

Voir la transcription, p. 163.

1 Écoutez le dialogue, puis répondez aux questions. Justifiez vos réponses.

1. Les personnages.
   – Qui sont-ils ? Comment s'appellent-ils ? Où sont-ils ? À votre avis, quel âge ont-ils ?
   – Se connaissent-ils bien ? Depuis quand pensez-vous qu'ils se connaissent ? Se fréquentent-ils encore ?
2. Leur conversation.
   – De quoi parlent-ils ?
   – Actuellement, ont-ils tous la même situation professionnelle ? Quelle est celle de chacun ? En sont-ils satisfaits ?
   – Sont-ils prêts à s'entraider pour améliorer cette situation ?
3. Leur vision du monde du travail.
   – Qu'est-ce qui leur semble le plus important ?

Pratique

Que signifie **« gosse »** (fam.) ?
a) « adolescent »
b) « enfant »

Et **« tuyaux »** (fam.) ?
a) « adresses officielles »
b) « des informations privilégiées »

2 Que signifient, selon vous, les expressions suivantes dans le contexte de cette conversation ?

1. « Depuis le temps ! »
   a) « Depuis le temps qu'on ne se voit pas ! »
   b) « Depuis le temps qu'on se connaît ! »
2. « Je circule à droite et à gauche ! »
   a) « Je me promène tranquillement. »
   b) « Je vais un peu partout. »
3. « Très amusant ! »
   a) « Ça m'amuse beaucoup d'aller à Pôle Emploi ! »
   b) « Ce n'est pas très drôle de se retrouver à Pôle Emploi ! »
4. « Enfin, on me l'a promis ! »
   a) « C'est ce qu'on m'a promis et j'y crois. »
   b) « C'est ce qu'on m'a promis et on verra si ça se fait… »

3 Repérez dans le dialogue les expressions qui sont utilisées pour…

1. **faire des compliments à quelqu'un.**
2. **exprimer la joie et la satisfaction.**
3. **remercier quelqu'un.**

4 Les propos des personnages vous font-ils réagir ? Pourquoi ?

Nouvelles tendances professionnelles

9

Il existe actuellement plus de 80 espaces de travail partagés alors qu'on en comptait à peine la moitié il y a quatre ans. Une enquête menée le mois dernier sur l'ensemble du territoire montre que l'idée de travailler sans bureau fixe fait son chemin.

Ces lieux partagés peuvent accueillir des travailleurs indépendants ou des salariés, pour des raisons variées. Bérangère, elle, ne veut pas travailler chez elle : « Je peux avoir besoin à un moment ou à un autre d'un lieu pour recevoir des clients ou des fournisseurs. Ici, il y a une salle de réunion pour recevoir les gens dans un cadre approprié. »

Pour Aldo, salarié d'une ONG, le *coworking* représente un gain de temps : « Quand on m'a recruté la première fois en 2010, j'ai refusé le poste parce que les bureaux étaient à deux heures de chez moi. Puis, j'ai entendu parler de ces espaces de travail partagés, j'ai rappelé la responsable, je lui en ai parlé et elle a accepté cette solution. »

Autres avantages : pouvoir échanger des conseils et ne plus se sentir isolé(e). C'est ce qu'apprécie Amélie : « J'ai rencontré des gens qui ont les mêmes soucis que moi, on s'entraide, je peux leur demander leur avis sur une question précise et vice-versa, ils peuvent me le demander aussi. »

Notre entretien avec Ludovic Desprès, patron d'une PME de Laval (Québec)

Le Journal des Affaires – *Depuis quelques mois, vous avez décidé d'offrir un meilleur environnement de travail à vos employés. Qu'est-ce qui vous y a incité ?*

Ludovic Desprès – Je trouve important que les salariés travaillent dans un environnement de qualité. Ici, nous pouvions le leur donner et nous l'avons donc fait.

JdA – *En quoi consistent ces aménagements ?*

LD – Il s'agit d'espaces de loisirs. Les employés disposent maintenant d'une salle de gym avec des douches et d'une salle pour se détendre que nous avons aménagée avec des fauteuils de massage et un coin lecture. Un coin café sera bientôt prêt également.

JdA – *Avez-vous pu déjà constater des changements chez vos salariés ?*

LD – C'est encore un peu tôt peut-être mais, en quelques mois, les choses ont sensiblement évolué et personne ne boude ces installations. Pour moi, il est essentiel de se vider l'esprit quand on travaille de longues heures.

Cliquer ici pour lire la suite.

1 Lisez ces deux extraits d'articles et dites, pour chacun, à qui le journaliste a donné la parole.

2 Lequel de ces titres vous paraît correspondre au texte 1 ? Et au texte 2 ?

a) « Travailler à son compte : la tendance actuelle »
b) « Revendications : satisfactions pour les travailleurs »
c) « Travailleur(se) cherche espace à partager »
d) « Le bonheur des salariés fera-t-il le bonheur des patrons ? »

3 Dites dans quel texte quelqu'un…

- négocie son lieu de travail.
- manifeste son intérêt pour les conditions de travail des autres.
- évoque un éventuel besoin professionnel.

Justifiez votre réponse.

4 Retrouvez les extraits dans lesquels…

1. on compare une situation actuelle avec une situation passée.
2. on évoque un avantage matériel.
3. on dit qu'on ne refuse pas quelque chose.

5 Quels sont les points communs entre ces deux textes ?

6 Ces tendances existent-elles dans votre pays ? Qu'en pensez-vous ?

L'expression du temps et de la durée

Observez ces phrases :
J'ai la possibilité d'avoir un temps plein l'année prochaine.
Quand on m'a recruté en 2010, j'ai refusé le poste.
Un coin café sera bientôt prêt également.

Revelez les expressions de temps. Font-elles référence à des moments précis ou imprécis ?

- **Pour indiquer un moment précis :**

passé	présent	futur
hier	aujourd'hui	demain
avant-hier	maintenant, actuellement,	après-demain
il y a trois ans	de nos jours, en ce moment	dans deux ans
l'année dernière, l'an dernier	pour le moment	l'année prochaine, l'an prochain
le mois dernier	cette année	le mois prochain
la semaine dernière	cette semaine	la semaine prochaine
en 1476, au XIIe siècle	ce mois-ci	en 2040

- **Pour indiquer un moment imprécis :**

passé	futur
autrefois	bientôt
jadis	dans quelques années
à cette époque-là	à l'avenir
tout à l'heure	tout à l'heure

Attention ! La locution *tout à l'heure* se réfère au passé comme au futur (dans la même journée) : elle signifie *il y a un petit moment* ou *dans un petit moment* :
*Il a téléphoné **tout à l'heure** pour confirmer le rendez-vous.*
*On se voit **tout à l'heure** après le boulot ?*

Maintenant, observez ces phrases :
En six mois, je n'ai trouvé qu'un emploi d'intérimaire.
Je suis à Lyon jusqu'à samedi midi.
J'ai une visite dans 40 minutes.

Revelez les expressions de temps. Font-elles référence à une durée ou à un moment précis ?

- **La durée d'une action peut être absolue (limitée dans le temps) ou relative.**
  Quand elle est relative, la référence est le moment du locuteur.

durée absolue	durée relative	
	passé	futur
pendant pour en de… à	depuis il y a (… que) ça fait (… que)	dans d'ici à jusqu'à

1 **Indiquez si on fait référence à un moment passé, présent ou futur. Justifiez.**

1. Voici le château, construit il y a cinq siècles.
2. J'aurai trente ans le mois prochain.
3. Aujourd'hui, c'est plus facile de voyager.
4. Tu prends tes vacances cette semaine ?
5. Je commence mes cours dans 15 jours.
6. Ils se sont connus en mars 2000.

2 **Complétez avec *autrefois, à cette époque-là, bientôt* ou *dans quelques années*.**

1. Je l'ai connu dans l'entreprise où j'ai débuté. …, il était déjà sous-directeur.
2. …, les travailleurs pourront travailler chez eux.
3. …, on travaillait dans des conditions très difficiles.
4. Je vais avoir 65 ans. Je vais … partir à la retraite.

3 **Complétez à l'aide d'une expression de temps indiquant la durée.**

1. Cette statue est associée à l'histoire de la ville … 1476.
2. Nous sommes à Brest … trois jours, qu'est-ce que vous nous conseillez de visiter ?
3. … une journée, tu as largement le temps de préparer le dossier !
4. Vous pouvez me contacter à l'agence … 18 heures.
5. … 50 ans que ce pays est devenu indépendant.
6. Nous avons marché … trois heures.
7. … deux jours, les grands départs du mois d'août !
8. Je travaille … 8 heures … midi, puis je m'arrête pour déjeuner.

La double pronominalisation

Observez ces phrases :

Ah ! Mais oui, c'est elle, je la reconnais !
À bientôt Mélissa, je t'appelle !

Quels mots remplacent les pronoms *la* et *t'* ?
Quelle est leur fonction : COD ou COI ?

Ça me fait plaisir de te revoir !
J'avais entendu parler de ces espaces de travail partagés, je lui en ai parlé et elle a accepté.

Quels mots remplacent les pronoms *me* et *lui* ?
Quel est leur fonction : COD ou COI ?

Rappelez-vous : on peut remplacer un nom ou un groupe nominal COD ou COI par un pronom.

Maintenant, observez ces phrases :

J'ai des photos de toi, si tu veux je te les enverrai.
Je crois que je serai vite augmentée. On me l'a promis !
Nous pouvions le leur donner et nous l'avons donc fait.
Cette salle, nous la leur avons aménagée avec un coin café…

Combien de pronoms compléments COD ou COI trouvez-vous dans chaque exemple ?

- **Les pronoms COD peuvent se combiner avec les pronoms COI,** on parle alors de « double pronominalisation » :
  J'enverrai les photos à Lucie → *Je **les** enverrai à Lucie.* → *Je **lui** enverrai les photos.* → *Je **les lui** enverrai.*
- **Ordre des pronoms dans la phrase :**

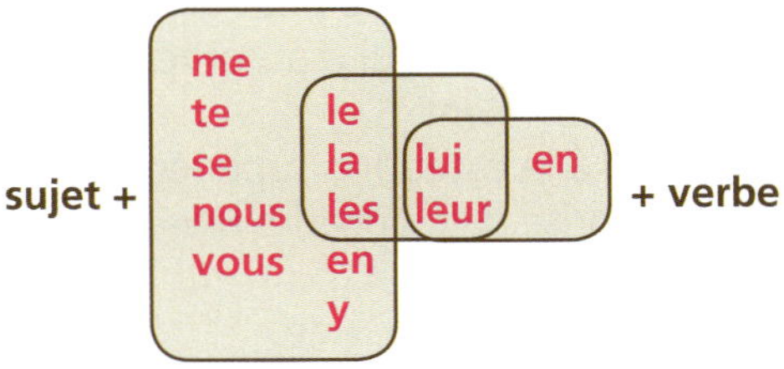

4 **Reconstituez les phrases et dites quelle est la fonction du pronom (COD ou COI). Mettez-les ensuite à la forme négative.**

1. annoncer / vais / bonne / vous / je / une / nouvelle
2. je / mes / communiqué / l' / à / parents / ai
3. tu / paquet / envoies / lui / le / la / par / poste
4. leur / de / proposons / nous / l' / heure / changer
5. Nadia / envoyés / les / vous / avez / à
6. elle / son / m' / a / adresse / donné

5 **Remplacez les compléments soulignés par les pronoms qui conviennent.**

1. Il a proposé ses idées au coordinateur du projet.
2. La prof a bien expliqué la leçon aux étudiants.
3. Nous n'avons pas prêté notre vélo à la voisine.
4. Tu montres les photos à tes amis.
5. On a offert ce cadeau à la concierge.
6. Le poète récite ses vers à un auditoire fasciné.

LEXIQUE

Tout travail...

1 L'embauche. Les questions de cette enquête ont été partiellement effacées. Reconstituez-les avec les mots suivants, sans oublier de faire les accords nécessaires.

mi-temps • profil professionnel / expérience professionnelle • au chômage • flexible • contrat • emploi stable • poste fixe • licencié

1. Vous travaillez ou vous êtes ___ ?
2. Si vous travaillez, vous avez un ___ de travail à durée déterminée (CDD) ou indéterminée (CDI) ?
3. Vous changez souvent d'entreprise ou vous avez un ___ dans la même entreprise ? Si vous avez changé d'entreprise, est-ce que ça a été volontaire ou est-ce qu'on vous a ___ ?
4. Préférez-vous changer souvent d'entreprise pour acquérir plus d'expérience ou préférez-vous avoir un ___ ?
5. Pensez-vous qu'on vous a recruté(e) grâce à vos diplômes ou grâce à votre ___ ?
6. Vous avez un plein-temps ou un ___ ?
7. Préférez-vous avoir des horaires fixes ou ___ ?

Par petits groupes, dialoguez sur ces questions.
Avez-vous d'autres questions à poser ?

2 Retrouvez à quelles catégories professionnelles correspondent ces définitions.

employé • ouvrier • travailleur indépendant • chef de service • patron • cadre moyen / supérieur

1. Personne qui exerce à son compte une activité économique. Elle assume les risques de cette activité et perçoit les profits éventuels qu'elle peut générer.
2. Personne qui dirige un service et qui a autorité sur les personnes qui y travaillent.
3. Personne qui appartient à la catégorie supérieure des salariés d'une entreprise. Elle encadre une équipe.
4. Salarié qui travaille dans un bureau, une administration, un magasin ou chez un particulier.
5. Travailleur manuel salarié qui a une fonction de production dans l'entreprise.
6. Personne qui dirige une entreprise industrielle ou commerciale.

À quelle catégorie professionnelle appartenez-vous ? Vous y sentez-vous bien ?
Quels en sont les avantages ? Et les inconvénients ?

3 Une autre manière de parler « travail ». Retrouvez les cinq mots qui relèvent du registre standard et associez chacun d'eux à son équivalent du registre familier.

le boss • un travail • travailler • un job • le directeur • un petit travail • un boulot • bosser • une entreprise • une boîte

Utilisez le français familier : inventez des phrases en utilisant les mots ci-dessus.

... mérite salaire

4 Voici une courte description de deux métiers différents. À votre avis, de quels métiers s'agit-il ?

1. Il / Elle construit des bâtiments, publics ou privés. Il / Elle prépare le projet de construction, puis sélectionne les entreprises qui vont exécuter les travaux. Enfin, il / elle supervise ces travaux.
2. Il / Elle intervient quand les personnes ont des difficultés familiales, professionnelles, financières… Il / Elle les informe sur leurs droits et les accompagne dans leurs démarches.

À votre tour, décrivez des métiers et faites-les deviner.

5 À votre avis, quels sont les compétences et le niveau d'études requis pour ces métiers ? Quels sont les revenus pour un(e) débutant(e) ?

Les revenus :

un salaire brut / net • une prime • une indemnité • des heures supplémentaires • des frais de déplacement • le SMIC (salaire minimum interprofessionnel conseillé)

Niveau d'études :

CAP • BEP • BAC • BAC + 2 • BAC + 5…

Qualités requises :

avoir l'esprit d'initiative • être méthodique • parler des langues étrangères • être sûr de soi • avoir le sens des responsabilités • être précis • avoir l'esprit d'équipe • être créatif • être sociable • être ponctuel • être habile • être patient • être résistant • être souple • être exigeant • être tolérant • être solidaire • être compréhensif

Dites les qualités requises dans votre métier ou celui que vous aimeriez exercer.

Les liaisons et enchaînements

1 Écoutez et dites si les mots soulignés sont prononcés de la même façon dans la série a) et dans la série b). À quelle conclusion arrivez-vous ?

1. a) Voilà mon <u>petit</u> frère. b) Voilà mon <u>petit</u> ami.
2. a) Ce sont <u>les</u> copains de ma fille. b) Ce sont <u>les</u> amis de ma fille.
3. a) <u>On</u> pense venir. b) <u>On</u> a décidé de venir.
4. a) Il <u>est</u> malade. b) <u>Est</u>-il malade ?
5. a) Il a réussi <u>son</u> concours. b) Il a réussi <u>son</u> examen.

2 Écoutez ces phrases et repérez les liaisons et enchaînements que vous entendez. Avec quelles consonnes fait-on la liaison ?

1. De quelles affaires parleront-elles ?
2. Si vous achetez cet ordinateur, vous aurez une garantie de deux ans.
3. Je voudrais offrir un animal de compagnie à mon enfant pour son anniversaire.
4. Les auditeurs nous appellent, nous avons un premier coup de fil.

3 Comparez : *les_auteurs* (liaison obligatoire) / *les#hauteurs* (liaison interdite). Écoutez ces phrases et indiquez les liaisons et enchaînements interdits.

1. Allez, chéri, descends des hauteurs !
2. C'est le monument dédié aux héros de la Résistance.
3. J'adore les légumes, surtout les haricots verts.
4. Ils habitent près des Halles.

Côté travail : les tendances de la décennie

Le télétravail : tendance à la hausse

Selon une étude du *Tour de France du télétravail* publiée en 2012, cette forme de travail s'est beaucoup développée au cours des dernières années. Actuellement, 16,7 % des salariés travaillent au moins un jour par semaine en dehors du bureau (12,7 % en 2011). Presque 80 % des salariés qui « télétravaillent » le font depuis leur domicile. Les avantages ? Un gain de temps et d'argent et une diminution de la fatigue et du stress.
Mais le télétravail demande aussi de l'organisation : il est important de délimiter son travail dans le temps et l'espace en s'aménageant un bureau et en se fixant des horaires, et de faire respecter cet espace par sa famille, surtout si on a des enfants. On n'est pas toujours libre de ses horaires, car il est parfois nécessaire d'être disponible aux mêmes heures que ses collègues. Enfin, comme au bureau, il ne faut pas oublier de s'accorder des pauses.

Dans votre pays, le télétravail est-il courant ?

Travail en ville, domicile à la campagne

De plus en plus de Français (près de 20 % de la population), de Belges et de Suisses décident de déménager hors des frontières de la ville et de se déplacer chaque jour pour aller travailler en ville. On les appelle les « rurbains ». Ils habitent dans des communes éloignées de cinq à trente kilomètres d'un pôle urbain, mais qui en dépendent au niveau économique, puisqu'au moins 40 % de sa population y travaille.
Les raisons ? Le prix de l'immobilier, la pollution, les incivilités, le bruit et la densité de population en ville, par opposition au calme, à l'espace et à la verdure de la campagne. Les rurbains recherchent une meilleure qualité de vie.

Observe-t-on la même tendance dans votre pays ?

Quelques professions émergentes

- **Responsable de la diversité :** au sein d'une entreprise, cette personne s'occupe d'intégrer les salariés handicapés, d'encourager l'égalité professionnelle, de prévenir les discriminations et de sensibiliser les employés à ces questions.
- **Accompagnantes à la naissance ou « Doulas » :** elles proposent aux futurs parents un accompagnement non médical, du début de la grossesse au post-partum, en complément du suivi médical normal et pour répondre à leurs questions et à leurs angoisses.
- **Consultant(e) en développement durable :** il / elle aide l'entreprise à élaborer sa stratégie de développement durable, à concevoir des produits en phase avec l'écologie, à organiser des formations internes et à respecter la réglementation environnementale et sociale.

Connaissez-vous des gens qui exercent ces professions ?

Connaissez-vous d'autres professions émergentes ?

ÉCOUTER

1 Écoutez cette interview. Indiquez qui parle, avec qui et dans quel contexte, puis dites si c'est vrai ou faux.

1. Jacques a repris le magasin de son patron.
2. Il a peu d'expérience dans la profession.
3. Il faut remplir au moins trois conditions pour ouvrir un magasin.
4. Les démarches pour ouvrir un magasin sont assez rapides.
5. Il a dû accepter une réglementation particulière pour la devanture.
6. Ce n'est pas seulement la publicité qui a fait connaître le magasin de Jacques.
7. La clientèle de Jacques est très variée.
8. Il vend les mêmes marques de vélos que Décathlon.
9. Jacques a l'air satisfait de sa situation professionnelle.
10. Pour lui, il faut bien évaluer la situation et ne pas se décourager facilement.

PARLER

2 Félicitations ! Vous téléphonez à un(e) ami(e) pour lui raconter que vous avez trouvé un nouvel emploi.

Il / Elle vous pose des questions et se réjouit.

Exprimer la satisfaction et la joie : Je suis tellement contente d'avoir trouvé… – Incroyable ! – Ce n'est pas mal du tout pour un début. – Comme ça me fait plaisir pour toi ! – C'est génial ! – Je suis ravie de l'apprendre ! – C'est super !

3 Vie étudiante ou professionnelle. Présentez la profession que vous exercez actuellement ou les études que vous faites.

Parlez, par exemple, des tâches que vous réalisez, de vos responsabilités, de vos points forts et de vos points faibles, des aspects positifs et négatifs de cette activité…

4 Entretien. Un(e) ami(e) a décroché son premier entretien d'embauche ! Il / Elle vous demande des conseils.

Dites-lui ce qu'il faut faire et aussi, ce qu'il ne faut surtout pas faire.

Énoncer une norme sociale : Il faut… – On ne doit pas… – On ne peut pas… – Ce n'est pas bien… – Normalement… – Tu devrais… – Il vaut mieux…

Rappeler quelque chose à quelqu'un : Je te rappelle que… – Je te signale que… – N'oublie pas de…

COMPÉTENCES

LIRE

5 **Lisez cette offre d'emploi, puis les règles d'or de la lettre de motivation.**

JOURNALISTE D'INVESTIGATION (PIGES) H/F

Date de publication :
21/03

Référence de l'offre :
2338-CAP

Contrat :
CDD 6 mois

Localisation :
BORDEAUX

Fonctions :
Web journaliste ;
Journaliste

Secteur :
Internet

Description du poste
Avec un tirage de 30 000 exemplaires et une diffusion moyenne supérieure à 15 000, CAP SUR BORDEAUX est le magazine leader de l'agglomération bordelaise. Le mensuel s'attache à rechercher toujours la vérité et développe des enquêtes d'investigation, par exemple sur l'utilisation de l'argent public. Sa réputation a dépassé depuis longtemps l'échelle régionale.

Profil recherché
Vous êtes journaliste d'investigation dans les secteurs politique, économie ou société et vous souhaitez rejoindre notre équipe, dans un premier temps sous forme de piges*, plus ou moins régulières selon les cas.
Un contrat à durée indéterminée pourra être envisagé à l'avenir. Nous vous remercions de bien vouloir nous transmettre, à l'appui de votre candidature, des exemples d'articles, sous forme de liens par exemple.

*Travail rémunéré à la ligne ou à l'article.

POSTULER

RÈGLES D'OR DE LA LETTRE DE MOTIVATION

★ FORME ★

– Faire court : une page maximum.
– Adopter une mise en page aérée et un style clair.
– Préciser les références de l'annonce.
– Rédiger des phrases courtes.
– Utiliser les formules de politesse appropriées.
– Bannir les fautes d'orthographe.
– Éviter les répétitions.
– Ne pas commencer toutes ses phrases par « Je ».
– Utiliser le vocabulaire approprié.

★ FOND ★

– Ne pas reproduire le CV : faire apparaître des points complémentaires.
– Être cohérent par rapport à son CV.
– Adapter son profil à l'offre et à l'entreprise visée.
– Mettre en valeur ses points forts.
– Expliquer en quoi sa candidature présente des avantages particuliers.
– Faire preuve de modestie.
– Être positif sans être prétentieux.
– Éviter les formules négatives.

6 **Maintenant, lisez la lettre de motivation de Nathalie, qui répond à l'offre d'emploi du magazine *Cap sur Bordeaux*.**

1. Repérez à quelle place se trouvent l'adresse de l'expéditeur, celle du destinataire et la date.
2. Quelle est la formule d'appel utilisée ? Et la formule finale ?
3. Quelles règles d'or Nathalie a-t-elle utilisées ? Justifiez.

Nathalie Song
12 bis, rue du Commerce
33050 Bordeaux
nathaliesong@ccv.fr
05 57 22 04 81

CAP SUR BORDEAUX
3, rue de la Garonne
33300 Bordeaux

Bordeaux, le 7 avril 2014

Objet : Poste de journaliste d'investigation (offre 2338-CAP)

Madame, Monsieur,

C'est avec un grand intérêt que j'ai lu votre offre d'emploi de journaliste d'investigation. En effet, au cours de mes études à l'Institut de journalisme Bordeaux Aquitaine, dont je suis diplômée, j'ai été rédactrice du blog *Bordeaux décalée*. Mon travail consistait à me documenter, à enquêter, à sélectionner les informations et à rédiger la rubrique de société sous la direction de Renée Dolton. Le magazine *Cap sur Bordeaux* a bien sûr été un modèle pour moi.
Ce blog m'a permis de me forger une première expérience dans le journalisme d'investigation. Je possède également une bonne connaissance de la presse écrite en général et des outils informatiques. Forte de cette expérience et de ces connaissances, curieuse, dynamique et rigoureuse, je pense avoir les qualités requises pour le poste que vous proposez.
Vous pourrez lire mes articles à cette adresse : www.bordeauxdecalee.com/societe/nathaliesong.
J'espère vous rencontrer très prochainement afin de discuter de ma candidature avec vous.

Dans l'attente de votre réponse, je vous prie d'agréer, Madame, Monsieur, l'expression de mes salutations distinguées.

Nathalie Song

ÉCRIRE

7 À vous maintenant : écrivez une lettre de motivation pour l'une des annonces suivantes.
Respectez les caractéristiques de ce type de correspondance et soignez la construction.

Assistant(e) juridique

- **Description :** Bac + 2 / + 3
  Connaissance juridique exigée
  Rédaction de procès-verbaux
  Prise en charge de sinistres
- **Lieu :** Paris
- **Langue :** français
- **Salaire brut mensuel :** 2 000 €
- **Contact :** Dominique Leturc
  leturcd@juridique.fr

Garçon de salle

Description : restaurant, cuisine traditionnelle
Salaire selon expérience et qualification
Avantages complémentaires : logé et nourri
Contact : Virginie Dollon
vdollon@rechercheemploi.fr
Ville : Province de Liège, Awans
Type de contrat : CDI, temps partiel

Stratégies

Vous avez écrit une lettre de motivation. Votre professeur vous la rend corrigée. Essayez d'analyser vos erreurs.

– L'ordre des mots n'est pas toujours le bon (place du sujet, place des éléments de la négation…).
– Il manque des mots indispensables dans la phrase (pronom sujet, déterminant…).
– Les accords grammaticaux ne sont pas toujours faits (nom + adjectif, sujet + verbe…).
– Les verbes ne sont pas toujours bien conjugués.
– Les contractions (*à* + *le*, *de* + *le*…) ne sont pas toujours faites.
– Les mots sont parfois inventés.
– Le lexique utilisé est pauvre.
– On trouve beaucoup de répétitions.
– Il y a des fautes d'orthographe (accents, doubles consonnes, terminaisons verbales…).

Par petits groupes, commentez vos réponses.

Témoignages professionnels

Sur Internet, vous avez découvert un blog intitulé « Témoignages ». Vous décidez de participer à cette expérience et de raconter votre expérience.

TÉMOIGNAGES

Qui suis-je ? Témoignages Contact

Je m'appelle Myriam Lacouture, je suis sociologue et journaliste d'investigation.
Je fais actuellement des recherches dans le domaine des nouveaux métiers. Je me suis intéressée à ce sujet parce que le monde du travail, aujourd'hui en pleine mutation, est difficile à cerner. J'ai créé ce blog car je crois qu'Internet est un outil formidable pour échanger et en savoir plus !

Voici mes questions :

1. Votre vie professionnelle (bureau, commerce...) est-elle en train d'évoluer ?
2. Quelles sont les nouvelles perspectives ? Dans quel(s) domaine(s) ? (nouveaux modes de direction, nouveaux types de relations entre les membres du personnel, nouvelles manières de travailler)
3. Votre situation est-elle au contraire en pleine stagnation ?

Je compte sur vos témoignages, que vous travailliez dans la fonction publique ou dans le secteur privé, que vous soyez à votre compte ou salarié, patron ou employé ! Si certaines situations vous interpellent ou vous choquent, si vous avez observé des changements ou si, au contraire, tout continue de se passer comme au siècle dernier, n'hésitez pas, racontez-moi ! Vos témoignages me permettront de mieux cerner la réalité actuelle et peut-être vous demanderai-je, par mail, de me donner plus de précisions.

Les récits les plus complets seront publiés sur ce blog.

Un grand merci.

Myriam Lacouture

1 **Par groupes de deux, commentez des expériences, vécues par vous-mêmes ou par une personne de votre connaissance, en rapport avec l'enquête de Myriam Lacouture.**

2 **Décidez lequel de ces vécus professionnels vous semble le plus intéressant et le plus conforme aux attentes de la sociologue, puis rédigez le témoignage correspondant.**
Vous avez 30 minutes pour écrire de 100 à 120 mots. Pour vous aider, recherchez et lisez des témoignages. Vous pouvez aussi utiliser un dictionnaire.

3 **Tous les témoignages sont recueillis et lus devant la classe. Tirez des conclusions et donnez votre opinion à partir des questions suivantes.**

1. Quels aspects du monde du travail actuel ressortent des témoignages de la classe ?
2. Correspondent-ils à ceux que présentent les médias en général ? Sont-ils différents ? En quoi ?

4 **Par groupes de six, évaluez les témoignages et décidez lesquels méritent d'être publiés sur le blog de Myriam Lacouture.**

unité 10

Culture

À la fin de l'unité 10, vous serez capable de...

- comprendre une enquête sociologique (culture).
- participer à des conversations (télévision, activités culturelles).
- participer à une discussion sur un sujet de société (culture).
- comprendre des articles de presse sur un sujet de société (musique, cinéma).
- rédiger une courte présentation d'un artiste.

TÂCHE FINALE :
« Émission de radio »

Pour cela, vous apprendrez à...

- exprimer votre opinion.
- interroger quelqu'un sur ses goûts et ses préférences.
- exprimer vos goûts et vos préférences.
- parler de vos habitudes.
- attirer l'attention de quelqu'un.

Stratégies
Comment évaluer une production orale.

SITUATIONS

Deux journalistes au travail

1 Écoutez le document et répondez aux questions.

1. Où sont les journalistes ? Quelles questions posent-ils aux passants ?
2. Que raconte la journaliste à son collègue ?
3. Les trois personnes interrogées par le journaliste partagent-elles le même point de vue ?
4. Quels sont, dans la liste, les éléments mentionnés par ces personnes ?
   - la littérature
   - la BD
   - le cinéma
   - le théâtre
   - les revues d'actualité
   - les spectacles
   - la sculpture
   - la photo
   - les manifestations sportives
   - la danse
   - l'architecture
   - l'histoire
   - la chanson
   - la musique
   - les documentaires

2 Réécoutez et répondez aux questions concernant chaque intervenant.

1. L'homme.
   - Quelle réponse donne-t-il d'abord ? Est-il sérieux ?
   - Que répond-il à la deuxième question du journaliste ?
   - Quel est le point commun entre un championnat et un opéra, selon lui ?
2. La jeune fille.
   - Quelle est sa passion ?
   - Pour vivre sa passion, dépend-elle de quelqu'un ? De qui ? Pourquoi ?
   - Quand se consacre-t-elle à sa passion ?
   - De quelle autre activité de loisir parle-t-elle et qu'en dit-elle ?
3. Le jeune homme.
   - Quelle double représentation se fait-il de la culture ? Qu'est-ce qui lui semble essentiel ?
   - À quoi est-il le plus sensible ? Comment cela se traduit-il dans sa vie ?
   - Comment se manifeste sa passion pour la photo (et les arts graphiques) ?

Voir la transcription, p. 164.

3 De quelle personne vous sentez-vous le / la plus proche ? Et vous-même, que répondriez-vous aux questions posées par le journaliste ?

Pratique

Que signifient les expressions suivantes ?

« Être partant(e) » :
a) « être prêt(e) à… ».
b) « être obligé(e) de… ».

« Avoir un faible pour quelque chose » :
a) « avoir un don pour quelque chose ».
b) « aimer quelque chose particulièrement ».

Musique !

10

LA MUSIQUE EST TRÈS PRÉSENTE DANS LA VIE QUOTIDIENNE...

La moitié des Français estime difficile de se passer de musique (Sacem / Opinionway, 2011). L'écoute de la musique est le loisir qui a le plus progressé au cours des trois dernières décennies. [...] En 1997, 27 % des personnes de 15 ans et plus écoutaient des disques tous les jours ou presque ; ils étaient 34 % en 2007. L'écoute de la musique s'est encore accrue depuis, avec le développement de nouveaux modes d'accès : Internet, lecteurs MP3, téléphones mobiles. [...]

L'écoute se fait principalement à la maison (90 %), mais aussi en voiture (74 %), à l'occasion de moments de détente pour 62 % des Français, ou dans des moments d'attente (20 %). Tous les genres musicaux ont bénéficié de cet engouement, du jazz au rock en passant par la musique classique et l'opéra. Mais ce sont les chansons françaises qui sont le plus écoutées (51 %), suivies par la musique classique (34 %), les variétés internationales (34 %), le pop-rock (31 %), le jazz (22 %), la musique du monde (17 %), le RnB (13 %), la musique de film (13 %), le rap (10 %), les musiques électronique ou techno (9 %) et la dance (8 %).

À la radio, la musique représente la moitié du temps d'écoute, soit le double de celui consacré à l'information. Il faut dire que l'offre musicale est très abondante, depuis l'autorisation des radios libres, au début des années 80.

Par ailleurs, les sorties liées à la musique (concerts, discothèques) sont celles qui ont le plus progressé depuis une vingtaine d'années. Enfin, la pratique du chant et des instruments concerne un nombre croissant de Français. Dans une société perçue comme de plus en plus dure, la musique a pour vocation d'adoucir les mœurs.

Francoscopie 2013 © Larousse 2012
Gérard Mermet, avec la collaboration de Christophe Gazel

1 Lisez le texte ci-dessus et répondez aux questions.

1. De quel type de texte s'agit-il ?
   - **a)** D'un article d'encyclopédie.
   - **b)** D'un extrait d'ouvrage sociologique sur la France.
   - **c)** D'un article de vulgarisation scientifique.
2. Quel est l'objectif de ce texte ?
   - **a)** Informer sur l'évolution de la société française.
   - **b)** Critiquer un phénomène de société.
3. Le titre de l'extrait résume-t-il le texte ? Justifiez votre réponse.

2 Relisez le texte et dites si les affirmations suivantes sont vraies ou fausses. Justifiez vos réponses.

1. Écouter de la musique est, selon la majorité des Français, une activité de loisir indispensable.
2. L'écoute de la musique en France est en hausse régulière depuis les années 70.
3. L'arrivée de nouveaux produits technologiques sur le marché favorise l'écoute de la musique.
4. Les Français écoutent de la musique principalement dans deux circonstances et à deux endroits différents.
5. Tous les genres de musique obtiennent des indices d'écoute similaires.
6. Chanter ou jouer d'un instrument adoucit la vie en société.

3 La situation décrite ici correspond-elle à celle de votre pays ?

GRAMMAIRE

Adjectifs et pronoms indéfinis

Observez ces phrases :
*Ça demande du temps aussi, **plusieurs** heures par semaine mais c'est ça, la vie !*
*Il y a **certains** styles de musique que je n'aime pas.*

Avec quel mot associez-vous les éléments signalés ? Comment s'accordent-ils ?

- Comme tous les déterminants, les adjectifs indéfinis s'accordent en genre et en nombre avec le nom qui suit.

	adjectifs indéfinis
la quantité	**quelques** ; **plusieurs** ; **certains**, **certaines** ; **aucun**, **aucune** ; **différents**, **différentes**
la ressemblance	**le même**, **la même**, **les mêmes**
la différence	**un autre**, **une autre**, **d'autres** ; **l'autre**, **les autres**
l'individualité	**chaque**
la totalité	**tout**, **toute**, **tous**, **toutes**

Attention à l'accord et à la prononciation de *tout* !
On prononce [tu] au masculin (*tout*, *tous*) et [tut] au féminin (*toute*, *toutes*).

Observez ces phrases :
*Moi, j'ai un nouveau partenaire de danse, **le même** depuis trois mois.*
*On se retrouve entre amis, **chacun** avec son répertoire.*

Quels noms remplacent les pronoms indéfinis signalés ?

	pronoms indéfinis
la quantité	**quelque chose** ; **quelqu'un** ; **quelques-uns**, **quelques-unes** ; **plusieurs** ; **personne** ; **rien** ; **aucun**, **aucune**
la ressemblance	**le même**, **la même**, **les mêmes**
la différence	**un autre**, **une autre**, **d'autres** ; **l'autre**, **les autres**
l'individualité	**chacun**, **chacune**
la totalité	**tout**, **toute**, **tous**, **toutes**

Comparez le tableau ci-dessus avec le tableau précédent.

Quels sont les éléments communs et quelles sont les différences ?

Attention à la prononciation de *tous* ! Quand *tous* est pronom, on prononce le *s* final ([tus]).

1 Complétez à l'aide d'un adjectif indéfini.

1. Les enfants n'ont pas mangé ... les biscuits.
2. Je trouve ... tes suggestions très pertinentes.
3. ... étudiant devra apporter un dictionnaire.
4. Elle travaille ici depuis ... années.
5. J'ai passé ... la matinée à jouer du violon !
6. Tu racontes toujours ... histoire !
7. Il dépense ... son argent, il ne veut laisser ... héritage.
8. ... été, je vais à ce festival.

2 Complétez ces phrases à l'aide d'un pronom indéfini.

1. Tu as ... compris ! Génial !
2. Tu m'as dit ... ? Je t'entends mal.
3. Je vais demander à ... où est cette rue.
4. Je ne connais ... là-bas, et toi ?
5. Cette pharmacie est fermée, mais il y en a ... tout près.
6. Les enfants auront ... leur chambre dans la nouvelle maison.

Le discours indirect

Observez ces phrases :

Au premier, je lui ai demandé à quoi il pensait quand on lui disait « culture », et tu sais ce qu'il m'a dit ? Il m'a répondu qu'il était à fond pour les manifestations culturelles en ville, mais il a ajouté qu'elles devaient être gratuites, qu'il payait des impôts pour ça aussi ! Après, j'ai trouvé une femme qui a déclaré qu'elle et son mari étaient passionnés de cinéma, et quand j'ai voulu savoir ce qu'elle préférait, elle m'a affirmé qu'elle aimait tout.

Quels verbes introduisent des paroles rapportées ?

Observez ce tableau et comparez les phrases au discours direct et au discours indirect.

Sur quoi portent les transformations ?

discours direct	discours indirect
Le journaliste à sa collègue : Alors, comment se passe l'enquête pour l'instant ?	Il lui demande comment se passe l'enquête pour l'instant.
L'homme au journaliste : Non, je blague, j'adore le sport, mais j'ouvre un livre de temps en temps !	Il a précisé qu'il blaguait, qu'il adorait le sport. Il a ajouté qu'il ouvrait un livre de temps en temps.
La jeune fille au journaliste : Bonjour, vous faites une enquête ? Une enquête sur quoi ?	Elle lui a demandé s'il faisait une enquête. Elle voulait savoir sur quoi portait l'enquête.
La jeune fille au journaliste : Moi, j'ai un nouveau partenaire […], on a trouvé notre rythme.	Elle lui a dit qu'elle avait un nouveau partenaire. Elle lui a raconté qu'ils avaient trouvé leur rythme.
La jeune fille au journaliste : Le top pour moi, c'est d'interpréter les chansons que j'aime à ma façon.	Elle a expliqué que le top, pour elle, c'était d'interpréter les chansons qu'elle aimait à sa façon.
L'homme au journaliste : Ce sont deux manifestations que je ne raterai pour rien au monde.	Il a affirmé que c'étaient deux manifestations qu'il ne raterait pour rien au monde.

- Pour rapporter un ordre, un conseil, une promesse, on utilise un verbe introducteur avec *de* et l'infinitif :
  Il leur ***demande*** */* ***dit de*** *s'approcher.*
  Il leur ***conseille*** */* ***suggère de*** *partir.*
  Je te ***promets de*** *me taire.*
- Pour rapporter une question, on utilise *demander* / *vouloir savoir* avec *si* / *ce que* / un mot interrogatif :
  Je te ***demande si*** *tu veux boire quelque chose.*
  Elle ***veut savoir ce que*** *tu es en train de faire.*
  Ils ***demandent quand*** */* ***pourquoi*** */ … ils sont venus.*
- Quand le verbe introducteur est au passé, le verbe de la subordonnée est aussi au passé (imparfait ou plus-que-parfait) ou au conditionnel.
- Les pronoms personnels et les adjectifs possessifs varient aussi.

À quoi ça sert ?
Le style indirect sert à **rapporter des paroles**. Les verbes introducteurs apportent des informations sur…
- le mode d'intervention : *dire, raconter, demander, répondre, répéter, annoncer, déclarer, avouer…*
- l'intention du locuteur : *approuver, reprocher, interdire, suggérer, proposer, conseiller…*
- la manière de parler : *murmurer, crier, (s')exclamer…*

3 **Transformez ces phrases au style indirect en mettant le verbe introducteur au passé.**

1. Le père à sa fille : « Arrête de chanter, ton frère dort ! »
2. Le grand frère à son petit frère qui joue de la flûte : « Nicolas, arrête un peu de jouer ! »
3. La grand-mère à sa petite-fille qui chante très bien : « Tu devrais passer des auditions. »
5. Un journaliste à un passant : « Qu'est-ce que vous écoutez comme musique ? »

4 **Associez les types de phrases (style direct) aux constructions correspondantes (style indirect).**

1. Phrases déclaratives
2. Questions avec *qu'est-ce que…*
3. Questions avec *est-ce que…*
4. Phrases impératives

a) Il / Elle demande ce que…
b) Il / Elle demande si…
c) Il / Elle demande de …
d) Il / Elle dit que…

Culture

1 À quelles activités culturelles consacrez-vous vos loisirs ? À laquelle passez-vous le plus de temps ? En tant que spectateur(trice) ou en tant que participant(e) ?

Avez-vous des mots à ajouter à cette liste ?

Les loisirs culturels

- la lecture
- l'écriture
- le cinéma
- le théâtre
- la musique
  - un spectacle
  - un concert
  - une chorale
  - un opéra
  - un récital
  - une comédie musicale
- la danse
  - un ballet
- la peinture
- la sculpture
- le dessin
- la photographie
  - un musée
  - une exposition
  - une galerie d'art

Littérature et beaux-arts

2 Les livres. Lisez-vous beaucoup ? Quels genres de livres ? Les achetez-vous ou les empruntez-vous à la bibliothèque ? Sur quel(s) support(s) lisez-vous ? Quels sont vos écrivains préférés ? Lisez-vous en français ?

un philosophe • un romancier • un auteur • un écrivain • un poète • un roman (policier, d'aventures, de science-fiction…) • un best-seller • une nouvelle • une biographie • un recueil de poèmes • un essai • une bande dessinée • une bibliothèque • une librairie (en ligne) • une liseuse • une tablette

Avez-vous des mots à ajouter à cette liste ?

3 Expositions. Complétez le texte ci-dessous avec les mots suivants.

un peintre • une peinture • un tableau • un photographe • une œuvre • une sculpture • une statue • un portrait • un nu

Nouvelles culturelles

Une grande exposition de ___ s'ouvrira bientôt dans un des musées les plus prestigieux de notre ville. Il s'agit d'une grande rétrospective des ___ impressionnistes français et étrangers qui ont rendu célèbres des paysages de notre région. En tout, soixante ___ !
Nous aurons aussi la joie d'accueillir une partie de l'___ de trois grands ___ qui ont pris en photo la société française de l'après-guerre, en privilégiant les ___ de vieux paysans qui montrent, par les rides profondes de leur visage, la dureté du travail des champs.
Enfin, nous pourrons admirer cinq ___ d'Auguste Rodin et trois autres ___ de Camille Claudel. Il s'agit principalement de ___ féminins en marbre.

Musique et arts de la scène

4 Musique. Décrivez et commentez cette photo. Aidez-vous du lexique suivant.

une chanson • un morceau • un tube • les paroles • le refrain • la mélodie • le rythme • un orchestre • un musicien • un groupe • un chanteur • un interprète • un compositeur • le public • les spectateurs • une tournée • la scène • un festival • une salle de spectacle • un spectacle en plein air

5 Théâtre et septième art. Lisez les phrases et dites si on parle du cinéma, du théâtre ou des deux.

1. La pièce va commencer ! Tant pis, j'irai aux toilettes pendant l'entracte.
2. Ah, l'ouvreuse est là, on va lui demander où on est placés.
3. On a acheté les billets sur Internet, on n'a pas besoin d'aller aux guichets.
4. Les numéros de rangée et de fauteuil sont indiqués sur chaque place.
5. Cet acteur français joue toujours des rôles de méchant dans les films américains.
6. Le public a applaudi très longtemps, les spectateurs ont vraiment aimé la pièce !
7. On est arrivés trop tard, on a dû attendre la deuxième séance pour voir le film.
8. La personne devant moi est très grande, je ne vois pas le bas de l'écran !
9. On était vraiment bien placés, juste devant la scène !
10. J'aime bien ce réalisateur, ses films sont toujours très réussis.
11. Le scénario est une adaptation d'un roman belge à succès.
12. Ce metteur en scène est très bon pour les décors et les lumières, mais il dirige assez mal les comédiens.
13. La représentation a été interrompue, l'acteur avait oublié son texte !
14. Cette comédienne avoue qu'elle a le trac, et qu'elle ne se détend que lorsque le rideau se lève.

6 Relevez dans l'activité précédente les mots qui font référence au cinéma, au théâtre ou aux deux. Ensuite, employez certains de ces mots pour raconter une histoire personnelle.

Préférez-vous aller au cinéma ou au théâtre ? Pourquoi ?

Poème

Écoutez ce poème, apprenez-le par cœur, puis amusez-vous à le réciter !

Rose rose, rose blanche,
Rose thé,
J'ai cueilli la rose en branche
Au soleil de l'été
Rose blanche, rose rose,
Rose d'or,
J'ai cueilli la rose éclose
Et son parfum m'endort.

FESTIVALS ET QUIZ CULTUREL

Le festival international de la bande dessinée d'Angoulême, rendez-vous annuel des amateurs de BD depuis 1974, a lieu tous les ans en janvier et rassemble les plus grands noms de la BD. Le Grand Prix de la ville d'Angoulême est le prix le plus prestigieux de ce festival. Il est attribué à un dessinateur. Celui qui le reçoit devient le président du festival l'année suivante.

1 Comment s'appelle le prix du meilleur album de BD publié en français ?

a) Le lion d'or.
b) Le fauve d'or.
c) Le loup d'or.

2 Quel dessinateur a obtenu le Grand Prix de la ville d'Angoulême ?

a) Hergé (Tintin).
b) Hugo Pratt (Corto Maltese).
c) Claire Brétécher (Agrippine).

Le festival d'Avignon, créé en 1947, était à l'origine un festival annuel de théâtre. Il s'est ouvert progressivement à d'autres arts (danse contemporaine, mime, marionnettes, parade équestre, etc.). Il se déroule en juillet pendant trois à quatre semaines et accueille des compagnies professionnelles françaises et étrangères. Parallèlement à la sélection officielle, a lieu le festival *Off* qui présente de nombreux spectacles cherchant à conquérir le public ou les programmateurs.

3 Quel est le lieu de représentation le plus célèbre du festival ?

a) La cour d'honneur du Palais des Ducs.
b) La cour d'honneur du Palais de l'Archevêque.
c) La cour d'honneur du Palais des Papes.

4 Combien de spectacles le festival offre-t-il chaque année ?

a) Entre 35 et 40.
b) En dessous de 30.
c) Entre 40 et 50.

Le festival de Cannes est le plus connu et le plus ancien des festivals de cinéma. Tous les ans, au mois de mai, cinéastes, acteurs, producteurs et professionnels de l'industrie du cinéma se retrouvent à Cannes pour cette compétition cinématographique internationale. Le jury récompense le meilleur film de la sélection officielle avec la Palme d'Or. Il existe d'autres sections dans la sélection officielle.

5 Comment s'appelle l'une de ces sections du festival ?

a) « Une certaine vision ».
b) « Un certain regard ».
c) « Un point de vue différent ».

6 Laquelle de ces actrices a reçu deux fois le prix d'interprétation féminine ?

a) Juliette Binoche.
b) Isabelle Adjani.
c) Isabelle Huppert.

Les Rencontres d'Arles, c'est un festival annuel de photographie créé en 1970 par un photographe arlésien, Lucien Clergue. Les expositions sont présentées dans divers lieux patrimoniaux de la ville et peuvent faire l'objet d'une mise en scène. De nombreux photographes ont pu être révélés grâce à ces rencontres.

7 **Dans lequel de ces lieux peut-on voir des expositions ?**

a) Des anciens ateliers de la SNCF.
b) Un théâtre antique.
c) La maison où a vécu Van Gogh.

8 **Comment sont sélectionnés les jeunes photographes qui exposent à Arles ?**

a) Ils sont sélectionnés par un jury professionnel.
b) Ils sont présentés par une galerie.
c) Ils sont tirés au sort à partir d'une liste de candidats.

Le festival des Francofolies est un festival de musique francophone. En général, le festival se déroule pendant cinq jours en juillet. Il accueille des artistes francophones de différents styles musicaux et de différents pays.
La première édition a eu lieu en France, à la Rochelle, en 1985. Actuellement, les Francofolies existent aussi au Québec et en Belgique chaque année, et elles s'exportent régulièrement dans d'autres villes du monde.

9 **Dans quelles villes autres que la Rochelle ont lieu les Francofolies chaque année ?**

a) Bruxelles et Laval.
b) Liège et Québec.
c) Spa et Montréal.

10 **Lequel de ces trois artistes n'a pas participé aux Francofolies ?**

a) Stromae.
b) Sergent Garcia.
c) Jane Birkin.

Étonnants voyageurs, le festival international du livre et du film de Saint-Malo, a été créé en 1990 par Michel Le Bris, spécialiste de R. L. Stevenson. Il réunit plus de 200 écrivains de tous les horizons géographiques pour des rencontres, des lectures, etc. sur le thème du voyage et de l'aventure. D'autres éditions de ce festival ont eu lieu à l'étranger ces dernières années : Missoula, Dublin, Sarajevo, Rabat-Salé, Brazzaville, Bamako, Port-au-Prince et Haïfa.

11 **Qui a écrit le poème *Le voyage*, d'où est tiré le nom du festival « Étonnants voyageurs » ?**

a) Victor Hugo.
b) Charles Baudelaire.
c) Jules Verne.

12 **Où a lieu le festival ?**

a) Uniquement dans des pays francophones.
b) Uniquement hors de France.
c) Dans des pays de différentes langues et cultures.

Connaissez-vous un de ces festivals ? Lequel pourrait vous intéresser le plus ?

Quelles sont les manifestations culturelles les plus emblématiques de votre pays ?

COMPÉTENCES

PARLER

1 Débat. Par petits groupes, choisissez le thème qui vous intéresse le plus et donnez votre avis.

a) Les films en version originale.
b) Le prix des manifestations culturelles.
c) Le piratage.
d) Les émissions de télévision.

Exprimer son opinion : Ça, c'est du spectacle ! – En ce qui me concerne… – Il est souhaitable de… – Je crois que… – C'est sensationnel parce que… – Quel beau film ! – Quel navet ! – C'est effrayant. – C'est passionnant ! – C'est banal… – Ça m'a semblé très moyen.

Attirer l'attention : Je vous ferai remarquer que… – Ce n'est pas tout… – Vous voulez savoir pourquoi ? – Moi, ce que je veux dire…

2 Qu'est-ce qu'on regarde ce soir ? Consultez un programme de télévision français (sur Internet). Par groupes de deux, décidez ce que vous allez regarder.

Interroger sur des goûts et préférences : Si je vous dis « culture », vous pensez à quoi ? – Puis-je vous demander quelle place cela occupe dans votre vie ? – À quoi associez-vous le mot « culture » ?

Exprimer ses goûts et ses préférences : Je ne pourrais pas me passer de… – Il n'y a que ça de vrai pour moi. – Ça m'attire beaucoup. – J'accroche immédiatement. – J'ai un faible pour…

Parler d'habitudes : Je vais très souvent… – Je chante régulièrement… – On occupe nos soirées à… – Le week-end, j'essaie toujours de… – Je me tiens toujours au courant de…

3 Par groupes de deux, commentez les dernières activités culturelles auxquelles vous avez participé.

Dites comment vous les avez choisies et, selon qu'elles vous ont plu ou déplu, conseillez-les ou déconseillez-les à votre interlocuteur(trice).

Stratégies

Comment évaluer l'oral ?

Consultez les critères à respecter, puis évaluez-vous (cinq points par section).

Communication :
- Le / La locuteur(trice) respecte-t-il / elle les consignes ?
- Aborde-t-il / elle tous les points à traiter ?
- Sa production est-elle claire et compréhensible ?

Prononciation :
- Le / La locuteur(trice) prononce-t-il / elle de façon intelligible ?
- Les erreurs de prononciation sont-elles occasionnelles ?
- L'intonation, le rythme et le débit sont-ils appropriés ?

Lexique :
- Le / La locuteur(trice) utilise-t-il / elle un lexique correct, approprié et suffisamment varié, compte tenu du niveau ?
- Intègre-t-il / elle des éléments nouveaux à d'autres déjà connus ?
- Les erreurs ou imprécisions sont-elles un obstacle à la compréhension ?

Grammaire :
- Le / La locuteur(trice) emploie-t-il / elle les constructions correctes, appropriées et suffisamment variées, compte tenu du niveau ?
- Montre-t-il / elle un bon contrôle grammatical malgré les influences de la langue maternelle ?
- Les erreurs grammaticales gênent-elles la compréhension ?

LIRE

Pour Méliès, le cinéma est ce métier « qui consiste à tout réaliser, même ce qui semble impossible, et à donner l'apparence de la réalité aux rêves les plus chimériques, aux inventions les plus invraisemblables de l'imagination. » [...]

Méliès, pionnier du cinéma et des effets spéciaux

L'œuvre de Georges Méliès (1861-1938) est d'abord celle d'un artiste aux multiples talents et au génie prolifique : magicien de profession, mime et excellent comédien, très vite adepte du cinématographe naissant, il réalisera, entre 1896 et 1913, plus de 500 films pour lesquels il est à la fois scénariste, réalisateur, décorateur, comédien, ainsi que producteur et distributeur. Inaugurant le courant que l'on pourrait qualifier de fictionnel, fantastique et onirique du cinéma, à l'opposé du courant documentaire inauguré par les frères Lumière, Méliès va expérimenter sans relâche et inventer le tournage en studio et bon nombre d'effets spéciaux, encore utilisés de nos jours.

Après avoir régné pendant presque vingt années sur le monde de la féerie et du trucage cinématographiques et être plagié dans le monde entier, Méliès va subir les aléas de l'évolution rapide que le cinéma connaît au début du XXe siècle. La production commence à s'industrialiser et ses spectacles d'illusion féerique destinés aux spectacles forains ne sont plus à la mode face aux films plus réalistes des nouveaux poids lourds de la production : Pathé, Gaumont, Éclair. Après une tentative infructueuse de collaboration avec Pathé, Méliès arrête de tourner en 1913 et fait faillite. Il gagnera sa vie comme comédien au Théâtre des Variétés artistiques de Montreuil qui donnera jusqu'en 1923 des opérettes et opéras-comiques.

Une décennie plus tard, retombé dans l'anonymat, il est retrouvé par hasard par un journaliste alors qu'il tient une boutique de jouets et de confiserie à la gare Montparnasse. Méliès aura quand même la satisfaction, au soir de sa vie, d'une reconnaissance de sa contribution à l'histoire du cinéma par l'ensemble de la profession qui organisera pour lui une soirée de gala en 1929. Grâce à ce soutien, il passera ses dernières années au château d'Orly, alors maison de retraite réservée aux gens du cinéma, et qui abrite aujourd'hui l'École Georges Méliès, une des meilleures écoles françaises de 3D : juste hommage des effets visuels d'aujourd'hui aux effets spéciaux d'hier [...]

© Thierry Leterrier
Extrait d'un article paru sur le site www.pixelcreation.com : « Un hommage au pionnier français des effets spéciaux ».

4 **Parcourez le texte : qui est Georges Méliès ?**

5 **Lisez le texte, puis répondez aux questions suivantes.**

1. De combien d'étapes se compose la vie professionnelle de Méliès ? Quelles sont-elles ?
2. Quelle est la particularité des films de Méliès ?
3. Quelles nouveautés a-t-il apportées au monde du cinéma ? Qu'est-ce qui le différencie des frères Lumière ?
4. Qu'est-ce qui témoigne de son succès ?
5. Qu'est-ce qui provoque sa faillite financière ?
6. Comment renoue-t-il avec le monde du cinéma à la fin de sa vie ?

ÉCRIRE

6 **Écrivez le portrait d'un artiste que vous admirez particulièrement. (100 mots)**

Émission de radio

Vous effectuez un stage à la station de radio « Régionpro » et on vous charge d'élaborer et de diriger la prochaine émission « Cultivons nos loisirs ! ». C'est une émission hebdomadaire d'une demi-heure, qui présente les activités culturelles de la région pour la semaine.

1 Tous ensemble, définissez votre modèle d'émission.

1. Écoutez des extraits d'émissions culturelles et observez leur structure et le style des présentateurs.
2. Faites la liste des rubriques dont vous souhaitez parler (selon le nombre de groupes) pour satisfaire les différents types de public de la région (activités ou événements sportifs, musique, arts plastiques…).
3. Décidez quelle forme vous allez donner à chacune de ces rubriques. Variez les types de documents : interviews, résultats de sondages, comptes rendus d'activités…
4. Ordonnez les différentes rubriques.

2 Constituez des groupes en fonction de vos préférences thématiques, puis chaque groupe prépare son intervention.

1. Élaborez le contenu de votre rubrique.
2. Préparez, si vous le désirez, une partie audio (musique, chanson), qui annoncera le début et la fin de votre rubrique.
3. Répartissez-vous la présentation orale de votre rubrique.

3 Désignez un animateur principal. Celui-ci présente l'émission et introduit les rubriques. Ensuite, chaque groupe présente sa rubrique, dans l'ordre établi.

4 Évaluez chaque groupe. Vérifiez que les critères suivants ont été respectés.

- Le sujet de la rubrique correspond à ce qui a été demandé.
- La rubrique est bien organisée.
- Elle contient suffisamment d'informations.
- Elle est bien développée.
- Les intervenants ont une assez bonne prononciation.
- La durée prévue a été respectée.

C'est à dire ! A2

Bilans communication

- Bilan communication U1-U2-U3-U4 134
- Bilan communication U5-U6-U7-U8 136
- Bilan communication U9-U10 138

Précis grammatical

- I. Les déterminants 140
- II. Les pronoms 140
- III. Les prépositions, adverbes et locutions 142
- IV. Les verbes : temps et mode 143
- V. La phrase 144

Conjugaison 148

Phonétique 152

Transcriptions

- Documents audio 153
- Vidéos « Voyage » 166

BILAN COMMUNICATION

ÉCOUTER

1 Écoutez cette émission de radio, puis répondez aux questions.

1. Quel est le but de cette émission ?
- **a)** Être à l'écoute des auditeurs et les aider.
- **b)** Expliquer aux auditeurs ce qui se passe dans leur région.
- **c)** Commenter avec eux la vie politique nationale.

2. À qui s'adresse-t-elle ?
- **a)** Aux auditeurs qui vivent isolés à la campagne.
- **b)** Aux auditeurs qui ne travaillent plus et s'ennuient.
- **c)** À tout type d'auditeurs.

2 Dites si c'est vrai ou faux.

1. L'émission de radio est diffusée tous les jours en début de matinée.
2. D'après Séverine, la présentatrice est gaie et très agréable.
3. Séverine n'écoute pas l'émission régulièrement.
4. La présentatrice demande d'abord à Séverine pourquoi elle téléphone.
5. Séverine vient de perdre son mari.
6. Ses filles habitent loin et elle ne voit pas souvent ses collègues.
7. Elle cherche à rencontrer des gens pour faire des activités qui lui plaisent.
8. La présentatrice assure à Séverine qu'elle peut trouver des associations intéressantes.

3 Écoutez les messages d'accueil de ces deux répondeurs, puis répondez aux questions.

1. Premier répondeur : Sur quelle touche faut-il appuyer pour avoir des informations sur…
- **a)** les jours et les horaires des activités pour les enfants ?
- **b)** le quartier ?

2. Deuxième répondeur : Dites si c'est vrai ou faux.
- **a)** Le centre Sud-Loisirs est ouvert tous les jours de la semaine.
- **b)** Il propose uniquement des activités en plein air.
- **c)** On peut s'inscrire de quatre à soixante-cinq ans.
- **d)** Les jours et heures des permanences téléphoniques sont du lundi au samedi, de 8 h à 12 h et de 14 h à 18 h.

LIRE

Une petite photo en noir et blanc d'un garçon en bermuda et chemise blanche, assis sur des marches devant une porte fermée ; c'était la porte de la maison de mon arrière-grand-mère. On voit mes jambes maigres et bien droites au premier plan de la photo, ma figure bien ronde, mes cheveux coupés très ras et mon regard fixé sur l'appareil photo. C'était un jour d'été, l'été de mes six ans. Mon père avait pris la photo. J'étais venu passer quinze jours de vacances dans le village natal de ma famille maternelle et, pendant le week-end, mes parents étaient venus me voir en voiture, leur première voiture, une vieille deux-chevaux qui avait beaucoup de mal à monter la côte qu'il y avait juste à l'entrée du village. Je me souviens que la rue, que tout le village était désert, ce jour de grosse chaleur, à l'heure où on mettait la table dans toutes les maisons ; il n'y avait pas un chat !

Je connais cette photo par cœur et je sais que c'est la seule photo qui reste de toute cette période. Les autres se sont perdues, je ne sais pas trop comment. J'aime la regarder, je la garde toujours dans une poche de mon costume. Je me demande toujours avec mélancolie si, à cette époque, je me sentais heureux.

Les enregistrements des activités 1 et 3 sont disponibles dans le coffret audio de la classe (CD 3 du Livre).

1·2·3·4

4 **Lisez le texte de la page précédente, puis répondez aux questions.**

1. Qui est le narrateur ?
- **a)** Un petit garçon qui écrit son journal intime.
- **b)** Un journaliste qui écrit un article.
- **c)** Un adulte qui écrit son journal intime.

2. À propos de quoi ou de qui écrit-il ?
- **a)** Il parle de son arrière-grand-mère.
- **b)** Il décrit une photo de lui enfant.
- **c)** Il parle de son enfance en général.

3. Pourquoi le narrateur est-il mélancolique ?
- **a)** Parce qu'il pense qu'il était très heureux à cet âge.
- **b)** Parce qu'il se demande s'il était heureux à cet âge.
- **c)** Parce qu'il n'était pas heureux à cet âge.

4. Dites si c'est vrai ou faux.
- **a)** La photo a été prise dans le village où le petit garçon habitait.
- **b)** La photo a été prise en été, vers midi.
- **c)** Le narrateur vient de retrouver la photo dans un vieil album.

ÉCRIRE

5 **Vous postez sur un blog le récit d'une histoire personnelle : une aventure de votre enfance… (70 mots)**

6 **Vous avez reçu une invitation pour aller à une soirée chez un(e) ami(e), mais vous ne pouvez pas vous y rendre. Par mail, vous expliquez à votre ami(e) pourquoi et vous lui présentez vos excuses. (70 mots)**

PARLER

7 **Décrivez l'une des deux photos proposées. Ensuite, imaginez le même endroit ou les mêmes personnes dans dix ans et dites ce qui a changé.**

8 **Conversation. Par groupes de deux, commentez ce que vous aimez ou non de votre appartement, de votre quartier ou de votre ville. (2 minutes environ)**

ÉCOUTER

1 Micro-trottoir. Écoutez : Joël, Malika et Solange donnent leur opinion sur un restaurant. Dites, pour chaque aspect, qui donne un avis positif et qui donne un avis négatif.

	cuisine	service	ambiance, cadre	rapport qualité-prix
avis positif				
avis négatif				

2 Écoutez le dialogue, puis répondez aux questions.

1. Qui téléphone à l'employé ?
   a) Un client.
   b) Un ami.
   c) Une personne qui se trompe de numéro.
2. Où travaille cet employé ?
   a) Dans une grande surface.
   b) Dans un magasin spécialisé dans la vente de produits multimédias.
   c) On ne sait pas.
3. Quel est l'objet dont il est question ?
   a) Un téléphone portable.
   b) Une tablette.
   c) Un ordinateur.
4. Que veut la personne ?
   a) Demander des informations sur un article.
   b) Se plaindre du fonctionnement du service après-vente.
   c) Se plaindre du mauvais fonctionnement de l'appareil.
5. À la fin de la conversation, que se passe-t-il ?
   a) La personne pense qu'elle a obtenu ce qu'elle voulait.
   b) La personne ne pense pas avoir obtenu de solution à son problème.
   c) La personne constate qu'elle n'a reçu aucune aide de l'employé.

3 Réécoutez le dialogue et dites si c'est vrai ou faux.

1. La batterie de l'appareil se décharge et son propriétaire n'arrive pas à la recharger.
2. L'employé pense que le problème peut venir de l'installation d'une application.
3. L'homme a besoin de son appareil pour travailler et veut une solution rapide.
4. L'employé propose de remplacer son appareil car il est sous garantie.
5. Le client ne pourra pas passer au magasin le jour même.

LIRE

4 Lisez les slogans suivants et indiquez, pour chacun, son équivalent.

① *Pour ne pas jeter, achetez mieux !*

② Mangeons les légumes moches !

③ **On ne fait pas baisser la température en cassant le thermomètre.**

a) Ce n'est pas parce qu'on nie le changement climatique qu'il n'existe pas.
b) N'ayons pas peur de manger les légumes vilains d'aspect : ils sont comme ça parce qu'ils n'ont pas été traités.
c) Si vous voulez éviter le gaspillage, réfléchissez avant d'acheter.

Les enregistrements des activités 1, 2 et 3 sont disponibles dans le coffret audio de la classe (CD 3 du Livre).

Loïs Moreira, Éco-Concepteur

Loïs travaille depuis quatre ans au Pôle éco-conception de Saint-Étienne. Son job ? « Rencontrer des chefs d'entreprise pour les sensibiliser à l'impact environnemental de leurs produits : depuis les matières premières utilisées jusqu'à leur recyclage, en passant par l'énergie utilisée pour leur fabrication. Je plante des graines auprès des industriels, à eux de s'en saisir pour fabriquer des produits plus écologiques. »

Chaque jour, il rencontre des entrepreneurs de tous les horizons, car l'éco-conception peut concerner n'importe quel produit. [...] Un concept qui attire de plus en plus les industriels qui cherchent à séduire leurs clients en mettant en avant leurs valeurs environnementales.

Le métier d'éco-concepteur est donc à la croisée des chemins entre l'écologie et l'innovation. Le Pôle éco-conception où travaille Loïs s'est d'ailleurs donné comme mission de sensibiliser les entreprises aux démarches d'éco-conception. Pour ça, il s'est doté d'outils : édition de guides et organisation de formations. C'est notamment le rôle de Loïs. Chaque jour, il sillonne la France à la rencontre des entreprises. Entre exemples concrets et conseils pratiques, il apprend aux entrepreneurs à fabriquer leurs produits autrement.

Émilie Salvaing, 07/05/2014
© Phosphore

5 Lisez l'article ci-dessus, puis dites si les affirmations suivantes sont vraies ou fausses en justifiant vos réponses avec des extraits du texte.

1. Le travail de Loïs consiste à faire la promotion de matières premières écologiques auprès des industriels.
2. Le nombre d'entrepreneurs intéressés est en hausse.
3. Loïs rencontre des industriels de secteurs très variés partout en France.
4. Il leur propose une formation théorique qui tient compte à la fois de l'innovation et de l'écologie.

ÉCRIRE

6 Vous avez eu un problème avec un(e) ami(e). Vous écrivez un mail à un(e) ami(e) commun(e) pour lui faire part de votre état d'âme. (70 mots)

PARLER

7 Choisissez l'une de ces photos et observez-la.

1. D'après vous, quels sentiments éprouvait la personne quand la photo a été prise ? Pourquoi ?
2. Quelles réactions cela a-t-il pu provoquer dans son entourage ?

8 Par groupes de deux, commentez vos « petites astuces » pour sauver la planète. (3 minutes)

BILAN COMMUNICATION

ÉCOUTER

1 Écoutez ce micro-trottoir et prenez des notes.

1. Combien de petits boulots sont cités ?
2. Quels sont-ils ?
3. Où ont-ils été exercés ?
4. Quels avantages et inconvénients présentaient-ils ?
5. Quelles étaient les qualités et l'expérience requises ?

2 Écoutez ce dialogue, puis dites si c'est vrai ou faux.

1. Nadège et François ont fait une émission ensemble.
2. Nadège est surprise de rencontrer François car elle le croyait en vacances.
3. François sera interviewé par une collègue journaliste à propos de l'émission qu'il présente.
4. Son émission a eu un grand succès en raison de l'heure à laquelle elle était programmée.
5. Dans cette émission, il propose des offres d'emploi aux auditeurs qui sont au chômage.
6. François propose à Nadège de l'appeler pour fixer un rendez-vous.

LIRE

À New York, dans la matinée du 4, un comité d'accueil attend Ravel sur le quai. Le ciel pur contient un soleil glacé. Il y a là divers délégués de sociétés musicales, des présidents d'associations, deux représentants de la municipalité, une nuée de reporters photographes brandissant d'énormes flashes, de journalistes à calepin portant leur carte de presse glissée sous le ruban de leur chapeau, de caricaturistes et de cameramen. Du haut de la passerelle, Ravel n'identifie d'abord personne parmi tout ce monde, mais il aperçoit bientôt Schmitz, qui jouait son *Trio* il y a dix ans – c'est à cette occasion qu'il avait fait la connaissance d'Hélène -, l'excellent Schmitz qui s'est chargé d'organiser toute cette tournée américaine. [...]

Dès que Ravel est descendu du *France*, on se presse autour de lui sous les regards envieux des autres passagers de première que n'attendent au mieux que leurs familles. On lui serre les mains d'une façon qu'il juge un peu familière, on fait trois brefs discours auxquels il n'entend rien, n'ayant aucune oreille pour les langues étrangères à l'exception du basque. S'il est à peine capable de demander son chemin en anglais, il ne comprend pas de toute façon ce qu'on lui répond – mais dès maintenant cette situation n'est pas envisageable puisqu'on ne le quitte pas, dans les quatre mois qui viennent on ne va pas le quitter, on ne le quittera même parfois pas assez. On l'escorte à présent vers une longue Pierce-Arrow noire décapotable comme il n'en a jamais vu dans des films et qui l'emporte vers le Langdon Hotel, au huitième étage duquel un appartement lui est réservé.

Flanqué de son manager et du premier violon du Boston Symphony qui tient lieu d'interprète, il passe ce premier jour en interviews et rencontres diverses pendant que des corbeilles de fleurs et de fruits ne cessent d'affluer au Langdon, les bouquets s'accumulent au point qu'on manque de vases. Et les quatre suivants, Ravel les passe beaucoup dans des taxis lancés vers toute sorte de rendez-vous, répétitions, invitations et réceptions dont une spécialement éreintante chez la femme de l'inventeur Edison où, tour à tour, trois cents inconnus viennent lui parler anglais.

Le concert de New York est une apothéose, trois mille cinq cents personnes debout l'applaudissent une demi-heure en lui jetant des brassées de nouvelles fleurs, des baisers, en criant et sifflant à tout casser comme on fait dans ce pays quand on est très content, jusqu'à le contraindre à monter sur scène ce qu'en principe il aime peu.

Jean Echenoz, *Ravel*, 2006 © Les Editions de minuit

3 D'où est tiré cet extrait ?

a) D'un reportage journalistique.
b) D'une autobiographie.
c) D'un roman.

4 Relevez toutes les informations concernant Ravel.

5 Répondez aux questions en justifiant votre réponse.

1. Quel accueil reçoit Ravel quand il arrive à New York ?
2. Qui Ravel connaît-il à New York ? Pour quelle raison ?
3. Ravel est-il doué pour les langues ? Est-ce un problème pendant sa tournée ?
4. Que fait Ravel les jours qui précèdent le concert ?
5. Le concert est-il un succès ?

Les enregistrements des activités 1 et 2 sont disponibles dans le coffret audio de la classe (CD 3 du Livre).

6 **Retrouvez les synonymes de chacun de ces mots du texte.**

1. « une nuée » :
   a) « une délégation »
   b) « un grand nombre »
2. « brandissant »
   a) « agitant »
   b) « se disputant »
3. « éreintante »
   a) « surprenante »
   b) « fatigante »
4. « à tout casser »
   a) « très fort »
   b) « violemment »

7 **Lisez les deux textes suivants à propos du film *Deux jours, une nuit* des frères Dardenne, puis répondez aux questions.**

> Pour ma part, c'est le premier film des frères Dardenne que je vois, et je l'ai bien aimé. La prestation de Marion m'a beaucoup touché comme souvent, elle a le mérite de jouer des rôles compliqués. Mais moi aussi, je trouve le film un peu long. Par contre, pour ce qui est de la répétition des dialogues, je trouve que cela reflète une certaine catégorie sociale qui, pour essayer de convaincre les collègues, cherche à se rassurer en répétant les mêmes faits. En bref, c'était bien, vraiment bien.

> J'ai trouvé ce film très touchant : le sujet est difficile mais il ne tombe jamais dans le pathos. Les acteurs sont crédibles, la mise en scène sobre. On s'identifie complètement aux personnages, on ne s'ennuie jamais et la fin est superbe. Contrairement à un des commentaires, j'ai vécu moi-même un licenciement éprouvant et je ne trouve pas du tout cela improbable. Je m'en suis également sortie grâce à l'appui sans faille de mon mari. C'est vraiment un beau film.

1. Qui s'exprime ?
   a) Les frères Dardenne.
   b) Des critiques de cinéma.
   c) Des spectateurs anonymes.
2. De quel type de textes s'agit-il ?
   a) D'articles de revue.
   b) De témoignages.
   c) D'extraits d'une fiche cinématographique.

8 **Dites si c'est vrai ou faux en citant les extraits qui justifient vos réponses.**

1. Les deux écrits sont totalement positifs.
2. Ils soulignent les mêmes aspects.
3. Ils racontent le film.
4. Ils donnent des arguments.

ÉCRIRE

9 **Vous n'avez pas du tout apprécié dans un journal la critique d'un livre que vous avez lu récemment. Vous écrivez à la rédaction pour défendre ce livre. Faites-en une brève présentation et donnez votre point de vue argumenté. (110 mots)**

PARLER

10 **Donnez des conseils à votre voisin(e) pour profiter de la vie culturelle sans trop dépenser.**

11 **Observez cette photo. Imaginez ce que ces personnes sont en train de faire et justifiez vos suppositions.**

Décrivez le lieu, le moment de la journée, de l'année, l'atmosphère, les vêtements…

PRÉCIS GRAMMATICAL

I. Les déterminants

Les adjectifs indéfinis (unité 10) peuvent exprimer différents degrés de quantité, la ressemblance, la différence, l'individualité ou la totalité.

	adjectifs indéfinis
quantité	**quelques** ; **plusieurs** ; **certains**, **certaines** ; **différents**, **différentes** ; **aucun**, **aucune**
ressemblance	**le même**, **la même**, **les mêmes**
différence	**un autre**, **une autre**, **d'autres** ; **l'autre**, **les autres**
individualité	**chaque**
totalité	**tout**, **toute**, **tous**, **toutes**

- En général, comme les autres déterminants, ils s'accordent en genre et en nombre avec le nom qui suit : *Quelle coïncidence ! J'ai exactement* ***le même*** *manteau que toi. Vous avez* ***une autre*** *couleur de chaussures ? Celle-ci ne me plaît pas.*
- Mais il existe des formes invariables : *Votre texte est assez correct mais il y a* ***plusieurs*** *fautes d'orthographe.* ***Chaque*** *élève sera noté individuellement.*

II. Les pronoms

1. Les pronoms relatifs simples (unité 2)

Les pronoms relatifs servent à éviter des répétitions et à apporter des compléments d'information sur le nom. Le choix du pronom relatif dépend de sa fonction dans la phrase.

qui	sujet
que / **qu'**	COD
où	complément de lieu complément de temps
dont	complément de nom complément de verbe complément d'adjectif

- *Les prix* ***qui*** *sont affichés sont ceux de la moyenne saison.*
- *Le gîte* ***que*** *vous nous avez conseillé était super.*
- *Les conseils* ***qu'****elle m'a donnés ont vraiment été très utiles.*
- *Nous avons passé une semaine dans le village* ***où*** *je suis né.*
- *Son père est mort le jour* ***où*** *la guerre a éclaté.*
- *Michel a inventé un jeu* ***dont*** *les règles sont vraiment compliquées.*
- *Ils ont fait le voyage* ***dont*** *ils rêvaient.*
- *Il est parti avec la fille* ***dont*** *il est amoureux.*

2. Les pronoms interrogatifs (unité 6)

- ***Qui*** sert à interroger à propos d'une personne :
  Qui *veut une part de cette délicieuse tarte ?* (fonction de sujet)
  Qui *cherchez-vous ?* (fonction de COD)
- ***Que*** et ***quoi*** servent à interroger à propos d'une chose :
  Que *pensez-vous de ce tableau ?* (fonction de COD)
  Je suis fatiguée, je ne sais pas ***quoi*** *faire avec cet enfant.* (fonction de COD)
  À ***quoi*** *penses-tu ?* (fonction de COI)
- ***Lequel***, ***laquelle***, ***lesquels***, ***lesquelles*** servent à faire préciser ou à interroger sur un choix :
  J'ai acheté plusieurs magazines, ***lequel*** *tu veux lire ?*
  Il a plein d'idées pour le cadeau de tante Lydia, mais ***laquelle*** *choisir ?*
  Si vous ne savez pas ***lesquels*** *acheter, je vous conseille ces mocassins : ils sont très élégants et toujours à la mode.*
  J'ai beaucoup de chansons à mon répertoire : ***lesquelles*** *voulez-vous que je chante ?*

3. Les pronoms démonstratifs (unité 6)

Les formes varient en genre (masculin, féminin, neutre) et en nombre.

	masculin	féminin	neutre
singulier	celui-ci celui-là celui…	celle-ci celle-là celle…	ce / c' ceci, cela ça
pluriel	ceux-ci ceux-là ceux…	celles-ci celles-là celles…	

- **Les pronoms démonstratifs masculins et féminins** n'apparaissent jamais seuls mais accompagnés :
  – d'un adverbe : *L'ordinateur ne marche plus, je peux prendre* ***celui-là*** *?*
  – d'une proposition relative : *Les romans que je préfère sont* ***ceux qui*** *n'ont pas trop de descriptions.*
  – de la préposition *de* suivie d'un nom : *Je me suis trompée de clés et j'ai pris* ***celles de*** *mon mari.*

- **Au neutre**, on utilise :
  – ***ceci***, ***cela*** et ***ça*** seuls : *Photocopier un livre,* ***cela*** *ne me semble pas honnête.*
  – ***ce*** et ***c'*** seuls quand ils sont employés avec le verbe *être : La Grèce,* ***c'****est le paradis des archéologues !*
  – ***ce*** devant une relative : *Je n'aime pas* ***ce*** *qui est artificiel.*

4. La double pronominalisation (unité 9)

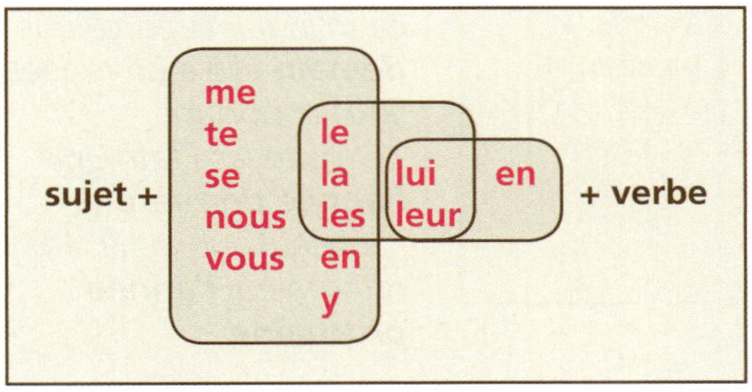

- Les pronoms COD peuvent se combiner avec les pronoms COI, on parle alors de « double pronominalisation ».
- Quand on a deux pronoms, leur ordre dans la phrase varie selon la personne : *J'ai acheté ces fleurs pour Lucie, je vais* ***les lui*** *offrir pour son anniversaire. Il a acheté des bonbons pour vous, il* ***vous les*** *donnera après le goûter.*

5. Les pronoms indéfinis (unité 10)

Comme les adjectifs indéfinis, les pronoms indéfinis peuvent exprimer différents degrés de quantité, la ressemblance, la différence, l'individualité ou la totalité.

	pronoms indéfinis
quantité	quelque chose ; quelqu'un ; quelques-uns, quelques-unes ; plusieurs ; personne ; rien ; aucun, aucune
ressemblance	le même, la même, les mêmes
différence	un autre, une autre, d'autres ; l'autre, les autres
individualité	chacun, chacune
totalité	tout, toute, tous, toutes

- **Une quantité nulle** peut être représentée par un pronom indéfini. Celui-ci est alors employé avec la forme négative : *Tu as une solution, toi ? Moi je* ***n'****en vois* ***aucune****. Je* ***ne*** *connais* ***personne*** *dans cette ville.*

III. Les prépositions, adverbes et locutions

1. La place des adverbes (unité 1)

Les adverbes sont des mots invariables qui peuvent modifier un verbe, un adjectif ou un autre adverbe.

- Ils servent à donner des précisions sur :
  - le lieu : *ici*, *là-bas*, *dedans*, *dehors*...
  - le temps ou la fréquence : *après*, *parfois*, *ensuite*, *souvent*, *jamais*, *bientôt*, *rarement*...
  - la manière : *bien*, *mal*, *vite*, *lentement*, *constamment*...
  - la quantité : *beaucoup*, *trop*, *peu*, *assez*...
- L'adverbe se place après les formes verbales simples. Avec une forme verbale composée, les adverbes se placent généralement entre l'auxiliaire et le participe passé : ***Normalement**, il mange **beaucoup**, mais cette fois, il a **vraiment** exagéré !*
- Si l'adverbe modifie un adjectif ou un autre adverbe, il est placé avant : *Je suis **très** inquiète, il a l'habitude de rouler **trop** vite et je crains toujours un accident.*
- Les adverbes de manière en *-ment* se forment généralement à partir de l'adjectif au féminin auquel on ajoute ce suffixe.

2. Le temps et la durée (unité 9)

a) Pour indiquer un moment précis

passé	présent	futur
hier avant-hier en 1476 au XIIe siècle il y a trois ans l'année dernière le mois dernier la semaine dernière	aujourd'hui maintenant actuellement de nos jours en ce moment pour le moment cette année ce mois-ci cette semaine	demain après-demain dans deux ans l'année prochaine l'an prochain le mois prochain la semaine prochaine

- *Myriam a eu un peu de fièvre **aujourd'hui** ; ça m'inquiète parce que **demain** elle a un rendez-vous important.*
- *J'ai visité les États-Unis **l'année dernière** et j'ai beaucoup aimé. J'y retournerai **l'année prochaine**.*

b) Pour indiquer un moment imprécis

passé	futur
autrefois jadis à cette époque-là à l'époque tout à l'heure	bientôt dans quelques années dans l'avenir tout à l'heure

- ***Autrefois**, les gens du quartier se connaissaient tous, **bientôt** les gens ne connaîtront même pas leurs voisins de palier.*
- *Charlène et moi, nous nous sommes vues **tout à l'heure**, au café de la Poste.*

c) Pour exprimer la durée

durée absolue	durée relative (référence : le moment du locuteur)	
	passé	futur
pendant pour en de... à...	depuis il y a (... que) ça fait (... que)	dans d'ici à jusqu'à

- *J'ai pris une chambre dans un hôtel **pour une semaine**.*
- *J'habite à Marseille **depuis l'année dernière**, c'est une ville très vivante.*
- *Je suis partie en Autriche **il y a deux ans** et j'y ai passé **six mois** pour améliorer ma prononciation en allemand.*
- *Je regrette, mais je suis très occupée **en ce moment**. Je t'appelle **dans une demi-heure**.*

IV. Les verbes : temps et modes

1. Le présent de l'indicatif (unité 1)

- Le présent de l'indicatif sert à indiquer :
  – des actions en cours : *Il **parle** au téléphone depuis une heure !*
  – des actions habituelles : *Le soir, je **lis** pendant une heure avant de me coucher.*
- Il peut aussi indiquer :
  – des actions futures : *Ma cousine de Nantes nous **rend** visite le mois prochain.*
  – des actions passées : *La Deuxième Guerre mondiale **éclate** le 1er septembre 1939.*

2. Les futurs

a) Le futur simple (unité 1)

- Il sert à :
  – faire des prévisions et annoncer des actions futures : *Nous **retournerons** au Mexique l'année prochaine.*
  – donner des ordres, des conseils, des consignes : *Vous **rentrerez** en France quand vous aurez terminé votre mission.*
  – faire des promesses : *Ne t'inquiète pas, j'**arriverai** de bonne heure pour t'aider à préparer le déjeuner.*

b) Le futur antérieur (unité 4)

- Il sert principalement à indiquer qu'un fait est antérieur à un autre fait futur : *Le métro est en panne, les magasins **seront fermés** quand j'arriverai dans mon quartier.*

3. Les passés

a) Le passé composé (unité 2)

- Le passé composé sert à parler de faits, d'événements ou d'actions qui ont eu lieu dans un passé proche ou non du moment de l'énonciation : *Nous n'**avons** pas **aimé** le dernier film de Tavernier.*

b) L'imparfait (unités 3 et 8)

- L'imparfait sert principalement à décrire et à évoquer des habitudes passées : *Mon grand-père **allait** à l'école à pied parce qu'à l'époque les cars de ramassage scolaire n'**existaient** pas. L'hiver, il **faisait** froid, c'**était** assez dur pour lui.*
- L'imparfait, précédé de la conjonction *si*, sert aussi :
  – à faire des suggestions : *Si on **changeait** de voiture ? La nôtre est trop polluante.*
  – à exprimer des souhaits, des suppositions et des hypothèses (avec un verbe au conditionnel dans la principale) : *Si j'**étais** riche, je m'achèterais une maison à la campagne.*

c) L'alternance passé composé / imparfait (unité 3)

- Quand on raconte une histoire au passé, le passé composé et l'imparfait sont deux temps complémentaires. Le passé composé sert à présenter l'action comme un événement, comme un fait ponctuel, tandis que l'imparfait sert à décrire « le décor » d'un événement particulier ou encore à présenter l'action comme une situation, ayant une certaine durée : *Mélanie **est entrée** dans la pièce. Une épaisse fumée l'**empêchait** d'y voir. Tout d'un coup, elle **a entendu** quelque chose. C'**était** comme un murmure, une petite voix qui **venait** de la pièce voisine. Elle **a marché** à tâtons et elle **est restée** figée devant le spectacle…*

d) Le plus-que-parfait (unité 3)

- Le plus-que-parfait sert à marquer l'antériorité par rapport à un verbe au passé (imparfait ou passé composé) : *Pendant mes dernières vacances dans les Alpes, j'ai eu un petit accident. Il y avait des plaques de neige un peu partout. Mes amis m'**avaient avertie** mais je n'**avais** rien **voulu** entendre. J'ai dû être évacuée et j'ai passé ma première journée de vacances à l'hôpital.*

4. L'impératif (unité 1)

- L'impératif sert à donner des ordres, des consignes, des conseils : ***Décide*** *ce que tu vas demander.* ***Assieds-toi*** *et mange tes légumes !*
- À la forme négative, il sert aussi à exprimer des interdictions : ***Ne parlez pas*** *aussi fort !* ***Ne vous levez pas*** *avant de finir !*

5. Le présent du subjonctif (unité 5)

- Le subjonctif est un mode verbal qui s'oppose à l'indicatif parce qu'il sert principalement à exprimer la subjectivité. Il est obligatoire après un verbe qui exprime :
  - les sentiments (*être content / triste que, avoir peur que, regretter que...*) : *Je suis contente que tu* ***changes*** *de quartier, on pourra se voir plus souvent.*
  - la volonté avec ses nuances (*il faut que, souhaiter que, préférer que, vouloir que, exiger que…*) : *Il faut absolument qu'elle* ***aille*** *se coucher plus tôt, elle ne dort pas assez et ses résultats scolaires en souffrent.*

6. Le présent du conditionnel (unité 8)

- Le conditionnel sert à formuler poliment des demandes, à exprimer des souhaits, à faire des suggestions ou encore à donner des conseils : *Je* ***voudrais*** *parler directement au docteur, est-ce possible ? Tu* ***devrais*** *poursuivre tes études, je suis sûr que tu t'en* ***sortirais*** *très bien.*
- Le conditionnel sert aussi :
  - à présenter des informations non vérifiées : *Selon des témoins, le voleur* ***serait*** *encore dans le supermarché malgré l'intervention de la police.*
  - à présenter un fait imaginaire, comme dans un jeu : *Tu* ***serais*** *le prince, moi la princesse et nous* ***habiterions*** *dans un beau château.*
  - à faire des hypothèses : *Si j'avais assez d'argent pour changer de voiture, je* ***prendrais*** *une hybride ou alors une voiture à hydrogène.*

V. La phrase

1. La négation (unité 4)

a) Termes négatifs

- La négation se compose toujours de deux éléments : *ne* + une particule qui dépend de l'élément sur lequel porte la négation : *pas, plus, jamais, personne, rien, aucun…*
- Lorsque la négation porte simultanément sur deux éléments, on utilise les structures :
  - *ne ... ni ... ni ... : Je* ***n'****aime* ***ni*** *le camembert* ***ni*** *le brie, je préfère l'emmental ou le gruyère.*
  - *ne … pas (de) ni (de)… : Finalement, je n'ai* ***pas*** *acheté* ***de*** *pommes* ***ni de*** *bananes.*
- Les termes négatifs *personne* et *rien* peuvent être sujets de la phrase : ***Personne n'****a trouvé la bonne réponse.* ***Rien ne*** *l'intéresse, je dirais qu'elle est un peu déprimée.*
- Lorsque la négation porte sur un infinitif, les deux termes précèdent le verbe : *Je vous demande de* ***ne pas*** *appeler après vingt heures.*

b) Négation et interrogation

- Lorsque l'interrogation est négative et qu'on veut répondre affirmativement, on utilise *si* :
  - *Tu* ***n'****oses* ***pas*** *lui poser la question directement ?*
  - ***Si****, je le ferai ce soir, c'est promis.*

c) La restriction

- La structure *ne ... que* ne sert pas à exprimer la négation, mais la restriction : *Je* ***n'****ai lu* ***que*** *deux pages de ce roman et j'ai abandonné, un vrai navet.*
- Les phrases avec *ne ... que* peuvent être reformulées avec l'adverbe *seulement* et le verbe à la forme affirmative : *J'ai lu* ***seulement*** *deux pages de ce roman.*

2. La comparaison et le superlatif (unité 5)

a) La comparaison

- Quand on compare deux éléments, on peut exprimer des rapports de supériorité (*plus*), d'infériorité (*moins*) ou d'égalité (*aussi / autant*).
- Le deuxième terme de la comparaison est normalement introduit par la conjonction *que*, mais il est souvent implicite : *En hiver, nous sortons beaucoup* ***moins*** *le soir.*
- La comparaison peut porter sur des noms, des adjectifs, des verbes ou des adverbes. Si la comparaison porte sur un nom, on utilise *plus de / moins de* (supériorité ou infériorité) ou *autant de* (égalité): *Nous sommes* ***plus*** *disponibles* ***que*** *sa cousine. Elle est* ***moins*** *sympa* ***que*** *sa sœur. Il court* ***aussi*** *vite* ***qu'****une gazelle. Ils vendent* ***moins de*** *conserves* ***qu'****avant, les clients préfèrent les produits frais. Je mange* ***autant de*** *pain* ***que*** *lui mais je grossis beaucoup moins.*
- Le comparatif de *bon* est *meilleur* et celui de *bien* est *mieux* : *Mon mari est* ***meilleur*** *cuisinier que moi. Ta sœur a une jolie voix mais tu chantes* ***mieux*** *qu'elle.*

b) Le superlatif

- Le superlatif se forme à partir du comparatif, auquel on ajoute l'article défini qui convient : *Ouest-France est le journal* ***le plus*** *vendu en France. Mamie fait* ***la meilleure*** *tarte Tatin du monde !*
- Le superlatif de *bon* est *le meilleur* et celui de *bien* est *le mieux* : *C'est* ***le meilleur*** *chocolatier de Belgique ! Les pralines, c'est ce qu'il fait* ***le mieux*** *!*

3. Les rapports logiques

a) Expression de la cause (unité 7)

conjonctions de subordination	conjonctions de coordination	locutions prépositionnelles
parce que **puisque** **comme**	**car**	**grâce à** (cause positive) **à cause de** (cause négative)

- Pour expliquer ou justifier ce que l'on affirme, on peut établir entre deux faits ou actions une relation de cause à effet. La cause est présentée comme l'origine de l'autre fait ou action.
- On peut exprimer des causes de façon implicite ou de façon explicite.
  - Implicite : *Il n'a pas entendu le réveil* (origine). *Il a raté son train* (résultat).
  - Explicite : ***Comme*** *il n'a pas entendu le réveil, il a raté son train. Il a raté son train* ***parce qu'****il n'a pas entendu le réveil.*

b) Expression de la conséquence (unité 7)

adverbes et conjonctions de coordination	locutions conjonctives
alors **donc**	**par conséquent** **c'est pourquoi** **c'est pour cette raison que** **c'est pour ça que**

- Pour expliquer ou justifier ce que l'on affirme, on peut établir entre deux faits ou actions une relation de cause à effet : une proposition indique la cause (l'action présentée comme l'origine de l'autre), l'autre proposition indique la conséquence (l'action donnée comme résultat de la première).
- On peut exprimer des conséquences de façon implicite ou de façon explicite.
  – Implicite : *Il n'a pas aimé le film* (origine). *Il l'a déconseillé à ses amis* (résultat).
  – Explicite : *Le vendredi après-midi, la circulation est infernale,* ***alors*** *il faudra qu'on parte à l'avance. Le professeur de chimie est gravement malade,* ***c'est pourquoi*** *l'école a dû chercher un remplaçant.*

c) Expression du but (unité 7)

prépositions et locutions prépositionnelles	locutions conjonctives
pour **afin de** + infinitif **de peur de** (but à éviter)	**pour que** **afin que** + subjonctif **de peur que** (**ne**) (but à éviter)

- Exprimer le but, c'est présenter l'objectif ou l'intention qui justifie un fait ou un événement.
- On peut exprimer le but de façon implicite ou explicite.
  – Implicite : *Je vais passer à l'agence immobilière ; je vais leur demander des infos sur la valeur de mon appartement.*
  – Explicite : *Nous sommes allées à la banque* ***afin de*** *réserver des dollars pour notre voyage aux États-Unis.* ***De peur de*** *grossir, je fais pas mal de sport.*
- Ces locutions sont suivies de l'infinitif quand les sujets des deux propositions sont identiques et du subjonctif quand les sujets sont différents : *Pierre va réparer sa bicyclette* ***pour s'en servir*** *pendant les vacances. / Il faudra avertir le propriétaire des fuites d'eau de la salle de bains* ***pour qu'il appelle*** *le plombier.*

d) Expression de la condition (unité 8)

- On parle de condition quand la réalisation d'un fait ou d'une action dépend de la réalisation ou non d'un autre fait ou d'une autre action. Les deux faits mis en relation sont réalisables et vérifiables.
- La condition est toujours introduite par la structure *si* + présent de l'indicatif. Dans la proposition principale, on peut trouver un verbe à l'impératif, au présent ou au futur : ***Si*** *vous ne* ***supportez*** *pas sa présence, ne l'invitez plus !* ***Si*** *les enfants* ***se disputent*** *encore, tu les envoies chacun dans leur chambre.* ***Si*** *tu le* ***souhaites****, nous irons passer ce week-end à la mer.*

e) Expression de l'hypothèse (unité 8)

- Dans le cas de l'hypothèse, comme dans celui de la condition, la réalisation d'un fait ou d'une action dépend de la réalisation ou non d'un autre fait ou d'une autre action. Par contre, les deux faits mis en relation sont plus ou moins « virtuels » : ce sont des souhaits ou des faits plutôt improbables.
- Les suppositions sont introduites par *si* + imparfait de l'indicatif ; dans la proposition principale, on trouve un verbe au conditionnel : ***Si*** *mon fils* ***avait*** *son bac, je serais fier, mais il n'a rien fait de toute l'année et je n'ai pas beaucoup d'espoir.*

4. Le style indirect (unité 10)

- Dans le discours indirect, il y a normalement un verbe de parole qui indique que quelqu'un a dit quelque chose à un moment donné.
- Le verbe qui introduit le discours indirect peut parfois indiquer l'intention communicative de la personne : *Jonas me* ***conseille*** *d'aller voir son kiné pour mon problème de cervicales. Son père lui* ***interdit*** *de sortir le week-end à cause de ses mauvais résultats scolaires.*
- Il peut aussi donner des informations sur la manière de parler de l'énonciateur : *Regarde-le, il* ***murmure*** *quelque chose à l'oreille de sa copine.*
- Comment rapporter les paroles de quelqu'un selon le type de phrase :
  - **Phrases déclaratives** → *Il / Elle* ***dit que****...*
  - **Questions fermées (avec *est-ce que*)** → *Il / Elle* ***demande si****...*
  - **Questions avec *qu'est-ce que*** → *Il / Elle* ***demande ce que****...*
  - **Phrases à l'impératif** → *Il / Elle* ***demande de*** *...*
- Quand on transforme des énoncés au style indirect, on peut être obligé de faire des transformations qui portent sur les adjectifs possessifs, les pronoms et les temps verbaux :
  Ma copine Lorraine ***dit*** *: « Marie,* ***tu*** *es* ***ma*** *meilleure amie. »*
  → *Lorraine* ***dit*** *que* ***je*** *suis* ***sa*** *meilleure amie.*
  Ma copine Lorraine ***a dit*** *: « Marie, tu* ***es*** *ma meilleure amie. »*
  → *Lorraine* ***a dit*** *que j'****étais*** *sa meilleure amie.*
  Ma copine Lorraine ***disait*** *: « Marie, tu* ***étais*** *ma meilleure amie. »*
  → *Lorraine* ***disait*** *que j'****avais été*** *sa meilleure amie.*
  Ma copine Lorraine ***disait*** *: « Marie, tu* ***seras*** *ma meilleure amie. »*
  → *Lorraine* ***disait*** *que je* ***serais*** *sa meilleure amie.*

CONJUGAISON

infinitif	présent	imparfait	passé composé	futur	conditionnel	subjonctif présent	impératif
AVOIR	j'ai	j'avais	j'ai eu	j'aurai	j'aurais	que j'aie	
	tu as	tu avais	tu as eu	tu auras	tu aurais	que tu aies	aie
	il/elle/on a	il/elle/on avait	il/elle/on a eu	il/elle/on aura	il/elle/on aurait	qu'il/elle/on ait	
	nous avons	nous avions	nous avons eu	nous aurons	nous aurions	que nous ayons	ayons
	vous avez	vous aviez	vous avez eu	vous aurez	vous auriez	que vous ayez	ayez
	ils/elles ont	ils/elles avaient	ils/elles ont eu	ils/elles auront	ils/elles auraient	qu'ils/elles aient	
ÊTRE	je suis	j'étais	j'ai été	je serai	je serais	que je sois	
	tu es	tu étais	tu as été	tu seras	tu serais	que tu sois	sois
	il/elle/on est	il/elle/on était	il/elle/on a été	il/elle/on sera	il/elle/on serait	qu'il/elle/on soit	
	nous sommes	nous étions	nous avons été	nous serons	nous serions	que nous soyons	soyons
	vous êtes	vous étiez	vous avez été	vous serez	vous seriez	que vous soyez	soyez
	ils/elles sont	ils/elles étaient	ils/elles ont été	ils/elles seront	ils/elles seraient	qu'ils/elles soient	
AIMER	j'aime	j'aimais	j'ai aimé	j'aimerai	j'aimerais	que j'aime	
	tu aimes	tu aimais	tu as aimé	tu aimeras	tu aimerais	que tu aimes	aime
	il/elle/on aime	il/elle/on aimait	il/elle/on a aimé	il/elle/on aimera	il/elle/on aimerait	qu'il/elle/on aime	
	nous aimons	nous aimions	nous avons aimé	nous aimerons	nous aimerions	que nous aimions	aimons
	vous aimez	vous aimiez	vous avez aimé	vous aimerez	vous aimeriez	que vous aimiez	aimez
	ils/elles aiment	ils/elles aimaient	ils/elles ont aimé	ils/elles aimeront	ils/elles aimeraient	qu'ils/elles aiment	
ALLER	je vais	j'allais	je suis allé(e)	j'irai	j'irais	que j'aille	
	tu vas	tu allais	tu es allé(e)	tu iras	tu irais	que tu ailles	va
	il/elle/on va	il/elle/on allait	il/elle/on est allé(e)(s)	il/elle/on ira	il/elle/on irait	qu'il/elle/on aille	
	nous allons	nous allions	nous sommes allé(e)s	nous irons	nous irions	que nous allions	allons
	vous allez	vous alliez	vous êtes allé(e)(s)	vous irez	vous iriez	que vous alliez	allez
	ils/elles vont	ils/elles allaient	ils/elles sont allé(e)s	ils/elles iront	ils/elles iraient	qu'ils/elles aillent	
APPELER	j'appelle	j'appelais	j'ai appelé	j'appellerai	j'appellerais	que j'appelle	
	tu appelles	tu appelais	tu as appelé	tu appelleras	tu appellerais	que tu appelles	appelle
	il/elle/on appelle	il/elle/on appelait	il/elle/on a appelé	il/elle/on appellera	il/elle/on appellerait	qu'il/elle/on appelle	
	nous appelons	nous appelions	nous avons appelé	nous appellerons	nous appellerions	que nous appelions	appelons
	vous appelez	vous appeliez	vous avez appelé	vous appellerez	vous appelleriez	que vous appeliez	appelez
	ils/elles appellent	ils/elles appelaient	ils/elles ont appelé	ils/elles appelleront	ils/elles appelleraient	qu'ils/elles appellent	
S'ASSEOIR	je m'assieds	je m'asseyais	je me suis assis(e)	je m'assiérai	je m'assiérais	que je m'asseye	
	tu t'assieds	tu t'asseyais	tu t'es assis(e)	tu t'assiéras	tu t'assiérais	que tu t'asseyes	assieds-toi
	il/elle/on s'assied	il/elle/on s'asseyait	il/elle/on s'est assis(e)(s)	il/elle/on s'assiéra	il/elle/on s'assiérait	qu'il/elle/on s'asseye	
	nous nous asseyons	nous nous asseyions	nous nous sommes assis(es)	nous nous assiérons	nous nous assiérions	que nous nous asseyions	asseyons-nous
	vous vous asseyez	vous vous asseyiez	vous vous êtes assis(e)(s)	vous vous assiérez	vous vous assiériez	que vous vous asseyiez	asseyez-vous
	ils/elles s'asseyent	ils/elles s'asseyaient	ils/elles se sont assis(es)	ils/elles s'assiéront	ils/elles s'assiéraient	qu'ils/elles s'asseyent	
ATTENDRE (descendre, répondre, entendre, vendre)	j'attends	j'attendais	j'ai attendu	j'attendrai	j'attendrais	que j'attende	
	tu attends	tu attendais	tu as attendu	tu attendras	tu attendrais	que tu attendes	attends
	il/elle/on attend	il/elle/on attendait	il/elle/on a attendu	il/elle/on attendra	il/elle/on attendrait	qu'il/elle/on attende	
	nous attendons	nous attendions	nous avons attendu	nous attendrons	nous attendrions	que nous attendions	attendons
	vous attendez	vous attendiez	vous avez attendu	vous attendrez	vous attendriez	que vous attendiez	attendez
	ils/elles attendent	ils/elles attendaient	ils/elles ont attendu	ils/elles attendront	ils/elles attendraient	qu'ils/elles attendent	
BOIRE	je bois	je buvais	j'ai bu	je boirai	je boirais	que je boive	
	tu bois	tu buvais	tu as bu	tu boiras	tu boirais	que tu boives	bois
	il/elle/on boit	il/elle/on buvait	il/elle/on a bu	il/elle/on boira	il/elle/on boirait	qu'il/elle/on boive	
	nous buvons	nous buvions	nous avons bu	nous boirons	nous boirions	que nous buvions	buvons
	vous buvez	vous buviez	vous avez bu	vous boirez	vous boiriez	que vous buviez	buvez
	ils/elles boivent	ils/elles buvaient	ils/elles ont bu	ils/elles boiront	ils/elles boiraient	qu'ils/elles boivent	
CHOISIR	je choisis	je choisissais	j'ai choisi	je choisirai	je choisirais	que je choisisse	
	tu choisis	tu choisissais	tu as choisi	tu choisiras	tu choisirais	que tu choisisses	choisis
	il/elle/on choisit	il/elle/on choisissait	il/elle/on a choisi	il/elle/on choisira	il/elle/on choisirait	qu'il/elle/on choisisse	
	nous choisissons	nous choisissions	nous avons choisi	nous choisirons	nous choisirions	que nous choisissions	choisissons
	vous choisissez	vous choisissiez	vous avez choisi	vous choisirez	vous choisiriez	que vous choisissiez	choisissez
	ils/elles choisissent	ils/elles choisissaient	ils/elles ont choisi	ils/elles choisiront	ils/elles choisiraient	qu'ils/elles choisissent	

infinitif	présent	imparfait	passé composé	futur	conditionnel	subjonctif présent	impératif
COMMENCER	je commence	je commençais	j'ai commencé	je commencerai	je commencerais	que je commence	
	tu commences	tu commençais	tu as commencé	tu commenceras	tu commencerais	que tu commences	commence
	il/elle/on commence	il/elle/on commençait	il/elle/on a commencé	il/elle/on commencera	il/elle/on commencerait	qu'il/elle/on commence	
	nous commençons	nous commencions	nous avons commencé	nous commencerons	nous commencerions	que nous commencions	commençons
	vous commencez	vous commenciez	vous avez commencé	vous commencerez	vous commenceriez	que vous commenciez	commencez
	ils/elles commencent	ils/elles commençaient	ils/elles ont commencé	ils/elles commenceront	ils/elles commenceraient	qu'ils/elles commencent	
CONNAÎTRE	je connais	je connaissais	j'ai connu	je connaîtrai	je connaîtrais	que je connaisse	
	tu connais	tu connaissais	tu as connu	tu connaîtras	tu connaîtrais	que tu connaisses	connais
	il/elle/on connaît	il/elle/on connaissait	il/elle/on a connu	il/elle/on connaîtra	il/elle/on connaîtrait	qu'il/elle/on connaisse	
	nous connaissons	nous connaissions	nous avons connu	nous connaîtrons	nous connaîtrions	que nous connaissions	connaissons
	vous connaissez	vous connaissiez	vous avez connu	vous connaîtrez	vous connaîtriez	que vous connaissiez	connaissez
	ils/elles connaissent	ils/elles connaissaient	ils/elles ont connu	ils/elles connaîtront	ils/elles connaîtraient	qu'ils/elles connaissent	
CRAINDRE	je crains	je craignais	j'ai craint	je craindrai	je craindrais	que je craigne	
(joindre,	tu crains	tu craignais	tu as craint	tu craindras	tu craindrais	que tu craignes	crains
peindre)	il/elle/on craint	il/elle/on craignait	il/elle/on a craint	il/elle/on craindra	il/elle/on craindrait	qu'il/elle/on craigne	
	nous craignons	nous craignions	nous avons craint	nous craindrons	nous craindrions	que nous craignions	craignons
	vous craignez	vous craigniez	vous avez craint	vous craindrez	vous craindriez	que vous craigniez	craignez
	ils/elles craignent	ils/elles craignaient	ils/elles ont craint	ils/elles craindront	ils/elles craindraient	qu'ils/elles craignent	
CROIRE	je crois	je croyais	j'ai cru	je croirai	je croirais	que je croie	
	tu crois	tu croyais	tu as cru	tu croiras	tu croirais	que tu croies	crois
	il/elle/on croit	il/elle/on croyait	il/elle/on a cru	il/elle/on croira	il/elle/on croirait	qu'il/elle/on croie	
	nous croyons	nous croyions	nous avons cru	nous croirons	nous croirions	que nous croyions	croyons
	vous croyez	vous croyiez	vous avez cru	vous croirez	vous croiriez	que vous croyiez	croyez
	ils/elles croient	ils/elles croyaient	ils/elles ont cru	ils/elles croiront	ils/elles croiraient	qu'ils/elles croient	
DEVOIR	je dois	je devais	j'ai dû	je devrai	je devrais	que je doive	
	tu dois	tu devais	tu as dû	tu devras	tu devrais	que tu doives	
	il/elle/on doit	il/elle/on devait	il/elle/on a dû	il/elle/on devra	il/elle/on devrait	qu'il/elle/on doive	
	nous devons	nous devions	nous avons dû	nous devrons	nous devrions	que nous devions	
	vous devez	vous deviez	vous avez dû	vous devrez	vous devriez	que vous deviez	
	ils/elles doivent	ils/elles devaient	ils/elles ont dû	ils/elles devront	ils/elles devraient	qu'ils/elles doivent	
DIRE	je dis	je disais	j'ai dit	je dirai	je dirais	que je dise	
	tu dis	tu disais	tu as dit	tu diras	tu dirais	que tu dises	dis
	il/elle/on dit	il/elle/on disait	il/elle/on a dit	il/elle/on dira	il/elle/on dirait	qu'il/elle/on dise	
	nous disons	nous disions	nous avons dit	nous dirons	nous dirions	que nous disions	disons
	vous dites	vous disiez	vous avez dit	vous direz	vous diriez	que vous disiez	dites
	ils/elles disent	ils/elles disaient	ils/elles ont dit	ils/elles diront	ils/elles diraient	qu'ils/elles disent	
DORMIR	je dors	je dormais	j'ai dormi	je dormirai	je dormirais	que je dorme	
	tu dors	tu dormais	tu as dormi	tu dormiras	tu dormirais	que tu dormes	dors
	il/elle/on dort	il/elle/on dormait	il/elle/on a dormi	il/elle/on dormira	il/elle/on dormirait	qu'il/elle/on dorme	
	nous dormons	nous dormions	nous avons dormi	nous dormirons	nous dormirions	que nous dormions	dormons
	vous dormez	vous dormiez	vous avez dormi	vous dormirez	vous dormiriez	que vous dormiez	dormez
	ils/elles dorment	ils/elles dormaient	ils/elles ont dormi	ils/elles dormiront	ils/elles dormiraient	qu'ils/elles dorment	
ÉCRIRE	j'écris	j'écrivais	j'ai écrit	j'écrirai	j'écrirais	que j'écrive	
(décrire)	tu écris	tu écrivais	tu as écrit	tu écriras	tu écrirais	que tu écrives	écris
	il/elle/on écrit	il/elle/on écrivait	il/elle/on a écrit	il/elle/on écrira	il/elle/on écrirait	qu'il/elle/on écrive	
	nous écrivons	nous écrivions	nous avons écrit	nous écrirons	nous écririons	que nous écrivions	écrivons
	vous écrivez	vous écriviez	vous avez écrit	vous écrirez	vous écririez	que vous écriviez	écrivez
	ils/elles écrivent	ils/elles écrivaient	ils/elles ont écrit	ils/elles écriront	ils/elles écriraient	qu'ils/elles écrivent	
ENVOYER	j'envoie	j'envoyais	j'ai envoyé	j'enverrai	j'enverrais	que j'envoie	
(payer,	tu envoies	tu envoyais	tu as envoyé	tu enverras	tu enverrais	que tu envoies	envoie
essayer)	il/elle/on envoie	il/elle/on envoyait	il/elle/on a envoyé	il/elle/on enverra	il/elle/on enverrait	qu'il/elle/on envoie	
	nous envoyons	nous envoyions	nous avons envoyé	nous enverrons	nous enverrions	que nous envoyions	envoyons
	vous envoyez	vous envoyiez	vous avez envoyé	vous enverrez	vous enverriez	que vous envoyiez	envoyez
	ils/elles envoient	ils/elles envoyaient	ils/elles ont envoyé	ils/elles enverront	ils/elles enverraient	qu'ils/elles envoient	

CONJUGAISON

infinitif	présent	imparfait	passé composé	futur	conditionnel	subjonctif présent	impératif
FAIRE (défaire, refaire)	je fais	je faisais	j'ai fait	je ferai	je ferais	que je fasse	
	tu fais	tu faisais	tu as fait	tu feras	tu ferais	que tu fasses	fais
	il/elle/on fait	il/elle/on faisait	il/elle/on a fait	il/elle/on fera	il/elle/on ferait	qu'il/elle/on fasse	
	nous faisons	nous faisions	nous avons fait	nous ferons	nous ferions	que nous fassions	faisons
	vous faites	vous faisiez	vous avez fait	vous ferez	vous feriez	que vous fassiez	faites
	ils/elles font	ils/elles faisaient	ils/elles ont fait	ils/elles feront	ils/elles feraient	qu'ils/elles fassent	
FALLOIR	il faut	il fallait	il a fallu	il faudra	il faudrait	qu'il faille	
FINIR	je finis	je finissais	j'ai fini	je finirai	je finirais	que je finisse	
	tu finis	tu finissais	tu as fini	tu finiras	tu finirais	que tu finisses	finis
	il/elle/on finit	il/elle/on finissait	il/elle/on a fini	il/elle/on finira	il/elle/on finirait	qu'il/elle/on finisse	
	nous finissons	nous finissions	nous avons fini	nous finirons	nous finirions	que nous finissions	finissons
	vous finissez	vous finissiez	vous avez fini	vous finirez	vous finiriez	que vous finissiez	finissez
	ils/elles finissent	ils/elles finissaient	ils/elles ont fini	ils/elles finiront	ils/elles finiraient	qu'ils/elles finissent	
SE LEVER	je me lève	je me levais	je me suis levé(e)	je me lèverai	je me lèverais	que je me lève	
	tu te lèves	tu te levais	tu t'es levé(e)	tu te lèveras	tu te lèverais	que tu te lèves	lève-toi
	il/elle/on se lève	il/elle/on se levait	il/elle/on s'est levé(e)(s)	il/elle/on se lèvera	il/elle/on se lèverait	qu'il/elle/on se lève	
	nous nous levons	nous nous levions	nous nous sommes levé(e)s	nous nous lèverons	nous nous lèverions	que nous nous levions	levons-nous
	vous vous levez	vous vous leviez	vous vous êtes levé(e)(s)	vous vous lèverez	vous vous lèveriez	que vous vous leviez	levez-vous
	ils/elles se lèvent	ils/elles se levaient	ils/elles se sont levé(e)s	ils/elles se lèveront	ils/elles se lèveraient	qu'ils/elles se lèvent	
LIRE (traduire, plaire)	je lis	je lisais	j'ai lu	je lirai	je lirais	que je lise	
	tu lis	tu lisais	tu as lu	tu liras	tu lirais	que tu lises	lis
	il/elle/on lit	il/elle/on lisait	il/elle/on a lu	il/elle/on lira	il/elle/on lirait	qu'il/elle/on lise	
	nous lisons	nous lisions	nous avons lu	nous lirons	nous lirions	que nous lisions	lisons
	vous lisez	vous lisiez	vous avez lu	vous lirez	vous liriez	que vous lisiez	lisez
	ils/elles lisent	ils/elles lisaient	ils/elles ont lu	ils/elles liront	ils/elles liraient	qu'ils/elles lisent	
MANGER	je mange	je mangeais	j'ai mangé	je mangerai	je mangerais	que je mange	
	tu manges	tu mangeais	tu as mangé	tu mangeras	tu mangerais	que tu manges	mange
	il/elle/on mange	il/elle/on mangeait	il/elle/on a mangé	il/elle/on mangera	il/elle/on mangerait	qu'il/elle/on mange	
	nous mangeons	nous mangions	nous avons mangé	nous mangerons	nous mangerions	que nous mangions	mangeons
	vous mangez	vous mangiez	vous avez mangé	vous mangerez	vous mangeriez	que vous mangiez	mangez
	ils/elles mangent	ils/elles mangeaient	ils/elles ont mangé	ils/elles mangeront	ils/elles mangeraient	qu'ils/elles mangent	
METTRE	je mets	je mettais	j'ai mis	je mettrai	je mettrais	que je mette	
	tu mets	tu mettais	tu as mis	tu mettras	tu mettrais	que tu mettes	mets
	il/elle/on met	il/elle/on mettait	il/elle/on a mis	il/elle/on mettra	il/elle/on mettrait	qu'il/elle/on mette	
	nous mettons	nous mettions	nous avons mis	nous mettrons	nous mettrions	que nous mettions	mettons
	vous mettez	vous mettiez	vous avez mis	vous mettrez	vous mettriez	que vous mettiez	mettez
	ils/elles mettent	ils/elles mettaient	ils/elles ont mis	ils/elles mettront	ils/elles mettraient	qu'ils/elles mettent	
OUVRIR (offrir, couvrir, découvrir)	j'ouvre	j'ouvrais	j'ai ouvert	j'ouvrirai	j'ouvrirais	que j'ouvre	
	tu ouvres	tu ouvrais	tu as ouvert	tu ouvriras	tu ouvrirais	que tu ouvres	ouvre
	il/elle/on ouvre	il/elle/on ouvrait	il/elle/on a ouvert	il/elle/on ouvrira	il/elle/on ouvrirait	qu'il/elle/on ouvre	
	nous ouvrons	nous ouvrions	nous avons ouvert	nous ouvrirons	nous ouvririons	que nous ouvrions	ouvrons
	vous ouvrez	vous ouvriez	vous avez ouvert	vous ouvrirez	vous ouvririez	que vous ouvriez	ouvrez
	ils/elles ouvrent	ils/elles ouvraient	ils/elles ont ouvert	ils/elles ouvriront	ils/elles ouvriraient	qu'ils/elles ouvrent	
PARTIR (sortir)	je pars	je partais	je suis parti(e)	je partirai	je partirais	que je parte	
	tu pars	tu partais	tu es parti(e)	tu partiras	tu partirais	que tu partes	pars
	il/elle/on part	il/elle/on partait	il/elle/on est parti(e)(s)	il/elle/on partira	il/elle/on partirait	qu'il/elle/on parte	
	nous partons	nous partions	nous sommes parti(e)s	nous partirons	nous partirions	que nous partions	partons
	vous partez	vous partiez	vous êtes parti(e)(s)	vous partirez	vous partiriez	que vous partiez	partez
	ils/elles partent	ils/elles partaient	ils/elles sont parti(e)s	ils/elles partiront	ils/elles partiraient	qu'ils/elles partent	
PLEUVOIR	il pleut	il pleuvait	il a plu	il pleuvra	il pleuvrait	qu'il pleuve	
PRENDRE (apprendre, comprendre)	je prends	je prenais	j'ai pris	je prendrai	je prendrais	que je prenne	
	tu prends	tu prenais	tu as pris	tu prendras	tu prendrais	que tu prennes	prends
	il/elle/on prend	il/elle/on prenait	il/elle/on a pris	il/elle/on prendra	il/elle/on prendrait	qu'il/elle/on prenne	
	nous prenons	nous prenions	nous avons pris	nous prendrons	nous prendrions	que nous prenions	prenons
	vous prenez	vous preniez	vous avez pris	vous prendrez	vous prendriez	que vous preniez	prenez
	ils/elles prennent	ils/elles prenaient	ils/elles ont pris	ils/elles prendront	ils/elles prendraient	qu'ils/elles prennent	

infinitif	présent	imparfait	passé composé	futur	conditionnel	subjonctif présent	impératif
POUVOIR	je peux	je pouvais	j'ai pu	je pourrai	je pourrais	que je puisse	
	tu peux	tu pouvais	tu as pu	tu pourras	tu pourrais	que tu puisses	
	il/elle/on peut	il/elle/on pouvait	il/elle/on a pu	il/elle/on pourra	il/elle/on pourrait	qu'il/elle/on puisse	
	nous pouvons	nous pouvions	nous avons pu	nous pourrons	nous pourrions	que nous puissions	
	vous pouvez	vous pouviez	vous avez pu	vous pourrez	vous pourriez	que vous puissiez	
	ils/elles peuvent	ils/elles pouvaient	ils/elles ont pu	ils/elles pourront	ils/elles pourraient	qu'ils/elles puissent	
RÉPÉTER	je répète	je répétais	j'ai répété	je répéterai	je répéterais	que je répète	
	tu répètes	tu répétais	tu as répété	tu répéteras	tu répéterais	que tu répètes	répète
	il/elle/on répète	il/elle/on répétait	il/elle/on a répété	il/elle/on répétera	il/elle/on répéterait	qu'il/elle/on répète	répétons
	nous répétons	nous répétions	nous avons répété	nous répéterons	nous répéterions	que nous répétions	
	vous répétez	vous répétiez	vous avez répété	vous répéterez	vous répéteriez	que vous répétiez	répétez
	ils/elles répètent	ils/elles répétaient	ils/elles ont répété	ils/elles répéteront	ils/elles répéteraient	qu'ils/elles répètent	
RÉSOUDRE	je résous	je résolvais	j'ai résolu	je résoudrai	je résoudrais	que je résolve	
	tu résous	tu résolvais	tu as résolu	tu résoudras	tu résoudrais	que tu résolves	résous
	il/elle/on résout	il/elle/on résolvait	il/elle/on a résolu	il/elle/on résoudra	il/elle/on résoudrait	qu'il/elle/on résolve	
	nous résolvons	nous résolvions	nous avons résolu	nous résoudrons	nous résoudrions	que nous résolvions	résolvons
	vous résolvez	vous résolviez	vous avez résolu	vous résoudrez	vous résoudriez	que vous résolviez	résolvez
	ils/elles résolvent	ils/elles résolvaient	ils/elles ont résolu	ils/elles résoudront	ils/elles résoudraient	qu'ils/elles résolvent	
SAVOIR	je sais	je savais	j'ai su	je saurai	je saurais	que je sache	
	tu sais	tu savais	tu as su	tu sauras	tu saurais	que tu saches	sache
	il/elle/on sait	il/elle/on savait	il/elle/on a su	il/elle/on saura	il/elle/on saurait	qu'il/elle/on sache	
	nous savons	nous savions	nous avons su	nous saurons	nous saurions	que nous sachions	sachons
	vous savez	vous saviez	vous avez su	vous saurez	vous sauriez	que vous sachiez	sachez
	ils/elles savent	ils/elles savaient	ils/elles ont su	ils/elles sauront	ils/elles sauraient	qu'ils/elles sachent	
SUIVRE	je suis	je suivais	j'ai suivi	je suivrai	je suivrais	que je suive	
	tu suis	tu suivais	tu as suivi	tu suivras	tu suivrais	que tu suives	suis
	il/elle/on suit	il/elle/on suivait	il/elle/on a suivi	il/elle/on suivra	il/elle/on suivrait	qu'il/elle/on suive	
	nous suivons	nous suivions	nous avons suivi	nous suivrons	nous suivrions	que nous suivions	suivons
	vous suivez	vous suiviez	vous avez suivi	vous suivrez	vous suivriez	que vous suiviez	suivez
	ils/elles suivent	ils/elles suivaient	ils/elles ont suivi	ils/elles suivront	ils/elles suivraient	qu'ils/elles suivent	
VENIR (devenir, revenir, tenir, obtenir)	je viens	je venais	je suis venu(e)	je viendrai	je viendrais	que je vienne	
	tu viens	tu venais	tu es venu(e)	tu viendras	tu viendrais	que tu viennes	viens
	il/elle/on vient	il/elle/on venait	il/elle/on est venu(e)(s)	il/elle/on viendra	il/elle/on viendrait	qu'il/elle/on vienne	
	nous venons	nous venions	nous sommes venu(e)s	nous viendrons	nous viendrions	que nous venions	venons
	vous venez	vous veniez	vous êtes venu(e)(s)	vous viendrez	vous viendriez	que vous veniez	venez
	ils/elles viennent	ils/elles venaient	ils/elles sont venu(e)s	ils/elles viendront	ils/elles viendraient	qu'ils/elles viennent	
VIVRE	je vis	je vivais	j'ai vécu	je vivrai	je vivrais	que je vive	
	tu vis	tu vivais	tu as vécu	tu vivras	tu vivrais	que tu vives	vis
	il/elle/on vit	il/elle/on vivait	il/elle/on a vécu	il/elle/on vivra	il/elle/on vivrait	qu'il/elle/on vive	
	nous vivons	nous vivions	nous avons vécu	nous vivrons	nous vivrions	que nous vivions	vivons
	vous vivez	vous viviez	vous avez vécu	vous vivrez	vous vivriez	que vous viviez	vivez
	ils/elles vivent	ils/elles vivaient	ils/elles ont vécu	ils/elles vivront	ils/elles vivraient	qu'ils/elles vivent	
VOIR	je vois	je voyais	j'ai vu	je verrai	je verrais	que je voie	
	tu vois	tu voyais	tu as vu	tu verras	tu verrais	que tu voies	vois
	il/elle/on voit	il/elle/on voyait	il/elle/on a vu	il/elle/on verra	il/elle/on verrait	qu'il/elle/on voie	
	nous voyons	nous voyions	nous avons vu	nous verrons	nous verrions	que nous voyions	voyons
	vous voyez	vous voyiez	vous avez vu	vous verrez	vous verriez	que vous voyiez	voyez
	ils/elles voient	ils/elles voyaient	ils/elles ont vu	ils/elles verront	ils/elles verraient	qu'ils/elles voient	
VOULOIR	je veux	je voulais	j'ai voulu	je voudrai	je voudrais	que je veuille	
	tu veux	tu voulais	tu as voulu	tu voudras	tu voudrais	que tu veuilles	
	il/elle/on veut	il/elle/on voulait	il/elle/on a voulu	il/elle/on voudra	il/elle/on voudrait	qu'il/elle/on veuille	
	nous voulons	nous voulions	nous avons voulu	nous voudrons	nous voudrions	que nous voulions	
	vous voulez	vous vouliez	vous avez voulu	vous voudrez	vous voudriez	que vous vouliez	
	ils/elles veulent	ils/elles voulaient	ils/elles ont voulu	ils/elles voudront	ils/elles voudraient	qu'ils/elles veuillent	

PHONÉTIQUE

Voyelles

orales

[i]	lit	[ø]	feu
[e]	dé	[ɛ]	chaise
[a]	sac	[ɑ]	pâtes
[o]	château	[ɔ]	soleil
[u]	moulin	[y]	autobus
[ə]	premier	[œ]	fleur

nasales

[ɑ̃]	gant	[ɔ̃]	ballon
[ɛ̃]	lapin	[œ̃]	parfum

Semi-voyelles (semi-consonnes)

[w]	[wa]	oiseau
	[wɛ]	tramway
	[wi]	sweat
	[wɛ̃]	point
[ɥ]	[ɥi]	biscuit
[j]	[je]	pied
	[ɛj]	abeille
	[œj]	feuille
	[ɑj]	pailles
	[uj]	grenouille

Consonnes

sonores

[b]	bracelet
[d]	deux
[g]	gomme
[v]	voiture
[z]	maison
[ʒ]	pyjama

sourdes

[p]	lampe
[t]	table
[k]	carte
[f]	fenêtre
[s]	serpent
[ʃ]	chapeau

nasales

[m]	moto
[n]	bonnet
[ɲ]	araignée
[ŋ]	camping

liquides

[ʀ]	raisin
[l]	stylo

En français, il y a 37 sons, mais attention : pour chaque son, il y a souvent plus d'une graphie !

TRANSCRIPTIONS

On trouvera ici les transcriptions des enregistrements dont le texte ne figure pas dans les unités.

Unité 0

Page 10, n° 4

– Allô ?
– Bonjour Gaëlle, c'est Fatia, tu vas bien ?
– Salut Fatia ! Quelle bonne surprise ! Ça va, et toi ? Alors ces vacances ?
– Super ! On a adoré le Portugal ! C'est vraiment beau, et le village était très sympa ! Et pour toi, ça s'est bien passé ? Vous êtes partis, finalement ?
– Oui, on a trouvé une offre de dernière minute pour la Corse, à côté de Calvi. C'est magnifique ! On s'est détendus, baladés, on s'est baignés dans une eau bleu turquoise…
– Et dis-moi, comment va Antoine ?
– Très bien ! Il a repris le travail lundi, c'était un peu dur, mais il commence un projet très intéressant, alors il est motivé.
– Dis, je t'appelle parce que c'est le moment de s'inscrire au cours de gym. Tu continues cette année ?
– Bien sûr ! Ça me fait trop de bien ! Toi aussi, j'espère ?
– Oui, j'ai négocié avec Nicolas : je vais à la gym le mardi soir et lui va au karaté le jeudi. Comme ça, on a chacun une soirée à nous en semaine, pendant que l'autre s'occupe des enfants. On pourra reprendre nos habitudes et nous retrouver avant la gym pour bavarder autour d'un verre.
– Super ! Ça commençait à me manquer. Mais au fait, comment vont tes enfants et ton mari ? Pas trop dure, la rentrée ?
– Ça va, les enfants étaient contents de retrouver leurs copains, même si c'est difficile pour eux de reprendre le rythme. Pour nous aussi, d'ailleurs ! Ils doivent se coucher tôt, se lever tôt, faire les devoirs, donc c'est un peu la guerre par moments, mais bon ça ira mieux dans quelques jours... Par contre, comme d'habitude, on s'y est pris au dernier moment pour acheter les fournitures scolaires, alors je te dis pas le monde dans les magasins…
– Oui, j'imagine… Moi, j'aime bien la rentrée… pour moi, c'est vraiment le début de l'année, j'ai envie de faire plein de choses !
– Quoi, par exemple ?
– Eh bien, avec Antoine, on s'est inscrits à un club de randonnée dans le quartier. Ça nous permettra de faire un peu de sport et de faire de nouvelles connaissances…
– C'est une bonne idée ! Au fait, on voulait vous inviter à dîner le week-end prochain. Vous êtes libres ?
– Je crois que oui… Je vais en parler à Antoine, et je te le dis demain, ça te va ?
– Oui, très bien ! À demain, alors !
– Parfait, bonne soirée, embrasse tout le monde de ma part !

Page 11, n° 5

1. Oh là là ! Nestor, t'es jamais là, c'est incroyable ! Qu'est-ce que tu fais ? J'ai essayé de te joindre sur ton portable et même chose… Écoute, c'est urgent, appelle-moi dès que tu rentres, parce qu'il y a un changement de date pour le concert de Nîmes et on doit en parler. À plus.
2. Bonjour, nous informons notre aimable clientèle que pour cause d'inventaire, notre magasin sera exceptionnellement fermé le lundi 17 septembre toute la journée et le mardi 18 au matin. Il rouvrira ses portes le 18 septembre à partir de 14 heures ! Pour toute autre communication à nous faire, vous pouvez laisser un message, nous vous contacterons dès que possible.
3. Bonjour, vous êtes bien chez Dominique et Marie-Noëlle Dupontel. Nous sommes absents pour le moment, mais laissez-nous votre message et nous vous rappellerons dès que possible. Vous pouvez aussi essayer de nous joindre sur nos portables. À bientôt !
4. Bonjour madame Latour, madame Richard à l'appareil. Je vous appelle au sujet de votre devis de traduction. Je suis intéressée mais je voudrais discuter de quelques détails avec vous. Rappelez-moi dès que possible, s'il vous plaît. Comme je vous le disais, c'est assez urgent ! Merci, à bientôt !

Unité 1

Situations

Page 14, nos 1 et 2

– Salut Stéphanie, ça va ? Je ne te vois plus en ce moment, je commençais à penser que tu avais quitté l'entreprise ! Tu as beaucoup de boulot ?
– Salut Fabien ! Bof, je travaille sur un dossier assez compliqué, ça fait trois semaines que je suis dessus, et je dois le remettre après-demain. Alors, non, je ne prends pas beaucoup de pauses…
– Heureusement qu'il y a cette présentation alors, ça te permet de sortir un peu de ton bureau !
– Oui, mais c'est pas vraiment le bon moment. Je vais encore devoir rentrer tard ce soir.
– Ne fais pas cette tête ! Ça sera sûrement intéressant !
– Qui va faire la présentation ?
– Je ne me rappelle plus son prénom, tu sais, le nouveau, il est arrivé avant l'été.
– Non, je ne vois pas, il y a eu plusieurs nouveaux cette année. Comment il est ?
– Il n'est pas très grand, il est mince… et il est brun. Il est toujours en jean, j'espère qu'il a mis un costume aujourd'hui !
– Ah oui ! François, du département de marketing ! Bien sûr !
– Tu le connais ? Il est un peu étrange.
– C'est sûr qu'il n'est pas bavard, mais j'ai parlé un peu avec lui au sujet de mon dossier et je l'ai trouvé plutôt agréable, un peu trop carré peut-être, mais très aimable. On a un peu parlé aussi de ce qu'il avait fait

avant d'arriver ici, j'ai l'impression que c'est quelqu'un de très intéressant !
– Remarque, je ne lui ai pas beaucoup parlé, c'est ce qu'on m'a raconté.
– Oh tu sais, méfie-toi des rumeurs du bureau ! Pour vous, les nouveaux sont forcément étranges !
– Non, c'est pas vrai, on essaie toujours de les intégrer, mais lui, il mange un sandwich en 15 minutes à son bureau et l'après-midi, il part toujours en courant !
– Il a peut-être des enfants à récupérer à l'école, ou un entraînement sportif… Invitez-le à prendre un pot après le boulot, vous le connaîtrez un peu mieux !
– Tiens, regarde ! Justement, le voilà ! Je vais lui en parler après la présentation. Là, il a l'air vraiment concentré ! On peut faire ça jeudi soir, pour fêter la fin de ton dossier ?

Compétences

Page 21, nos 1, 3 et 4

– Si vous nous rejoignez maintenant, bonjour ! C'est l'heure de notre jeu « Devinettes ». Vous connaissez le principe : Florent donne trois indices pour vous faire deviner une personne célèbre ou une profession. Téléphonez au 01 46 25 63 71 et donnez votre réponse. Vous recevrez en cadeau une tasse de notre émission « Joyeux matin ». Florent, c'est à vous.
– Alors… on commence par une personne célèbre. Premier indice : cette personne a parcouru l'ouest de la France du nord au sud avant de se faire découvrir à Paris.
– Laissez-moi deviner : un conducteur de train ?
– Une personne célèbre, Guylaine ! Et vous, vous ne pouvez pas participer !
– D'accord, pardon… Deuxième indice, Florent.
– Elle a participé au film *Hugo Cabret* de Scorsese.
– Très bon film ! Vous l'avez vu ?
– Oui, j'ai beaucoup aimé. Troisième indice ?
– Allons-y.
– Ses influences sont le jazz, le rock, le blues et les musiques latines…
– Quel mélange ! À vos téléphones ! A-t-on déjà un appel ? Oui ! Bonjour, comment vous appelez-vous ?
– Bonjour Guylaine, bonjour Florent ! Je m'appelle Jean-Pierre.
– D'où êtes-vous Jean-Pierre ?
– De Béziers.
– De qui parlait Florent, selon vous ?
– D'Olivia Ruiz ? Elle a pas mal tourné en province avant d'être connue, son style musical est assez varié…
– Florent ?
– Eh non, ce n'est pas ça ! Désolé !
– Au revoir Jean-Pierre !
– Au revoir !
– Un autre appel, bonjour !
– Bonjour, moi c'est Laure, de Tours.
– Laure, dites-nous.
– C'est Zaz ! Elle est née à Tours, elle a déménagé à Bordeaux et chanté dans un orchestre au Pays basque. Ensuite, elle a chanté dans des bars et des cabarets à Paris.
– Oui, c'est bien Zaz ! Bravo ! On vous envoie la tasse, ne quittez pas Laure, on vous repasse le standard.
– Merci Florent ! Au revoir.
– Notre seconde devinette : il s'agit d'une profession maintenant !
– En effet Guylaine. Premier indice : cette personne regarde beaucoup la télévision et elle est payée pour ça !
– Ça a l'air bien, mais il doit y avoir un piège, qu'est-ce qu'on lui fait regarder ?
– Eh bien, c'est mon deuxième indice. Elle regarde surtout des documentaires.
– Des documentaires toute la journée, ça doit être difficile de rester éveillé !
– Enfin, mon dernier indice : cette personne doit parler plusieurs langues pour faire son travail !
– Alors, y a-t-il des appels au standard ? On me dit que oui. Allô ?
– Bonjour Guylaine, bonjour Florent, c'est Camille, d'Angoulême.
– Bonjour Camille, de qui s'agit-il ?
– Il s'agit d'un traducteur pour le doublage, heu, je ne sais pas exactement le nom, mais celui qui traduit les films, les documentaires, pour les acteurs de doublage.
– On accepte, Florent ?
– Oui, bien sûr ! Camille, ça s'appelle un traducteur audiovisuel, bravo !
– Ah super ! J'adore votre programme !
– Merci Camille ! On vous passe le standard ! On se retrouve après une page de publicité et une chanson !

Prononciation

Page 19, n° 2

1. Je ne sors pas, je suis très fatigué.
Je ne sors pas je suis très fatigué.
2. Il parle sept langues étrangères.
Il parle sept langues étrangères.
3. Tu veux toujours avoir raison.
Tu veux toujours avoir raison.
4. C'est mon mari. C'est mon mari.

Unité 2

Situations

Page 26, nos 1 et 2

– Allô.
– Allô, Fabien ? C'est Céline.
– Salut Céline. Ça va ?
– Non, pas vraiment, pas du tout même ! Je t'appelle pour te demander un service.
– Qu'est-ce qui t'arrive ? Tu m'inquiètes ! Rien de grave, j'espère ?
– Non, non, rien de grave, je suis dans le noir, dans le froid, je n'ai pas de chauffage, pas d'eau chaude et je ne peux pas cuisiner, mais ça va très bien !
– Mais pourquoi ? Raconte-moi !
– En fait, je n'ai plus d'électricité chez moi depuis ce matin, donc pas de lumière, pas de chauffage, rien…
– Mais… qu'est-ce qui s'est passé ?

– Je ne sais pas ! Ce matin, je me douchais quand tout à coup, plus de lumière. Et avec ça, l'eau chaude est devenue de plus en plus froide. J'ai fini de me doucher dans le noir et en sortant de la douche, comme il y avait de l'eau partout, j'ai glissé et je suis tombée…
– Tu t'es fait mal ?
– Non, juste quelques bleus. Mais j'ai bien commencé ma journée !
– Et alors, qu'est-ce que tu as fait ?
– Ben, je pensais que les plombs avaient sauté, je suis allée voir le disjoncteur, mais tout était normal. J'ai essayé de toucher un peu à tout, mais ça n'a servi à rien. Donc, je n'ai pas pu préparer mon café, pas pu faire bouillir de l'eau... Le problème, c'est que tout est électrique chez moi, même ma brosse à dents…
– Bon, mais tu as appelé l'électricien, j'imagine ? Il n'est pas venu ?
– Non, pas encore ! J'ai essayé d'appeler ce matin, mais impossible de le joindre. Et j'ai dû partir travailler. Avec le stress, j'ai oublié mon portefeuille chez moi, avec mes sous, ma carte de transport et ma carte bancaire... donc, j'ai dû revenir... Enfin, j'ai rappelé l'électricien depuis le bureau et il devait venir à partir de 16 heures. Je suis rentrée du travail pour rien, j'ai attendu, attendu, mais il n'est pas venu…
– C'est pas vrai ! Et tu n'as pas rappelé ?
– Bien sûr que si ! Plusieurs fois ! Je me suis énervée, mais il a dit qu'il était débordé. Résultat, personne n'est venu. J'ai sonné chez les voisins quand ils sont rentrés du travail : chez eux, tout fonctionne. Ils m'ont proposé de me prêter un petit chauffage qui marche au gaz, mais bon, je ne veux pas les déranger, je ne les connais pas beaucoup, et puis ce n'est pas la solution…
– Bon allez, détends-toi un peu. Tu veux venir chez moi ce soir, c'est ça ?
– Oh oui, s'il te plaît, je n'en peux vraiment plus !
– Si tu veux, demain on s'en occupe ensemble. Mais en attendant, je vais préparer le canapé-lit et ensuite on dînera tranquillement.
– Merci Fabien, vraiment ! J'arrive tout de suite !

Lexique

Page 30, n° 3

Moi, j'aime bien le travail de la maison, surtout faire la cuisine et m'occuper du linge, bon, je veux dire… faire la lessive parce que… repasser, c'est non, c'est ennuyeux et en plus, je ne suis pas très doué ! Nettoyer, ça dépend quoi ! La salle de bains et la cuisine, O.K., j'aime frotter ! Mais passer l'aspirateur ou le balai et nettoyer les vitres, là, c'est autre chose : je demande à ma femme de m'aider, comme pour mettre la table ! Et faire la vaisselle, ça me dérange pas parce que je mets la radio et j'écoute de la musique en même temps.

Prononciation

Page 31, n° 2

1. pont
2. lu
3. port
4. mes
5. panne
6. doux

Page 31, n° 3

1. a) Je fais du sport.
b) J'ai fait du sport.
c) Je fais du sport.

2. a) Prends ce kiwi et mange-le.
b) Prends ces kiwis et mange-les.
c) Prends ces kiwis et mange-les.

3. a) Il part en vacances.
b) Il part en vacances.
c) Elle part en vacances.

4. a) Je choisis un cadeau.
b) J'ai choisi un cadeau.
c) J'ai choisi un cadeau.

5. a) Nous le conseillons.
b) Nous la conseillons.
c) Nous le conseillons.

Compétences

Page 33, n° 1

Euh… ma fille, elle voulait absolument manger une glace, et pas n'importe quelle glace ! Donc, on lui trouve son cornet de glace, toute contente, elle commence à le manger… On marchait dans la rue, on parlait toutes les deux et elle me raconte une anecdote de la maternelle : à la cantine, un jour, une dame de service qui proposait de la salade aux enfants a fait un geste très ample avec le saladier dans la main et hop, la salade a volé et les gamins se sont pris la salade sur la tête ! Et à ce moment-là, ma fille, en me racontant ça, a tout simplement fait le même geste avec sa main… Alors j'ai vu passer les boules de glace à 2 cm de mon nez avant qu'elles aillent s'écraser sur la table d'un café, devant deux messieurs… qui n'étaient pas très heureux de manger de la glace à la vanille et au chocolat.

Unité 3

Situations

Page 38, nos 1 et 2

– Salut Capucine, ça va ?
– Salut Gabrielle, oui ça va, et toi ? Alors, finalement, tu pourras venir à la fête d'Arnaud ?
– Oui, je me suis arrangée, je ne veux pas rater ça !
– Il paraît qu'il veut organiser un jeu-animation sur 24 heures, tu le savais ?
– Ah non, je n'étais pas au courant. C'est drôle, ça me rappelle une méga-fête, pour un anniversaire aussi, quand j'avais 17 ans.
– Ah bon ? Mais tu ne m'as jamais raconté ça !
– Et pourtant, j'en ai gardé un souvenir inoubliable…
– Ben, raconte !
– C'était chez une copine de lycée, Amande. Son demi-frère Clément, qui avait 13 ans de plus qu'elle, voulait fêter ses 30 ans avec trois autres copains nés en mai comme lui. En plus, en juin, il partait en Asie pour deux ans parce qu'il avait obtenu un poste dans une station météorologique, alors il voulait fêter ça.
– Et c'était lui qui t'avait invitée ?
– Pas exactement, les parents d'Amande ne voulaient pas que leur fille se retrouve toute seule au milieu de

trentenaires, alors ils ont invité des copains à elle aussi. Moi, je connaissais bien son frère et ses parents, je passais tous mes samedis chez eux.
– Mais les parents, ils étaient là aussi ?
– Non, ils leur avaient laissé la maison pour eux tout seuls. C'était une grande maison héritée d'une vieille tante, dans un cadre superbe. Imagine : à la campagne, elle se trouvait un peu en dehors du village, près d'un lac, et sans voisins ! Il y avait un grand terrain derrière où ils avaient fait une piste de danse. Ils organisaient souvent des soirées.
– Et alors, ça a consisté en quoi cette méga-fête ?
– Le jour J, quand on est arrivés, tôt le matin comme c'était exigé, la bande des quatre avait organisé une sorte de jeu de piste. Ils étaient venus une semaine avant pour repérer les lieux et préparer leur jeu avec les indices. Et alors c'était à nous, les invités, de trouver les magasins et les producteurs chez qui ils avaient commandé les produits frais et les boissons, et de tout rapporter à la maison.
– Et alors, ça a marché ?
– Oui bien sûr ! Pour nous, la mission, c'était de rapporter les fruits d'une association de fermiers à 10 km. On est tous revenus avec les provisions et on a raconté nos aventures, c'était très drôle. On a vraiment passé une journée entière à rire, manger, boire, s'amuser, danser, chanter, on a tout fait !
– Génial !
– C'était la première fois que je passais une nuit blanche de cette manière, j'ai trouvé ça fantastique et, si je me souviens bien, après ça on a dormi tout le dimanche… parce que quand les parents sont rentrés de leur week-end, c'était le château de la belle au bois dormant : pas un bruit, tout le monde dormait encore !
– Je rêve de faire une fête comme ça ! Par contre, ça doit être très difficile à organiser… Et au fait, tu as une idée de cadeau pour Arnaud ?

Prononciation

Page 43, nº 2

1. balai / le balai, bonté / la bonté, bœuf / le bœuf
2. dos / le dos, duchesse / la duchesse, dîner / le dîner
3. galette / la galette, garçon / le garçon, goûter / le goûter

Page 43, nº 3

1. Le bébé boit son biberon au cabaret.
2. L'abbé est décédé à midi dans son abbaye.
3. Au Congo et au Sénégal, les spaghettis sont rigolos.

Compétences

Page 45, nº 1

– Bon, on est tous là, Julien ? On peut trinquer à nos retrouvailles ? Aux élèves du lycée Lucie Aubrac !
– Non, attends, Audrey : il manque encore plusieurs personnes.
– Et Laura ?
– Elle est dehors, devant le bar, avec les autres.
– C'est dommage, tout le monde n'a pas répondu à ton mail…
– Tu avais réussi à contacter tout le monde ?
– Non, certaines personnes étaient introuvables sur Internet ! Alors, Daphné, raconte-nous ! C'était ton mari et ton fils qui étaient avec toi quand tu es arrivée ?
– Eh oui !
– Tu es mariée ? Vous avez un fils ? Félicitations ! Il a quel âge ?
– Je me suis mariée à la fin de mes études, on s'est connus à la fac. Et notre fils a deux ans ! Le jour de mon accouchement, devinez avec qui j'ai partagé la chambre… la belle-fille de monsieur Rousseau !
– Non, c'est pas vrai ! Alors, tu as vu monsieur Rousseau ? Il a dû prendre de l'âge ! Je l'adorais !
– Oui Mounir, il est venu voir sa petite-fille, bien sûr ! Il ne m'a pas reconnue tout de suite, il m'a dit que j'avais beaucoup changé, que j'avais mûri. On a parlé un peu. Lui, par contre, il n'a pas tellement vieilli. Il m'a demandé de tes nouvelles. Je lui ai dit que tu étais parti travailler à Paris et qu'on ne se voyait plus beaucoup. Il se rappelait tes exposés, toujours trop longs ! Tu ne voulais jamais terminer !
– Monsieur Rousseau, c'était le prof de bio ? Celui qui nous donnait un devoir sur table tous les lundis ?
– Non Audrey, monsieur Rousseau, c'était le prof de philo ! Tu ne te souviens pas des cours de philo ?
– Non, parce que moi, en terminale, j'avais déjà déménagé, je n'étais plus au lycée avec vous. On avait déménagé à Bordeaux. Mes parents m'avaient proposé de me laisser à l'internat, mais ça me faisait peur… Après, j'ai regretté d'être partie.
– C'est vrai, tu avais organisé une super fête de départ à la fin des cours, en juin ! Tu nous as manqué en terminale !
– Mais je me souviens qu'on était partis avec toi l'année suivante en Angleterre, pendant les vacances de la Toussaint, c'est ça ?
– Oui, mais c'était un échange organisé par une association, pas par le lycée.
– On s'était bien amusés pendant ce voyage ! Vous vous rappelez ?
– Oui, c'était super ! Au fait, Julien, cette surprise que tu annonçais dans ton mail, c'est quoi ?
– Eh bien… Je suis nommé dans un nouveau lycée, devinez lequel !
– Au lycée Lucie Aubrac ? Non, c'est pas vrai !
– Si, j'ai obtenu ma mutation de Paris à Angoulême, enfin !
– Félicitations ! C'est super !
– Je suis content pour toi, mais il faudra revenir me voir à Paris !

Unité 4

Situations

Page 50, nº 1

(Sur la place du Marché)
– Bonjour, je me présente : Élodie... Je vais vous accompagner dans cette découverte de Liège, que l'on surnomme « la cité ardente ». Nous commencerons par le cœur historique de la ville, puis nous visiterons l'île d'Outremeuse.

– Mademoiselle, s'il vous plaît, il faut compter combien de temps pour cette visite ?
– Deux heures environ. Quand nous aurons terminé, je vous ferai quelques suggestions. Donc, nous sommes ici sur la place du Marché. Tout le monde m'entend bien ? Parfait ! Sur votre gauche, vous pouvez voir l'Hôtel de ville, autrefois appelé « la Violette » et juste en face de nous, le Perron. Il symbolise les libertés du peuple liégeois.
– Et de l'autre côté, là derrière, c'est un château ?
– Oui, c'est le palais des Princes-Évêques, construit au XIe siècle et transformé au XVIIIe. C'est devenu aujourd'hui le Palais de Justice. Il a une cour magnifique avec de très belles colonnes. Maintenant, si vous voulez bien me suivre, nous allons nous diriger vers le pont des Arches, pendant très longtemps le seul pont de la ville sur la Meuse.
– Mais, ce n'est pas le pont de la Victoire ?
– Si, il a changé de nom au moment de la Révolution française, ensuite, il a repris le nom de « pont des Arches ».

(Sur l'île d'Outremeuse)
– Bon, je reprends. Nous voilà maintenant sur l'île d'Outremeuse. Vous allez pouvoir admirer plusieurs maisons et façades de style art nouveau. C'est la patrie aussi de Tchantchès, un personnage de notre folklore et...
– Oh, regardez par terre, cette plaque !
– Eh bien, justement, j'allais le dire, elle représente Simenon, il est né dans le quartier d'Outremeuse et il y a passé sa jeunesse. Allons voir sa maison natale et sa statue. Si cela vous intéresse, la ville propose également un circuit Georges Simenon.
– J'ai entendu parler d'un projet de musée Simenon, c'est vrai ?
– Oui, c'est exact, mais pour l'instant, personne encore ne sait où cela se fera. On ne sait pas non plus quand il ouvrira. Les habitants d'Outremeuse revendiquent le musée, mais d'autres Liégeois veulent le construire sur les bords de la Meuse. Une fois que tous se seront mis d'accord, le projet prendra forme.

(Un peu plus tard)
– Notre promenade à pied s'achève. J'espère que la visite vous a plu ! Vous avez des questions ?
– Merci pour cette visite, c'était très intéressant ! J'ai une question, s'il vous plaît. Nous sommes ici pour trois jours, vous avez des suggestions à nous faire pour des choses à voir ou des excursions, Mademoiselle ?
– Eh bien, je vous recommande, dans Liège, la Montagne de Bueren, la terrasse des Minimes pour le panorama sur la ville et la nouvelle gare des Guillemins. Cette gare est l'œuvre de l'architecte espagnol Calatrava, elle a été inaugurée en 2009. Et si vous n'avez pas de moyen de transport, ni envie de prendre le bus ou le tram, je vous conseille « Vélocité », le service de location de vélo de la ville !
– Moi aussi, je peux vous conseiller également si vous le souhaitez, j'ai très bien préparé mon séjour à Liège !

Prononciation

Page 55, n° 1

1. cou / coupe	**7.** mec / mais
2. soupe / sous	**8.** pas / Pâques
3. tube / tu	**9.** doute / doux
4. bombe / bon	**10.** pot / pote
5. vogue / vos	**11.** coude / coup
6. vague / vas	**12.** fête / fait

Compétences

Page 57, n° 1

1. – Mais bien sûr Monsieur, nous avons l'appartement dont vous avez besoin... Voyons... Je vous propose un trois pièces.
– [*L'interlocuteur parle.*]
– Effectivement oui... Un T3 très lumineux, totalement rénové et modernisé.
– [...]
– Oui.
– [...]
– Il donne sur le boulevard Foch mais il est au dernier étage d'un immeuble de six étages, alors il est très silencieux... De plus, il a une grande terrasse qui donne sur la vieille ville.
– [...]
– Oui, il a une vue magnifique.
– [...]
– S'il est en bon état ? Totalement ! Il vient d'être repeint et on a refait aussi toute l'installation électrique ! Je vous le recommande : une très bonne affaire, le loyer demandé est vraiment modeste pour le quartier ! Mais... il vaudrait mieux faire vite. Que pensez-vous de ce soir ?
– [...]
– Mais bien sûr, Monsieur, prenez le temps de réfléchir !
– [...]
– Vous pouvez me contacter ici, à l'agence, jusqu'à midi trente.
– [...]
– Entendu Monsieur, bonne journée et à ce soir, j'espère ! Je vous assure que vous ne serez pas déçu !

2. Sylvie... Écoute, c'est moi, Adrien... Je ne sais pas trop comment te le dire... Voilà.... Je suis absolument désolé, mais je ne vais pas pouvoir partir le mois prochain en Australie avec toi... J'ai démissionné, j'en avais vraiment marre de mon travail, tu sais... Alors, forcément, je n'aurai pas assez d'argent pour voyager... J'ai réussi à me faire rembourser mes billets d'avion... Il y a un autre problème... Je ne vais plus pouvoir payer le loyer de mon appart, et mes parents n'habitent plus ici... Je peux m'installer chez toi pendant ton voyage ? J'ai déjà des idées de reconversion, je vais tout faire pour retrouver un emploi ! Je te promets que, dès que tu seras rentrée, je partirai ! S'il te plaît, ne te fâche pas trop, je suis sûr que tu vas rencontrer plein de gens là-bas ! Et ton appart sera entre de bonnes mains ! Je te rappelle la semaine prochaine ! Bises !

3. – Tu ne sais pas qui j'ai rencontré hier au restaurant ? Tu ne l'imagineras jamais ! Tu sais, le présentateur de l'émission de déco sur France 2, pas celui de maintenant, celui qui la présentait il y a deux ans... Eh ben oui, je l'ai vu... avec une femme assez jolie... Il sortait de sa voiture et lui, je t'assure, il était bien mieux qu'à la télé, il a rajeuni, minci...
– Mais de qui tu parles, enfin ? Explique-toi mieux que ça !

Unité 5

Situations

Page 62, nos 1 et 3

a) Moi, je voudrais bien savoir ce qu'on peut lui trouver, à ce type ! Et franchement, je trouve ça profondément injuste qu'il ait le poste à ma place : il n'est pas plus compétent que moi, il a juste mieux su que moi se faire valoir auprès des chefs. Je n'appelle pas ça une qualité, moi !

b) Mais si, je t'écoute, et je suis d'accord. Non, je n'en ai pas spécialement envie, mais ça ne me dérange pas non plus. En fait, ça m'est complètement égal. Fais comme tu veux.

c) Allô Emma, c'est Fabrice ! Je veux que tu sois la première à le savoir : j'ai trouvé un poste de préparateur en pharmacie, c'est super ! Je commence la semaine prochaine, avec possibilité de CDI, je suis sur un petit nuage ! Enfin du travail ! Il faut qu'on fête ça ensemble, tu me rappelles, dis ? Bisous !

d) Ça a été la plus grande peur de ma vie, j'ai cru qu'on allait tomber dans le précipice ! Tu n'imagines pas ce que ça peut faire... On était sur une petite route de montagne et, soudain, on a vu arriver en face de nous une voiture en sens inverse. J'ai voulu crier, mais j'étais pétrifiée ! Simon a pu freiner et l'autre aussi. On a évité le pire, mais on a eu une peur bleue.

e) Ça ne va pas très bien, non... Je vis mon retour à Dakar plus difficilement que d'habitude... Je n'ai goût à rien depuis que je suis rentré, j'ai les larmes aux yeux en regardant les photos... Je crois que je vais repartir... C'est vrai que le travail est passionnant, mais ma femme et mes enfants me manquent terriblement...

f) Et alors, on s'est regardés droit dans les yeux, il m'a enlacée et il m'a embrassée ! Il y avait autant d'étoiles dans ses yeux que dans le ciel ! Ensuite, on s'est baladés sur le port, main dans la main... Je crois qu'il est vraiment amoureux ! Il est aussi amoureux que moi ! Il faut absolument que je te le présente !

g) Eh bien, on voulait que tout soit parfait, on avait pris nos billets longtemps à l'avance, on avait réservé un bel hôtel... Ça faisait longtemps qu'on en rêvait, de ce séjour en amoureux ! Et patatras, après des heures à attendre à l'aéroport, on nous a annoncé que le vol était annulé à cause de la tempête, ça nous a fait comme une douche froide !

h) Non, là, tu exagères ! Ça fait combien de fois qu'on te dit qu'il faut que tu fasses attention ? Et voilà, qu'est-ce que je fais, moi, maintenant ? Ah non ! Ne viens pas me dire que ce n'est pas de ta faute, c'est trop facile ! C'est toujours la même chose avec toi ! J'en ai vraiment assez !

Prononciation

Page 67, no 1

a)
1. marrant - marrant
2. lent - long
3. blond - blanc
4. marchand - marchons
5. ton - temps
6. gronde - gronde
7. tremper - tromper
8. content - content

b)
1. marin - marin
2. lin - lin
3. bain - bon
4. raison - raisin
5. pont - peint
6. frein - front
7. vin - vin
8. mon - main

Page 67, no 2

a)
1. afghan
2. catalan
3. musulmane
4. occitan
5. persane
6. roman

b)
1. breton
2. gasconne
3. bourguignonne
4. nippon
5. wallonne
6. anglo-saxon

Page 67, no 3

1. ton - tonnerre
2. cordon - cordonnier
3. bon - bonheur
4. don - donner
5. pardon - pardonner
6. abandon - abandonner
7. son - sonner
8. font - phonétique

Compétences

Page 69, nos 1 et 2

– En fait, le défaut que je supporte le moins, c'est la suffisance de certaines personnes, la suffisance de certains politiciens, de certaines personnes qui ont des postes importants... C'est une chose que je ne supporte pas.
– Mmm... je pense que c'est l'irresponsabilité. Oui, quand les gens s'engagent, que ce soit sur un plan professionnel, amical ou familial, et n'assurent pas après la suite ; ça, ça me... ça me retourne. Et puis l'opportunisme aussi, j'aime pas les gens qui ne sont là que quand ils en ont besoin : qu'on profite des occasions d'accord ; mais faire exprès d'être là parce que, par exemple, c'est l'heure du repas, ça, ça m'agace terriblement ça aussi.
– Bon, en parlant de défaut, c'est sûrement l'avarice ou une espèce de... un genre de médiocrité que les gens peuvent avoir quand ils sentent qu'ils ne sont pas concernés par quelque chose qui se passe. Ça c'est terrible en fait, quoi que ce soit. Donc, ce genre d'attitude envers la vie, je ne supporte pas.

– Alors, chez les autres, la qualité que je préfère, c'est difficile de mettre ça au singulier, il y en a plusieurs quand même… La première qui me viendrait à l'esprit serait l'honnêteté, mais avec de la délicatesse quand même, et en ce qui me concerne, pour moi mais pour les autres aussi, une qualité que je trouve importante, c'est l'humour. Ça allège tout, l'humour, ça fait tout passer, ça fait partie de la délicatesse.
– En fait, je crois que le plus important, c'est la sincérité. Pourquoi ne pas être sincère ? On a tout à gagner à la sincérité dans nos rapports avec les autres.
– Ne pas avoir peur ni du ridicule, ni de connaître de nouveaux mondes et de s'ouvrir aux autres, c'est sûrement la plus belle des qualités ; toujours à travers l'amour et la connaissance des autres : c'est qu'on s'enrichit personnellement, en fait.

– Oui, on peut être sincère, enfin en théorie, on doit être sincère, mais on peut, bien sûr, on peut.
– Alors être sincère oui, être transparent comme l'eau claire, peut-être pas. Il vaut peut-être mieux ne pas tout dire pour être sûr de ne pas blesser : il y a des choses qui appartiennent à notre vie à nous et pas à la vie du couple.
– J'aurais tendance à dire oui, il faut toujours être sincère, mais malheureusement dans les rapports amoureux, la sincérité n'est pas toujours simple. En fait, c'est une des choses qui m'arrivent en ce moment : à être trop sincère, mes relations amoureuses se terminent toujours au bout de quinze jours, et je suis toujours célibataire….

Unité 6

Situations

Page 74, nos 1 et 2

– Reprends un peu de gâteau, Olivier, si tu veux !
– Ah non ! Impossible, je ne peux plus rien avaler ! Tout à l'heure peut-être : d'habitude je n'aime pas trop les gâteaux, mais celui-ci est absolument délicieux ! Où l'avez-vous acheté ?
– Acheter un gâteau, tu plaisantes ou quoi ? Non, ceux du commerce, on ne les trouve pas bons. Le pâtissier, c'est Phil !
– Phil, pâtissier ! Pas possible ! Dis donc, je ne savais pas... Alors, tu caches tes talents à tes collègues, c'est pas gentil, ça !
– Non, c'est pas un secret, mais le boulot, ce n'est pas vraiment l'endroit pour parler bouffe !
– C'est vrai ça, tu n'es jamais venu manger à la maison, c'est la première fois. Alors, tu n'as pas encore pu savourer sa cuisine et te faire une opinion...
– Ah bon ? Tu ne fais pas seulement des gâteaux ?
– Non, je fais de tout : des rôtis, des grillades de poissons, des plats en sauce, des petits légumes braisés… Ma spécialité, c'est la blanquette de veau…
– Oui, elle est excellente, un vrai régal !
– Dis, tu me la feras goûter ? J'adore la blanquette et il y a très longtemps que je n'en ai pas mangé. Depuis que… oui, depuis que ma copine et moi, on s'est séparés.
– Bien sûr que je t'en ferai, si tu me le demandes comme ça !
– Tu sais, en plus, Phil se débrouille tout seul pour tout : il va acheter ce qui lui manque, il nettoie au fur et à mesure les plats et les ustensiles qu'il utilise…
– Mais dis, tu as drôlement de la chance, toi, Lucie ! Phil fait tout et toi, tu te laisses vivre !
– Comment ça, je me « laisse vivre » ? Mais qu'est-ce que tu crois ? Phil prépare ses petits plats quand on a des invités, mais qui cuisine tous les jours ? C'est moi ! D'ailleurs aujourd'hui, lui, il a fait l'entrée et le dessert, mais moi j'ai fait le poulet : je l'ai farci et je l'ai mis au four… Alors lequel de nous deux se laisse vivre, je ne sais pas !
– Oh excuse-moi, Lucie ! Je n'ai rien dit, mais je l'ai trouvé très bon, cuit à point, et vraiment savoureux…
– Oui, pour les courses, c'est Lucie aussi : elle passe la commande aux « Petits paniers futés », toutes les semaines.
– Les « Petits paniers futés » ? C'est quoi, ça ?
– Oh, c'est une association… un groupement de cultivateurs et de fermiers de la région qui élèvent des volailles en liberté, qui cultivent des fruits et légumes bio, et qui les distribuent eux-mêmes. Toutes les semaines, ils nous apportent ce qu'on a commandé. Ce sont des produits de saison qui viennent d'être ramassés, qui n'ont pas voyagé, qui ont été cultivés dans des conditions saines et qui sont très goûteux. Rien à voir avec ceux des grandes surfaces !
– Mais et toi, est-ce que tu cuisines ?
– Très mal et très peu. J'achète surtout des boîtes et des produits surgelés ! Je n'ai aucune notion de gastronomie et je ne m'y connais pas en vins non plus. Alors à côté de toi…
– Ah, la malbouffe ! Eh bien tu as tort ! Tu sais que faire la cuisine, ça relaxe ?
– Oui, bien sûr ! Et puis c'est un atout de plus pour trouver une nouvelle copine, n'est-ce pas ?
– Bon… Alors, on le finit, ce gâteau ?

Grammaire

Page 77, nº 4

1. Celui-ci est plus léger et plus rapide.
2. Celui où je suis allé a duré deux heures et l'ambiance était super !
3. Celles des Landes sont immenses, mais la mer est dangereuse parfois.
4. Je veux bien celle que j'ai prise l'autre jour, elle était délicieuse !

Prononciation

Page 79, nº 1

1. étang - éteint
2. enfant - enfin
3. matin - matin
4. teinte - tante
5. plein - plein
6. marin - marrant
7. ceintre - ceintre
8. pense - pince

Page 79, n° 2

1. marocain
2. africaine
3. norvégien
4. européenne
5. italien
6. roumain

Compétences

Page 81, nos 1 et 2

– Vous nous avez parlé tout à l'heure de cet aspect essentiel, pour vous, de convivialité... Si vous invitez des amis, qu'est-ce qu'il faut, pour vous, pour qu'un repas soit réussi ?
– Ben... il faut d'abord que ce soient des amis heu... bien choisis, pour... ne pas mélanger des gens qui n'ont pas d'affinités entre eux, hein ; vous invitez cinq ou six personnes, il faut qu'il y ait une affinité entre toutes ces personnes-là pour qu'une ambiance s'installe. Bon, alors on prend d'abord tranquillement un apéritif, je déteste que les gens viennent et se mettent à table. Moi, pendant ce temps-là, je finis la cuisine et... même si je suis avec les amis, je vais, je viens et ensuite... Ça, ça peut durer une demi-heure, trois quarts d'heure, l'apéritif. Après, on se met à table et là, j'essaie de faire quelque chose de bon et en plus un peu joli.
– Donc pour vous la cuisine, c'est un lieu d'échange, ce n'est pas un...
– D'échange et de création. De création parce que bon, il faut bien dire que je n'ai jamais cuisiné pour quatre ou cinq personnes deux fois par jour, donc pour moi, la cuisine, c'est toujours resté un plaisir.
– Si on revenait maintenant, si on faisait un petit retour aux origines, à vos origines, est-ce que vous pourriez nous citer un plat qui définisse ou représente le mieux, pour vous, ce qu'est la cuisine suisse ?
– Ben, c'est compliqué parce que la Suisse a quatre langues officielles, donc participe de quatre cultures différentes : l'allemand, le français, l'italien et le romanche, qui est du côté de l'Italie. Donc, chaque région culturelle, linguistique, a ses plats. Disons que, pour moi, qui procède de la partie allemande, c'est la fondue... Non, en fait la fondue, ça vient du Valais, donc une partie qui parle français, la röschti par exemple.
– Et en deux mots, qu'est-ce que c'est que la röschti ?
– C'est une espèce d'omelette, disons de tortilla, sauf qu'il n'y a pas d'œufs. On prend des pommes de terre, on les râpe, crues ou cuites selon les gens qui le font, on mélange avec des oignons ou pas, et puis on fait frire ça si possible dans la graisse de bœuf ou de cochon. Et on le met à frire dans une poêle et quand une partie est frite, on retourne, comme une vraie omelette.
– D'accord, et ça se sert à des occasions spéciales ou c'est un...
– Non, non, c'est vraiment ce qu'on mange partout, tout le temps.
– D'accord, eh bien, merci beaucoup.
– Bah, merci à vous.

Unité 7

Situations

Page 86, nos 1 et 2

– « Parlons-en ! » Une émission d'Arthur Legouen.
– Bonjour, il est 18 h 10, l'heure de notre émission « Parlons-en ! » Vous le savez, le gouvernement a lancé la campagne « Un geste pour la planète ». Nous aussi, nous voulons y participer à notre manière, c'est pour cette raison que nous ouvrons aujourd'hui notre antenne : pour témoigner, poser des questions, donner des conseils. Aujourd'hui, nous parlerons des éco-gestes. Oui, ces gestes tout simples que nous pouvons faire sans même nous en rendre compte afin de contribuer à préserver notre environnement. Notre premier appel, c'est Leslie, qui téléphone du Var. Allô, bonjour Leslie ! Que pensez-vous du sujet du jour ?
– Bonjour Arthur ! Moi... eh bien, je suis complètement d'accord avec vous. L'impact sur le paysage, oui, nous pouvons le réduire. Je vous citerai un exemple : l'autre jour, je garais ma voiture sur le parking, à côté de la plage, j'ai remarqué une grosse tache blanche à la surface de l'eau, à une trentaine de mètres du rivage. J'ai tout de suite pensé que c'était sûrement dû aux émulsions de résidus d'huile solaire. Effectivement, on me l'a confirmé. À cause de ces résidus, un écran se forme sur la mer et va freiner la photosynthèse, et donc aussi la vie végétale près des côtes. Alors, évitons les huiles solaires, pourquoi ne pas se protéger avec des laits ou des crèmes qui, eux, se diluent ? Ce n'est pas grand-chose et tout le monde y gagnera.
– Vous avez parfaitement raison, Leslie ! On ne peut pas continuer à croire que la mer engloutit tout sans dégâts. Nous allons laisser la parole maintenant à Conrad, de Grenoble. Conrad, que pensez-vous, vous, des éco-gestes ?
– D'abord, bonjour... Alors, moi, je voudrais insister sur le fait que... qu'il est facile de trier nos ordures en fonction du type de déchets. Je dirais que le tri sélectif est passé dans nos habitudes, mais il y a une chose que je trouve incroyable : il existe encore trop d'emballages plastiques sur cette planète, c'est une vraie calamité ! On ne pourrait pas essayer de s'en passer ? Comment ? Par exemple, avec le commerce de proximité, avec la vente directe chez les producteurs du coin car, comme ça, on élimine le problème de l'emballage, on fait ses courses avec un panier ou un sac. Et puis, autre chose, ces éco-gestes, on ne les fait pas dans le milieu professionnel, on les oublie ! Et ça, il faut y remédier. Par exemple, les entreprises recyclent-elles le papier ?
– Conrad, je suis tout à fait d'accord avec vous... Nous devons repenser totalement notre manière de vivre dans tous les domaines et... Mais Élise demande la parole, de Niort... Élise, bonjour !
– Bonjour ! Moi, je voudrais dénoncer... une chose qui a l'air de passer inaperçue mais qui est bien

réelle, c'est tout le gaspillage d'énergie... Je pense plus spécialement aux ordinateurs. Par exemple, à la fac, on s'en sert beaucoup, mais pas 24 h sur 24... eh bien, ils sont toujours branchés. Ce qu'on ne sait pas, c'est qu'un ordinateur éteint, mais branché, consomme autant qu'une ampoule, et en veille, autant que celui qui marche. Moi, je me suis dit : « puisque je ne travaille pas sur l'ordi, je l'éteins le midi et je le débranche la nuit : j'y gagne ». J'en ai parlé à mes colocs pour qu'ils fassent ce petit geste et maintenant, ils font la même chose, c'est une petite victoire. Et là, je suis d'accord avec Conrad, ça doit se faire aussi au niveau des entreprises : éteindre pendant la pause déjeuner et débrancher la nuit, par exemple, c'est une double économie, d'énergie d'abord mais aussi sur la facture d'électricité. Le problème, c'est de faire prendre conscience du gaspillage.
– Eh oui Élise, c'est très juste ce que vous venez de dire, c'est une consommation d'énergie, on pourrait dire camouflée, mais qui existe bel et bien. Il faut arriver à changer les comportements. Nous allons revenir sur ces thèmes après le flash infos.

Prononciation

Page 91, nº 1

1. excellent
2. exercice
3. exotique
4. excès
5. exception
6. exagérer
7. exact
8. exprès

Page 91, nº 3

1. scandale
2. escargot
3. scolarité
4. espèce
5. stagiaire
6. sculpture
7. escalator
8. estonien
9. spontané
10. spécialiste

Page 91, nº 4

1. J'ai oublié ton dictionnaire et mes exercices dans un taxi exotique.
2. As-tu visité l'exposition de tracts de cet artiste scandinave ?
3. J'ai eu un accident absurde en descendant de l'escalator.

Compétences

Page 93, nº 1

– Un peu de silence, je vous prie. C'est au tour de Loïc Dibos de nous présenter son exposé intitulé : « Le gaspillage alimentaire : enjeux et solutions ». Nous l'écoutons donc maintenant. C'est à vous, Loïc, vous pouvez commencer !
– Eh bien, je vais parler d'un sujet qui, me semble-t-il, nous intéresse tout particulièrement, parce qu'il engage notre responsabilité à tous. Il s'agit en effet de l'énorme gaspillage alimentaire qui est généré tout au long de la chaîne de distribution, des cultivateurs ou éleveurs jusqu'à nous, consommateurs, qui jetons si facilement les produits que nous avons achetés, puis oubliés dans le fond de nos réfrigérateurs. Une seule donnée pour comprendre l'ampleur du problème : d'après un rapport pour l'Organisation des Nations Unies sur l'Alimentation et l'Agriculture, 40 % de la nourriture est gaspillée chaque année dans les pays développés, tandis que 10 % de la population mondiale ne mange pas à sa faim !
Je décrirai tout d'abord la situation actuelle en vous apportant quelques chiffres qui témoignent de la gestion déficiente des stocks. Je l'illustrerai avec des photos de situations habituelles, puisque nous pouvons voir chaque soir des containers pleins de restes alimentaires, en général devant certaines grandes surfaces ou devant des restaurants. Puis je parlerai des conséquences de ce gaspillage, c'est-à-dire des masses d'ordures qui, si nous continuons sur cette voie, transformeront bientôt notre terre en une grande décharge. Je parlerai bien sûr également du scandale que représente le fait de jeter autant de denrées comestibles, alors que d'autres personnes n'ont pas assez à manger.
Dans un deuxième temps, j'exposerai les arguments de tous ceux qui ont leur mot à dire : les représentants des réseaux de grande distribution, qui parlent d'hygiène et de sécurité sanitaire, les conseillers municipaux particulièrement concernés par le problème de ramassage des ordures et les membres d'associations écologistes ou solidaires, telles que les Restos du cœur, grâce auxquels ce problème a été posé dans toute sa gravité.
Finalement, je présenterai quelques lignes de recherche intéressantes pour lutter contre ce fléau et je citerai les solutions que proposent certaines municipalités et associations pour lutter contre le gaspillage et redistribuer les produits invendus, mais encore comestibles.
En conclusion, j'indiquerai quels peuvent être les obstacles à ces solutions et quels sont les défis à relever.

Unité 8

Situations

Page 98, nºs 1 et 2

– Salut Arnaud ! Désolé pour le retard, il y avait un embouteillage monstre sur le périph, ça n'avançait pas !
– Salut Florian ! Allez, respire ! Ah, si les voitures volaient, on en gagnerait du temps...
– À qui le dis-tu ! À quand la voiture volante ? C'est peut-être pour bientôt, plus tôt qu'on ne le pense !
– Oui, c'est vrai que le secteur automobile est en pleine mutation. Tu as entendu parler de la voiture sans chauffeur de Google ? C'est incroyable !
– Attends une seconde, je vais commander, j'ai soif !

– Garçon, s'il vous plaît, un panaché bien blanc.
– Alors, elle est comment cette voiture ?
– C'est une voiture équipée de caméras, de lasers, d'un récepteur GPS et de capteurs sensoriels qui permettent d'éviter les obstacles. Pour l'instant, ils en sont encore aux essais aux États-Unis, mais elle devrait arriver sur le marché dans une dizaine d'années. Elle permettrait de transporter des gens qui ne sont pas en état de conduire : des malades, des seniors, des aveugles… mais aussi, imagine un peu, si tu voulais aller en boîte et t'amuser sans avoir à penser au retour à la maison, c'est elle, jamais fatiguée, toujours en forme, qui te ramènerait chez toi !
– Tu vas loin, tu ferais totalement confiance à une machine ?
– Pourquoi pas ! En tout cas, moi j'aimerais bien l'essayer, juste pour voir !
– J'ai un collègue passionné de nouvelles technologies qui suit ça de très près. Je devrais te le présenter. Pour lui, en ce moment, la voiture électrique, c'est le summum : d'une part, on ne dépend plus du carburant ; et d'autre part, comme il n'y a plus d'émission de gaz carbonique, elle est moins polluante et elle fait moins de bruit, donc pas de pollution sonore. Selon lui, on devrait encore pouvoir l'améliorer…
– Je t'arrête tout de suite, si tu veux rester écolo, cherche autre chose : la voiture électrique, elle est énergivore, entre autres.
– Oui, peut-être... Et qu'est-ce que tu dis de la voiture hybride à moteur électrique et à moteur thermique ? Elle est au point.
– Oui, elle a l'air performante, mais le hic, c'est que celles qui existent actuellement sont hors de prix.
– Oh, ça baissera. Si j'avais assez d'argent pour changer de voiture, je prendrais une hybride. Vu le temps que je passe dans les embouteillages !
– T'emballe pas ! Si j'étais à ta place, j'attendrais de voir comment ça évolue, tout ça. On n'y est pas encore. Et tu ferais mieux pour l'instant de bien entretenir celle que tu as, elle tient la route !

Page 99, nos 1 et 3

– Eh bien maintenant, chers téléspectatrices et téléspectateurs, nous passons côté cuisine. Et je vais vous présenter l'appareil qui va vous changer la vie.
Parce que, si vous aimez manger gourmand et préparer de bons petits plats pour toute la famille, le robot Optimix multifonctions est littéralement fait pour vous. Vous êtes surbookés en semaine comme le week-end, je sais, ne vous inquiétez pas, ce robot révolutionnaire fait tout vite et bien !
Alors reprenons ! Vous êtes comme moi : en cuisine vous aimeriez avoir une machine qui travaille pour vous, n'est-ce pas ? Un appareil intelligent, qui vous ferait les sauces, qui mixerait, qui cuirait, qui couperait et j'en passe… Eh bien, ne rêvez plus, il est là, sous vos yeux. Oui devant vous, voilà le superbe robot-cuiseur dernière génération, toute nouvelle gamme. C'est le top ! Tenez, tenez, petite démonstration : vous voulez faire des crêpes pour le goûter des enfants ? Je verse, j'appuie et voilà, la pâte est prête, pas un grumeau ! Vous voulez hacher ? Vous mettez le couteau et hop, c'est coupé. Si vous voulez plus fin, vous appuyez sur le bouton 30 secondes de plus et c'est fait !
On peut aussi préparer des cocktails… Oh, Estelle, pardon, vous vouliez intervenir ?
– Oui Julien, je voudrais demander une précision… Si… et si je voulais faire cuire des légumes à la vapeur, est-ce que je pourrais ?
– Mais bien sûr, Estelle ! Comme je le disais, avec ce robot multifonctions vous pouvez bien cuire les aliments. Regardez : pour la cuisson à la vapeur, vous avez des plateaux spécialement conçus, adaptables. Vous mettez un tout petit peu d'eau là, vous réglez la température et voilà, c'est ultra rapide et pratique. Et avec ces plateaux-là, vous pouvez faire des frites…
– Ah bon ! J'avoue que pour moi, c'est primordial…
– Donc un seul appareil pour tout faire, plus besoin de cocotte-minute, plus besoin de casseroles, vous imaginez l'économie de place dans vos placards ? Alors, dernière qualité, le prix : imbattable ! 340 € seulement et des conditions avantageuses : 18 mois de garantie, payable en trois fois, si vous préférez. Mais il y a mieux encore : vous bénéficierez de 10 % de remise, si vous commandez avant samedi ! Et pour les cent premières commandes, deux cadeaux en prime : ce bec verseur anti-gouttes, très utile pour servir vos boissons aux invités, et cette superbe baguette magnétique pour soulever les couvercles de casserole sans vous brûler, très pratique aussi pour ramasser les objets métalliques. Alors vite, n'hésitez plus, vivez avec votre temps, commandez votre robot Optimix multifonctions !

Prononciation

Page 103, n° 2

1. nier – nuée
2. buée – buée
3. miette – muette
4. souhait – scier
5. nouer – nouer
6. suer – suer

Page 103, n° 3

1. suisse
2. ouate
3. soie
4. cuisse
5. huile
6. abeille

Compétences

Page 105, n° 1

– Hôtel Continental, bonjour !
– Oui, bonjour… je suis bien à la réception ?
– Oui, Madame. Je peux vous aider ?
– J'espère bien ! Je vous appelle depuis la salle de réunion « Horizon », que j'ai réservée pour toute la journée.
– Oui…
– Je suis arrivée il y a une heure et le chauffage ne marche pas, ou du moins je n'arrive pas à le faire

fonctionner. Pourriez-vous m'envoyer quelqu'un, s'il vous plaît ? Je reçois dix personnes dans une demi-heure et pour l'instant, la salle n'est pas utilisable, il fait un froid glacial…
– Oh, je suis désolé Madame, mais nous avons un problème de chauffage dans cette partie de l'hôtel depuis ce matin et nous attendons le technicien d'un moment à l'autre.
– Comment ça, le chauffage est en panne ? Vous plaisantez, j'espère ? Je ne peux pas faire ma formation dans une pièce non chauffée !
– Je comprends bien, Madame, mais nous ne pouvons rien faire pour l'instant. L'entreprise de maintenance va nous envoyer quelqu'un le plus vite possible, ils nous l'ont promis, vous pensez bien que nous avons beaucoup insisté.
– Mais c'est insensé ! Et on ne m'a pas prévenue quand je suis arrivée ce matin ?
– En effet, c'est surprenant de la part de mon collègue. Si j'avais été là… mais, je viens de prendre mon service, vous savez, et je ne sais pas pourquoi il ne vous a pas prévenue, il y a certainement une raison. Voyons voir votre réservation : je vois que vous avez réservé la salle pour dix personnes toute la journée, avec une pause-café en milieu de matinée et une collation en fin d'après-midi. La panne sera certainement réparée dans la journée, mais nous pourrions vous offrir la pause-café pour compenser les désagréments causés par cet incident.
– C'est bien gentil, Monsieur, mais ça ne résout pas mon problème de chauffage… Il faut à tout prix trouver une solution ! Vous devez bien avoir des chauffages d'appoint ? Vous pourriez m'en installer deux ou trois afin de réchauffer la pièce.
– Croyez bien que si nous en avions, Madame, ils seraient déjà dans la salle. Malheureusement… nous n'en avons pas.
– Eh bien allez en acheter, qu'est-ce que vous voulez que je vous dise ? Cette situation est inadmissible, louer une salle sans chauffage et sans prévenir ! Passez-moi tout de suite le directeur de cet établissement ! Je n'accepterai pas d'être traitée ainsi !
– Je comprends bien votre mécontentement Madame, je vous assure que nous allons tout faire pour trouver une solution. Un instant, s'il vous plaît… Mon collègue me dit que quelqu'un est parti dès l'ouverture des magasins acheter des radiateurs supplémentaires. Il devrait arriver d'un moment à l'autre.
– Ouf, eh bien heureusement ! Vous imaginez la catastrophe…
– En attendant, voudriez-vous un petit déjeuner ?
– Merci Monsieur, mais j'ai perdu suffisamment de temps et d'énergie avec ce contretemps. Je voudrais bien pouvoir me préparer à recevoir mes clients. Je compte sur vous pour me faire apporter les radiateurs le plus tôt possible, et j'espère que votre offre pour la pause-café tient toujours, je crois que c'est la moindre des choses…
– Bien sûr Madame, ne vous inquiétez pas. Je vous présente à nouveau toutes nos excuses !

Unité 9

Situations

Page 110, n° 1

– Regarde, Lucie ! Qui marche juste devant nous ? Ce n'est pas, Mélissa ?
– Mélissa ? C'est pas vrai ! Où ? Ah mais oui, c'est elle ! Je la reconnais bien ! Toujours la même façon de marcher !
– Mélissa ! Mélissa !
– Karim ! Salut, Karim ! Comment ça va ? Mais, et c'est… mais oui, c'est Lucie ! Bonjour Lucie ! Comme ça me fait plaisir de te revoir ! Depuis le temps !
– Salut Mélissa ! Moi aussi, je suis bien contente de te voir ! Mais n'exagère pas, ça ne fait pas si longtemps qu'on s'est vues ! Il y a un an, on était au même stage de formation, à la chambre de commerce ! Tu ne te rappelles pas ?
– Ah, c'est vrai, pardon ! En plus, j'ai même des photos de la dernière journée, et tu es vraiment très bien dessus ! Si tu veux, je te les enverrai.
– Avec plaisir ! Merci pour le compliment, c'est très gentil ! Mais dis, qu'est-ce que tu fais à Lyon ? Tu n'habites plus à Saint-Étienne ?
– Si, si, mais je suis en déplacement pour mon travail. Je suis visiteuse médicale depuis quelques mois, alors je circule toute la semaine à droite et à gauche ! Et vous ? Vous vous voyez souvent ?
– On se voit pas mal, n'est-ce pas Lucie ? On habite dans le même quartier, et on est tous les deux au chômage, alors on se rencontre presque tous les mois à Pôle emploi ! Très amusant !
– Oh Karim, justement, j'ai pas encore eu le temps de te le dire mais tu sais, c'est fini ! On ne s'y verra plus ! Je viens de trouver un boulot : je commence dans dix jours !
– Pas possible ! Génial ! À plein temps ou à temps partiel ?
– Pour le moment, à mi-temps, mais avec la possibilité de passer l'année prochaine à plein temps.
– C'est quoi, comme boulot ?
– Oh, c'est pas mal du tout, on me prend pour le département de marketing dans une entreprise de chocolat !
– Et c'est bien payé ?
– Pas trop mal. Je crois qu'après ma période d'essai, je serai assez vite augmentée. Enfin, on me l'a promis ! Et puis, je suis tellement contente d'avoir trouvé quelque chose dans mon secteur, avec des conditions de travail décentes… Vous savez quoi ? Il y a même une garderie pour les gosses des employés et une salle de gym ! Incroyable !
– Tu es vraiment chanceuse, Lucie ! Si je pouvais trouver quelque chose moi aussi… Mais en six mois, je n'ai trouvé qu'un emploi d'intérimaire, c'est tout ! Je suis inscrit sur tous les réseaux sociaux professionnels, mais je ne suis pas sûr de bien savoir en tirer parti…
– Moi, j'ai été recrutée comme ça et d'autres copains aussi. Avec le CV que tu as, Karim, tu devrais trouver…

Si tu veux, on pourra regarder comment enrichir ton profil et je te dirai les contacts que tu pourrais ajouter.
– Oh ben, Mélissa, j'accepte tous les tuyaux, on sait jamais ! Parce que, ce mois-ci, j'ai envoyé au moins 60 CV et pour le moment, rien… un entretien seulement, pour un emploi saisonnier, je n'ai pas encore de réponse…
– Écoute, je suis à Lyon jusqu'à samedi midi… Si tu veux, on se revoit après-demain ?
– Oh oui, avec plaisir !
– Attends… Voyons … En fin d'après-midi, à 18 h, au bar de l'hôtel du Nord, ça te va ? C'est là que je loge ! On pourra utiliser mon ordi.
– 18 h, ça va. Tu es vraiment sympa ! Merci beaucoup !
– Eh ben, c'est normal entre copains qu'on se donne un coup de main ! Bon, vous allez m'excuser, mais je suis pressée, j'ai une visite dans quarante minutes.
– À bientôt alors ! Je t'appelle !
– O.K. Lucie, et à mercredi Karim ! Au revoir !
– Au revoir Mélissa !

Compétences

Page 117, nº 1

– Vous avez décidé de devenir votre propre patron : alors, comment ça se passe dans ces cas-là ? Eh bien, notre invité du jour va nous permettre d'en savoir plus. Bonjour Jacques ! Vous avez 37 ans et vous tenez depuis quelques années un magasin de cycles à Mantes-la-Jolie, en région parisienne. Alors Jacques : qu'est-ce qui vous a décidé à créer ce magasin ?
– Il y a eu un concours de circonstances : j'étais mécanicien pour cycles dans un magasin, mais mon patron a fermé boutique. Je me suis retrouvé au chômage et alors, avec ma femme, on a pensé que si j'ouvrais un magasin, ça pourrait être une bonne idée.
– Et quelles sont les conditions à remplir pour cela ?
– La première chose, c'est d'avoir un CAP de cycles et motocycles. Ensuite, vous devez avoir du temps devant vous parce qu'il y a plein de papiers à remplir et des tas de démarches administratives à faire. Et après ça, il faut que vous fassiez un stage à la chambre de commerce, il faut lui en faire la demande assez vite.
– Et avec tout ça, vous pouvez démarrer, si je puis dire ?
– Oui, enfin c'est pas tout. Moi, mon magasin se trouve dans le centre-ville, près de la cathédrale de Mantes, qui est classée monument historique, alors vous pensez bien, il y a toute une réglementation à respecter : je ne pouvais pas mettre certaines couleurs sur la devanture, par exemple.
– Et alors, comment on se fait connaître au début ? Parce que ça doit être difficile, non ?
– Ben, au départ, quand on a ouvert le magasin, on a fait de la publicité dans le Courrier de Mantes, le journal local nous l'a publiée pendant trois semaines… Et de la distribution de prospectus aussi un peu partout, mais ce qui marche surtout dans le milieu du cyclisme, c'est le bouche à oreille : il suffit d'en parler à certaines personnes et on sait que ça va suivre. C'est ce qui s'est passé pour moi.
– Et vous vous êtes constitué quel type de clientèle ?
– Depuis que les grandes surfaces comme Véloland ou Décathlon existent, nous, on a surtout affaire à des gens qui veulent des conseils, ou à des passionnés de cyclisme qui veulent un vélo sur mesure. Ils choisissent le cadre, les pièces, on leur fait un devis et après, si ça marche, on le leur fabrique de A à Z.
– Et comment vont les affaires pour vous actuellement ?
– Je ne me plains pas, le vélo, c'est devenu un mode de transport largement employé et c'est l'activité sportive phare des Français. Moi, je me suis constitué une clientèle et je gagne ma vie correctement. C'est vrai qu'on peut avoir des hauts et des bas, surtout au début, alors l'important, c'est d'y croire et de garder le moral. C'est ce que je répète souvent : il n'y a pas de raison pour que ça ne marche pas, si on a bien calculé son affaire.
– Eh bien, Jacques, un grand merci pour toutes ces explications et on vous souhaite une bonne continuation !

Unité 10

Situations

Page 122, nºˢ 1 et 2

– Alors, comment se passe l'enquête pour l'instant ? Tu as eu des réponses variées ?
– Eh bien, écoute, au premier, je lui ai demandé à quoi il pensait quand on lui disait « culture », et tu sais ce qu'il m'a dit ? Il m'a répondu qu'il était à fond pour les manifestations culturelles en ville, mais il a ajouté qu'elles devaient être gratuites, qu'il payait des impôts pour ça aussi ! Après, j'ai trouvé une femme qui a déclaré qu'elle et son mari étaient passionnés de cinéma, et quand j'ai voulu savoir ce qu'elle préférait comme genre, elle m'a affirmé qu'elle aimait tout, même la science-fiction. Mais attention, en VO ! Et qu'ils passaient leurs soirées à visionner des films. Exactement comme toi !
– Tu vois, je suis pas le seul ! Bon, il faut qu'on continue ! On se retrouve dans une heure et demie ?
– D'accord !

– Monsieur, s'il vous plaît, si je vous dis culture, vous pensez à quoi ?
– La culture ? La culture en salle, bien sûr ! La culture physique ! Le sport, il n'y a que ça de vrai pour moi. Ça demande beaucoup d'efforts, c'est sûr, du temps aussi, plusieurs heures par semaine, mais c'est ça, la vie ! Non, je blague. J'adore le sport, mais j'ouvre un livre de temps en temps !
– Et donc, à part la culture physique, tout le reste, le cinéma, la musique, ça représente aussi quelque chose pour vous ?
– Bien sûr ! Je ne suis pas un grand intellectuel, mais je suis quand même cultivé. Je regarde pas mal de documentaires historiques, ça me passionne, je lis

des magazines d'actualité assez souvent, et j'adore la musique aussi… Il y a certains styles de musique que je n'aime pas, mais en général, je suis bon public. J'écoute de la musique quand je fais du sport, ça m'aide à garder le rythme ! Et puis, j'avoue : pour moi, assister à un championnat d'athlétisme, ce n'est pas la même chose qu'un opéra peut-être, mais c'est aussi du spectacle !

- Bonjour, vous faites une enquête ? Une enquête sur quoi ?
- Bonjour Mademoiselle, vous tombez très bien, si je vous dis « culture » quel est le premier mot qui vous vient à l'esprit ?
- Ma culture, c'est la danse ! Je suis passionnée de danse ! Les danses de toutes sortes, de salon, les danses latines, le tango, et toutes les symboliques et les traditions qu'il y a derrière… C'est un plaisir pour le corps tout entier, des pieds à la tête, pour soi-même, mais ça dépend aussi beaucoup du partenaire de danse. Moi, j'ai un nouveau partenaire, le même depuis trois mois, on a trouvé notre rythme à deux, c'est fabuleux.
- Et ça tient beaucoup de place dans votre vie ?
- Eh bien, deux soirées par semaine et si l'occasion se présente, le week-end, je suis partante aussi. Mais ce n'est pas tout : j'adore les soirées karaoké ! On se retrouve entre amis, chacun avec son répertoire et le top pour moi, c'est d'interpréter les chansons que j'aime à ma façon.

- Bonjour, est-ce que je peux vous demander à quoi vous associez le mot « culture » ?
- À un ensemble de représentations, de traditions et de connaissances communes à un peuple. Ah, et aussi, à l'idée d'une ouverture sur le monde. C'est la culture qui nous donne des repères pour la vie en commun, pour communiquer. Nous la partageons et nous en sommes porteurs. En ce sens, personne ne peut s'en sentir exclu. Maintenant, moi, c'est surtout les arts graphiques, peinture, dessin et photo, qui m'attirent. J'accroche immédiatement à l'impact visuel d'une photo, d'une affiche, ou d'un tableau.
- Et quelle place tiennent-ils dans votre vie, ces différents arts ?
- Une place prépondérante. D'une part, je me tiens toujours au courant de l'actualité en ce qui concerne les expos dans ma région, le Nord-Pas de Calais. Ce n'est pas possible de toutes les faire, mais j'essaie d'en voir quelques-unes. J'ai un faible pour la photo et je n'ai aucun problème à faire des kilomètres pour les festivals de photo qui m'intéressent, par exemple « Visa pour l'image » à Perpignan ou les Rencontres d'Arles, je vous les recommande vivement ! Ce sont deux manifestations photographiques annuelles que je ne raterais pour rien au monde, je cale même mes vacances sur leurs dates. Et d'un autre côté, je me suis mis à la photo et ça m'occupe énormément.

TRANSCRIPTIONS VIDÉOS « VOYAGE »

1

Fiction 1 : Au conservatoire

(Présentation d'Aurélie)

Narrateur : Je vous présente une jeune artiste. Elle s'appelle Aurélie Queffélec. Elle est brune. Elle a dix-neuf ans.

Aurélie : Non, j'ai vingt ans !

Narrateur : Excusez-moi, mademoiselle. Elle a vingt ans. Elle est française. Elle est sympathique. Elle étudie au Conservatoire de Paris. Elle étudie la musique, le chant et la flûte. Elle étudie aussi les langues. Elle parle l'anglais et l'italien. Aurélie chante dans un groupe qui s'appelle « Nuage Bleu ».

(Concours)

Aurélie : C'est décidé ! Je vais participer à ce concours. Je vais écrire une chanson. Mais une chanson originale ! Je vais interviewer des gens pour trouver l'inspiration.

(Rencontre avec Camille)

Aurélie : Salut ! Je peux m'asseoir ?

Camille : Oui !

Aurélie : Je m'appelle Aurélie. Et toi ?

Camille : Moi, c'est Camille. C'est lui, le professeur de musicologie ?

Aurélie : Qui ?

Camille : L'homme brun, là-bas.

Aurélie : Ah ! Non, le professeur de musicologie est blond.

Camille : Ah bon ?

Aurélie : Et il est jeune.

Camille : Ouah !

Aurélie : Oui, il a trente ans, maximum.

Camille : C'est vrai ?

Aurélie : Il est belge.

Camille : Ah bon ?

Aurélie : Oui. Il s'appelle André Sax.

Camille : Comme Adolphe Sax, l'inventeur du saxophone ?

Aurélie : Exactement !

Camille : Et comment tu sais tout ça ?

Aurélie : Ben, je suis dans son cours ! Oh, regarde, c'est lui !

Camille : Ah ben, je vais peut-être m'inscrire aussi…

Aurélie : Bonne idée ! Il est vraiment sympa et… très beau…

(Études)

Aurélie : Qu'est-ce que tu étudies ?

Camille : J'étudie pour être chef d'orchestre.

Aurélie : Chef d'orchestre ! C'est génial !

Camille : Et toi ?

Aurélie : Euh… la flûte et le chant. Et je chante dans un groupe.

Camille : Tu composes ?

Aurélie : Pas vraiment mais… j'écris des paroles.

Camille : Justement ! C'est le concours de la chanson francophone !

Aurélie : Oui, je sais. Je vais y participer.

Camille : 1500 euros pour la meilleure chanson ! Pas mal, hein ! Mais moi, j'ai aucune imagination. Je suis incapable d'écrire une chanson. Et toi ?

Aurélie : Moi ça va… et… je vais interviewer des gens pour trouver l'inspiration. D'ailleurs…

(Première interview)

Aurélie : Alors… Salut ! Ça va ?

Camille : Ça va. Et toi ?

Aurélie : Très bien. Comment tu t'appelles ?

Camille : Je m'appelle Camille. Et toi ?

Aurélie : Je m'appelle euh… Aurélie. Camille… euh… qu'est-ce que tu aimes le plus à Paris ?

Camille : Euh…

Aurélie : L'âme de Paris, qu'est-ce que c'est, pour toi ?

Camille : Le pont Mirabeau.

Aurélie : Le pont Mirabeau ?

Camille : Oui, l'âme de Paris, pour moi, c'est le pont Mirabeau.
« Sous le pont Mirabeau coule la Seine
Et nos amours faut-il qu'il m'en souvienne
La joie venait toujours après la peine. »

Aurélie : Très joli. Merci beaucoup, Camille.

Camille : Merci.

Aurélie : Ciao.

Camille : Ciao.

Aurélie : Coupez ! Bravo !

Documentaire 1 : La Seine et Paris

Pour certains, l'âme de Paris, c'est la Seine. La Seine traverse Paris sur 14 km mais c'est un fleuve long de 776 km. Il y a 37 ponts sur la Seine, plus 7 sur le canal Saint-Martin.
Les quais de la Seine sont célèbres pour leurs bouquinistes, des marchands qui vendent des « bouquins », c'est-à-dire des vieux livres. La nuit, tous les monuments et les institutions sont illuminés.
Sur la Seine, il y a tous ces bateaux-mouches pour les touristes et aussi des péniches qui transportent des marchandises. Certaines sont transformées en restaurants et ne bougent pas. D'autres servent d'habitation à des personnes qui y vivent à longueur d'année.
À pied, le long des quais ou en bateau-mouche, on passe devant l'Académie française, le musée d'Orsay, et on arrive à la tour Eiffel. Cette structure de 300 mètres, construite pour l'Exposition universelle de 1889, est devenue le symbole de la ville. C'est un spectacle magique !

Fiction 2 : À la fromagerie

(À la fromagerie)

Aurélie : Tu sais, Camille, moi aussi j'adore le fromage !
Camille : Alors, tu vas vraiment adorer !
Narrateur : Ah, les Français et leurs fromages ! « Comment voulez-vous gouverner un pays où il existe 350 variétés de fromages ? »
Aurélie : 365 variétés de fromages !
Narrateur : Mille excuses, mon général. 365.
Camille : Bonjour !
Vendeur : Bonjour !
Camille : Euh… Tu sais, Aurélie, tous les fromages ont… une identité régionale… une personnalité.
Aurélie : Oui, un caractère…
Camille : Oui ! Tu veux goûter ?
Aurélie : Oui…
Camille : Est-ce qu'on peut goûter ce fromage, s'il vous plaît ?
Aurélie : Hum… Ça me fait penser à… un homme. Un bel homme… aux yeux bleus, grand… hum… au caractère fort et déterminé.
Camille : Un peu explosif aussi.
Aurélie : Oui, c'est vrai !
Vendeur : C'est un cantal. C'est un fromage de vache dans le Massif central, dans la région de l'Auvergne.
Aurélie : Et ça, c'est du reblochon ?
Camille : Exact. Ce fromage au lait cru est fabriqué en Haute-Savoie, dans les Alpes.
Aurélie : Hum… Un tempérament excentrique et obstiné… L'homme idéal !
Camille : L'homme idéal ?
Aurélie : Oui !

(À la sortie de la fromagerie)

Camille : Euh… Sax, il est marié ?
Aurélie : Non, il est célibataire !
Camille : Et tu sais où il habite ?
Aurélie : Non, je sais pas. Mais je l'ai rencontré un jour, place Verlaine, avec un gros chien.
Camille : Place Verlaine, parfait pour lui. Musicien et poète.
Aurélie : C'est quoi, l'homme idéal pour toi ?
Camille : Il est gentil, sensible, intelligent… euh… Il parle trois ou quatre langues, il aime voyager !
Aurélie : C'est tout ?
Camille : L'homme idéal, j'en ai aucune idée, en fait !
Aurélie : Mais le fromage idéal ?
Camille : Le camembert, bien sûr !

Documentaire 2 : Saint-Germain-des-Prés et le Quartier latin

Saint-Germain-des-Prés, dans le 6e arrondissement, est le quartier mythique de la rive gauche.
Sur la place de Saint-Germain-des-Prés, au cœur de Paris, sa jolie petite église et ses célèbres cafés : la Brasserie Lipp, le Café de Flore, Les Deux Magots. Autrefois fréquentés par Simone de Beauvoir et Jean-Paul Sartre, au temps de l'existentialisme, ils contribuent à la légende du quartier.
Adjacent à Saint-Germain-des-Prés, dans le 5e arrondissement, un autre quartier tout aussi mythique de la rive gauche, le Quartier latin. À l'origine, le quartier des écoles. C'est là que se trouve l'université de Paris-Sorbonne. Cette illustre université accueille des étudiants depuis le XIIIe siècle !
Cette tradition intellectuelle et étudiante explique la présence importante de maisons d'édition et de librairies. Aujourd'hui encore, Saint-Germain-des-Prés et le Quartier latin sont des lieux stratégiques de la vie culturelle parisienne et des quartiers très branchés.

TRANSCRIPTIONS VIDÉOS « VOYAGE »

3

Fiction 3 : Aurélie à Bruxelles

(Sur la place)

Aurélie : Il fait froid ! Et elle n'est jamais chez elle ! Ça fait deux jours que j'essaie de l'appeler !

Claire (répondeur) : Bonjour ! C'est Claire. Je suis absente pour le moment, mais vous pouvez laisser un message après le bip sonore. Merci.

Aurélie : Oui ! Bonjour ! C'est Aurélie. Je suis à Bruxelles. Euh… je t'appelle pour t'inviter à mon concert. Donc c'est à 20 heures, demain, au Conservatoire royal. OK ? Euh… si tu veux, on peut aussi se voir samedi. Euh, je suis libre toute la journée. Donc, euh... je me lève, euh… je prends mon petit déjeuner, je prends ma douche, je vérifie mes e-mails, j'achète le journal… Et ensuite, je suis à ta disposition ! Est-ce que tu…

Claire (répondeur) : Bonjour ! C'est Claire. Je suis absente pour le moment mais vous pouvez laisser un message après le bip sonore. Merci.

Aurélie : Oui, Claire, c'est Aurélie. Euh, donc, tu as mon programme pour samedi. Euh… si tu veux, on peut déjeuner ensemble, je sais pas, près de la Grand-Place, par exemple ? Téléphone-moi au 33 6 84 42 63 19. Bisous !

(Au café « Entrée des artistes »)

Narrateur : Quelles sont les nouvelles, Aurélie ?

Aurélie : Euh… Le roi en vacances en Espagne. L'école en crise. Euh… Rendez-vous des écologistes. Choisir une bière belge. Mettez des fruits au menu. Les enfants et la télévision…

Narrateur : Et pour la culture ?

Aurélie : Vendredi, 10 novembre, 20 heures : « Nuage Bleu » au Conservatoire royal de musique de Bruxelles.

Marchand : Voilà, s'il vous plaît !

Aurélie : Merci.

Marchand : Ça vous fera 1,60 €, s'il vous plaît.

Narrateur : Bon appétit, Aurélie !

Aurélie : Ah ! Les frites ! Quelle belle invention !

Narrateur : Les *conquistadors* espagnols ont rapporté la pomme de terre d'Amérique et les Français l'ont adoptée, je crois…

Aurélie : Mais… les frites sont d'origine belge, je crois ? Non ?

Narrateur : « Et puis on ira manger…

Narrateur - Aurélie : Des moules et puis des frites ! Des frites et puis des moules. Et du vin de Moselle. »

Narrateur : Comme dirait Jacques Brel !

Documentaire 3 : Bruxelles, capitale de la Belgique

Capitale de la Belgique, Bruxelles est aussi le siège de l'Union européenne et de l'OTAN.
Le pays est divisé entre les Wallons, qui parlent français, et les Flamands. C'est pourquoi on entend toutes sortes de langues dans la rue. Les trois langues officielles : le français, le flamand et l'allemand, mais aussi l'anglais, l'espagnol, l'arabe…
La place centrale de Bruxelles s'appelle la Grand-Place. « La plus belle place du monde », selon Victor Hugo. Elle est d'ailleurs sur la liste du Patrimoine mondial de l'UNESCO.

Les Belges fabriquent d'excellents chocolats et ils en consomment aussi : 9 kilos par an et par habitant. Le chocolat, un vrai plaisir olfactif et gustatif ! Et pour le déguster, on trouve à Bruxelles de très belles pièces de porcelaine : regardez ces tasses et ces chocolatières…
En plus du chocolat, la Belgique est aussi célèbre pour sa bière. Saviez-vous qu'il y a plus de 500 variétés de bière en Belgique ?
Oh ! Mais n'oublions pas la BD et ses célèbres héros : Tintin, Spirou, Lucky Luke…

4

Fiction 4 : Visite de la citadelle

(Visite de la citadelle)

Narrateur : Aurélie, tu veux faire le tour de Namur à vélo ?
Aurélie : Non, je préfère circuler à pied.
Narrateur : En effet, pour la citadelle, pas besoin de vélo. Mais de bonnes jambes, oui !
Aurélie : C'est pour la visite guidée ? Bonjour.
Visiteur : Une visite intéressante, n'est-ce pas ?
Aurélie : Oui, l'histoire de Namur est fas-ci-nante.

(Promenade au bord de l'eau)

Visiteur : Alors, vous êtes artiste ?
Aurélie : Oui, j'étudie la musique à Paris et je chante dans un groupe qui s'appelle « Nuage Bleu ».
Visiteur : Et vous voyagez beaucoup avec votre groupe ?
Aurélie : Oui, pas mal, mais j'ai pas toujours le temps de me promener. En général, ce sont pas des vacances.
Visiteur : C'est quoi, des vraies vacances, pour vous ?
Aurélie : Ça dépend. Je vais partir une semaine en mai avec mes parents sur la Costa Brava. Je vais me promener, lire, me baigner, sortir…
Visiteur : Ah ! La Costa Brava, l'Espagne et son soleil !
Aurélie : Et cet été, je vais faire de la randonnée dans les Alpes avec des amis. J'adore la… la marche en montagne !
Visiteur : Et vous allez visiter d'autres villes en Belgique ?
Aurélie : Non, je repars demain.

(Dans le centre-ville)

Aurélie : Euh… vous savez, moi aussi je fais des recherches… Je veux connaître l'âme des villes… Est-ce que je peux vous poser quelques questions ?
Visiteur : Oui, avec plaisir.
Aurélie : Alors d'abord, comment vous appelez-vous ?
Visiteur : Albert Daxhelet.
Aurélie : Albert ! Tout le monde s'appelle Albert, en Belgique !
Visiteur : Oui, comme notre roi.
Aurélie : Euh… Albert, quel est votre passe-temps préféré ?
Visiteur : Recevoir des amis à la maison et cuisiner pour eux.
Aurélie : Euh… est-ce que vous venez souvent à Namur ?
Visiteur : Oui, enfin… je viens une ou deux fois par an.
Aurélie : Et alors pour vous, Namur… qu'est-ce qui l'incarne ? Quelle est l'âme de Namur… ?
Visiteur : La citadelle, bien sûr !!!
Aurélie : Merci beaucoup.

Documentaire 4 : Namur, capitale de la Wallonie

Namur est une ville francophone belge distante de Bruxelles de 60 km. Sa fondation remonte à la conquête romaine et elle est située au confluent de deux rivières, la Sambre et la Meuse.
C'est aussi la capitale de la région wallonne. Le bâtiment du parlement wallon est l'ancien hospice Saint-Gilles, qui date du Moyen Âge. En face, sur la rive droite de la Meuse, se trouve l'Élysette, le siège du gouvernement wallon.
Mais le monument emblématique de Namur, c'est la citadelle. Grâce à sa situation stratégique, elle a joué un rôle très important au Moyen Âge. C'est aujourd'hui un lieu très visité pour son caractère historique et pour son grand parc, où beaucoup de manifestations culturelles sont organisées.
Car Namur est aussi une capitale culturelle avec un patrimoine architectural et une tradition folklorique très importants. Le Théâtre Royal, par exemple, est l'un des plus beaux théâtres à l'italienne d'Europe. Et les musées de Namur abritent de très belles collections…
Mais bien sûr, Namur a aussi sa spécialité culinaire : les escargots « petits gris ».
Ah, c'est vraiment une ville accueillante où il fait bon vivre !

TRANSCRIPTIONS VIDÉOS « VOYAGE »

5

Fiction 5 : Visite de Montréal

(À l'hôtel)

Narrateur : Tu as l'air pressée, Aurélie ! Où est-ce que tu vas ?

Aurélie : Je veux visiter Montréal cet après-midi. Je vais demander conseil à la réception. Bonjour Monsieur !

Réceptionniste : Bonjour Mademoiselle, je peux vous aider ?

Aurélie : Oui, je voudrais visiter le Vieux-Montréal. Euh… c'est loin à pied ?

Réceptionniste : C'est à 15-20 minutes, je vais vous montrer sur le plan.

Aurélie : Merci.

Réceptionniste : Attention, Montréal est divisée en Est et en Ouest. Vous avez Ontario Est, Ontario Ouest ; Sainte-Catherine Est, Sainte-Catherine Ouest. Le Vieux-Montréal est ici.

Aurélie : Donc, rue Peel, rue Sainte-Catherine… O.K. et… et le boulevard Saint-Laurent. D'accord ! Merci, au revoir !

Réceptionniste : Prenez le plan ! Et bonne promenade !

Narrateur : Attention, Aurélie, ton sac va être trop lourd…

Aurélie : Il fait froid à Montréal ! Il a neigé cette nuit !

Narrateur : Alors, bonne promenade !

(Dans le centre-ville)

Aurélie : Pardon, Monsieur.

Passant : Oui, bonjour.

Aurélie : Bonjour. Euh… la rue Sainte-Catherine, s'il vous plaît ?

Passant : Ah, vous pouvez pas vous tromper. C'est tout droit et la première à droite.

Aurélie : OK, merci !

Passant : Au revoir !

Aurélie : Au revoir !

Narrateur : Toujours tout droit, Aurélie. La rue Sainte-Catherine est l'une des plus longues de Montréal.

Aurélie : Saint-Urbain… Clark… Saint-Laurent ! Bon, je tourne à gauche.

Narrateur : Non, pas à gauche. Tourne à droite sur Saint-Laurent !

Aurélie : Pardon Monsieur…

Passant : Oui…

Aurélie : Euh… le Vieux-Montréal, c'est tout droit ?

Passant : C'est tout droit. Vous traversez le quartier chinois et vous arrivez dans le Vieux-Montréal.

Aurélie : Merci Monsieur, au revoir. Je commence à avoir faim, moi !

Documentaire 5 : Montréal en hiver

Fondée en 1642, la ville de Montréal a été découverte par Jacques Cartier en 1535.
C'est une ville très étendue, située au bord du fleuve Saint-Laurent. Le Vieux-Port longe le fleuve sur 2,5 km. Très animé en été, il est très calme, voire désert en hiver… Car l'hiver québécois est très rigoureux, avec d'importantes chutes de neige. C'est pourquoi, si l'on veut rencontrer les Montréalais en cette saison, il faut se rendre dans des lieux fermés et chauffés…
Au marché Bonsecours, par exemple, l'un des plus beaux édifices du patrimoine canadien qui date de 1847. Là, vous pouvez faire du shopping dans les boutiques de « création » québécoises où vous trouverez des articles d'art inuit.
Ou bien au marché Atwater, qui propose une grande variété de fruits et légumes, notamment de baies et de fruits rouges. Ces couleurs chaudes contrastent avec le gris maussade de l'hiver… Et on y trouve aussi un grand choix de produits du terroir et de spécialités.
Et bien sûr, on peut toujours se réfugier dans les restaurants et dans les cafés…

Fiction 6 : Rencontre avec Ève

(Rendez-vous)

Aurélie : Oui, bonjour. Est-ce que je pourrais parler à Ève Parisot, s'il vous plaît ?
Narrateur : C'est qui, Ève ?
Aurélie : C'est une amie de Camille. Je lui ai promis de l'appeler.
Narrateur : Elle est québécoise ?
Aurélie : Oui, elle est québécoise. Avec des ancêtres à Montréal depuis des générations.
Narrateur : Et qu'est-ce qu'elle fait ?
Aurélie : Elle dirige une agence immobilière. Ève ?
Ève : Oui, c'est moi-même.
Aurélie : Oui, bonjour, c'est Aurélie Queffélec.
Ève : Ah, bonjour Aurélie ! J'ai reçu un e-mail de Camille l'autre jour. Alors comme ça, tu es à Montréal ?
Aurélie : Oui, euh… je suis arrivée hier.
Ève : Je n'ai pas vu Camille depuis quelque temps. Tu vas me raconter... Quel est ton programme pour demain après-midi ?
Aurélie : Euh… ben euh… rien de spécial.
Ève : Parfait ! J'ai une surprise pour toi. Je t'attends au 57, rue Ontario Ouest.
Aurélie : Ouest, hein ?
Ève : Oui, Ontario Ouest. 3 heures, ça te va ?
Aurélie : O.K., O.K. Euh… demain, 3 heures.

(Chez le luthier)

Aurélie : Comme c'est beau !
Ève : Oui ! C'est vraiment un endroit unique. Ici, ils vendent, fabriquent et restaurent les violons, les violoncelles et les contrebasses…
Aurélie : C'est magnifique !
Ève : Le propriétaire, Jules Saint-Michel est un luthier qui a immigré de Hongrie. Il travaille ici avec son fils Claude et sa fille Lili.
Aurélie : Une belle histoire…
Narrateur : Écoute ça, Aurélie !
Aurélie : Le son est parfait !… Cet atelier est immense !
Ève : Avant, c'était la maison d'une riche famille de Montréal. Au rez-de-chaussée se trouvaient la cuisine, la salle à manger et les salons.
Aurélie : Et là-haut ?
Ève : Et là-haut, les chambres à coucher.
Aurélie : Au fait, c'est cher d'habiter Montréal ?
Ève : De plus en plus cher. Les charges sont chères… surtout le chauffage.
Aurélie : Et en été, où vont les habitants de Montréal ?
Ève : Certains louent un chalet au Mont-Tremblant ou dans les Cantons-de-l'Est. Ce sont des parcs nationaux très agréables. Ou ils vont dans les festivals.
Aurélie : Les festivals ?
Ève : Oui, le plus célèbre, c'est le festival de jazz !
Aurélie : Le professeur Sax aimerait bien ce festival…

Documentaire 6 : Montréal, ville de contrastes

C'est si grand, Montréal ! En fait, c'est la deuxième ville francophone du monde après Paris.
L'architecture de la ville est toute en contrastes. Des gratte-ciel imposants, en verre et en acier, juxtaposés à des maisons en pierre ou à des monuments historiques. C'est un mariage parfait du moderne et de l'ancien : du verre, de l'acier et du granit.
Le Vieux-Quartier abrite la magnifique basilique Notre-Dame de Montréal et les édifices les plus anciens. Les maisons victoriennes aux vitraux multicolores constituent une des principales richesses patrimoniales de Montréal. En brique, en pierre grise, de style classique, gothique ou Queen Anne. Mais l'une des curiosités architecturales de Montréal, ce sont ses escaliers. Dans une ville où il fait si froid, les escaliers d'accès au 2e et au 3e étage sont à l'extérieur… Bizarre, non ? En fait, il y a une explication : la ville a connu une explosion démographique au XIXe siècle. Alors pour gagner de la place à l'intérieur, on a construit les escaliers à l'extérieur. Aujourd'hui, ils sont considérés comme des témoins de l'histoire et les propriétaires sont obligés de les maintenir en bon état. Ils sont de toutes les couleurs et de formes variables.
Ah ! Montréal ! Chaque coin de rue nous réserve une surprise…

TRANSCRIPTIONS VIDÉOS « VOYAGE »

Fiction 7 : Chez Aurélie

Narrateur : Qu'est-ce qu'il y a, Aurélie ?
Aurélie : J'arrive pas à me concentrer !
Narrateur : Mais tes examens approchent !
Aurélie : Je sais, je sais… C'est qui, sur cette photo ?
Camille : Ah, c'est mes parents.
Aurélie : Ils ont l'air très amoureux !
Camille : Ouais, et ils le sont toujours, comme au premier jour.
Aurélie : Ça a été le coup de foudre, alors ?
Camille : Absolument ! Et tu sais où ils se sont connus ?
Aurélie : Non !
Camille : Au cimetière du Père-Lachaise ! Ma mère cherchait la tombe de Chopin.
Aurélie : Ta mère est musicienne ?
Camille : Professionnelle non, mais… elle adore Chopin et elle joue du piano.
Aurélie : Et ton père ? Il cherchait la tombe euh… d'Édith Piaf ?
Camille : Non ! Il a vu ma mère, un bouquet de fleurs à la main. Et ça l'a ému. Ils se sont rencontrés en novembre et ils se sont mariés en mars. Et puis je suis née en décembre. C'est pour cette raison qu'ils vont souvent se promener au Père-Lachaise, d'ailleurs.
Aurélie : Ah… nostalgie, nostalgie…
Camille : Et toi, tes parents ? Ils se sont connus comment ?
Aurélie : Ben, moi, leur… leur histoire est plus banale.
Camille : Banale ?
Aurélie : Ils se sont rencontrés… pendant des vacances au bord de la mer. Mais ils sont toujours amoureux, eux aussi !
Camille : Tu sais, Aurélie, en amour il n'y a pas d'histoires banales…
« Quand il me prend dans ses bras
Qu'il me parle tout bas… »
Camille et Aurélie : « Je vois la vie en rose
Il me dit des mots d'amour
Des mots de tous les jours
Et ça me fait quelque chose… »
Camille : Moi aussi, j'espère bien rencontrer le grand amour !

Documentaire 7 : Le cimetière du Père-Lachaise

Paris est plein d'endroits intéressants et parfois un peu étranges.
Le Père-Lachaise est la nécropole la plus célèbre de la capitale. Il accueille les Parisiens depuis 1804. Au début, les Parisiens ne souhaitaient pas se faire enterrer dans ce cimetière car il se trouvait dans un quartier pauvre. Mais quand les corps de Molière et de Jean de la Fontaine ont été transférés au Père-Lachaise, quelle publicité ! Aujourd'hui, tout le monde veut être enterré là.
Situé sur une colline qui était un vignoble au Moyen Âge, c'est aujourd'hui l'un des plus beaux espaces verts de Paris. Et l'un des plus grands.
D'illustres sculpteurs et architectes ont fait de ce cimetière un incroyable musée.
On y trouve des tombes gothiques, des mausolées à l'antique, des tombes multiformes au décor unique, des marbres rares…
Et bien sûr, des noms célèbres : musiciens, romanciers, chanteurs, comédiens…
Certaines tombes font d'ailleurs l'objet d'un véritable culte. Par exemple, la tombe d'Héloïse et Abélard, les célèbres amants. Ou celle d'Allan Kardec, toujours si fleurie. Ce spirite du XIXe siècle promettait la réincarnation. Posez la main sur son buste et BIZZ… tous vos vœux seront réalisés.

8

Fiction 8 : La boutique de marionnettes

Narrateur : Entrez, Camille et Aurélie !
Camille : Bonjour !
Aurélie : Bonjour !
Vendeur : Bonjour !
Camille : Regarde, ce costume est magnifique ! Tu as vu les tissus ?
Aurélie : Ouah ! Les boutons, la broderie ! Quel travail ! Oh ! Camille, regarde les chaussures !
Camille : C'est magnifique ! Mais qui est-ce ?
Vendeur : C'est George Sand. C'était un écrivain du XIXe siècle, ex-compagne d'Alfred de Musset et de Frédéric Chopin. Une femme du monde.
Aurélie : On imagine mal George Sand en jean et en T-shirt…
Aurélie : « Un pour tous et tous pour un… »
Camille : Ah ! Mais c'est d'Artagnan ?
Aurélie : En personne ! Il est pas beau, avec cette cape ?
Camille : Beau et… mystérieux !
Aurélie : J'aimerais bien avoir des bottes comme ça… Oh ! J'adore ce chapeau à plumes !
Camille : C'est ce qu'on appelle un panache. Les hommes à cette époque avaient du panache, hein ?
Camille : Tout le monde est là : le chef, le chanteur de rues, ah ! l'avocat !
Aurélie : Et ça, c'est quoi ?
Vendeur : C'est un automate. En fait, il y a une petite lumière derrière… alors on l'actionne, ça donne des ombres chinoises et quand on met de la musique… C'est joli, hein ?
Aurélie : Tout est beau ici ! Monsieur, votre magasin est absolument magnifique !
Vendeur : Je vous remercie, c'est vraiment gentil !

Documentaire 8 : Paris à travers l'histoire

Si vous cherchez une perspective différente sur Paris, montez sur la grande roue qui est installée sur la place de la Concorde pour les fêtes de Noël.
La place de la Concorde porte bien son nom… Elle représente la réconciliation nationale après la Révolution. C'est d'ailleurs pour éviter tout conflit politique que Louis-Philippe fait placer un monument neutre au milieu de la place : l'obélisque de Louxor.
À deux pas de la Concorde, se trouve le musée du Louvre. Cet énorme bâtiment, résidence royale jusqu'à la Révolution, abrite le plus grand musée de Paris.
Sa pyramide de verre avait été commandée par le président François Mitterrand.
Mais faisons un détour par la place de la Bastille, le symbole de la Révolution. La colonne de Juillet occupe maintenant la place de la célèbre prison, détruite le 14 juillet 1789.
Un autre nom illustre de l'histoire de France, c'est Napoléon. Il est enterré à l'Hôtel des Invalides, célèbre pour son dôme couvert de feuilles d'or…
Et à proximité, la tour Eiffel, encore et toujours…

Fiction 9 : Aurélie cuisine

Narrateur : Aurélie, qu'est-ce qui t'arrive ? Pourquoi cette panique ?
Aurélie : La directrice artistique est partie. Le théâtre a appelé, il y a un problème urgent à régler.
Narrateur : Et alors ?
Aurélie : Et alors ? Elle m'a laissée là avec ses livres de recettes ! Elle m'a dit : « Désolée, faites comme chez vous, je suis sûre que vous allez très bien vous débrouiller. »
Narrateur : C'est facile ! La gastronomie alsacienne, tu connais, non ?
Aurélie : Ben euh…
Narrateur : Si je dis B ?
Aurélie : B… b… Bière ! Bretzel !
Narrateur : Si je dis C ?
Aurélie : C… Choucroute ?
Narrateur : Bien ! Si je dis K ?
Aurélie : K… Kouglof !
Narrateur : Si je dis M ?
Aurélie : M… Munster ! Le fromage de Munster !
Narrateur : Et si je dis… T ?
Aurélie : T… La tourte vigneronne !
Narrateur : Génial ! Tu es un vrai connaisseur !
Aurélie : La recette de la tourte vigneronne… Pour quatre personnes : 250 grammes de pâte à tarte. 300 grammes de veau. 200 grammes de filet de porc. C'est… beaucoup de viande ! Un œuf entier : le jaune et le blanc. 20 centilitres de vin blanc sec. Un bouquet de thym. Un clou de girofle. Une cuillère à soupe de farine. Une échalote. Un brin de persil. 100 grammes de champignons. Du sel, du poivre et de la noix de muscade. Et 30 centilitres de crème.
Narrateur : Tout y est !
Aurélie : Alors couper… Hacher… Mélanger… Faire mariner… La tourte vigneronne… Bon appétit !

Documentaire 9 : L'Alsace, une région viticole

La France est vraiment le pays des vins !
Les vins de Bordeaux, de Bourgogne, de Touraine… Et les vins d'Alsace…
La « route des vins d'Alsace », longue d'environ 170 km, constitue un itinéraire touristique exceptionnel.
La portion entre Colmar et Ribeauvillé, avec ses beaux villages de l'époque médiévale, est particulièrement pittoresque.
Le vin étant une institution en France, il existe partout des confréries. En Alsace, la plus célèbre date de 1561. Elle s'appelle la Confrérie Saint-Étienne d'Alsace. Elle siège au château de Kientzheim et elle travaille au rayonnement du vin d'Alsace dans le monde entier.
Mais suivons plutôt le guide…
« Vous entrez ici dans le trésor du château, le trésor de la confrérie Saint-Étienne. Dans cette cave, sont stockées pas moins de 60 000 bouteilles de vin, dont les plus vieilles sont de 1834.
C'est vraiment la mémoire des vignobles alsaciens puisque, chaque année, nous rentrons pas loin de 2 000 bouteilles qui proviennent de l'ensemble du territoire, qui proviennent des différents viticulteurs… ce n'est pas une collection d'un viticulteur, c'est la collection de l'ensemble, la mémoire des vignobles alsaciens. »

Fiction 10 : Au retour, les dés sont jetés

Réception : Alors, vous nous quittez, Mademoiselle ?
Aurélie : Malheureusement, oui.
Réception : Vous avez passé un bon séjour à Strasbourg ?
Aurélie : Ouais ! C'était super !
Réception : Votre note est déjà réglée. Bon retour.
Aurélie : Merci. Au revoir.
Réception : Au revoir.
Narrateur : Aurélie, tu as un message.
Aurélie : C'est de Sax. Je lui ai envoyé ma chanson pour lui demander son avis.
Narrateur : Et qu'est-ce qu'il dit ?
Aurélie : « Bonjour Aurélie, ce que vous m'avez envoyé, c'est bien… mais c'est trop compliqué. Vous devriez chercher quelques belles images souvenirs plus simples pour définir l'âme des villes ». Belles… Simples… Facile à dire !
Narrateur : Il a raison, tu sais.
Aurélie : Oui, je sais… je sais… Des beaux souvenirs… *Clair de rêve*, sur l'île Saint-Louis… La lutherie à Montréal… D'île en île… Ah ! Ça c'est pas mal ! « D'île en île… », « La vie est un bal de marionnettes… », « Il pleure dans mon cœur », non ! Non, ça c'est Verlaine… « Cœur… coeur… cœur… J'ai laissé mon cœur ! » Oui ! J'ai laissé mon cœur… euh… « J'ai laissé mon cœur… » Oh, mais pourquoi est-ce que je participe à ce concours ? Camille, oui, écoute ça et dis-moi ce que tu en penses.
Camille : Je suis pas vraiment réveillée mais bon… vas-y, je t'écoute.
Aurélie : « Comment vous dire ?
J'ai laissé mon cœur sur l'île Saint-Louis
À un bal de marionnettes
Fleur de ville
Comment vous dire ?
J'ai laissé mon cœur au bord du Saint-Laurent
Sur un air de violon
Fleur de ville
Paris senteurs
Paris saveurs
Paris douceur
Fleur de ville »
Camille : C'est génial !
Aurélie : Tu es sûre ?
Camille : Oui ! Attends, j'adore ce « Fleur de ville » ! Bon, je dois me dépêcher mais appelle-moi cet après-midi. Ciao !
Aurélie : Ok. Salut ! Youhou ! Bon, au boulot ! Les dés sont jetés !

Documentaire 10 : Strasbourg, ville historique et internationale

Strasbourg est à la fois une ville historique et une ville internationale. Située dans l'est de la France, sur la rive gauche du Rhin, c'est la principale ville d'Alsace. Ses habitants s'appellent les Strasbourgeois.
Son centre est entièrement classé « patrimoine mondial de l'humanité » pour sa richesse architecturale !
Le quartier le plus pittoresque s'appelle « la petite France ». Autrefois, c'était le quartier des artisans : tailleurs de pierre, tanneurs, menuisiers… Les magnifiques maisons à colombage remontent au XVIe et au XVIIe siècle.
La cathédrale de Strasbourg est d'une grande richesse ornementale. Sa flèche, très élégante, mesure 142 mètres.
Mais Strasbourg ne se résume pas à son passé ! Plusieurs institutions européennes s'y trouvent : le siège du Parlement européen, le Conseil de l'Europe et la Cour européenne des Droits de l'Homme.
C'est aussi une ville jeune avec plus de 50 000 étudiants et c'est une destination de choix pour les étudiants étrangers.
Ah, Strasbourg, une ville ouverte sur le monde !

FRANCE PHYSIQUE

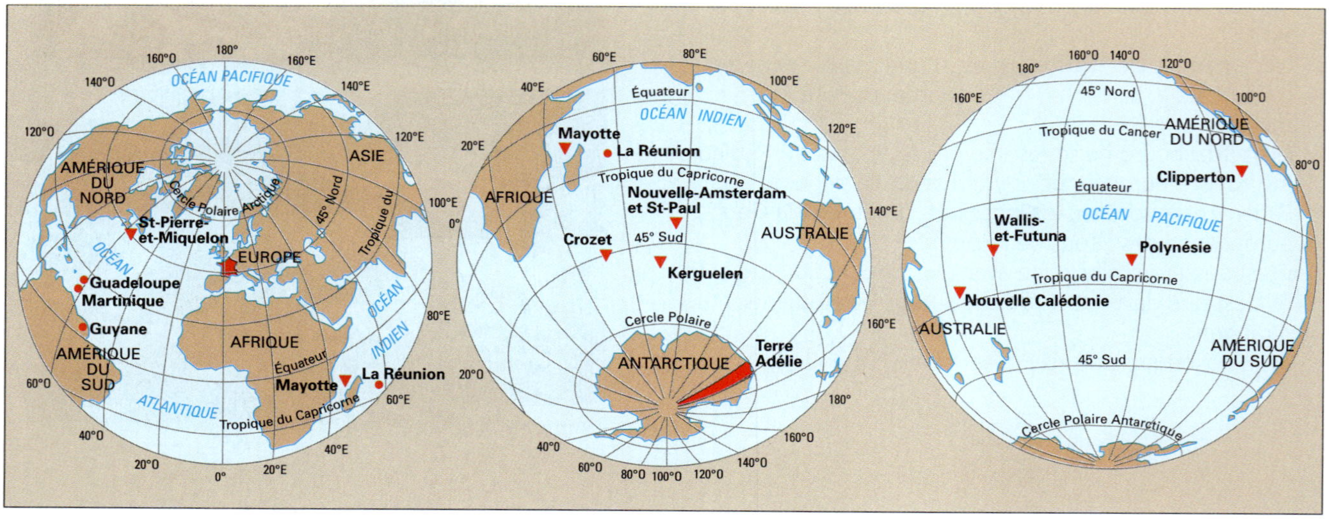

mon alter ego 1

A1

MÉTHODE DE FRANÇAIS

Transcriptions

Corrigés – *S'entraîner*

Lexique multilingue

hachette
FRANÇAIS LANGUE ÉTRANGÈRE

DOSSIER 1 Former un groupe

Leçon 1 • Se présenter

Pistes 002 et 003 – Activité 1
Rémy : Bonjour, je m'appelle Rémy. Et vous ?
Greta : Je m'appelle Greta, et toi ?
Yassine : Je m'appelle Yassine. Et toi ?
Maria : Je m'appelle Maria. Et toi ?

Pistes 004 et 005 – Activité 2

Dialogue 1
David : Je m'appelle David. Et toi ? Comment tu t'appelles ?
Paloma : Paloma.

Dialogue 2
Rémy : Je m'appelle Rémy, et vous ? Comment vous vous appelez ?
Sung : Je m'appelle Sung.
Rémy : Comment ça s'écrit ?
Sung : S-U-N-G.

Pistes 006 et 007 – Activité 3a
Rémy : A ?
Akiko : A comme Akiko !
Rémy : B ? C ? D ?
David : D comme David !
Rémy : E ? F ?
Fiorello : F comme Fiorello !
Rémy : G ?
Greta : G comme Greta !
Rémy : H ?
Héloïse : H comme Héloïse !
Rémy : I ? J ? K ?
Kali : K comme Kali !
Rémy : L ? M ?
Maria : M comme Maria !
Rémy : N ? O ? P ?
Paloma : P comme Paloma !
Rémy : Q ? R ? R comme Rémy ! S ?
Sung : S comme Sung !
Rémy : T ?
Tao : T comme Tao !
Rémy : U ? V ?
Vivian : V comme Vivian !
Rémy : W ? X ? Y ?
Yassine : Y comme Yassine !
Rémy : Z ?

Pistes 008 et 009 – Activité 5
Rémy : Je m'appelle Rémy. Comment ça s'écrit ?
Akiko : R - E - M - I ?
Rémy : Non, ça s'écrit : R - E accent aigu - M - Y. À vous ! Épelez votre prénom.
Yassine : Y - A - deux S - I - N - E.
Héloïse : H - E accent aigu - L - O - I tréma - S - E.
Fiorello : F - I - O - R - E - deux L - O.
Vivian : V - I - V - I - A - N.
Paloma : V ou B ?
Vivian : V comme Victor.

Piste 010 – zoom Langue – Faire épeler / Épeler (b)
M - I - C - H - E - deux L - E.
J - E accent aigu - R - O accent circonflexe - M - E.
H - E accent aigu - L - E accent grave - N - E.
C - H - R - I - S - T - I - N - E.
F - R - A - N - C cédille - O - I - S.
L - O - I tréma - C.
G - E - O - R - G - E - S.

Pistes 011 et 012 – Activité 7
Rémy : Alors, dans notre classe il y a… combien d'étudiants ? Un, deux, trois, quatre, cinq, six, sept, huit, neuf, dix, onze… douze. Douze étudiants.
Kali : Et un professeur ! Treize personnes !
Rémy : Treize personnes, oui. Et combien d'hommes ?
Plusieurs étudiants : Un, deux, trois, quatre, cinq, six.
Rémy : Six hommes.
Kali : Cinq étudiants et un professeur.
Rémy : Oui ! Et il y a des femmes. Combien de femmes ?
Plusieurs étudiants : Une, deux, trois, quatre, cinq, six… sept.
Rémy : Sept femmes ! Oui ! Sept étudiantes !

Piste 013 – zoom Langue – Les nombres de 0 à 20 (a)
zéro – un – deux – trois – quatre – cinq – six – sept – huit – neuf – dix – onze – douze – treize – quatorze – quinze – seize – dix-sept – dix-huit – dix-neuf – vingt

Piste 014 – Les nombres de 0 à 20 (b)
12 – 3 – 15 – 16

Leçon 1 • Dire la nationalité et les langues parlées

Pistes 015 et 016 – Activité 2b
Rémy : Je parle français, et vous ? Vous parlez quelle langue avec votre famille ?
Vivian : Je parle anglais, et toi ?
Paloma : Je parle espagnol, et toi ?
Fiorello : Je parle italien.
Héloïse : Moi aussi ! Je parle italien… et allemand.
Rémy : Ah, vous parlez deux langues à la maison !
David : Moi aussi, je parle allemand à la maison. Et toi, Kali ?
Kali : Je parle hindi.

Pistes 017 et 018 – Activité 2c
Greta : À la maison, je parle suédois. Et toi, Yassine ?
Yassine : Espagnol et arabe. Et toi, Sung ?
Sung : Je parle coréen.
Greta : Au travail, je parle suédois, allemand et anglais. Et toi, Yassine ?
Yassine : Ah, tu parles trois langues au travail ! Moi, je parle arabe. Et toi, Sung ?
Sung : Coréen.
Greta : Et en voyage ou avec des amis, tu parles quelle langue ?
Sung : Je parle coréen et anglais. Et toi, Yassine ?
Yassine : Avec des amis ? Je parle arabe et espagnol. Et toi, Greta ?
Greta : Je parle suédois et anglais. Ah ! Nous parlons anglais tous les trois !

Pistes 019 et 020 – Activité 5

Rémy : Vous êtes asiatique ? Africain ? Européen ? Du continent américain ? Formez des groupes par continent.
Paloma : Moi, je suis européenne, je suis espagnole. Et toi ?
Fiorello : Moi, je suis italien.
Paloma : Tu es dans mon groupe ! Et toi, tu es européen ?
David : Oui, je suis allemand.
Sung : Je suis coréen, et toi ?
Akiko : Je suis japonaise. Nous sommes asiatiques !
Maria : Quelle est ta nationalité ?
Vivian : Je suis américaine et kényane.
Maria : Ah, tu es nord-américaine ! Et africaine !
Vivian : Oui !
Maria : Moi, je suis latino-américaine. Je suis brésilienne !

Piste 021 – zoom Langue – Demander / Dire la nationalité (c)

1. français – française
2. grec – grecque
3. américain – américaine
4. allemand – allemande
5. russe – russe
6. espagnol – espagnole
7. brésilien – brésilienne
8. coréen – coréenne
9. kényan – kényane
10. belge – belge
11. chinois – chinoise
12. turc – turque

Piste 022 – Prononciation – Le rythme et l'accentuation – Activité 6a

David – Da**vid**
Fiorello – Fio**rel**lo
Paloma – Palo**ma**
Vivian – **Vi**vian

Piste 023 – Activité 6b

Rémy – fran**çais**
David – alle**mand**
Fiorello – ita**lien**
Palo**ma** – espa**gnole**
Vi**vian** – améri**caine**

Leçon 2 • Demander, donner des informations personnelles

Pistes 024 et 025 – Activité 1

Rémy : Bonjour, comment ça va aujourd'hui ? Ça va ?
Plusieurs étudiants : Bien ! Ça va !
Yassine : Très bien ! Aujourd'hui, c'est mon anniversaire !
Rémy : Ah bon ? Joyeux anniversaire !
Plusieurs étudiants : Joyeux anniversaire, joyeux anniversaire ! Joyeux anniversaire, Yassine ! Joyeux anniversaire !
Yassine : Merci !

Pistes 026 et 027 – Activités 2 et 3

Rémy : Alors vous avez quel âge, Yassine ?
Yassine : J'ai 32 ans !
Rémy : Ah, moi aussi j'ai 32 ans ! Nous avons le même âge ! Et les autres, dans la classe, vous avez quel âge ? Héloïse ?
Héloïse : Moi, j'ai 19 ans !
Paloma : Et moi, 18 ans !
Rémy : Ah, alors Héloïse et Paloma, vous êtes dans le groupe des 15-19 ans. Et les autres ? Dites votre âge et formez des groupes : les 20-29 ans, les 30-39 ans, etc.
Kali : Maria, tu as quel âge ?
Maria : J'ai 53 ans, et toi, Kali ?
Kali : Ah, tu es dans mon groupe ! J'ai 50 ans !

Piste 028 – zoom Langue – Les nombres de 20 à 69 (a)

vingt – vingt et un – vingt-deux – vingt-trois – vingt-quatre – vingt-cinq – vingt-six – vingt-sept – vingt-huit – vingt-neuf – trente – trente et un – trente-deux – trente-trois – trente-quatre – trente-cinq – trente-six – trente-sept – trente-huit – trente-neuf – quarante – quarante et un – quarante-deux – quarante-trois – quarante-quatre – quarante-cinq – quarante-six – quarante-sept – quarante-huit – quarante-neuf – cinquante – cinquante et un – cinquante-deux – cinquante-trois – cinquante-quatre – cinquante-cinq – cinquante-six – cinquante-sept – cinquante-huit – cinquante-neuf – soixante – soixante et un – soixante-deux – soixante-trois – soixante-quatre – soixante-cinq – soixante-six – soixante-sept – soixante-huit – soixante-neuf

Piste 029 – Les nombres de 20 à 69 (b)

deux – douze – vingt – vingt-deux
trois – treize – trente – trente-trois
quatre – quatorze – quarante – quarante-quatre
cinq – quinze – cinquante – cinquante-cinq
six – seize – soixante – soixante-six

Piste 030 – Prononciation – Les liaisons et les enchaînements avec les nombres – Activité 4a

un an – deux ans – trois ans – quatre ans – cinq ans – six ans – sept ans – huit ans – neuf ans – dix ans – vingt ans – trente ans

Piste 031 – Activité 4b

1. six ans – **2.** un an – **3.** sept ans – **4.** deux ans – **5.** neuf ans – **6.** trois ans – **7.** cinq ans – **8.** quatre ans – **9.** huit ans – **10.** trente ans – **11.** vingt ans – **12.** dix ans

Pistes 032 et 033 – Activité 6

Rémy : Alors, janvier, février, mars… Et je note l'anniversaire de Yassine : le 25 avril. Et les autres, quelle est votre date d'anniversaire ? En mai, il y a un anniversaire ?
Akiko : Oui ! Mon anniversaire, c'est le 31 mai !
Rémy : Akiko, le 31 mai. En juin ?
Paloma : Moi ! C'est le 21 juin.
Rémy : Paloma, le 21 juin. En juillet ? Août ?
Maria : Moi ! Mon anniversaire, c'est le 6 août.
Rémy : Maria, le 6 août.
Tao : Et moi, c'est en septembre.
Rémy : Quel jour, Tao ?
Tao : le 20.
Rémy : Et en octobre, c'est mon anniversaire : le 29 !
Kali : Et moi, c'est le 15 octobre.
Rémy : OK, Kali, le 15 octobre.
Sung : Mon anniversaire, c'est le 1er novembre.
Rémy : Mmm ! Sung, le 1er novembre.

Sung : Et toi, Fiorello, quelle est ta date d'anniversaire ?
Fiorello : C'est le 28 décembre.
Rémy : Fiorello, le 28 décembre. Voilà, notre calendrier des anniversaires est complet !

Piste 034 – zoom Langue – Demander / Dire la date d'anniversaire (a)

Quelle est ta date d'anniversaire ? Quelle est votre date d'anniversaire ?
C'est le 25 avril. C'est le premier novembre.
Mon anniversaire, c'est en janvier, février, mars, avril, mai, juin, juillet, août, septembre, octobre, novembre, décembre.

Piste 035 – Demander / Dire la date d'anniversaire (b)

janvier – février – […] – avril – […] – […] – juillet – […] – septembre – […] – novembre – […]

Piste 036 – Prononciation – Le son [ã] – Activité 8a

septembre – août – janvier – février – décembre – juin – mars – mai – octobre – juillet – avril – novembre

Piste 037 – Activité 8c

En septembre, j'ai trente ans !
En novembre, j'ai quarante ans !
En décembre, j'ai cinquante ans !
En janvier, j'ai soixante ans !

Leçon 2 • Demander, donner des coordonnées

Pistes 038 et 039 – Activités 2a et 2b

Rémy : Maintenant, nous formons le groupe WhatsApp de la classe ! Vous circulez dans la classe et vous notez les numéros de téléphone. Par exemple, mon numéro, c'est le 06 25 48 31 18.
Greta : Quel est ton numéro de téléphone ?
Yassine : C'est le 06 35 62 55 70. Et toi ?
Greta : C'est le 06 23 77 41 38.
Vivian : Mon numéro de téléphone, c'est le 07 16 02 27 80. Et toi, quel est ton numéro ?
Akiko : C'est le 06 23 64 81 22.
Héloïse : Quel est ton numéro de téléphone ?
David : C'est le 07 58 71 46 90.
Héloïse : Et moi, c'est le 07 19 98 33 92.
David : Merci !

Piste 040 – zoom Langue – Les nombres de 70 à 100 (a)

soixante-dix – quatre-vingts – quatre-vingt-dix

Piste 041 – Les nombres de 70 à 100 (b)

soixante-dix – soixante et onze – soixante-douze…
À vous !
quatre-vingts – quatre-vingt-un – quatre-vingt-deux…
À vous !
quatre-vingt-dix – quatre-vingt-onze… À vous !

Piste 042 – zoom Culture – Les numéros de téléphone en France (a)

Femme 1 : Quel est ton numéro de portable français ? Je le note sur mon téléphone.
Femme 2 : 0 - 6 - 5 - 3 - 4 - 1 - 1 - 6 - 2 - 8.
Femme 1 : Ah ! 06 53 41 16 28, c'est bien ça ?
Femme 2 : Oui, c'est ça. Et toi ? Quel est ton numéro de mobile ?
Femme 1 : C'est le 07 31 19 45 78 ou, de l'international, (+)33 7 31 19 45 78.

Pistes 043 et 044 – Activité 3

Kali : Le numéro de Paloma : 06 71 66 21 83.
Sung : Fiorello : 07 93 37 74 61.
Tao : Kali : 07 89 51 18 18.
Maria : Tao : 06 61 76 59 66.
Paloma : Maria : 06 85 15 95 13.
Fiorello : Sung : 07 12 72 45 61.

Pistes 045 et 046 – Activité 5b

Rémy : r demorand arobase yahoo point fr.
Akiko : akiko tiret osawa arobase hotmail point com.
Greta : greta point falk arobase gmail point com.
David : david tiret bas grass arobase outlook point com.

Piste 047 – zoom Langue – Demander / Dire l'adresse mail (a)

Quelle est ton adresse mail ?
Quelle est votre adresse mail ?
Mon adresse mail, c'est akiko tiret osawa arobase hotmail point com.

Piste 048 – Demander / Dire l'adresse mail (b)

f - point - moretti - arobase - yahoo - point - F - R
maria - tiret bas - gomes - arobase - U - O - L - point - com - point - B - R

Leçon 3 • Donner des informations sur quelqu'un

Piste 049 – zoom Langue – Les verbes *être* et *avoir* pour donner des informations personnelles (c)

ils sont – ils ont

Piste 050 – Prononciation – Les sons [ə] et [e] – Activité 6a

1. le – **2.** les

Piste 051 – Activité 6b

1. le sport – **2.** les cinémas – **3.** le film – **4.** le profil – **5.** les mois – **6.** les noms – **7.** le groupe – **8.** le nombre

Piste 052 – Activité 6c

Exemple : les goûts → le goût.
1. le nombre – **2.** les films – **3.** le nom – **4.** les groupes – **5.** les mois – **6.** le cinéma – **7.** les profils – **8.** le sport

Piste 053 – zoom Langue – Les verbes en *-er* au présent (a)

je parle – tu parles – il parle – elle parle – nous parlons – vous parlez – ils parlent – elles parlent

Piste 054 – Les verbes en *-er* au présent (b)

j'aime – tu aimes – il aime – elle aime – nous aimons – vous aimez – ils aiment – elles aiment

Piste 055 – Récap' grammaire

Les verbes en *-er* au présent
aimer : j'aime – tu aimes – il aime – elle aime –

nous aimons – vous aimez – ils aiment – elles aiment
parler : je parle – tu parles – il parle – elle parle – nous parlons – vous parlez – ils parlent – elles parlent

Piste 056 – Récap' grammaire

Les verbes *avoir* et *être* au présent
avoir : j'ai – tu as – il a – elle a – nous avons – vous avez – ils ont – elles ont
être : je suis – tu es – il est – elle est – nous sommes – vous êtes – ils sont – elles sont

Fenêtres sur... Sociétés

Piste 057 – Activité 1

Extrait 1
Alexandre
Je donnerais toute ma vie
Pour une cendre
Rien qu'une cendre de ta Lucky
Alexandre

Extrait 2
Élisa, Élisa
Élisa, saute-moi au cou
Élisa, Élisa
Élisa, cherche-moi des poux
Enfonce bien tes ongles

Extrait 3
Léa
Elle est parisienne, elle est pas présentable
Elle est pas jolie, elle est pas moche non plus
Elle est pas à gauche, elle est pas à droite
Elle est pas maladroite

Extrait 4
C'est qu' je suis l'as de trèfle qui pique ton cœur
L'as de trèfle qui pique ton cœur
L'as de trèfle qui pique ton cœur, Caroline
Claude MC prend le microphone genre love story raggamuffin
Pour te parler d'une amie qu'on appelle Caroline

Extrait 5
Petite Marie, je parle de toi
Parce qu'avec ta petite voix
Tes petites manies, tu as versé sur ma vie
Des milliers de roses

Extrait 6
Quatre consonnes et trois voyelles
C'est le prénom de Raphaël
Je le murmure à mon oreille
Et chaque lettre m'émerveille
C'est le tréma qui m'ensorcelle
Dans le prénom de Raphaël
Comme il se mêle au a, au e
Comme il les entremêle au l
Raphaël

Extrait 7
Lalala... Pierre
Mon Pierre

03 – Activité 2

Les tendances actuelles sont aux prénoms courts. Il y a beaucoup de prénoms d'une syllabe dans le top 20. Le trio en tête ne change pas avec Emma, Jade et Louise dans le top 3 féminin et Gabriel, Raphaël et Léo dans le top 3 masculin.
On va certainement voir le retour des Suzanne, des Madeleine, mais il y aura aussi des prénoms nouveaux. On va donc avoir un équilibre entre le nouveau et l'ancien dans le répertoire des prénoms.

Stratégies et outils pour... communiquer en classe

Piste 058 – Activité 1b

Étudiante 1 : Qu'est-ce que c'est ?
Professeur : C'est une chaise.

Étudiant 1 : Comment dit-on « *Hi!* » en français ?
Étudiante 2 : « Salut ! »

Étudiante 3 : C'est à quelle page ?
Professeure : Page 36.

Étudiante 4 : Comment ça se prononce ?
Professeure : Ça se prononce « douze », avec « ou » comme dans « vous ».

Étudiante 5 : « Tableau », comment ça s'écrit ?
Étudiante 6 : T-A-B-L-E-A-U.

Étudiante 7 : « Voyelle », qu'est-ce que ça signifie ?
Professeur : C'est une lettre : *a, e, i*...

Piste 059 – Activité 2a

1. Parlez lentement, s'il vous plaît.
2. Pardon, j'ai une question.
3. Je ne comprends pas. Vous pouvez expliquer ?
4. Comment ? Répétez, s'il vous plaît !

DOSSIER 2 Communiquer en contexte international

Leçon 1 • Parler de son apprentissage

Pistes 060 et 061 – Activités 5, 6 et 7

Mei : Bonjour ! Je m'appelle Mei, je suis chinoise. Je suis musicienne. Je suis à Paris parce que j'étudie le violon. J'apprends le français parce que mes cours de musique sont en français... Et aussi pour le plaisir !
Sofia : Bonjour, je m'appelle Sofia et je suis étudiante à l'Alliance française de Paris. Je suis italienne, je suis traductrice. Je suis ici parce que je suis amoureuse d'un Français. Il est graphiste à Paris. J'apprends le français pour communiquer avec la famille.
Francisco : Bonjour, je m'appelle Francisco et j'étudie à l'Alliance française. Je suis brésilien. Pourquoi je suis à Paris ? Parce que ma femme travaille ici, elle est architecte. Moi, je suis cuisinier, j'apprends le français pour travailler à Paris. Et aussi parce que j'aime la langue française !

Piste 062 – Prononciation – Les sons [y] et [u] – Activité 8a

ou – bonj**ou**r
u – sal**u**t

Piste 063 – Activité 8b

Exemples : culture – cours.
1. amour – **2.** excursion – **3.** groupe – **4.** musique – **5.** tourisme – **6.** journaliste – **7.** traductrice – **8.** étudiant

Piste 064 – Activité 8c

1. J'ai un cours de musique.
2. Je voyage le douze août.
3. J'étudie le journalisme.
4. La traductrice est avec un groupe.

Piste 065 – Récap' grammaire

Le verbe *apprendre* au présent
j'apprends – tu apprends – il apprend – elle apprend – nous apprenons – vous apprenez – ils apprennent – elles apprennent

Piste 066 – Récap' grammaire

Les verbes en *-ger* au présent
je partage – tu partages – il partage – elle partage – nous partageons – vous partagez – ils partagent – elles partagent

Leçon 2 • Annoncer un événement

Pistes 067 et 068 – Activité 4

Vous écoutez Radio France internationale.
Journaliste 1 : Bonjour à tous, bienvenue dans notre émission spéciale sur la langue française.
Journaliste 2 : Oui, aujourd'hui, nous sommes le 20 mars, c'est la Journée internationale de la Francophonie, journée créée en 1988. C'est aussi la Semaine de la langue française et de la Francophonie, créée, elle, en 1995. Savez-vous que 300 millions de personnes utilisent la langue française dans le monde ? Cette semaine, 70 pays…

Piste 069 – Prononciation – La mélodie et le rythme du français – Activité 8a

Bonjour à tous. Bienvenue dans notre émission sur la langue française. Nous sommes le 22 mars.

Piste 070 – Activité 8b

Bienvenue dans notre émission sur la langue française.

Piste 071 – Activités 8c et 8d

Exemple : Bonjour !
Bonjour à tous ! Bienvenue dans notre émission sur la langue française. Nous sommes le 22 mars.

Piste 072 – Activité 8e

Bonjour à tous ! Bienvenue dans notre émission sur la langue française. Nous sommes le 22 mars.
Bonjour à tous ! Bienvenue dans notre émission sur la langue française. Nous sommes le 22 mars.

Piste 073 – S'entraîner – Activité 2

La langue française dans le monde, c'est : 274 millions d'utilisateurs, 180 millions d'internautes, 125 millions d'apprenants et 900 000 professeurs. Les prévisions pour 2070 sont : entre 477 millions et 747 millions de francophones.

Leçon 3 • Faire connaissance

Piste 074 – zoom Langue – Dire le pays / la ville d'origine (b)

je viens – tu viens – il vient – elle vient – nous venons – vous venez – ils viennent – elles viennent

Pistes 075 et 076 – Activités 4 et 5

Dialogue 1
Animateur : Bonjour ! Vous allez bien ? Bienvenue à la table du français !
Plusieurs étudiants : Bonjour. / Salut ! / Oui, ça va.
Animateur : Alors, je me présente, je m'appelle Simon, je suis l'animateur. Pour faire connaissance, je vous propose de parler de votre pays d'origine. Quelles sont les nationalités, dans le groupe ?
Étudiante 1 : Je suis espagnole.
Étudiant : Moi, je viens du Maroc.
Animateur : Et toi, quel est ton pays d'origine ?
Étudiante 2 : Je viens des États-Unis, de San Francisco…

Dialogue 2
Animateur : Regardez les papiers sur la table. Qui choisit un thème ?
Étudiant 1 : Moi ! Le travail ! Est-ce que vous travaillez ?
Étudiant 2 : Non.
Étudiante : Oui ! Je travaille dans un restaurant.
Étudiant 1 : Ah ? Tu n'es pas étudiante ?
Étudiante : Si. J'étudie la journée et je travaille le soir ! Je suis serveuse au restaurant…

Dialogue 3
Étudiant 1 : Ah ! Le thème, c'est la cuisine. Vous aimez la cuisine française ?
Étudiante 1 : Ah ben moi, non, je n'aime pas la cuisine française…
Étudiante 2 : Ah bon ? Quelle est ta cuisine préférée ?
Étudiante 1 : La cuisine chinoise.
Étudiant 3 : Ah oui, la cuisine chinoise, j'aime bien !
Animateur : Oh ! 14 heures, c'est fini pour aujourd'hui ! Vous venez jeudi ?
Étudiant 1 : Oui ! À jeudi ! Bon après-midi !
Étudiant 3 : Au revoir, à bientôt !
Étudiante 2 : Salut, bonne journée ! À jeudi !

Pistes 077 et 078 – Activité 6

Dialogue 1
Animateur : Bonjour ! Vous allez bien ? Bienvenue à la table du français !
Plusieurs étudiants : Bonjour. / Salut ! / Oui, ça va.
Animateur : Alors, je me présente, je m'appelle Simon, je suis l'animateur. Pour faire connaissance, je vous propose de parler de votre pays d'origine. Quelles sont les nationalités, dans le groupe ?
Étudiante 1 : Je suis espagnole.
Étudiant : Moi, je viens du Maroc.

Animateur : Et toi, quel est ton pays d'origine ?
Étudiante 2 : Je viens des États-Unis, de San Francisco…

Dialogue 3
Étudiant 1 : Ah ! Le thème, c'est la cuisine. Vous aimez la cuisine française ?
Étudiante 1 : Ah ben moi, non, je n'aime pas la cuisine française…
Étudiante 2 : Ah bon ? Quelle est ta cuisine préférée ?
Étudiante 1 : La cuisine chinoise.
Étudiant 3 : Ah oui, la cuisine chinoise, j'aime bien !
Animateur : Oh ! 14 heures, c'est fini pour aujourd'hui ! Vous venez jeudi ?
Étudiant 1 : Oui ! À jeudi ! Bon après-midi !
Étudiant 3 : Au revoir, à bientôt !
Étudiante 2 : Salut, bonne journée ! À jeudi !

Piste 079 – Prononciation – La question intonative – Activité 7a

Exemples : Tu parles français. Tu parles français ?
1. Vous travaillez ici.
2. L'Alliance organise une rencontre.
3. Je viens jeudi ?
4. Vous étudiez le chinois ?
5. Nous parlons français.
6. L'Alliance organise une rencontre ?
7. Je viens jeudi.
8. Il aime la cuisine ?
9. Vous travaillez ici ?
10. Vous étudiez le chinois.
11. Nous parlons français ?
12. Il aime la cuisine.

Piste 080 – Activité 7b

Exemple : Il voyage en Europe. Il voyage en Europe ?
1. Vous venez de Montréal ?
2. Vous êtes chinoise.
3. Il vient du Canada.
4. Tu es étudiant ?
5. Vous êtes traducteur.
6. Vous travaillez dans un restaurant ?
7. Elle parle japonais ?

Piste 081 – Prononciation – Le son [ɛ̃] – Activité 7c

Exemple : bien.
1. elles viennent – **2.** musicien – **3.** semaine – **4.** simple – **5.** je viens – **6.** européenne – **7.** informaticien – **8.** cinq continents

Piste 082 – Récap' grammaire

Le verbe *venir* au présent
je viens – tu viens – il vient – elle vient – nous venons – vous venez – ils viennent – elles viennent

Fenêtres sur… Identités

07 – Activité 2

Bonjour à tous. Moi, je m'appelle Yu Jian Li. J'ai 24 ans et je suis chinois. En 2011, je suis venu en France pour continuer mes études, dans le domaine ingénierie mécanique. Et actuellement, je viens de commencer mon premier travail en France. Mon premier souvenir du français, c'était en Chine. Parce qu'avant de venir en France, j'ai passé une formation courte sur la langue française. Pour la première fois, j'ai entendu la langue française, j'étais impressionné. C'était un coup de foudre pour moi. Pour moi, mon mot préféré c'est « aimer ». Parce qu'en France, on parle souvent de romantisme et en plus, à Paris, on sait que c'est une ville très romantique : il y a le mur des amours. Du coup, je suis vraiment touché par ce mot-là, « aimer ». Le premier, c'est Victor Hugo dans le domaine de la littérature. Parce que moi, j'ai eu l'occasion de lire ses phrases, et je suis vraiment touché par les sentiments, les émotions dans ses phrases. Et la deuxième personne, c'est Zidane, pour le foot, parce que le foot, pour moi, c'est aussi la passion. La francophonie, c'est… comment dire… que tout le monde parle français, comment dire… il y a différents types de français, mais on parle de la même langue. Oui, c'est ça. On échange entre nous, en français. C'est plutôt dans la nourriture. Par exemple le croissant, en Chine, on dit « croissant » aussi. Voilà, parce que c'est quelque chose de spécial qui est venu de la France. Du coup, on prend son nom en français, pour montrer que ça vient de la France.

Stratégies et outils pour… effectuer des tâches

Piste 083 – Activité 1b

1. Écoutez le dialogue.
2. Écrivez le message.
3. Ouvrez le livre à la page 35.
4. Observez la photo.
5. Regardez la vidéo.
6. Lisez le texte.
7. Fermez votre livre.
8. Répondez aux questions.
9. Choisissez la réponse correcte.
10. Échangez ! Parlez de vos goûts.

Piste 084 – Activité 2b

1. Entourez l'ordinateur.
2. Soulignez le mot « cahier ».
3. Associez la table et la chaise.
4. Complétez le mot manquant.
5. Cochez la photo du tableau.

Entraînement DELF A1

Piste 085 – Compréhension de l'oral – Exercice 1 – Identifier un événement

Vous êtes en France. Vous entendez ce message sur votre répondeur. Lisez les questions. Écoutez le document puis répondez.
Bonjour. C'est Myriam du centre de langues. J'appelle pour vous informer que le cours de français commence mercredi après-midi à 15 heures. Votre professeure s'appelle Mélanie Rebichoux. J'épelle : R-E-B-I-C-H-O-U-X. Le cours est dans la salle 115. Pour confirmer votre présence, vous devez téléphoner mardi au secrétariat.

DOSSIER 3 Découvrir une ville

Leçon 1 • Rechercher / Proposer un hébergement

Pistes 086 et 087 – Activité 3b

a. Est-ce qu'il y a un ascenseur ?
b. Vous acceptez les animaux ?
c. C'est un immeuble avec un digicode ?
d. Il y a des équipements pour les enfants ? Un lit pour bébé ? Une chaise pour bébé ?

Piste 088 – Prononciation – La liaison et l'enchaînement – Activité 4a

1. un salon – un hébergement
2. une cuisine – une information

Piste 089 – Activité 4b

1. un lit – un ascenseur – un appartement – un logement
2. une hôtesse – une baignoire – une chambre – une annonce

Piste 090 – Activité 4c

Exemple : des hébergements.
1. des logements – **2.** des équipements – **3.** les appartements – **4.** des salles de bain – **5.** les lits – **6.** des informations – **7.** les chambres – **8.** les annonces

Piste 091 – Activité 4d

1. Un appartement avec des équipements.
2. Une annonce avec des informations.
3. Un logement avec des avantages.
4. Les annonces pour des locations.
5. Un hébergement pour un adulte et deux enfants.
6. Un immeuble avec des ascenseurs.

Piste 092 – zoom Langue – Caractériser une personne, un hébergement (b)

1. Il est attentionné. – Elle est attentionnée.
2. Il est petit. – Elle est petite.
3. Il est grand. – Elle est grande.
4. Il est intéressant – Elle est intéressante.
5. Il est disponible. – Elle est disponible.
6. Il est pratique. – Elle est pratique.
7. Il est content. – Elle est contente.

Leçon 2 • Présenter un lieu « coup de cœur »

Pistes 093 et 094 – Activités 5 et 6

Dialogue 1
Client : Bonjour !
Commerçant : Bonjour monsieur.
Client : Je voudrais ce gâteau, s'il vous plaît.
Commerçant : Oui, vous désirez autre chose ?
Client : Euh… ça, qu'est-ce que c'est ?
Commerçant : Des biscuits traditionnels de Marseille, ça s'appelle des navettes.
Client : Ah… Et combien ça coûte ?
Commerçant : Cinq euros cinquante.
Client : Alors je voudrais un paquet, s'il vous plaît.

Dialogue 2
Client : Bonjour ! Combien coûte ce livre ?
Commerçante : Alors… Il coûte 12 euros.
Client : Ah, OK, très bien !
Commerçante : C'est un très bon livre, hein ! Vous payez comment ?
Client : Par carte, sans contact.
Commerçante : Merci !
Client : Et… je voudrais aussi un thé, un thé vert, s'il vous plaît. Et un croissant.
Commerçante : Un thé vert et un croissant, d'accord ! Asseyez-vous, j'arrive !
Client : L'addition, s'il vous plaît !

Piste 095 – Prononciation – Les consonnes finales muettes – Activité 7a

1. client – port – près – biscuits – prix – d'accord
2. premier – quartier – panier – déjeuner – sur – cœur – bar

Piste 096 – Activité 7b

1. Dans ce quartier, il y a un bar sur le boulevard.
2. Deux thés et deux gâteaux, s'il vous plaît !

Leçon 3 • Indiquer un itinéraire

Pistes 097 et 098 – Activités 4 et 5

Journaliste : Bonjour, ici Radio Fourvière, c'est le premier soir de la Fête des Lumières, nous sommes sur la place Bellecour. Derrière moi, une œuvre incontournable : *La Vague*. Les visiteurs sont très nombreux ! Monsieur, bonsoir, un petit mot pour Radio Fourvière ? Vous allez où ?
Homme : Ce soir, je vais dans le Vieux-Lyon pour admirer la cathédrale Saint-Jean. Ensuite, je monte à Fourvière et je redescends jusqu'à Saint-Paul.
Journaliste : Bonsoir messieurs dames, quel est votre parcours pour découvrir la Fête des Lumières ?
Femme : Alors nous, nous allons aux Terreaux, pour le spectacle sur l'hôtel de ville. Chaque année, c'est magnifique ! Et après, nous allons sur la place Sathonay.

Piste 099 – zoom Langue – Les verbes *prendre* et *descendre* au présent (d)

je prends – je descends
tu prends – tu descends
il prend – il descend
elle prend – elle descend
nous prenons – nous descendons
vous prenez – vous descendez
ils prennent – ils descendent
elles prennent – elles descendent

Piste 100 – Prononciation – Les sons [e] et [ɛ] – Activités 9a et 9b

1. aller – **2.** lumière – **3.** tramway – **4.** vélo – **5.** théâtre – **6.** rivière – **7.** fête – **8.** à pied

Piste 101 – Activité 9c

1. La Fête des Lumières.
2. La première idée ?

3. Ouvert ou fermé ?
4. Le vélo ou la trottinette ?
5. Vous allez à la rivière.
6. Aller à la fête à pied.
7. La cinquième année.
8. Après la fontaine.

Piste 102 – Récap' grammaire
Les verbes *aller, descendre et prendre* au présent

aller : je vais – tu vas – il va – elle va – nous allons – vous allez – ils vont – elles vont
descendre : je descends – tu descends – il descend – elle descend – nous descendons – vous descendez – ils descendent – elles descendent
prendre : je prends – tu prends – il prend – elle prend – nous prenons – vous prenez – ils prennent – elles prennent

Fenêtres sur… Patrimoines

10 – Activité 2

Quand vous vous promenez, levez-vous parfois les yeux pour prêter attention aux noms de rues ? Saviez-vous qu'en France, à peine 2 % des boulevards et autres allées portent le nom d'une femme ? Pour comprendre cette inégalité, démarrons notre enquête rue Jeanne-d'Arc, le nom de personnage féminin le plus attribué en France. Les raisons sont historiques, diront certains, mais ici, la ville entend combler son retard et la commune la plus active en la matière depuis cinq ans, c'est Nantes. Ici, 70 % des nouveaux noms de rues sont ceux de femmes illustres, davantage que lors des deux derniers siècles. Il me semble important, voilà, de reconnaître que les femmes ont participé à la société.

DOSSIER 4 Entretenir des relations sociales

Leçon 1 • Parler de ses loisirs

Piste 103 – Activités 1c et 2

Sven : Tu connais *Meetup* ?
Paul : Oui, c'est super pour rencontrer des gens.
Sven : On crée un groupe pour proposer des activités avec les habitants du quartier ?
Paul : Ah oui, bonne idée ! On ne connaît pas nos voisins…
Sven : Voilà, je suis sur le site. Regarde les thèmes. On prend des thèmes variés, non ? Bon, qu'est-ce qu'on aime ?
Paul : La musique, bien sûr ! C'est ma passion !
Sven : Et la lecture ?
Paul : Ben oui, on adore lire tous les deux !
Sven : Le yoga ?
Paul : Oh non, je n'aime pas le yoga.
Sven : Alors, comme sport, tu préfères quoi ?
Paul : Le foot ! Beaucoup de gens aiment le foot !
Sven : D'accord. Et la marche rapide ?
Paul : Oui, j'aime bien marcher. Quoi d'autre ?
Sven : Les jeux de société ! Les soirées jeux, c'est super !
Paul : OK ! Et on choisit une activité créative aussi ?
Sven : Oui, le dessin ! J'adore !
Paul : Et qu'est-ce qu'on choisit comme nom pour le groupe ?
Sven : Ben… « Activités entre voisins » ?
Paul : Ah oui, d'accord !

Piste 104 – Prononciation – Le son [ɔ̃] – Activité 4a

Exemple : bon.
1. propose – **2.** rencontre – **3.** nos voisins – **4.** le nom – **5.** on cherche – **6.** beaucoup – **7.** quoi d'autre – **8.** la passion

Piste 105 – Activité 4b

[o] – [ɔ̃]

Piste 106 – Activité 4c

1. On cherche les contacts.
2. Les rencontres sont de bons moments.
3. On partage nos passions.

Piste 107 – zoom Langue – Parler de ses activités : *faire de, jouer de / à* (b)

je fais – tu fais – il fait – elle fait – on fait – nous faisons – vous faites – ils font – elles font

Piste 108 – Récap' grammaire
Le verbe *faire* au présent

je fais – tu fais – il fait – elle fait – on fait – nous faisons – vous faites – ils font – elles font

Leçon 2 • Parler de sa famille

Piste 109 – Activités 6, 7 et 8

Mère d'accueil : Alors, Giacomo, tu as des photos de ta famille ?
Giacomo : Oui, voilà ! Sur cette photo, c'est ma famille maternelle.
Mère d'accueil : Les trois enfants, ce sont tes frères et sœurs ?
Giacomo : Non, je n'ai pas de sœur. Mais j'ai un demi-frère : ici, à gauche. Il s'appelle Pietro.
Mère d'accueil : Ah oui, il est blond, comme toi ! Et les deux autres ?
Giacomo : La fille brune avec les cheveux longs, c'est ma cousine Giulia. Et le petit, devant, dans les bras de son papa, c'est mon cousin Lapo.
Mère d'accueil : Donc le jeune homme brun avec une barbe, c'est ton oncle ?
Giacomo : Oui. Mon oncle Emilio.
Mère d'accueil : Et ta mère, c'est la dame blonde, là, à droite ?
Giacomo : Oui.
Mère d'accueil : Elle est belle ! Et derrière, à gauche ? Ce sont tes grands-parents ?
Giacomo : Oui, les parents de ma mère.
Mère d'accueil : Ils sont très souriants ! Et la dame rousse ?
Giacomo : C'est ma tante Graziella, la sœur de ma mère. Et l'homme avec les cheveux très courts, à côté

de Graziella, c'est mon beau-père, le compagnon de ma mère.
Mère d'accueil : Et ton père et toi, vous n'êtes pas sur la photo ?
Giacomo : Non, mais j'ai cette autre photo : je suis avec mon père et ma belle-mère.
Mère d'accueil : Ah, tu ressembles à ton père : vous avez les yeux bleus tous les deux !

Leçon 3 • Annoncer / Réagir à une nouvelle

Piste 110 – Activités 2, 3 et 4

1. *Vous avez un nouveau message. Reçu vendredi 10 à 17 heures.*
Lucas : Coucou mamie ! C'est Lucas ! J'ai une super nouvelle : je viens d'avoir mon permis de conduire ! Je vais passer chez toi bientôt et on va faire un tour avec la voiture de maman, d'accord ? Je t'embrasse mamie !
2. Caroline : Bonsoir Patrick, c'est Caroline. Je ne vais pas venir au travail demain, je suis malade. Je viens de voir le médecin, j'ai un arrêt de travail de cinq jours. Je suis désolée… Demain matin, je vais transférer par mail les documents pour la réunion et comme ça vous pouvez…
3. Jasmine : Coucou papa ! Je viens de recevoir la réponse pour le travail : j'ai le poste ! Je suis super contente ! Je commence à bosser la semaine prochaine. Après-demain, j'apporte le champagne, on va trinquer ! Bisou papa !
4. Walid : Salut les copains ! Je viens de trouver un appart ! C'est cool ! On va fêter ça le week-end prochain, OK les amis ? Bon ben, bises !

Piste 111 – Prononciation – Le rythme et l'accentuation – Activité 5a

On va fêter ça / le week-end prochain.
1. la la la la la / la la la la la
2. la la la la la la la la la la

Piste 112 – Activités 5c et 5d

1. On va faire un tour / avec la voiture / de Carolina.
2. Je vais transférer par mail / les documents / pour la réunion.

Piste 113 – Tâche cible – Activité 1a

Bonjour, vous avez un nouveau message. Salut Julien, c'est maman. C'est maman ! C'est maman ! Salut ma beauté, c'est maman. Oui, bonjour ma grenouille. Salut ma petite chérie. Ben… c'était papa maman. Oui mon fils. C'est maman, donc voilà ! Reçu vendredi 13 à 19 h 08 : c'est pour te donner une bonne nouvelle, j'ai mon micro-ondes, mais si tu savais le délire que ça a été…
(Arte) Voilà, et ben écoute je t'embrasse de tout mon cœur. (Radio) Et puis je vous fais des gros gros bisous, à bientôt. C'était maman. (point) Bisous ma chatte, bisous bisous, plein de bonnes pensées à vous tous, au revoir ma puce. (com)

Fenêtres sur… Littératures

13 – Activités 1, 2 et 3

Présentatrice : Voici à présent le portrait de l'auteur de bandes dessinées Riad Sattouf. Successeur en quelque sorte de Claire Bretécher, puisque sa petite Esther occupe toutes les semaines une page dans le *Nouvel Obs*. Ses cahiers sont aujourd'hui rassemblés dans un album où les pensées secrètes et la vie quotidienne de la fillette nous en apprennent beaucoup sur notre monde.
Alexandra Rouaud : Après *La Vie secrète des jeunes* et *L'Arabe du futur*, où il racontait sa jeunesse en Libye et en Syrie, le réalisateur des *Beaux gosses* signe *Les Cahiers d'Esther*, une histoire racontée d'après le récit authentique d'une petite fille de 10 ans, vivant dans le 17e arrondissement de Paris.
Riad Sattouf : Elle a commencé à me parler de sa propre jeunesse, en fait de son quotidien, de sa vie secrète – entre guillemets – de petite fille, à l'école, de ses copains, qu'est-ce qui fait qu'on est populaire ou qu'on ne l'est pas, etc. Et donc j'ai tout de suite eu envie d'en faire des bandes dessinées avec ses histoires pour mettre en parallèle sa propre jeunesse à elle, sa jeunesse française en 2016, avec la mienne au Moyen-Orient.
Alexandra Rouaud : Les points communs entre les jeunesses croquées par Riad Sattouf, c'est le quotidien, la famille, les amis, les amours et l'école.

Stratégies et outils pour… identifier une situation orale

Piste 114 – Activités 1a et 2a

Situation 1
Cliente : Bonjour !
Boulangère : Bonjour madame.
Cliente : Je vais prendre deux baguettes tradition.
Boulangère : Il vous fallait autre chose ?
Cliente : Oui, un croissant et un pain au chocolat, s'il vous plaît.
Boulangère : Ça fait trois euros soixante-quinze, s'il vous plaît. Et voilà : un euro vingt-cinq pour vous. Bonne journée !
Cliente : Merci, bonne journée !

Situation 2
Journaliste : Bonjour, c'est pour une enquête. Vous pratiquez une activité physique ou sportive ?
Femme 1 : Je cours régulièrement, je fais du yoga toutes les semaines.
Femme 2 : Du renforcement musculaire, du vélo.
Homme 1 : Du fitness en salle de sport.
Journaliste : Et vous, vous pratiquez une activité physique ou sportive ?
Femme 3 : Oui, du golf !
Homme 2 : Du badminton en club.
Femme 4 : Je vais à la salle de sport.
Homme 3 : Je fais de la randonnée.
Femme 5 : Natation et volley.

Situation 3

Commandant de bord : Mesdames et messieurs, dans quelques instants, notre TGV entrera en gare de Paris-Montparnasse, terminus de ce train. Nous espérons que vous avez effectué un agréable voyage. Avant de quitter vos places, veuillez vous assurer de ne rien oublier. La SNCF et son personnel de bord ainsi que le personnel de restauration vous souhaitent une excellente fin de soirée. Paris-Montparnasse, terminus de ce train.

Situation 4

France Inter ! Nicolas Demorand… Le 7/9.
Nicolas Demorand : Il est 7 heures, bienvenue sur France Inter, nous sommes le mercredi 29 juin ! Anaïs Feuga, bonjour !
Anaïs Feuga : Bonjour Nicolas, bonjour à tous !
Nicolas Demorand : À la une de l'actualité ce matin, la géopolitique en mouvement…

Piste 115 – Activités 3a et 3b

Tania : Coucou Juliette, ça va ?
Juliette : Je t'attends depuis quarante-cinq minutes ! Vraiment, Tania, tu exagères !
Tania : Comment ça, quarante-cinq minutes ? On avait rendez-vous à 15 heures !
Juliette : Non, on avait rendez-vous à 14 h 15 !
Tania : Ah bon ? Tu es sûre ?
Juliette : Oui, tu es toujours en retard !!
Tania : Oh, pardon… Excuse-moi…

Entraînement DELF A1

Piste 116 – Compréhension de l'oral – Exercice 2 – Identifier une activité

Vous êtes en France. Vous entendez cette annonce à la radio. Lisez les questions. Écoutez le document puis répondez.
Le musée du vélo de Tournus fête ses 10 ans et organise des visites guidées. Pour cet événement, le week-end prochain, l'entrée du musée coûte 4 euros et elle est gratuite pour les enfants de 0 à 12 ans. Vous réservez votre visite sur notre site internet.

DOSSIER 5 Gérer son quotidien

Leçon 1 • Parler de l'organisation au travail

Piste 117 – Activités 2, 3 et 4

Amad : Bonjour, bienvenue !
Françoise : Bonjour Amad !
Amad : Bonjour Françoise. Ah, Leïla, ton micro et ta caméra ne fonctionnent pas : tu as des problèmes avec ta connexion ?
Laurent : Bonjour !
Amad : Bonjour Laurent ! Et Bérénice, elle n'est pas connectée ? Ah, la voilà !
Bérénice : Bonjour Amad ! Bonjour tout le monde !
Leïla : Bonjour !
Amad : Ah, voilà Leïla ! Bon, tout le monde est là. Cet après-midi, on est ensemble jusqu'à 17 h 30. Pendant cette réunion, on va parler de notre nouveau projet européen.
Leïla : Pardon Amad, excuse-moi, je n'entends pas bien, je prends mon casque !
Amad : Ah, d'accord. Ça va ? Tu entends maintenant ?
Leïla : Oui, c'est bon.
Amad : Alors, j'annonce l'ordre du jour : d'abord, je vais présenter le projet. Puis, avant la pause, on va discuter du budget ; je viens de recevoir les informations par mail, ce matin.
Françoise : Amad, on fait la pause à quelle heure ? Vers 16 heures, c'est possible ?
Amad : Oui, de 16 heures à 16 h 15. Ça va pour toi, Françoise ?
Françoise : Oui, très bien, j'ai un appel téléphonique important, je voudrais appeler pendant la pause.
Amad : Parfait. Et après la pause, on va organiser les équipes. On termine à 17 h 30 et on fixe notre prochain rendez-vous. Ce soir, après notre réunion, j'envoie un mail avec les documents. OK ?
Plusieurs personnes : OK !
Amad : Bon, quelle heure est-il ? Il est 14 h 35, nous commençons la réunion.

Piste 118 – Activités 6, 7 et 8b

Amad : Bon, il est 17 h 30, on termine. Pour notre prochaine réunion, vous voulez travailler en visio ou en présentiel ?
Françoise : En présentiel, si possible ! Moi je veux voir mes collègues !
Plusieurs personnes : Oui ! Bien sûr ! Moi aussi !
Amad : D'accord. On peut regarder pour la semaine du 21 février ?
Plusieurs personnes : Oui ! / OK ! / D'accord !
Amad : Alors, le 21 ou le 22, quelles sont vos disponibilités ? Françoise ?
Françoise : Moi, je suis disponible le 22 au matin. Mais le 21, je ne peux pas.
Amad : Et toi, Bérénice ?
Bérénice : Moi non plus, je ne suis pas libre le 21. Mais le 22, oui, c'est possible pour moi, le matin.
Amad : Et Leïla ? Laurent ? Le 22 au matin, vous êtes libres ?
Leïla : Ah non, pas le matin. Le 22, je suis libre l'après-midi seulement.
Laurent : Moi aussi. Le matin, j'ai une réunion avec des clients et ils ne peuvent pas déplacer le rendez-vous.
Amad : Et mercredi 23 après-midi, vous pouvez venir ?
Bérénice : Moi, je peux.
Leïla : Moi aussi !
Laurent : Oui, le 23, je suis dispo toute la journée. Et toi, Françoise, tu peux venir ?
Françoise : Ah non ! Le mercredi, c'est impossible pour moi, je ne travaille pas !
Amad : Oh là là, c'est compliqué !
Laurent : Nous pouvons créer un Doodle pour la semaine du 21, pour donner nos disponibilités ?
Amad : Bonne idée, je fais ça ce soir ! Alors bonne soirée à tous !
Plusieurs personnes : Bonne soirée !

Piste 119 – Prononciation – Les sons [ø] et [œ] – Activité 9a

1. [ø] – **2.** [œ]

Piste 120 – Activité 9b

Exemple 1 : veux ; exemple 2 : veulent.
1. Quelle heure ? – **2.** vingt-deux – **3.** Tu peux. – **4.** Ils veulent. – **5.** seulement – **6.** Elle veut. – **7.** Elles ne peuvent pas. – **8.** ma sœur

Piste 121 – Activité 9c

1. Elles ne veulent pas à 16 heures.
2. Je peux à 22 heures.
3. Elles peuvent venir avec leurs deux sœurs.

Piste 122 – Récap' grammaire

Les verbes en *-cer* au présent
je commence – tu commences – il commence – elle commence – on commence – nous commençons – vous commencez – ils commencent – elles commencent

Piste 123 – Récap' grammaire

Les verbes *pouvoir* et *vouloir* au présent
pouvoir : je peux – tu peux – il peut – elle peut – on peut – nous pouvons – vous pouvez – ils peuvent – elles peuvent
vouloir : je veux – tu veux – il veut – elle veut – on veut – nous voulons – vous voulez – ils veulent – elles veulent

Leçon 2 • Décrire ses habitudes

Piste 124 – Activité 5b

Père : Les enfants, il est cinq heures moins le quart, c'est l'heure du goûter !
Enfants : Ouais !
Garçon : Et après, on peut aller dans le jardin ?
Père : Bon, d'accord. Vous goûtez et ensuite vous sortez quelques minutes. Mais après, qu'est-ce que vous faites ? Regardez le planning !
Enfants : On fait les devoirs !

Piste 125 – Activités 6 et 7

Dialogue 1
Père : Les enfants, il est cinq heures moins le quart, c'est l'heure du goûter !
Enfants : Ouais !
Garçon : Et après, on peut aller dans le jardin ?
Père : Bon, d'accord. Vous goûtez et ensuite vous sortez quelques minutes. Mais après, qu'est-ce que vous faites ? Regardez le planning !
Enfants : On fait les devoirs !

Dialogue 2
Garçon : Papa, on peut regarder un dessin animé avant le dîner ?
Père : D'accord, mais d'abord, vous prenez votre bain, il est six heures et demie…

Dialogue 3
Père : Allez Élina, Il est huit heures moins dix ! Tu ne termines pas ton repas ?
Fille : Nooon…
Père : Bon, eh bien tu vas te laver les mains et te brosser les dents !

Dialogue 4
Garçon : Papa, on peut lire une autre histoire ?
Père : Non, non. Il est huit heures et quart, allez hop ! Vous vous couchez !
Fille : Je veux un bisou de maman.
Père : Maman part du travail tard, tu sais, mais elle arrive bientôt…

Dialogue 5
Mère : Salut mon chéri !
Père : Oh là là, tu rentres tard !
Mère : Oui… Je suis fatiguée ! Les enfants dorment ?
Garçon : Coucou maman !
Père : Oh non Benjamin, il est neuf heures dix et tu ne dors pas ?
Garçon : Non, je n'arrive pas à m'endormir !

Piste 126 – Récap' grammaire

Les verbes pronominaux au présent
se préparer : je me prépare – tu te prépares – il se prépare – elle se prépare – on se prépare – nous nous préparons – vous vous préparez – ils se préparent – elles se préparent
s'habiller : je m'habille – tu t'habilles – il s'habille – elle s'habille – on s'habille – nous nous habillons – vous vous habillez – ils s'habillent – elles s'habillent

Piste 127 – Récap' grammaire

Les verbes *sortir*, *partir* et *dormir* au présent
partir : je pars – tu pars – il part – elle part – on part – nous partons – vous partez – ils partent – elles partent
sortir : je sors – tu sors – il sort – elle sort – on sort – nous sortons – vous sortez – ils sortent – elles sortent
dormir : je dors – tu dors – il dort – elle dort – on dort – nous dormons – vous dormez – ils dorment – elles dorment

Leçon 3 • Formuler des règles

Piste 128 – Activités 3, 4 et 5

Fille 1 : Bon, eh bien voilà l'appartement, Léo ! Tu es le quatrième colocataire, c'est super !
Léo : Oui, je suis très content !
Fille 1 : Bon, alors maintenant, regarde cette affiche.
Léo : Qu'est-ce que c'est ? Ah, les règles ! Alors, qu'est-ce que les colocataires doivent faire ?
Fille 1 : Respecter des règles, pour bien vivre ensemble… Et la première chose, c'est le loyer !
Léo : Vous devez payer à quelle date ?
Garçon : Nous devons payer le loyer le 5 de chaque mois.
Léo : OK, pas de problème.
Fille 2 : Et puis il faut respecter la propriété. Par exemple, dans le frigo, on a un étage par personne : il ne faut pas prendre la nourriture des autres ! Et dans la salle de bain, on écrit notre prénom sur les produits.
Léo : Ah oui, bien sûr ! On ne doit pas utiliser les produits des autres !
Fille 1 : Bon… On a aussi des règles de convivialité !

On se dit bonjour, au revoir… de préférence avec le sourire ! On veut une bonne ambiance dans cette coloc !
Garçon : Et on aime bien passer des moments sympas : on fait des soirées jeux, on prend l'apéro, on dîne ensemble…
Fille 2 : Oui ! Et quand il y a des problèmes, on doit se parler : on se réunit et on cherche des solutions !
Léo : Est-ce qu'on a le droit d'inviter des gens ?
Garçon : Oui, mais on a un planning pour ça. Tu ne peux pas inviter qui tu veux quand tu veux. Il faut s'organiser.
Léo : Et pour les tâches ménagères, on fait comment ?
Fille 1 : Pour ça aussi, tu dois respecter le planning. Tout le monde participe. Justement, regarde…

Piste 129 – Activités 7 et 8

Fille 1 : Pour le ménage, il y a les tâches personnelles comme ranger ses affaires ou faire la vaisselle après manger. Tout le monde fait ça tous les jours.
Garçon : Oui, et pour les autres tâches, on a un planning.
Léo : D'accord, je vois : on nettoie les toilettes trois fois par semaine : le lundi, le mercredi et le vendredi.
Fille 1 : C'est ça ! La cuisine, c'est tous les mardis, et on sort les poubelles le mardi et le samedi.
Fille 2 : Et on n'oublie pas d'arroser les plantes tous les dimanches !
Léo : Et pour les courses, comment on fait ?
Garçon : Il y a une liste. On achète les produits nécessaires pour la coloc, une fois par semaine : chaque samedi.
Fille 1 : Voilà ! Et chaque semaine, on écrit sur le planning qui fait quoi.
Léo : Waouh, super organisation ! Et la lessive ? C'est combien de fois par semaine ?
Fille 2 : Chaque colocataire fait sa lessive quand il veut, mais il faut s'organiser : on ne peut pas tous faire notre lessive le même jour !

Piste 130 – Récap' grammaire
Le verbe *devoir* au présent et *il faut*

devoir : je dois – tu dois – il doit – elle doit – on doit – nous devons – vous devez – ils doivent – elles doivent
falloir : il faut

Fenêtres sur… Sociétés

15 – Activités 2 et 3

19 heures, Jacqueline Vasseur attend ce moment tous les jours.
Manon : Santé !
L'heure où Manon rentre de l'école.
Jacqueline : On prend l'apéro…
Manon : Le fameux !
Jacqueline : Tous les soirs, on prend l'apéro.
Et tous les soirs, ça papote.
Manon : Vous l'aviez lu, celui-ci ?
Jacqueline : Si tu veux, je vais te le donner.
Manon : Oui, avec plaisir.
Jacqueline : Parce que, moi, je l'ai lu et relu.
70 ans d'écart, pourtant, elles sont inséparables.
À 92 ans, Jacqueline se sentait seule dans son grand appartement. Aujourd'hui, elle héberge cette étudiante et ça a tout changé.
Manon : Je suis là quasiment tous les soirs. On dîne avec madame Vasseur tous les soirs aussi. On peut en profiter aussi le matin pour se balader, pour faire des courses ensemble.
Jacqueline : C'est une présence, une grande présence. Je suis très heureuse de l'avoir.
Ensemble, elles ont signé un contrat. Six soirs par semaine et un week-end sur deux, Manon doit être là pour Jacqueline. En retour, l'étudiante est logée gratuitement.
Journaliste : Ça, c'est ta chambre alors ?
Manon : C'est ma chambre, du coup, mon espace personnel avec le petit lit où il y a tout ce qu'il faut. Mon espace pour travailler. La salle de bain aussi. Jacqueline a un appartement de quasiment 90 m², donc c'est quand même un super avantage aussi. Moi, ça me fait de l'espace.
C'est Catherine Garnier qui les a fait se rencontrer. Son association met en contact étudiants et retraités.
Catherine Garnier : La cohabitation intergénérationnelle, c'est vraiment une solution pour le maintien à domicile, pour répondre à la difficulté des étudiants à se loger. Du côté senior, ils peuvent se dire aussi : « Je me sens utile dans la société parce que j'offre un logement à un étudiant. »
Toutes deux se sont découvert des passions communes : la lecture, la musique. Entre elles, il s'est noué un lien très fort.
Manon et Jacqueline : « Quand il me prend dans ses bras, qu'il me parle tout bas, je vois la vie en rose… »

DOSSIER 6 Changer de cadre

Leçon 1 • (S') Informer avant un voyage

Piste 131 – Activités 7 et 8

Clara : Qu'est-ce que tu emportes, Marion, pour les vacances en Suisse ?
Marion : C'est l'été, il va faire chaud, alors… il faut des tee-shirts et des shorts, bien sûr.
Clara : Oui ! Et un maillot de bain ?
Marion : Bah oui, pour les baignades dans les lacs. Tiens, regarde, Clara, j'ai une *check-list*.
Clara : Ah super ! Merci !
Marion : Tu vois, il faut aussi des vêtements chauds.
Clara : Ah oui, c'est vrai, il peut faire froid à la montagne en été.
Marion : Oui, moi, je prends un pantalon et une veste polaire.
Clara : Ah, moi, je n'ai pas de veste polaire, mais j'ai un pull chaud ou alors une doudoune. Qu'est-ce que je prends ?
Marion : Les deux ! Et tu as des chaussures de marche ?

Clara : Non, mais je vais prendre des baskets. Et des sandales aussi.
Marion : Mais à la montagne, il faut des chaussures de marche, Clara !
Clara : Ah oui, tu as raison ! J'ai besoin d'acheter des chaussures de randonnée. Et j'ai besoin d'un coupe-vent aussi, je n'ai pas de vêtement de pluie. Je vais aller au magasin de sport.
Marion : Et pour les balades, il faut prendre un chapeau, une gourde, de la crème solaire…
Clara : Oui, oui, j'ai tout ça !

Piste 132 – Prononciation – Les sons [s] et [z] – Activité 9a

1. [s] – **2.** [z]

Piste 133 – Activité 9b

Exemple : besoin.
1. des chaussettes – **2.** une valise – **3.** le sud – **4.** le soleil – **5.** un paysage – **6.** des sandales – **7.** des choses – **8.** un voisin

Piste 134 – Activité 9c

1. Pour les vacances en Suisse, visitez Lausanne et Zurich !
2. Vous connaissez les paysages des pays voisins ?
3. Dans la valise, il y a les choses nécessaires.
4. Selon la saison, il faut des sandales et une serviette.

Leçon 2 • Donner des informations touristiques

Piste 135 – Activités 7 et 8

Touriste 1 : Bonjour ! Je voudrais des renseignements sur le festival *Châteaux en fête*.
Employé : Vous visitez la Dordogne pour la première fois ?
Touriste 1 : Oui.
Employé : Pendant ce festival, les châteaux de la région ouvrent leurs portes et proposent des visites guidées. Ils organisent aussi des expositions, des dégustations de produits locaux, des spectacles, des reconstitutions historiques…
Touriste 2 : Ah super ! Pour voir des spectacles, où est-ce qu'on peut aller ?
Employé : Allez au château de Morin, il y a une pièce de théâtre de Molière dimanche après-midi. Et samedi soir, vous pouvez aller à un concert de violon au château de Bonaguil.
Touriste 1 : Ah, très bien ! Est-ce qu'il y a des animations pour les enfants ?
Employé : Oui ! Avec les enfants, visitez le château de Saint-Aulaye ! Il y a des animations sur le Moyen Âge. C'est très bien ! Voici une brochure.
Touriste 2 : Ah super !
Employé : Vous pouvez aussi participer à l'*escape game* du château de Morin, c'est tous les jours à 10 heures ou à 15 heures.
Touriste 1 : D'accord, merci beaucoup ! Bon, qu'est-ce qu'on fait ?
Touriste 2 : Allons d'abord au château de Saint-Aulaye ! C'est bien pour les enfants.
Touriste 1 : D'accord ! Il faut réserver ?
Employé : Pour le château de Saint-Aulaye, non. Mais pour les spectacles, n'oubliez pas de téléphoner ! Les numéros sont sur le site de *Châteaux en fête*.
Touriste 1 : Super ! Merci !

Piste 136 – Récap' grammaire

Les verbes *choisir*, *découvrir* et *offrir* au présent
choisir : je choisis – tu choisis – il choisit – elle choisit – on choisit – nous choisissons – vous choisissez – ils choisissent – elles choisissent
découvrir : je découvre – tu découvres – il découvre – elle découvre – on découvre – nous découvrons – vous découvrez – ils découvrent – elles découvrent
offrir : j'offre – tu offres – il offre – elle offre – on offre – nous offrons – vous offrez – ils offrent – elles offrent

Leçon 3 • Raconter une expérience

Piste 137 – Activités 3 et 4

Homme : Alors, qu'est-ce qu'on choisit comme activité pour notre week-end tous les deux ?
Femme : Moi, j'ai envie de sensations fortes… Un saut à l'élastique ?
Homme : Ah non, moi, j'ai peur de sauter dans le vide !
Femme : L'accrobranche ?
Homme : Euh… ce n'est pas vraiment sur terre… Je préfère une activité sur terre.
Femme : Et une activité en mer, comme la plongée ?
Homme : Oh non, je n'ai pas envie de plonger dans l'océan en avril… Il va faire froid !
Femme : Bon, ben alors tu choisis !
Homme : Une balade à cheval ? Monter à cheval, c'est sympa, non ?
Femme : Ah non ! Surtout pas ! J'ai peur des chevaux. Je vais paniquer !
Homme : Une course d'orientation ?
Femme : Bof… Courir, je ne suis pas fan !
Homme : Et la spéléologie ?
Femme : Ah ouais, bonne idée ! Ça doit être une expérience forte ! Mais… et toi, tu n'as pas peur d'aller sous terre ?
Homme : Eh ben non ! J'ai envie d'essayer ! Alors on choisit ça ?

Piste 138 – Activité 8

1. **Homme 1 :** Alors, ce saut ?
   Femme 1 : J'ai trouvé ça génial ! Je n'ai pas eu peur de sauter !
2. **Femme 2 :** J'ai trouvé ça très court : le vol a duré seulement dix minutes !
3. **Femme 3 :** Alors, cette première expérience ?
   Homme 2 : Les enfants ont adoré passer l'après-midi dans les arbres !
4. **Homme 3 :** J'ai aimé les sensations sous terre ! Mais j'ai été déçu parce que je n'ai pas pu filmer.
5. **Homme 4 :** Alors, raconte !
   Femme 4 : Pfff… J'ai détesté ça ! J'ai paniqué sous l'eau…

Piste 139 – Prononciation – Les sons [e] et [ə] – Activité 9a

1. j'ai choisi – **2.** je choisis

Piste 140 – Activité 9b

Exemples : je filme – j'ai filmé.

1. j'ai plongé – **2.** je plonge – **3.** j'ai trouvé – **4.** je trouve – **5.** j'ai détesté – **6.** je déteste – **7.** je réalise – **8.** j'ai réalisé

Piste 141 – Activité 9c

1. Je réalise un film.
2. J'ai filmé des dauphins.
3. Je déteste la course.
4. J'ai plongé à dix mètres.
5. Je trouve ça super !
6. Je fais de l'escalade.
7. J'ai choisi l'accrobranche.

Piste 142 – Tâche cible – Activité 1a

Journaliste : Bonjour et bienvenue dans *Conseils de sportifs*. Je m'appelle Olivier et, comme vous le savez, une fois par mois dans cette chaîne de podcasts, nous partageons le récit de sportifs et sportives, de personnes ordinaires, qui vivent des aventures extraordinaires. Aujourd'hui, nous allons marcher avec Catherine.
Catherine : Ma petite aventure n'est pas exceptionnelle, mais pour moi, c'est un exploit. Et ça peut donner des idées à des marcheurs débutants. Au début, j'ai commencé la marche sur des petites distances, de quatre ou cinq kilomètres. Très vite, j'ai acheté des bonnes chaussures et j'ai augmenté les distances. Maintenant, je fais dix à quinze kilomètres le soir après le boulot, trois fois par semaine.
Et le mois dernier, j'ai décidé de relever un défi : une « grande » marche. De Amboise à Tours, trente-six kilomètres, en deux étapes. Un vrai challenge pour moi ! J'ai fait ça avec une amie. J'ai adoré marcher sur une longue distance et découvrir les paysages.
J'ai réussi et je suis fière de moi !

Fenêtres sur... Territoires

18 – Activité 3

À quoi ça sert ? Ça veut dire quoi ça ? Pourquoi c'est comme ça ? C'est où ? C'est qui lui ? Un jour, une question.
C'est quoi les outre-mer ? Les outre-mer sont des terres situées au-delà des mers, par rapport à la France appelée la métropole. Il s'agit de treize morceaux de France : la Guyane, située sur le continent américain, et douze îles et archipels dispersés sur les océans de la planète. Des îles Caraïbes de l'océan Atlantique : la Martinique, la Guadeloupe, Saint-Barthélemy, Saint-Martin et Saint-Pierre-et-Miquelon. Des îles de l'océan Indien : La Réunion, Mayotte et les Terres australes et antarctiques françaises. Et, plus loin encore, des îles de l'océan Pacifique : La Nouvelle-Calédonie, Wallis-et-Futuna et la Polynésie française. En tout, près de 2,8 millions d'habitants vivent dans ces DROM-COM. Des DROM-COM, qu'est-ce que c'est ? La France est divisée en dix-huit régions, treize sont situées en métropole. Les cinq autres sont les régions d'outre-mer : la Martinique, la Guadeloupe, la Guyane française, Mayotte et La Réunion. Ces régions ne comptent qu'un seul département. On les appelle donc les départements et régions d'outre-mer ou DROM. Saint-Barthélemy, Saint-Martin, Saint-Pierre-et-Miquelon, Wallis-et-Futuna et la Polynésie française sont les cinq collectivités d'outre-mer de la France ou COM. La Nouvelle-Calédonie a un statut spécial : ce n'est ni une région ni une collectivité. Grâce à ses terres, la France est responsable de kilomètres de littoral, de récifs coralliens et d'une incroyable biodiversité.
Tu te poses des questions ? Nous, on y répond.

Entraînement DELF A1

Piste 143 – Compréhension de l'oral – Exercice 4 – Identifier des situations

Vous allez entendre quatre petits dialogues correspondant à quatre situations différentes. Notez, sous chaque image, le numéro du dialogue qui correspond. Regardez les images. Attention, il y a six images (a, b, c, d, e et f) mais seulement quatre dialogues.

Dialogue 1
Homme : Pardon, tu sais où est la réunion, cet après-midi ?
Femme : Le directeur est au Canada. Il propose de faire une visioconférence.
Homme : Ah, d'accord !

Dialogue 2
Homme 1 : Julien, ce matin, je dois partir plus tôt. Tu peux accompagner Chloé à l'école ?
Homme 2 : Oui, pas de problème. À 8 h 30, c'est ça ?
Homme 1 : Oui, merci.

Dialogue 3
Femme : Aujourd'hui, il pleut. On ne peut pas faire de l'accrobranche…
Homme : Alors on va au musée ?
Femme : Oui, bonne idée !

Dialogue 4
Femme 1 : Alors Morgane, tu es prête pour ton voyage en Chine ?
Femme 2 : Je dois encore préparer ma valise. Je ne sais pas quels vêtements prendre. Il fait chaud là-bas, non ?
Femme 1 : Je ne sais pas.

DOSSIER 7 Prendre soin de soi

Leçon 1 • Décrire des habitudes alimentaires

Piste 144 – Activités 5b et 6

Femme 1 : Aujourd'hui, pour ce quatrième épisode, je suis allée à votre rencontre au supermarché. Observer les caddies, c'est très intéressant ! Vos courses parlent de vous ! On identifie tout de suite votre profil de consommateur ! Êtes-vous du type « gourmet » ? « Vite-fait » ? « Végétarien » ? Préférez-vous acheter des produits bio ? Des produits locaux ?
Homme 1 : Moi, je suis végétarien : je ne mange jamais de viande ; pas de produits laitiers, mais je bois du lait végétal et je prends parfois des œufs… Et bien sûr, je mange beaucoup de légumes, de céréales, de légumes secs. Là, j'ai acheté une salade, des petits pois, de l'huile d'olive, du riz, des pommes…
Homme 2 : Pour moi, l'essentiel c'est le plaisir et le goût ! Les régimes sans sel, sans sucre, ce n'est pas pour moi ! Je mange de tout. Dans mon caddie, aujourd'hui, il y a de la viande : de l'agneau et du poulet, des légumes frais ; toujours de saison, sinon ce n'est pas bon ! Je n'achète pas d'aliments transformés, je préfère cuisiner !
Femme 2 : Je ne cuisine jamais parce que je n'ai pas le temps. Mais je fais attention à ce que je mange ! Je consomme peu de plats préparés parce qu'il y a souvent trop de sel et puis c'est trop gras ! Voilà, j'ai acheté un poulet rôti, de la salade verte et des légumes surgelés. J'ai aussi des pâtes… Ben oui, je mange souvent des pâtes, c'est facile à préparer ! Et j'ai pris du pain et du fromage.

Piste 145 – Prononciation – L'élision du *e* dans *de* – Activité 7a

Exemple : de la salade.
1. trop d(e) charcuterie – **2.** de la farine – **3.** de la viande – **4.** beaucoup d(e) marmelade – **5.** assez d(e) farine – **6.** de la marmelade – **7.** pas d(e) viande – **8.** de la charcuterie – **9.** peu d(e) salade

Piste 146 – Activité 7b

1. de la salade – beaucoup d(e) salade
2. de la viande – pas d(e) viande
3. de la charcuterie – trop d(e) charcuterie
4. de la marmelade – peu d(e) marmelade
5. de la farine – assez d(e) farine
6. de la viande – trop d(e) viande
7. de la salade – pas d(e) salade
8. de la farine – beaucoup d(e) farine

Leçon 2 • Parler de l'aménagement d'un logement

Piste 147 – Activités 2, 3 et 5

Décoratrice : Bonjour, monsieur Bougard ! Emmanuelle Dasti.
Client : Ah, bonjour ! Entrez !
Décoratrice : Ah, voilà votre studio ! Il fait trente mètres carrés, c'est ça ?
Client : Oui, exactement !
Décoratrice : Bon… Pour bien comprendre votre demande, je vais vous poser quelques questions. D'abord, pourquoi est-ce que vous voulez redécorer votre studio ?
Client : L'appart vient de ma grand-mère, vous voyez, c'est un peu triste, démodé. Et moi, je veux me sentir bien ici !
Décoratrice : Oui, bien sûr… Alors pour la déco, justement, comment vous imaginez votre nouvel intérieur ? Quel style, quelles couleurs vous aimez ?
Client : Je ne sais pas trop mais je voudrais une ambiance actuelle, des couleurs gaies…
Décoratrice : Oui, la pièce est sombre, hein ! On peut changer la couleur des murs, remplacer ces rideaux marron…
Client : Oui, très bien. Ah, autre problème : le studio n'est pas du tout fonctionnel. Je voudrais réorganiser l'espace.
Décoratrice : Ah oui, on peut créer différents espaces dans la pièce. Euh… Quand est-ce que vous êtes chez vous ? La journée ou seulement le soir ?
Client : Ah, je suis souvent là, je travaille beaucoup chez moi.
Décoratrice : Mais vous travaillez où ? Il n'y a pas de bureau !
Client : Là, sur cette table. Ou sur le canapé. Mais je voudrais bien un coin bureau.
Décoratrice : On peut créer un espace de travail, séparé par une bibliothèque. Là, à côté de la fenêtre.
Client : Ah oui, une bibliothèque en séparation, c'est une bonne idée !
Décoratrice : Ah, parlons des meubles, justement ! Est-ce que vous voulez garder vos meubles ? Qu'est-ce que vous voulez changer ?
Client : Ben… j'aime bien mon canapé-lit et la table. Mais je voudrais changer les chaises et ce fauteuil noir. Et puis, cette vieille armoire, bah, je ne sais pas…
Décoratrice : Et le coin cuisine ?
Client : Il n'y a pas assez de rangements. Regardez, il y a seulement un placard et ces étagères !
Décoratrice : Oui, il faut ajouter des placards ! Et la salle de bain ? Montrez-moi !
Client : C'est là.

Piste 148 – Prononciation – L'intonation de la question – Activités 8a et 8b

1. a. Où est-ce que vous travaillez ?
b. Vous travaillez où ?
2. a. Vous êtes chez vous quand ?
b. Quand est-ce que vous êtes chez vous ?
3. a. Comment est-ce que vous travaillez ?
b. Vous travaillez comment ?

Leçon 3 • Parler de la santé

Piste 149 – Activités 2 et 3

Médecin : Monsieur Debouba, bonjour !

Patient : Bonjour docteur.
Médecin : Vous avez votre carte Vitale ?
Patient : Oui, voilà.
Médecin : Merci ! Alors, je vous écoute.
Patient : Eh bien, je suis très fatigué, je ne me sens pas très bien en ce moment.
Médecin : Ah, vous n'êtes pas en forme… Et vous dormez bien ?
Patient : Non, je fais des insomnies… alors j'ai sommeil dans la journée.
Médecin : Vous avez de l'appétit ? Vous mangez bien ?
Patient : Ben, j'ai faim comme d'habitude, je mange normalement…
Médecin : Vous avez pris votre température ?
Patient : Oh, je n'ai pas de fièvre, je ne suis pas malade ! Je suis juste très fatigué.
Médecin : Alors… au travail, comment ça se passe ?
Patient : Ah ! J'ai beaucoup de travail, comme toujours… Je suis très stressé en ce moment. Et le soir, j'ai souvent mal à la tête.
Médecin : Est-ce que vous avez d'autres douleurs ?
Patient : Oui, j'ai souvent mal au cou, à l'épaule… Et en fin de journée, j'ai mal aux jambes.
Médecin : Mmm… Beaucoup de personnes ont ce type de symptômes parce qu'elles passent trop de temps assises. C'est votre cas ?
Patient : Oui, c'est vrai, je reste assis toute la journée devant l'ordinateur…
Médecin : Bon, je vais vous examiner… Alors, je vous fais une ordonnance pour passer une radio. Et puis prenez ça, c'est une brochure de prévention des maladies professionnelles.
Patient : Est-ce que vous allez aussi me prescrire des médicaments pour dormir ?
Médecin : Ce n'est peut-être pas nécessaire. D'abord, je vais vous donner des conseils pour bien dormir… La première chose à faire, c'est de se calmer.

Piste 150 – Activité 4
Médecin : Est-ce que vous avez d'autres douleurs ?
Patient : Oui, j'ai souvent mal au cou, à l'épaule… Et en fin de journée, j'ai mal aux jambes.
Médecin : Mmm… Beaucoup de personnes ont ce type de symptômes parce qu'elles passent trop de temps assises. C'est votre cas ?
Patient : Oui, c'est vrai, je reste assis toute la journée devant l'ordinateur…
Médecin : Bon, je vais vous examiner… Alors, je vous fais une ordonnance pour passer une radio. Et puis prenez ça, c'est une brochure de prévention des maladies professionnelles.
Patient : Est-ce que vous allez aussi me prescrire des médicaments pour dormir ?
Médecin : Ce n'est peut-être pas nécessaire. D'abord, je vais vous donner des conseils pour bien dormir… La première chose à faire, c'est de se calmer.

Piste 151 – Prononciation – La distinction [ɑ̃] / [ɛ̃] – Activité 9a
Exemple : quand – quand.
1. daim – dent
2. écran – écrin
3. jambes – jambes
4. hein – en
5. temps – thym
6. à vin – avant
7. saint – cent
8. devant – devant
9. main – ment

Piste 152 – Activité 9b
1. [ɑ̃ɑ̃ɑ̃ɑ̃ɑ̃ɑ̃ɑ̃ɑ̃ɑ̃ɑ̃ɑ̃ɑ̃] – **2.** [ɛ̃ɛ̃ɛ̃ɛ̃ɛ̃ɛ̃ɛ̃ɛ̃ɛ̃ɛ̃ɛ̃ɛ̃ɛ̃] – **3.** [ɑ̃ɑ̃ɑ̃ɑ̃ɑ̃ɑ̃ɑ̃ɑ̃ɑ̃ɑ̃] – **4.** [ɛ̃ɛ̃ɛ̃ɛ̃ɛ̃ɛ̃ɛ̃ɛ̃ɛ̃ɛ̃ɛ̃] – **5.** [ɑ̃ɑ̃ɑ̃ɑ̃ɑ̃ɑ̃] – **6.** [ɛ̃ɛ̃ɛ̃ɛ̃ɛ̃ɛ̃ɛ̃ɛ̃] – **7.** [ɑ̃ɑ̃ɑ̃] – **8.** [ɛ̃ɛ̃ɛ̃] – **9.** [ɑ̃] – **10.** [ɛ̃]

Piste 153 – Activité 9c
1. médecin – **2.** dentiste – **3.** santé – **4.** insomnie – **5.** écran – **6.** médicament – **7.** symptôme – **8.** remboursement – **9.** assurance – **10.** ordonnance – **11.** température

Fenêtres sur… Sociétés

21 – Activités 1b et 2
Présentatrice : Et pour aller plus loin sur ces nouvelles recettes qui ne s'adressent pas qu'aux végétariens, Jihane Benzina est avec nous. Voilà donc que le flexitarisme se développe. C'est la tendance du moment. De quoi s'agit-il précisément ?
Journaliste : Alors Marie-Sophie, le flexitarisme, cela concerne trois Français sur dix. Le principe : manger surtout, eh bien, des fruits, des légumes, des œufs, des produits laitiers, mais ils ne s'interdisent pas un morceau de viande de temps en temps. Pourquoi ? Parce que d'abord c'est pratique, quand on est invité, et puis parce qu'ils aiment ça, tout simplement.
Présentatrice : Et pourquoi cherche-t-on autant à diminuer notre consommation de viande ? Il y a une prise de conscience ?
Journaliste : Oui, parce que l'excès de viande rouge, on le sait, ce n'est pas trop bon pour la santé, ce n'est pas très bon pour la planète non plus, l'élevage intensif pollue, et cette prise de conscience, elle a lieu, elle a fait diminuer la consommation de viande rouge en France : – 10 % en dix ans.

Fenêtres sur… Littératures

Piste 154 – Activité 1a
L'Oiseau du Colorado
L'oiseau du Colorado
Mange du miel et des gâteaux
Du chocolat et des mandarines
Des dragées des nougatines
Des framboises des roudoudous
De la glace et du caramel mou.
L'oiseau du Colorado
Boit du champagne et du sirop
Suc de fraise et lait d'autruche
Jus d'ananas glacé en cruche
Sang de pêche et navet
Whisky menthe et café.
L'oiseau du Colorado

Dans un grand lit fait un petit dodo
Puis il s'envole dans les nuages
Pour regarder les images
Et jouer un bon moment
Avec la pluie et le beau temps.

Stratégies et outils pour... faire face à des difficultés de communication

Piste 155 – Activité 1

Dialogue 1
Patient : Bonjour docteur.
Médecin : Bonjour monsieur. Qu'est-ce qui vous amène ?
Patient : Excusez-moi… Je ne parle pas bien français. Vous parlez anglais ?
Médecin : Non, désolée. Pas bien.
Patient : Alors… vous pouvez parler lentement, s'il vous plaît ?

Dialogue 2
Médecin : Vous avez un traitement ?
Patient : Pardon ? Vous pouvez répéter ?
Médecin : Vous avez un traitement ?
Patient : Euh… je ne comprends pas…
Médecin : Vous prenez des médicaments ?

Dialogue 3
Patient : J'ai mal à … Comment dit-on *my head* en français ?
Médecin : À la tête ?
Patient : Oui, j'ai mal à la tête.

Dialogue 4
Médecin : Votre carte Vitale, s'il vous plaît.
Patient : Comment ?
Médecin : Vous avez votre carte Vitale ?
Patient : Qu'est-ce que c'est ? Vous pouvez expliquer ?

Piste 156 – Activité 3

Audio 1
Médecin : Bonjour madame. Asseyez-vous. On ne se connaît pas, vous n'êtes jamais venue au cabinet ?

Audio 2
Médecin : Voici votre ordonnance. Prenez ce médicament tous les matins dans de l'eau froide. À jeun, c'est important, hein ? À jeun !

Audio 3
Médecin : Bon voilà : vos examens indiquent que vous êtes intolérant à un nombre important d'aliments. Il faudrait éviter de les consommer, voire les supprimer complètement. Donc, vous devriez bannir de votre alimentation tout produit contenant du soja, du gluten…

DOSSIER 8 Prendre part à des événements

Leçon 1 • Comprendre et expliquer une recette de cuisine

Piste 157 – Activités 6, 7 et 8

Homme : Alors, Nora, qu'est-ce qu'on prépare pour nos invités ce soir ?
Femme : J'ai acheté les ingrédients pour faire un tajine de poulet. Je voudrais faire la recette du poulet au citron confit.
Homme : Bonne idée ! Ils adorent la cuisine marocaine ! On prépare ensemble ? Dis-moi quoi faire !
Femme : D'accord ! Première chose, tu épluches et tu coupes les oignons.
Homme : OK ! Je les coupe comment ?
Femme : Très fins. Tiens, prends ce couteau, il coupe bien.
Homme : Je les mets dans une casserole ?
Femme : Non, directement dans le plat à tajine : tu fais chauffer l'huile et le beurre dans le plat et tu mets les oignons. Et l'ail aussi ! Voilà… et maintenant, j'ajoute le gingembre, une cuillère de curcuma et la cannelle.
Homme : Ah, ça prend une belle couleur ! On met les morceaux de poulet maintenant ?
Femme : Oui, et on les mélange bien aux oignons et aux épices. Et quand ils sont bien colorés, on verse un peu d'eau dans le plat.
Homme : On fait cuire combien de temps ?
Femme : Quarante-cinq minutes, avec le couvercle, à feu très doux.
Homme : Et le citron confit ? On le met seulement en fin de cuisson ?
Femme : Oui, avec les olives.
Homme : Ah, on n'a pas mis la coriandre !
Femme : C'est vrai : dans la recette, ils la mettent avec les épices. Mais moi, je fais comme les Marocains, je l'ajoute dans les assiettes, au moment de servir.
Homme : Hum, ça sent bon ! J'ai faim !

Piste 158 – Prononciation – Les sons [k] et [g] – Activité 9a

Qui coupe ?
Guy goûte.

Piste 159 – Activité 9b

1. une gousse – **2.** chaque jour – **3.** gramme – **4.** crabe – **5.** curcuma – **6.** légume – **7.** coriandre – **8.** ingrédient

Piste 160 – Activité 9c

1. Quelques grammes de crabe.
2. Couper chaque gousse.
3. Une casserole de légumes.
4. Des ingrédients sucrés.
5. Une cuillère de curcuma.
6. Une glace à la cannelle.

🔊 **Piste 161 – Tâche cible – Activité 1a**
Salut, je m'appelle Pascale Carot et je suis ravie de vous retrouver pour papoter de produits de saison. Cette semaine, je craque pour le potimarron ; c'est mon légume préféré en automne. J'adore son petit goût de châtaigne et je trouve que sa couleur est magnifique. Le potimarron est délicieux rôti. Pour cela, coupez des gros cubes, mettez-les dans un grand plat avec un peu de sel et un peu d'huile d'olive. Mélangez et enfournez pendant vingt à trente minutes à deux cents degrés et vous allez juste mélanger une fois ou deux. Vous pouvez éventuellement ajouter quelques gousses d'ail en chemise. C'est un délice. Vous savez, vous pouvez aussi le préparer en dessert. C'est très simple ! Prenez votre recette préférée de *carrot cake*, remplacez les carottes râpées par du potimarron râpé, ajoutez des noix ou des noisettes, voire les deux, de la cannelle, un peu de gingembre, vous allez voir : c'est délicieux. Et on est en plein dans la saison… Hummm, miam.

🔊 **Piste 162 – Récap' grammaire**
Le verbe *mettre* au présent
je mets – tu mets – il met – elle met – on met – nous mettons – vous mettez – ils mettent – elles mettent

Leçon 2 • Évoquer des événements personnels

🔊 **Piste 163 – Prononciation – La distinction [ɛ̃] / [ɑ̃] / [ɔ̃] – Activité 8a**
1. fin juin – **2.** Pompon – **3.** trente ans

🔊 **Piste 164 – Activité 8b**
1. maison – **2.** naissance – **3.** appartement – **4.** dessin – **5.** réveillon – **6.** matin – **7.** moment – **8.** bien

🔊 **Piste 165 – Activité 8c**
1. La naissance d'un enfant, c'est émouvant pour un parent.
2. Nous fêtons le réveillon du Nouvel An dans notre maison.
3. Je suis inscrite à un cours de dessin le vendredi matin.

Leçon 3 • Célébrer un événement

🔊 **Piste 166 – Activités 6, 7 et 8**
Collègue 1 : Est-ce que vous avez des photos de Marie ?
Collègue 2 : Euh, oui… Pourquoi ?
Collègue 1 : On est en train de préparer un diaporama et j'ai commencé à sélectionner des photos. On va lui faire une projection surprise pendant le pot de départ.
Collègue 3 : Excellente idée ! Un diaporama, c'est un beau souvenir !
Collègue 1 : Vous avez d'autres idées de surprises pour sa fête de départ ?
Collègue 3 : Un livre d'or ?
Collègue 1 : Ah oui, c'est une bonne idée, un livre d'or pour Marie ! On peut lui écrire un petit mot personnel, un poème, faire un dessin…
Collègue 2 : Oui, super ! Moi, j'ai une autre proposition : on écrit une chanson et on lui chante le soir de la fête !
Collègue 3 : Très bien ! C'est une belle surprise !
Collègue 1 : Et je sais que des collègues sont en train de préparer des sketches. Vous pouvez leur raconter des anecdotes ou des souvenirs pour leur donner des idées.
Collègue 2 : Et Bruno, il va faire quelque chose ?
Collègue 1 : Oui, il va faire un *speech*. Je lui ai communiqué des informations sur la carrière de Marie pour son discours.
Collègue 3 : Et comme cadeau commun, qu'est-ce qu'on lui offre ?
Collègue 2 : Je ne sais pas… Marie n'aime pas beaucoup les choses matérielles.
Collègue 3 : On peut faire une cagnotte !
Sur Internet, c'est facile : on met de l'argent sur un site comme Leetchi. Ensuite, Marie choisit comment elle utilise la cagnotte : elle peut s'offrir un voyage, des spectacles…
Collègue 1 : Parfait ! Qui crée la cagnotte ?
Collègue 3 : Moi, je veux bien !

Fenêtres sur… Patrimoines

▷ **24 – Activités 3 et 4**
Présentateur : J'ai envie de vous montrer quelques images : le rituel des traditions de Noël, justement, en images. Regardez avec nous.
C'est bientôt Noël : entre les cadeaux, le repas et le reste, va falloir assurer…
Tu as raison, c'est du boulot, toutes ces traditions…
Journaliste : Il n'y a pas de doute, Noël est la fête la plus populaire. 71 % des Français la préfèrent même au Jour de l'an. Pour 80 % d'entre nous, avant la naissance du petit Jésus, Noël, c'est d'abord une fête de famille. Un rendez-vous attendu autour de petits rituels incontournables. Qui dit Noël, dit forcément sapin de Noël. Une tradition, non pas religieuse, mais bien païenne : à l'origine, pour célébrer le solstice d'hiver, on décorait un arbre. La bûche vient de cette même tradition : au Moyen Âge, on faisait brûler une grosse bûche et on conservait les cendres qui devaient protéger la maison. La bûche se transformera en dessert à la fin du XIXe siècle grâce à l'œuvre de pâtissiers français. Quant aux fameux cadeaux de Noël, cela nous vient de saint Nicolas, l'évêque qui distribuait des friandises aux enfants sages. Dans les années cinquante, les friandises seront remplacées par des jouets et autres babioles sous la pression de la société de consommation. Bon, on ne va pas tout vous raconter. Le Père Noël, la couronne accrochée à la porte, les chaussettes à la cheminée, le calendrier de l'Avent, le bisou sous le gui, la crèche, la messe de minuit, le chapon ou les treize desserts en Provence : à Noël, les traditions sont vraiment à la fête.

Entraînement DELF A1

Piste 167 – Compréhension de l'oral – Exercice 5 – Identifier des objets

Vous allez entendre un message. Quels objets sont donnés dans le message ? Vous entendez le nom de l'objet ? Cochez OUI. Sinon, cochez NON.

Salut Noémie, c'est Malika. Je change la décoration de mon appartement. Tu cherches des meubles et des objets pour ton studio ? Je peux te donner une lampe et un vieux fauteuil. J'ai aussi un miroir pour ta salle de bain. Si tu es intéressée, passe chez moi demain après-midi et tu décides. D'accord ?

DELF A1

Piste 168 – Compréhension de l'oral – Exercice 1

Vous entendez le message suivant sur votre répondeur téléphonique. Lisez les questions. Écoutez le document puis répondez.

Bonjour, c'est Marina ! Jeudi, je vais voir le spectacle de danse de ma sœur. C'est au Théâtre de la ville. Tu veux venir ? Mon mari vient aussi. Mon frère, lui, ne peut pas : il est parti en vacances lundi. C'est à 21 h 30. J'ai déjà les billets. On peut se retrouver à 21 h 15 devant le théâtre, d'accord ?

Piste 169 – Compréhension de l'oral – Exercice 2

Vous êtes en France. Vous entendez cette annonce dans un magasin. Lisez les questions. Écoutez le document puis répondez.

Chers clients, aujourd'hui, c'est la fête du printemps dans notre magasin ! Il y a 15 % de réduction sur les articles sportifs. De midi à 17 heures, participez à notre jeu et gagnez des tee-shirts et des chapeaux ! Attention, vous avez jusqu'à 19 h 30 pour profiter de nos réductions !

Piste 170 – Compréhension de l'oral – Exercice 3

Vous vivez en France. Vous téléphonez à un club sportif. Vous entendez ce message. Lisez les questions. Écoutez le document puis répondez

Le club de sport est fermé au mois d'août et rouvre le 1er septembre. Pour avoir des informations sur nos activités, téléphonez le matin de 9 heures à 12 h 30. Les activités reprennent en octobre. Les horaires sont déjà disponibles sur notre site. Remplissez le formulaire en ligne pour la préinscription.

Piste 171 – Compréhension de l'oral – Exercice 4

Vous allez entendre quatre petits dialogues correspondant à quatre situations différentes. Il y a quinze secondes de pause entre chaque dialogue. Notez, sous chaque image, le numéro du dialogue qui correspond. Puis vous allez entendre à nouveau les dialogues et vous pouvez compléter vos réponses. Regardez les images. Attention, il y a six images (a, b, c, d, e et f) mais seulement quatre dialogues.

Dialogue 1

Femme 1 : Pardon, je cherche le cours d'espagnol.

Femme 2 : Euh… je crois que c'est dans la salle 12, au fond du couloir à droite.

Femme 1 : Très bien, merci !

Dialogue 2

Homme : Bonjour madame, je cherche des romans en français facile.

Femme : Vous pouvez utiliser cet ordinateur. Cliquez ici pour consulter le catalogue en ligne.

Homme : Ah oui, je vois, merci !

Dialogue 3

Professeur : Alors maintenant, prenez vos téléphones : on va faire un jeu de vocabulaire.

Élève : On fait des équipes ?

Professeur : Non, vous allez jouer seuls. Vous répondez aux questions via l'application sur votre téléphone.

Dialogue 4

Professeur : Ce matin, vous allez travailler en groupes.

Élève : Qu'est-ce qu'on va faire ?

Professeur : Vous allez interroger les habitants du quartier sur leurs habitudes quotidiennes.

Élève : Ah, c'est intéressant !

Piste 172 – Compréhension de l'oral – Exercice 5

Vous allez entendre un message. Quels objets sont donnés dans le message ? Vous entendez le nom de l'objet ? Cochez OUI. Sinon, cochez NON. Puis vous allez entendre à nouveau le message. Vous complétez vos réponses.

Bonjour, je viens de déménager dans mon studio. Je suis en train de le décorer. Si tu veux, viens dîner ce soir. Mais voilà, je n'ai pas beaucoup d'ustensiles… J'ai seulement des assiettes et des couverts. Ma mère m'a acheté des verres. Elle les apporte cet après-midi. Je t'attends à 20 heures, d'accord ? Bisous.

Activités de phonie-graphie

DOSSIER 1

Leçon 1

Piste 173 – Les signes orthographiques et les accents

Exemple : Félix avec « e » accent aigu.

a. Raphaël avec « e » tréma.
b. Noâm avec « a » accent circonflexe.
c. Léo avec « e » accent aigu.
d. Benoît avec « i » accent circonflexe.
e. Côme avec « o » accent circonflexe.
f. Anaïs avec « i » tréma.
g. François avec « c » cédille.
h. Inès avec « e » accent grave.

Leçon 3

Piste 174 – Quelques graphies du son [e] – Activité a

Exemple : lisez.

une vidéo – parler – les sports – vous participez – des livres – calendrier

DOSSIER 2

Leçon 1

Piste 175 – La graphie de [y] et de [u] – Activités a et b

Salut ! Bienvenue chez nous ! Vous êtes à Paris pour le tourisme ou pour les études ?

Piste 176 – La graphie de [y] et de [u] – Activité d

– J'étudie la musique avec une musicienne sud-africaine. Je suis portugaise. J'ai des cours à l'université chaque jour.
– Ah ! Bonjour, moi, je suis journaliste et aussi traductrice pour un groupe d'étudiants.

Leçon 3

Piste 177 – La distinction [ɛ̃] / [ɛn]

Exemple : Elle est canadienne.

a. Elle n'est pas italienne mais elle parle italien.
b. Ils viennent du Canada mais ils sont indiens.
c. Les informaticiens viennent demain.
d. Ils comprennent bien le coréen.
e. C'est une musicienne brésilienne.

Piste 178 – Le schéma mélodique de la phrase et la ponctuation

Exemple : – Vous êtes française ?
– Je suis chinoise. Je suis étudiante, j'apprends le français.

a. – Le matin, j'apprends le français et après la classe, je visite la ville. Le soir, je participe à un café des langues.
– Comment ça fonctionne ?
– C'est très simple. Les organisateurs proposent des questions, des jeux et des quiz pour animer les conversations.
b. – L'après-midi, j'étudie à la médiathèque. Il y a des ordinateurs, des vidéos et des magazines. Le soir en classe, nous échangeons, nous partageons notre culture. J'aime les voyages, la cuisine française et la littérature.
– Pourquoi vous êtes à Paris ?
– Parce que mon mari est français.

DOSSIER 3

Leçon 1

Piste 179 – La liaison entre l'article et le nom

Exemple : un équipement.

a. L'appartement est parfait pour deux adultes et un enfant.
b. Les équipements sont modernes : il y a un parking, un digicode et un ascenseur.
c. Il y a des inconvénients dans les appartements du centre-ville.
d. Les hôtes de mon hébergement acceptent les animaux.

Leçon 3

Piste 180 – L'accent grave / circonflexe / aigu pour les sons [e] et [ɛ] – Activité a

1. é – **2.** ê – **3.** è

Piste 181 – L'accent grave / circonflexe / aigu pour les sons [e] et [ɛ] – Activité b

Exemple : Vous allez place de la République ou à Fourvière ?

1. C'est la première pièce au théâtre des Célestins.
2. C'est dans le deuxième arrondissement.
3. Il est préférable de se déplacer à vélo.
4. Le périmètre est fermé.
5. Le 8 décembre, c'est la Fête des Lumières à Lyon.

DOSSIER 4

Leçon 1

Piste 182 – La distinction [ɔ̃] / [ɔn] – Activités a et b

1. Ils ont des contacts avec des personnes passionnées.
2. C'est une bonne idée, rencontrer des personnes pour partager de bons moments.
3. On joue du saxophone, c'est notre passion.

Leçon 3

Piste 183 – Quelques graphies du son [ɛ] – Activité a

Exemple : Elle fait un appel.

1. Juliette aime l'escalade et les percussions.
2. Nous allons avoir une nouvelle collègue la semaine prochaine.
3. Je préfère boire un verre avec elle mercredi soir.
4. Je vais faire un repas pour l'anniversaire de mon père.
5. Ça va faire très plaisir à ta grand-mère !

DOSSIER 5

Leçon 1

Piste 184 – Les graphies *eu* et *ou* – Activité a

Exemple 1 : cheveux ; exemple 2 : courts.

1. jour – **2.** peux – **3.** pour – **4.** bleus – **5.** deux – **6.** heureux – **7.** roux – **8.** tous

Piste 185 – Les graphies *eu* et *ou* – Activité b

1. Nous pouvons faire un tour en voiture à deux.
2. Vous voulez trouver un séjour en amoureux : une journée pour vous deux !
3. Vous avez les yeux bleus et les cheveux courts tous les deux.
4. J'ai un nouveau boulot : je travaille deux jours par semaine chez eux.

Leçon 2

🔈 **Piste 186 – Les verbes en *-eler*, *-ever*, *- ener* et *-eter* au présent – Activité a**

Exemple : il se promène.
1. nous nous levons – **2.** ils se lèvent – **3.** je me promène – **4.** nous nous promenons – **5.** vous vous appelez – **6.** il s'appelle – **7.** ils achètent – **8.** nous achetons – **9.** on achète – **10.** tu épelles – **11.** vous épelez – **12.** ils épellent

DOSSIER 6

Leçon 1

🔈 **Piste 187 – Les graphies de [s] / [z] – Activité a**

Suisse – vacances – paysage – sandales – soleil – chaussettes – Lausanne – saison – centre – sac à dos – valise – finissez – lisez – serviette

🔈 **Piste 188 – Les graphies de [s] / [z] – Activité b**

1. Passez vos vacances en Suisse et visitez des paysages superbes !
2. Des chaussures de marche et un sac à dos sont nécessaires dans votre valise.
3. Dans le sud, au soleil, même en basse altitude, une crème solaire de base est essentielle en toute saison.

Leçon 3

🔈 **Piste 189 – Les graphies du son [e] dans les verbes – Activité a**

1. Après l'escalade, il a plongé, il a pu nager 200 mètres puis il est remonté.
2. Pourquoi vous avez arrêté le parapente ?

DOSSIER 7

Leçon 2

🔈 **Piste 190 – Les graphies du son [o]**

Ces rideaux jaunes sont trop grands pour ton studio.

Leçon 3

🔈 **Piste 191 – Quelques graphies des sons [ɑ̃] et [ɛ̃] – Activités a et b**

1. Le patient donne son ordonnance au pharmacien, il a mal aux jambes et aux mains.
2. Je ne me sens pas bien : j'ai de la température et je fais de l'insomnie.
3. C'est impératif de bien manger le matin.

🔈 **Piste 192 – Quelques graphies des sons [ɑ̃] et [ɛ̃] – Activité d**

1. Je suis allée voir le médecin hier matin, je ne mange pas assez.
2. Le client installe les lampes dans son logement.
3. J'ai passé des heures devant l'écran, maintenant je prends un bain.
4. Une ambiance calme dans la chambre, c'est important.

DOSSIER 8

Leçon 1

🔈 **Piste 193 – La prononciation des lettres *c* et *g* – Activités 1a et 1b**

1. Prépare les légumes : les courgettes et les aubergines avec une gousse d'ail.
2. Voici les ingrédients : du gingembre, des oranges et de la glace.

🔈 **Piste 194 – La prononciation des lettres *c* et *g* – Activités 2a et 2b**

1. François est dans la cuisine, il coupe des carottes.
2. Le poulet aux épices et au citron, avec un légume sec et de la coriandre, c'est un délice ! C'est un plat marocain, pas français.

Leçon 2

🔈 **Piste 195 – La prononciation des graphies *en / ent* – Activité a**

1. déménagent – **2.** excellent – **3.** déménagement – **4.** changent – **5.** commencent – **6.** changement – **7.** logement – **8.** document – **9.** demandent – **10.** équipement

DOSSIER 1 Former un groupe

Leçon 3 (p. 24)

1 a. Je **suis** mariée avec Imad. Il **est** tunisien.
b. Sabine **a** deux nationalités : elle **est** espagnole et belge.
c. Nous **avons** deux enfants. Ils **ont** 6 et 10 ans.
d. – Vous **êtes** canadiens ?
– Non, nous **sommes** des expatriés français.

2 a. J'aime les jeux vidéo.
b. J'aime l'art.
c. J'aime le sport.
d. J'aime la littérature.

3 Je m'appelle – ma femme s'appelle – elle parle – Nous habitons – Ils s'appellent – Ils aiment – nous participons – Je travaille – ma femme cherche

4 a. Nous ne sommes pas expatriés.
b. Je n'aime pas les jeux vidéo.
c. Ils n'habitent pas à Abidjan.
d. Vous n'êtes pas canadienne ?
e. Tu ne parles pas trois langues ?
f. Ma femme n'a pas 35 ans.

DOSSIER 2 Communiquer en contexte international

Leçon 1 (p. 32)

1 a. nous apprenons – b. Elle apprend – c. Nous ne comprenons pas – d. Tu comprends ? / je ne comprends pas – e. Les étudiants apprennent – f. Vous apprenez

2 a. Il échange – b. Nous partageons – c. Vous voyagez – d. Ils partagent – e. Tu voyages – f. Nous échangeons

3 a. Pourquoi – Parce que – pour – pour
b. Pourquoi – Parce que – pour

4 a. Elle est serveuse.
b. Elle est cuisinière.
c. Il est infirmier.
d. Il est architecte.
e. Elle est photographe.
f. Il est musicien.
g. Il est journaliste.
h. Elle est actrice.

Leçon 2 (p. 36)

1 a. À Paris, en France.
b. Au Canada.
c. À Londres, en Grande-Bretagne.
d. Aux Pays-Bas.
e. En Belgique.
f. En Australie.
g. Au Mexique.

2 274 millions d'utilisateurs de la langue.
180 millions d'internautes.
125 millions d'apprenants.
900 000 professeurs.
Prévisions pour 2070 : entre 477 millions et 747 millions de francophones.

3 a. Qui ? – b. Quand ? – c. Qui ? – d. Où ? – e. Quand ? – f. Où ?

4 b. un jeu – c. un concours – d. une exposition – e. une rencontre

5 samedi 9 – lundi 11
mardi 20 – jeudi 22 – vendredi 23

Leçon 3 (p. 40)

1 – Judith et moi, nous **venons de Grande-Bretagne**. Ricardo et Jorge **viennent du Brésil**, Cheng **vient de Chine**, Renate **vient d'Allemagne**, Aïcha **vient du Maroc**. Et toi, tu **viens des Pays-Bas** ?
– Non, je **viens de Belgique**, **de** Bruxelles.

2 a. Bonne journée ! – b. Bonjour ! – c. À bientôt ! – d. Bonne soirée ! – e. Bonne journée !

3 Quel est le lieu de rencontre ?
Quels sont les jours de rencontre ?
Quel est le nombre de participants ?
Quelle est l'origine des participants ?
Quelles sont les langues pratiquées ?
Quelles sont les conditions pour participer ?

4 a. Tu parles anglais ? / Est-ce que tu parles anglais ?
b. Tu ne viens pas d'Espagne ?
c. Yoko vient du Japon ? / Est-ce que Yoko vient du Japon ?
d. Vous êtes étudiants ? / Est-ce que vous êtes étudiants ?
e. Ils ne sont pas américains ?
f. Vous comprenez ? / Est-ce que vous comprenez ?

DOSSIER 3 Découvrir une ville

Leçon 1 (p. 50)

1 Dans la cuisine, il y a une cuisinière, un micro-ondes, un réfrigérateur, une télévision.
Dans la salle de bain, il y a une baignoire, un lave-linge, des toilettes.

2 Maison dans **le** centre ville de Toulouse, à 200 mètres **de la** station de métro Jeanne-d'Arc. Dans **la** maison, il y a deux chambres, **un** salon, **une** cuisine, **une** salle de bain et **des** toilettes séparées **de la** salle de bain. **La** cuisine est équipée : il y a **un** micro-ondes, **une** machine à café et **un** réfrigérateur. Il y a **des** équipements pour enfants : **un** lit et **une** chaise pour bébé.

3 a. Est-ce qu'il y a un parking **gratuit** dans l'immeuble ?
b. Luc et Nina sont des propriétaires **attentionnés**.
c. Il y a une cuisine **équipée** et dans la salle de bain, il y a une **petite** baignoire / une baignoire **confortable**.
d. Dans les chambres, il y a des lits **confortables**.
e. C'est un appartement **pratique** pour une famille : il y a des équipements pour les enfants.
f. C'est une **bonne** location pour un prix **intéressant**.

4 C'est une hôtesse agréable. Elle est sympathique et attentionnée.
C'est un hébergement confortable. Il est propre et bien équipé.

C'est un immeuble moderne. Il est équipé avec un digicode.
C'est une grande maison. Elle est située dans le centre-ville.

Leçon 2 (p. 54)

1 **a.** un musée – **b.** l'hôtel de ville – **c.** une librairie – **d.** un restaurant – **e.** une pharmacie

2 **a.** ce – **b.** cet – **c.** Ces – **d.** Cette – **e.** ce – **f.** cette

3 entre l'épicerie et la pharmacie – Sur la place – devant mon immeuble – dans le quartier – derrière l'église – à côté de la librairie

4 **a.** Le douzième arrondissement est loin du Vieux-Port.
b. L'hôtel est à côté des commerces du centre-ville.
c. Le bar est en face de la place Jean-Jaurès.
d. La librairie est près du restaurant *La Table d'Augustine*.
e. Le parking n'est pas loin de l'opéra.
f. L'université est à côté des jardins du château.

5 a-5 – b-1 – c-3 – d-2 – e-4

Leçon 3 (p. 58)

1 **a.** Nous allons à l'Opéra.
b. Tu vas à la cathédrale.
c. Je vais au parc.
d. Vous allez à la Fête des Lumières ?
e. Sarah va au parking.
f. Les touristes vont aux musées Gadagne.

2 Vous êtes sur la place Saint-Paul. D'abord, vous tournez à gauche dans la rue Victor-Hugo. Puis vous **continuez** tout droit, jusqu'à la place des Fédérés. Vous **traversez** la place. Ensuite, vous **prenez** la rue d'Algérie et vous **marchez** jusqu'à la rivière. Vous **longez** la rivière sur le quai Saint-Michel puis vous **tournez** à droite dans la rue Vitet. Vous **montez** les escaliers et vous **arrivez** sur la place de la République.

3 **a. 1.** le train – **2.** la voiture – **3.** la trottinette – **4.** le vélo
b. 1. Vous allez à Toulouse en train.
2. Je ne vais pas au centre-ville en voiture.
3. Stéphanie va au parc à trottinette.
4. Les enfants vont à l'école à vélo.

4 **a.** Tu prends – **b.** Fatia et Marie ne prennent pas – **c.** Nous descendons – **d.** Nous prenons – **e.** Vous prenez – **f.** Ils descendent

DOSSIER 4 Entretenir des relations sociales

Leçon 1 (p. 66)

1 **On est** trois amis et **on a** la même passion : la musique. **On propose** ce groupe parce qu'**on désire** partager cette passion. **On aime** la pop anglaise et la soul et **on chante** dans un groupe. Le week-end, **on va** à des concerts et **on adore** organiser des soirées karaoké.

2 **a. 1.** Qu'est-ce que tu aimes écouter ? / Tu aimes écouter quoi ?
2. Qu'est-ce que le groupe organise ? / Le groupe organise quoi ?
3. Qu'est-ce que les participants proposent ? / Les participants proposent quoi ?
b. 1. Qu'est-ce que vous préférez comme livres ?
2. Quel événement nous proposons ?
3. Qu'est-ce que tu aimes comme musique ?

3 *À titre indicatif :*
Anita est fan / passionnée de football ; elle aime (bien) marcher / la marche ; elle n'aime pas dessiner / le dessin ; elle déteste la couture.
Christophe adore l'escalade / est fan / passionné d'escalade ; il aime (bien) lire / la lecture ; il n'aime pas le yoga ; il déteste la peinture.

4 **a.** Je fais du foot. / Je joue au foot.
b. Nous faisons de la flûte. / Nous jouons de la flûte.
c. Mélissa joue aux échecs.
d. Luc fait du vélo.
e. Yaël et Marc font / jouent de l'accordéon.
f. Vous ne faites pas de sport.

Leçon 2 (p. 70)

1 Mon expérience dans cette famille est très positive ! Mon père et ma **mère** d'accueil, Marc et Lucie, sont des gens très sympathiques. Ils ont trois **enfants** de 12, 14 et 16 ans : une fille et deux garçons. Donc j'ai deux **frères** et une **sœur**, ici en France. J'ai aussi une bonne relation avec mes **grands-parents** d'accueil : les **parents** de Lucie. La **grand-mère**, Olga, est très attentionnée et j'aime bien parler avec le **grand-père** : il connaît mon pays !

2 **a.** leurs – **b.** Votre – **c.** ta – **d.** nos – **e.** Son – **f.** leur

3 **a. 2.** photo d. – **3.** photo b. – **4.** photo a.
b. 1. Kenza est une femme sérieuse et attentive.
2. Anne est brune aux yeux bleus, c'est une femme curieuse.
3. Mathilde est sportive, elle aime être active.
4. Marie, c'est la femme rousse. Elle est très joyeuse !

4 – À gauche, sur la photo, c'est ton **oncle**, le frère de ta mère ?
– Oui, il s'appelle Victor. **Il est** très sérieux sur la photo mais **c'est** une personne sympathique.
– Et là, **ce sont** tes sœurs ?
– Non, **ce sont** mes **cousines**, les filles de Victor.
– **Elles sont** jeunes ! Et à côté, **c'est** leur mère ?
– Non, **c'est** leur **belle-mère**, la nouvelle femme de Victor.

Leçon 3 (p. 74)

1 Action passée : phrases d et f.
Action future : phrases b et e.

2 *À titre indicatif :*
a. Augustin va manger un sandwich.
b. Elles vont prendre le bus.
c. Nous venons de faire des biscuits.
d. Je vais voyager.
e. Il vient de faire du sport.

3 a-1 – b-6 – c-5 – d-4 – e-2 – f-3

4 eux – nous – moi – lui – elle – toi

DOSSIER 5 Gérer son quotidien

Leçon 1 (p. 84)

1 **a.** Nous commençons – **b.** Je déplace – **c.** Nous plaçons – **d.** Ils annoncent – **e.** On commence – **f.** Nous annonçons

2 **Pendant** cette journée, nous allons rencontrer les nouveaux collègues et finaliser le projet européen. Ce matin, on parle du projet **jusqu'à** 10 h 30 et ensuite, on fait une pause café. **Après** la pause, on travaille **de** 11 h **à** 12 h 30. **Avant** le déjeuner, on accueille les collègues de Marseille. Puis on mange avec eux **de** 13 h **à** 14 h 30. Cet après-midi : **après** le déjeuner, **vers** 14 h 35-40, on organise des petits groupes de travail. Les groupes travaillent **jusqu'à** 16 h 30. On termine la journée **à** 17 h précises, parce les collègues marseillais prennent le train.

3 a-3 – b-5 – c-4 – d-1 – e-2

4 **a.** – Vous **pouvez** venir à 10 h ? Vous êtes disponible ?
– Ah non, je ne **peux** pas, je suis en réunion.
b. – Vous acceptez de travailler le dimanche ?
– Non, pas d'accord ! Nous ne **voulons** pas travailler le week-end !
c. – Travailler un soir de la semaine, c'est possible pour eux ?
– Non. Ils ne **peuvent / veulent** pas travailler le soir, ils ont des enfants.
d. – Vous **voulez** travailler dans quelle équipe ? Vous avez une préférence ?
– Nous, on **veut** être ensemble, on travaille bien à trois.

Leçon 2 (p. 88)

1 **a.** Je **me réveille** à 6 h et je **me lève** à 6 h 15. Ensuite, je **me lave**.
b. Le matin, Sabrina **se douche** puis elle **se maquille**.
c. Le matin, j'aime bien **partir** tôt, vers 7 h 30. Le soir, je **rentre** à la maison vers 17 h.
d. Je **prépare** le petit déjeuner puis je **me prépare** dans la salle de bain.
e. D'abord, nous **nous habillons** puis nous **habillons** les enfants.
f. Les parents **se lavent** puis ils **lavent** leur bébé.

2 **En général**, j'ai beaucoup de travail. **Le** matin, je me lève tôt. Je prépare le petit déjeuner et je pars de la maison à 7 h 30. **Le** midi, je déjeune avec des clients et **l'**après-midi, j'ai des réunions. **Le** soir, je ne peux pas m'occuper des enfants parce que je rentre tard… Alors **le** week-end, je veux passer du temps avec eux !

3 **a.** il dort – **b.** Tu sors – **c.** Les enfants sortent – **d.** je m'endors – **e.** nous partons – **f.** vous dormez

4 **a.** Il est neuf heures moins le quart.
b. Il est quatre heures et quart.
c. Il est midi moins dix.
d. Il est six heures et demie.
e. Il est sept heures vingt.
f. Il est cinq heures moins cinq.

Leçon 3 (p. 92)

1 **a.** Tu ne dois pas / Tu ne peux pas / Il ne faut pas écouter de musique après 22 heures.
b. Nous devons / Il faut manger ensemble régulièrement.
c. Vous ne devez pas / Vous ne pouvez pas / Il ne faut pas prendre de douche après 23 heures.
d. Les colocataires doivent / Il faut participer à la vie domestique.
e. Je ne dois pas / Je ne peux pas / Il ne faut pas porter de chaussures dans l'appartement.
f. On doit / Il faut parler avec les autres quand il y a un problème.

2 – payer le loyer le 1er de chaque mois
– respecter les autres
– participer aux tâches ménagères
– communiquer quand il y a un problème
– enlever ses chaussures
– avoir le sourire

3 **a.** Il faut faire les courses.
b. Il faut arroser les plantes.
c. Il faut nettoyer la salle de bain.
d. Il faut faire la vaisselle.
e. Il faut faire la lessive
f. Il faut passer l'aspirateur.

4 On fait la vaisselle tous les jours : Tom, le / chaque lundi et le / chaque vendredi / tous les lundis et tous les vendredis ; Lisa, le / chaque mardi et le / chaque samedi / tous les mardis et tous les samedis ; Marco, le / chaque mercredi / tous les mercredis ; Enora, le / chaque jeudi et le / chaque dimanche / tous les jeudis et tous les dimanches.
On nettoie la salle de bain deux fois par semaine : Lisa, le / chaque mercredi / tous les mercredis ; Marco, le / chaque samedi / tous les samedis.
On fait les courses une fois par semaine : Enora, le / chaque vendredi / tous les vendredis.
On passe l'aspirateur deux fois par semaine : Marco, le / chaque lundi / tous les lundis ; Tom, le / chaque jeudi / tous les jeudis.

DOSSIER 6 Changer de cadre

Leçon 1 (p. 100)

1 *À titre indicatif :*
Chamonix est dans l'est de la France, dans les Alpes.
Brest est dans l'ouest de la France, au bord de la mer.
Marseille est dans le sud de la France, au bord de la mer Méditerranée.
Lausanne est dans le sud-ouest de la Suisse, au bord du lac Léman.
L'Allemagne est à l'est de la France, au nord de la Suisse.
L'Espagne est au sud de la France, entre la mer Méditerranée et l'océan Atlantique.

2 *À titre indicatif :*
À Montréal, en hiver, il neige.
Au printemps, il pleut et il y a du vent / le vent souffle. Il fait froid (au début du printemps) mais à la fin, les températures sont agréables : 25 degrés au maximum.
En été, il fait beau, il y a du soleil, il fait chaud : jusqu'à 27 degrés. Il y a des orages.
En automne, il ne fait pas beau ; il fait doux (au début de l'automne) et à la fin, il fait froid.

3 **a.** j'ai besoin d' – **b.** a besoin d' – **c.** faut – **d.** n'a pas besoin d' – **e.** faut

4 **a.** des tongs – **b.** des chaussures de marche – **c.** une serviette – **d.** une robe – **e.** des sandales

Leçon 2 (p. 104)

1 Colmar est une ville d'Alsace. Les visiteurs **y** admirent un patrimoine varié et ils **y** découvrent des maisons typiques de la région. La rivière Lauch traverse la ville. On peut **y** faire une promenade en bateau.
Il faut visiter le musée Unterlinden. On **y** voit une œuvre célèbre : le retable d'Issenheim. On **y** trouve aussi un jardin, un café, une boutique…
Pour venir à Colmar à la fin de l'année, il faut réserver à l'avance : les touristes **y** sont très nombreux à cette période.

2 **1.** nous – **2.** nous – **3.** les gens (= les touristes) – **4.** nous – **5.** les gens (= les amateurs d'histoire) – **6.** les gens (= les amateurs d'histoire)

3 **a.** Vous choisissez – **b.** Nous offrons – **c.** on découvre – **d.** Ces villages offrent – **e.** Les touristes choisissent – **f.** Tu choisis – **g.** les enfants découvrent

4 **a.** Faites – **b.** Participe – **c.** Allons – **d.** Viens – **e.** Découvrez – **f.** Va – **g.** Découvre

Leçon 3 (p. 108)

1 **a.** Marc a envie de – **b.** j'ai peur de – **c.** Maya a envie de – **d.** Ils ont peur de – **e.** nous avons envie d' – **f.** Tu as envie de

2 **a.** la plongée – **b.** une balade à cheval – **c.** une course d'orientation – **d.** le canoë-kayak – **e.** la spéléologie – **f.** l'accrobranche / la spéléologie / le saut à l'élastique

3 Mon ami et moi, nous **avons choisi** cette activité sur le site Cap Adrénaline. Mon ami **a sauté** le premier. Moi, j'**ai attendu** mon tour. Ensuite, je **suis montée** sur le pont. Là, j'**ai vu** le vide devant moi et j'**ai détesté** cette sensation ! J'**ai eu** peur de sauter ! Mais la monitrice **a été** super : elle **est venue** et elle **a pris** le temps de parler avec moi. Elle **a filmé** mon saut ! Finalement, mon ami et moi, nous **avons trouvé** ça super.

4 **a.** Nous **n'avons pas pu** aller en mer **la semaine dernière**.
b. Tu **as été** contente de ton expérience, **hier** ?
c. Vous **avez fini** de ranger votre équipement ?
d. Hier matin, elles **sont descendues** dans la grotte : elles **ont eu** de la chance !
e. Le week-end dernier, Sophie **est partie** à la montagne : elle **a fait** du parapente.
f. Ils **ont vécu** une expérience spéciale.

DOSSIER 7 Prendre soin de soi

Leçon 1 (p. 118)

1 **a.** *À titre indicatif :*
– un petit déjeuner en famille : du pain, du beurre, du lait, du café, du thé, des céréales, du fromage, des yaourts, des fruits (oranges, pommes)…
– un pique-nique : du pain, du beurre, de la viande, de la charcuterie, des tomates, des carottes, des fruits…
b. *Réponses libres.*

2 d'aliment – les fruits – de la viande – du poisson – la viande blanche – des céréales – des légumes secs – les produits de saison – une pomme – pas de fraises – de viande – un bon steak – de l'eau – les sodas

3 **a.** Vous consommez trop d'aliments gras.
b. Tu as acheté assez de salade ?
c. Il n'y a pas assez de légumes dans ton caddie.
d. J'ai mis peu de sucre dans mon yaourt.

4 **a.** Un plat surgelé – **b.** du pain complet – **c.** Les poissons gras – **d.** c'est trop sucré – **e.** le beurre salé ou le beurre sans sel

5 *À titre indicatif :*
Un végan mange souvent des légumes secs et des céréales. Il ne mange jamais de viande, d'œufs, de produits laitiers.
Un « bio-local » mange toujours des fruits et des légumes de saison, des aliments bio, produits localement.
Un bébé d'un an mange souvent des yaourts, des légumes, il boit toujours du lait, il mange parfois de la viande et du poisson. Il ne boit jamais de soda.

Leçon 2 (p. 122)

1 **a.** Pourquoi est-ce que tu veux redécorer ton appartement ? / Pourquoi tu veux redécorer ton appartement ?
b. Qu'est-ce que vous choisissez pour la décoration ? / Vous choisissez quoi pour la décoration ?
c. Où est-ce qu'on peut placer le lit ? / Où on peut placer le lit ? / On peut placer le lit où ?
d. Est-ce que vous passez beaucoup de temps chez vous ? / Vous passez beaucoup de temps chez vous ?

2 **a.** Quelles pièces souhaitez-vous redécorer ?
b. Voulez-vous réorganiser l'espace ?
c. Quand êtes-vous disponible ?
d. Que voulez-vous changer ?
e. Pourquoi avez-vous envie de changer votre canapé ?

3 *À titre indicatif :*
Dans le salon, il y a un beau canapé gris, une petite table basse blanche, un grand tapis blanc, un plaid et un coussin gris en matière douce, une étagère, un grand tableau, des rideaux blancs, une table, une chaise et des plantes vertes. (Dans la salle à manger, il y a une lampe blanche et une grande table avec trois chaises.)

4 C'est une pièce **sombre** parce qu'il y a seulement une petite fenêtre : il faut des murs d'une couleur **claire**. Il n'y a pas beaucoup de rangements : il faut ajouter deux **grands** placards pour une cuisine **fonctionnelle**. Ils peuvent être de couleur **vive** pour une ambiance gaie. Pour les meubles, on garde la **longue** table **blanche** et on remplace les **vieilles** chaises par quatre **nouvelles** chaises de style **actuel**.

Leçon 3 (p. 126)

1 **a.** Elle a mal au genou.
b. Il a mal à l'épaule.
c. Il a mal à la main.
d. Elle a mal aux yeux.
e. Il a mal à la tête.
f. Il a mal au coude.

2 **a.** j'ai sommeil – **b.** il a de la fièvre – **c.** Tu as faim – **d.** J'ai chaud – **e.** j'ai froid – **f.** Vous avez soif – **g.** il a de l'appétit

3 levez-vous / ne vous levez pas – travaillez / ne travaillez pas – détendez-vous / ne vous détendez pas – bougez / ne bougez pas – endormez-vous / ne vous endormez pas

4 **a.** En télétravail, **ne restez pas** assis(e) trop longtemps et **étirez-vous** souvent. **Ne vous allongez jamais** sur le canapé pour travailler. **Faites** de l'exercice régulièrement : **promenez-vous** 30 minutes par jour. Pour les petits trajets, **ne vous déplacez pas** en voiture : **marchez**. **Ne prenez pas** l'ascenseur, **montez** les escaliers. Et **soyez** attentif(ive) à votre alimentation et à votre sommeil !
b. En télétravail, **ne reste pas** assis(e) trop longtemps et **étire-toi** régulièrement. **Ne t'allonge jamais** sur le canapé pour travailler. **Fais** de l'exercice régulièrement : **promène-toi** 30 minutes par jour. Pour les petits trajets, **ne te déplace pas** en voiture : **marche**. **Ne prends pas** l'ascenseur, **monte** les escaliers. Et **sois** attentif(ive) à ton alimentation et à ton sommeil !

DOSSIER 8 Prendre part à des évènements

Leçon 1 (p. 134)

1 **a.** soupe de carottes au curry – **b.** spaghettis au saumon et à la crème – **c.** salade de tomates à l'ail – **d.** gâteau au chocolat et à l'orange – **e.** jus d'orange aux épices

2 *À titre indicatif :*
un litre d'eau / d'huile – un pot / de moutarde – un kilo de tomates / de sucre – une cuillère de curry / de sel / de moutarde – une pincée de curry / de sel

3 **a. 1.** Vous **versez** le lait dans **une casserole**.
2. On **fait cuire** les oignons dans **une poêle**.
3. Ils **ajoutent une cuillère** de sucre dans le yaourt.
4. Nous **mélangeons** le sucre avec **une cuillère**.
5. **J'épluche** la pomme avec **un couteau**.
6. Tu **couvres** la casserole avec **un couvercle**.
b. 1. Vous mettez le lait dans une casserole.
2. On met les oignons dans une poêle.
3. Ils mettent une cuillère de sucre dans le yaourt.

4 **1.** Mettre la farine dans un saladier et **la** mélanger avec le sucre.
2. Ajouter les œufs et **les** mélanger à la farine.
3. Prendre le lait bien frais et **l'**ajouter dans la préparation.
4. Faire chauffer le beurre et **le** mettre dans la préparation.
5. Verser un peu de pâte et **la** répartir dans la poêle chaude.
6. Faire cuire la crêpe des deux côtés et **la** servir.

Leçon 2 (p. 138)

1 **a.** au Nouvel An / début janvier – **b.** à la rentrée – **c.** à Noël – **d.** début juillet – **e.** fin décembre

2 **a.** la naissance – **b.** le changement de travail – **c.** le déménagement – **d.** l'obtention d'un diplôme – **e.** le mariage – **f.** l'installation

3 **a.** Alicia s'est installée / Elles ont trouvé – **b.** Notre chatte, Minette, est morte / elle a vécu – **c.** Nos filles se sont inscrites / elles ont obtenu – **d.** la famille s'est réunie / on s'est retrouvés – **e.** vous vous êtes mariés / nous avons déménagé – **f.** J'ai quitté / je suis devenu

4 Année spéciale pour nous : nous **sommes devenus** parents !
Janvier : nos deux garçons Hugo et Maxime **sont nés** le Jour de l'an, **c'était** un moment magique !
Mai : Tom **a trouvé** un nouveau travail à Marseille. On **a quitté** notre petit appartement de Paris et on **s'est installés** dans une petite maison avec un jardin. **C'était** bien pour nous quatre de changer de vie !
Décembre : nous **nous sommes retrouvés** en famille pour les fêtes de fin d'année. **Il y avait** aussi nos nouveaux amis marseillais. **C'était** super de faire notre première fête dans notre nouvelle maison !

Leçon 3 (p. 142)

1 Chers collègues et amis,
Après 42 ans de carrière, je quitte l'entreprise !
Je vous invite à venir fêter ma retraite et vous donne rendez-vous le 12 juin dans la salle de conférence.
Merci de confirmer votre présence avant le 31 mai.
Bien à vous,
Jean-Paul

Cher Jean-Paul,
Je te confirme ma présence le 12 juin.
Tu as été pour moi un super collègue, alors je veux être là pour ton pot de départ !
Amicalement,
Bénédicte

2 **a.** Mes chers collègues, je **vous** quitte mais je ne vais pas **vous** oublier !
b. Cher Hugues, je **te** remercie pour ton travail !
c. Mia, nous **te** disons merci ! Tu **nous** as apporté une aide précieuse !
d. Cher Paul, je **te** souhaite une belle retraite. Tu vas **me** manquer !
e. Chers collègues, vous **m'**avez fait de belles surprises ! Je **vous** remercie !
f. Chère Anita, merci de **nous** inviter à ton pot de départ, mais nous ne pouvons pas venir.

3 **a.** Nous lui faisons une surprise.
b. on veut leur souhaiter bon voyage.
c. où est-ce que tu leur as donné rendez-vous ?
d. je lui ai envoyé une invitation.
e. pour lui confirmer ma présence.

4 *À titre indicatif :*
a. Elles sont en train de fêter leur départ.
b. Nous sommes en train de choisir des photos.
c. On est en train de ranger.
d. Tu es en train de préparer ta valise.

Lexique

FRANÇAIS	ANGLAIS	ESPAGNOL	PORTUGAIS	ALLEMAND	CHINOIS
à bientôt	see you soon	hasta pronto	até logo	bis bald	回头见
à côté (de)	beside/at the side of	al lado (de)	ao lado (de)	neben	在……旁边
à droite	on the right	a la derecha	à direita	nach rechts	在右边
à gauche	on the left	a la izquierda	à esquerda	nach links	在左边
à plus ! (fam.)	see you later!	¡hasta luego!	até já !	bis später!	回见
absence (n. f.)	absence	ausencia	ausência	Abwesenheit	缺席
accessible (adj.)	accessible	accesible	acessível	zugänglich	可获得、可达的
accessoire (n. m.)	accessory	accesorio	acessório	Accessoire	配件
accordéon (n. m.)	accordion	acordeón	acordeão	Akkordeon	手风琴
accrobranche (n. m.)	tree-top trail	arborismo	arborismo	Klettergarten	攀林运动
accueil (n. m.)	foster care	acogida	acolhida	Empfang	招待、迎接
accueilli (n. m.)	youngster in foster care	acogido/a	acolhido	Gast	迎宾
accueillir (v.)	to foster	acoger	acolher	empfangen	欢迎、迎接
achat (n. m.)	purchase	compra	compra	Kauf	购物
acteur(trice) (n.)	actor/actress	actor/actriz	ator(a)	Schauspieler(in)	演员
actif(ive) (adj.)	active	activo/a	ativo(a)	aktiv	活跃的
action (n. f.)	action	acción	ação	Handlung	行动
activité (n. f.)	activity	actividad	atividade	Aktivität	活动
actuel(le) (adj.)	current/topical	actual	atual	derzeitig	目前的
adapté(e) (adj.)	adapted	adaptado/a	adaptado(a)	angepasst	适合的
addition (n. f.)	bill	cuenta	conta	Rechnung	加法/增加
adorer (v.)	to adore	encantar	adorar	mögen	崇拜、热爱
adresse (n. f.)	address	dirección	morada	Adresse	地址
affaires (n. f. pl.)	things/belongings	cosas	coisas	Sachen	衣物
africain(e) (adj., n.)	African	africano/a	africano(a)	afrikanisch / Afrikaner(in)	非洲的
Afrique (n. f.)	Africa	África	África	Afrika	非洲
âge (n. m.)	age	edad	idade	Alter	年龄
agencement (n. m.)	layout/arrangement/ organisation	disposición	disposição	Einrichtung	布局
agenda (n. m.)	diary	agenda	agenda	Terminkalender	记事本
agneau (n. m.)	lamb	cordero	cordeiro	Lamm	羔羊
agréable (adj.)	nice	agradable	agradável	angenehm	舒服的
ail (n. m.)	garlic	ajo	alho	Knoblauch	蒜
aimer (v.)	to love	gustar	amar	mögen	爱
air (n. m.)	air	aire	ar	Luft	空气
ajouter (v.)	to add	añadir	acrescentar	hinzufügen	添加
album souvenir (n. m.)	memory book	álbum de recuerdos	álbum de recordações	Erinnerungsalbum	纪念相册
alimentaire (adj.)	dietary	alimentario/a	alimentar	Ernährungs-	饮食的
alimentation (n. f.)	food	alimentación	alimentação	Ernährung	食品
allemand(e) (adj.)	German	alemán/alemana	alemão/alemã	deutsch	德国的
aller (v.)	to go	ir	ir	gehen / fahren	去
allongé(e) (adj.)	lying down	acostado/a	deitado(a)	liegend	延长的
alors	thus	entonces	então	also	那么
amande (n. f.)	almond	almendra	amêndoa	Mandel	杏仁
amateur(trice) (adj.)	enthusiast	aficionado/a	amador(a)	Interessent(in)	业余的
ambiance (n. f.)	ambience	ambiente	ambiente	Stimmung	氛围
améliorer (v.)	to improve	mejorar	melhorar	verbessern	改进
aménagement (n. m.)	moving in/settling in	acondicionamiento	disposição	Einrichtung	布置、调整
aménager (v.)	to move in/to settle in	acondicionar	dispor	einrichten	整理
américain(e) (adj.)	American	americano/a	americano(a)	amerikanisch	美国的
Amérique (n. f.)	America	América	América	Amerika	美国、美洲
ami(e) (n.)	friend	amigo/a	amigo(a)	Freund(in)	朋友
amical(e) (adj.)	friendly	amistoso/a	amigável	freundschaftlich	友好的
amitié (n. f.)	friendship	amistad	amizade	Freundschaft	友谊
amour (n. m.)	love	amor	amor	Liebe	爱
amoureux(euse) (adj.)	in love	enamorado/a	apaixonado	verliebt	爱恋的
an (n. m.)	year	año	ano	Jahr	年

Lexique

FRANÇAIS	ANGLAIS	ESPAGNOL	PORTUGAIS	ALLEMAND	CHINOIS
anglais(e) (adj.)	English	inglés/inglesa	inglês/inglesa	englisch	英国的
animateur(trice) (n.)	facilitator/team leader	animador/a	animador (cultural)	Leiter(in)	主持人
animation (n. f.)	event	actividades de animación	animação	Veranstaltung	活动
animer (v.)	to facilitate/lead/chair (a meeting)	animar	animar	leiten	使活跃/组织
année (n. f.)	year	año	ano	Jahr	年份
anniversaire (n. m.)	anniversary/birthday	cumpleaños	aniversário	Geburtstag	生日
annonce (n. f.)	advert/announcement	anuncio	anúncio	Inserat	通告
annoncer (v.)	to advertise/to announce	anunciar	anunciar	ankündigen / inserieren	宣布
août (n. m.)	August	agosto	agosto	August	八月
appartement (n. m.)	flat/apartment	apartamento	apartamento	Wohnung	套房
appel (n. m.)	call	llamada	chamada	Anruf	电话
appétit (n. m.)	appetite	apetito	apetite	Appetit	胃口
apprenant(e) (n.)	learner	estudiante	aprendiz	Lerner(in)	学习者
apprendre (v.)	to learn	aprender	aprender	lernen	学习
apprentissage (n. m.)	learning	aprendizaje	aprendizagem	Lernen	学习
approximatif(ve) (adj.)	approximate/roughly/ about	aproximado/a	aproximativo(a)	ungefähr	近似的
après	after/afterwards	después	depois	nach	之后
après-demain	day after tomorrow	pasado mañana	depois de amanhã	übermorgen	后天
après-midi (n.)	afternoon	tarde	tarde	Nachmittag	下午
arabe (adj., n.)	Arabic/Arab	árabe	árabe	arabisch	阿拉伯的
arbre (n. m.)	tree	árbol	árvore	Baum	树
architecte (n.)	architect	arquitecto/a	arquiteto(a)	Architekt(in)	建筑师
argent (n. m.)	money/silver	dinero	dinheiro	Geld	钱
argentin(e) (adj.)	Argentinean	argentino/a	argentino(a)	argentinisch	阿根廷的
armoire (n. f.)	cupboard/wardrobe	armario	armário	Schrank	衣橱
aromatique (adj.)	herb	aromático/a	aromático(a)	aromatisch	芳香的
arrêt (n. m.) (de bus)	(bus) stop	parada	paragem	Haltestelle	（公交）站
arrêt de travail (n. m.)	sick leave/doctor's certificate	baja médica	licença por doença	Krankschreibung	病假
arriver (v.)	to arrive	llegar	chegar	ankommen	到达、来
arrondissement (n. m.)	district	distrito	freguesia	Bezirk	区
arroser (v.)	to water	regar	regar	gießen	浇水
art (n. m.)	art	arte	arte	Kunst	艺术
ascenseur (n. m.)	lift	ascensor	elevador	Aufzug	电梯
asiatique (adj.)	Asian	asiático/a	asiático(a)	asiatisch	亚洲的
Asie (n. f.)	Asia	Asia	Ásia	Asien	亚洲
aspirateur (n. m.)	vacuum cleaner	aspiradora	aspirador	Staubsauger	吸尘器
assiette (n. f.)	plate	plato	prato	Teller	盘子
assis(e) (adj.)	sitting down	sentado/a	sentado(a)	sitzend	坐着的
astuce (n. f.)	clever trick	truco	astúcia	Trick	诀窍
atelier (n. m.)	workshop	taller	atelier	Atelier	工坊
attention (n. f.)	kindness/attention	atención	atenção	Aufmerksamkeit	关注
attentionné(e) (adj.)	thoughtful/caring	atento/a	atencioso(a)	rücksichtsvoll	殷勤的
attitude (n. f.)	attitude	actitud	atitude	Haltung	态度
au revoir	good-bye	adiós	adeus	Auf Wiedersehen	再见
aujourd'hui	today	hoy	hoje	heute	今天
automne (n. m.)	autumn	otoño	outono	Herbst	秋天
avant-bras (n. m.)	forearm	antebrazo	antebraço	Unterarm	小臂
avec	with	con	com	mit	与、和
avenue (n. f.)	avenue	avenida	avenida	Allee	大道
avocat(e) (n.)	lawyer	abogado/a	advogado(a)	Anwalt / Anwältin	律师
avoir (v.)	to have	tener	ter	haben	有
avril (n. m.)	April	abril	abril	April	四月
baignade (n. f.)	bathing/swimming	baño	banho	Baden	洗浴

FRANÇAIS	ANGLAIS	ESPAGNOL	PORTUGAIS	ALLEMAND	CHINOIS
baignoire (n. f.)	bath	bañera	banheira	Badewanne	浴缸
balade (n. f.)	walk/stroll	paseo	passeio	Spaziergang / Spazierfahrt	溜达
banlieue (n. f.)	suburb	suburbio	periferia	Vorstadt	郊区
bar (n. m.)	bar	bar	bar	Kneipe	酒吧
barbe (n. f.)	beard	barba	barba	Bart	胡子
bas(se) (adj.)	low	bajo/a	baixo(a)	niedrig	低
baskets (n. f. pl.)	trainers	zapatillas deportivas	ténis	Turnschuhe	篮球鞋
bateau (n. m.)	boat	barco	barco	Boot	船
beau, bel(le) (adj.)	beautiful	bonito/a	bonito(a)	schön	漂亮、帅气
beau-père (n. m.)	step-father/father-in-law	suegro	sogro	Schwiegervater	岳父/继父
belge (adj.)	Belgian	belga	belga	belgisch	比利时的
belle-mère (n. f.)	step-mother/mother-in-law	suegra	sogra	Schwiegermutter	岳母/继母
besoin (n. m.)	need	necesidad	necessidade	Bedürfnis	需求
beurre (n. m.)	butter	mantequilla	manteiga	Butter	黄油
bibliothèque (n. f.)	library	biblioteca	biblioteca	Bibliothek	图书馆、书架
bien	good	bien	bem	gut	好
bienvenue (n. f.)	welcome	bienvenida	boas-vindas	willkommen	欢迎
biologique (bio) (adj.)	organic	orgánico/a	biológico	biologisch	生物的、有机的
bise (n. f.)	kiss	beso	beijinho	Küsschen	面颊吻
bisou (n. m.)	kiss	beso	beijinho	Küsschen	亲吻
blanc(he) (adj.)	white	blanco/a	branco(a)	weiß	白色的
bleu(e) (adj.)	blue	azul	azul	blau	蓝色的
blond(e) (adj.)	blond	rubio/a	louro(a)	blond	金色的
bœuf (n. m.)	beef	carne de vacuno	carne de vaca	Rind	牛
boîte (n. f.)	box/tin	caja	caixa	Schachtel	盒子
bon(ne) (adj.)	good	bueno/a	bom/boa	gut	好的
bonheur (n. m.)	happiness	felicidad	felicidade	Glück	幸福
bonjour (n.)	hi/hello	hola	bom dia	Guten Tag	你好
bonsoir	goodnight/good evening	buenas noches	boa noite	Guten Abend	晚上好
bosser (v.) (fam.)	to work	currar	trabalhar duro	arbeiten	工作
bouger (v.)	to move	moverse	mexer-se	bewegen	移动
boulangerie (n. f.)	bakery	panadería	padaria	Bäckerei	面包店
boulot (n. m.) (fam.)	work	trabajo	trabalho	Arbeit	工作
bouquet (n. m.)	bouquet	ramo	ramo	Strauß	花束
boussole (n. f.)	compass	brújula	bússola	Kompass	指南针
bras (n. m.)	arm	brazo	braço	Arm	胳膊
brésilien(ne) (adj.)	Brazilian	brasileño/a	brasileiro(a)	brasilianisch	巴西的
brun(e) (adj.)	brown/brunette	moreno/a	moreno(a)	braun	棕色的
bureau (n. m.)	desk / office	escritorio/oficina	secretária / escritório	Schreibtisch / Büro	办公室
bus (n. m.)	bus	autobús	autocarro	Bus	公交车
caddie (n. m.)	trolley	carro de la compra	carrinho de supermercado	Einkaufswagen	购物推车
cadeau (n. m.)	gift/present	regalo	prenda	Geschenk	礼物
cadre (n. m.)	environment/setting manager/executive	entorno/ejecutivo	quadro	Umfeld / Führungskraft	干部/环境、背景
café (n. m.)	café / coffee	café	café	Café / Kaffee	咖啡馆
cagnotte (n. f.)	kitty	bote	jackpot	Gemeinschaftskasse	钱箱
calendrier (n. m.)	calendar	calendario	calendário	Kalender	日历
calme (adj.)	calm	tranquilo/a	calma	ruhig	平静的
caméra (n. f.)	camera (film or video camera)	cámara	câmara	Kamera	摄影机
campagne (n. f.)	countryside	campo	campo	Land	乡村
canapé (n. m.)	sofa	sofá	sofá	Sofa	沙发
cannelle (n. f.)	cinnamon	canela	canela	Zimt	桂皮
canoë (n. m.)	canoe	canoa	canoa	Kanu	独木舟
carnet (n. m.)	notebook	libreta	caderneta	Notizbuch	本子

Lexique

FRANÇAIS	ANGLAIS	ESPAGNOL	PORTUGAIS	ALLEMAND	CHINOIS
carotte (n. f.)	carrot	zanahoria	cenoura	Karotte	萝卜
carrière (n. f.)	career	carrera	carreira	Karriere	生涯
carte (bancaire) (n. f.)	(bank) card	tarjeta	cartão multibanco	Karte	卡
casque (n. m.)	headphones	casco	capacete	Kopfhörer	头盔
casquette (n. f.)	cap	gorra	boné	Mütze	鸭舌帽
casserole (n. f.)	saucepan	cazo	tacho	Kochtopf	平底锅
cathédrale (n. f.)	cathedral	catedral	catedral	Kathedrale	教堂
célébrer (v.)	to celebrate	celebrar	celebrar	feiern	欢庆
célibataire (n., adj.)	single/unmarried	soltero/a	solteiro(a)	ledig	单身者、单身的
centilitre (n. m.)	centilitre	centilitro	centilitro	Zentiliter	厘升
centre-ville (n. f.)	town centre/city centre	centro de la ciudad	centro da cidade	Innenstadt	市中心
céréale (n. f.)	cereal	cereal	cereal	Getreide	谷物
chaîne (n. f.) (de montagnes)	chain (of mountains)	cadena	cadeia	Kette	山脉
chaise (n. f.)	chair	silla	cadeira	Stuhl	椅子
chambre (n. f.)	bedroom	dormitorio	quarto	Schlafzimmer	卧室
chance (n. f.)	luck	suerte	sorte	Chance / Glück	运气
changement (n. m.)	change	cambio	mudança	Veränderung	更改
changer (v.)	to change	cambiar	mudar	ändern	改变
chanter (v.)	to sing	cantar	cantar	singen	歌唱
chapeau (n. m.)	hat	sombrero	chapéu	Hut	帽子
charcuterie (n. f.)	delicatessen meat	charcutería	charcutaria	Wurstwaren	猪肉食品
château (n. m.)	castle/stately home	castillo	castelo	Schloss	城堡
chauffer (v.) (faire chauffer)	to heat	calentar	aquecer	erwärmen	加热
chaussettes (n. f. pl.)	socks	calcetines	meias	Socken	袜子
chaussures (n. f. pl.)	shoes	zapatos	sapatos	Schuhe	鞋
chemin (n. m.)	path	camino	caminho	Weg	道路
chemise (n. f.)	shirt	camisa	camisa	Hemd	衬衫
chercher (v.)	to look for	buscar	buscar	suchen	寻找
cheval (n. m.)	horse	caballo	cavalo	Pferd	马
cheveu (n. f.)	hair	pelo	cabelo	Haar	头发
chinois(e) (adj.)	Chinese	chino/a	chinês /chinesa	chinesisch	中国的
choisir (v.)	to choose	elegir	escolher	wählen	选择
choix (n. m.)	choice	elección	escolha	Auswahl	选择
chose (n. f.)	thing	cosa	coisa	Sache	事物、东西
cinéma (n. m.)	cinema	cine	cinema	Kino	电影
circulation (n. f.)	traffic	circulación	circulação	Verkehr	流通、交通
circuler (v.)	travelling/getting about	circular	circular	unterwegs sein	交通
civil(e) (adj.)	civil	civil	civil	zivil	礼貌的
clair(e) (adj.)	light	claro/a	claro(a)	hell	清楚的
classe (n. f.)	class	clase	classe	Klasse	班级
client(e) (n.)	customer/client	cliente/clienta	cliente	Kunde / Kundin	顾客、客户
climat (n. m.)	climate	clima	clima	Klima	气候
coaching (n. m.)	coaching	coaching	coaching	Coaching	教练
coin (n. m.)	corner	esquina	canto	Ecke	角落
collecte (n. f.)	collection	recogida	recolha	Sammlung	募集
collecter (v.)	to collect	recoger	recolher	sammeln	收集
collectif(ive) (adj.)	collective	colectivo/a	coletivo(a)	kollektiv	团体的
collectivité (n. f.)	community	comunidad	coletividade	Gemeinschaft	集体
collègue (n.)	colleague	colega	colega	Kollege / Kollegin	同事
colocataire (n.)	flat-mate/house-mate	compañero/a de piso	colega de casa	Mitbewohner(in)	合租者
colocation (n. f.)	flat-share/house-share	compartir piso	partilhar casa	Wohngemeinschaft	合租
combien (de)	how much/how many	cuánto/a(s)	quanto	wie viel	多少
commander (v.)	to order	pedir	pedir	bestellen	预定
comme	like	como	como	wie	像……一样
commentaire (n. m.)	commentary	comentario	comentário	Kommentar	评论
commerçant(e) (n.)	shop-keeper	comerciante	comerciante	Händler(in)	商家

FRANÇAIS	ANGLAIS	ESPAGNOL	PORTUGAIS	ALLEMAND	CHINOIS
commerce (n. m.)	shop/store	comercio	comércio	Geschäft	商业
communication (n. f.)	communication	comunicación	comunicação	Kommunikation	通讯、交流
communiquer (v.)	to communicate	comunicar	comunicar	mitteilen	传达、交流
compagnon(gne) (n.)	civil partner	pareja	companheiro(a)	Lebensgefährte / Lebensgefährtin	伴侣
complet(ète) (adj.)	complete	completo/a	completo(a)	vollständig	完整的
comportement (n. m.)	behaviour	comportamiento	comportamento	Verhalten	行为
comprendre (v.)	to understand	entender	compreender	verstehen	理解
concert (n. m.)	concert	concierto	concerto	Konzert	音乐会、演唱会
concours (n. m.)	competition	concurso	concurso	Wettbewerb	比赛
condiment (n. m.)	condiment	condimento	condimento	Gewürz	调味品
confirmer (v.)	to confirm	confirmar	confirmar	bestätigen	确认
confort (n. m.)	comfort	comodidad	conforto	Komfort	舒适
confortable (adj.)	comfortable	cómodo/a	confortável	bequem	舒适的
connecter (se) (v.)	to connect	conectar (se)	conectar	(sich) verbinden	连接
connexion (n. f.)	connection	conexión	conexão	Verbindung	连通
consommer (v.)	to consume	consumir	consumir	verbrauchen	消费
consultation (n. f.)	consultation	consulta	consulta	Anfrage	咨询
consulter (v.)	to consult	consultar	consultar	um Rat fragen	咨询
contact (n. m.)	contact	contacto	contacto	Kontakt	联系人
content(e) (adj.)	happy/pleased	contento/a	contente	zufrieden	高兴的
continent (n. m.)	continent	continente	continente	Kontinent	大陆
continuer (v.)	to continue	continuar	continuar	weitergehen / weitermachen	继续
conversation (n. f.)	conversation	conversación	conversa	Gespräch	会话
convivialité (n. f.)	conviviality	convivencia	convivência	Geselligkeit	融洽的社交关系
cool (fam.)	cool	guay	fixe	cool	酷
coordonnées (n. f. pl.)	contact details	datos de contacto	dados de contacto	Kontaktdaten	联系方式
copain, copine (n.)	mate/friend	amigo/a	amigo(a)	Freund / Freundin	伙伴、朋友
coréen(ne) (adj.)	Korean	coreano/a	coreano(a)	koreanisch	韩国的
coriandre (n. f.)	coriander	cilantro	coentro	Koriander	香菜
corps (n. m.)	body	cuerpo	corpo	Körper	身体
cou (n. m.)	neck	cuello	pescoço	Hals	脖子
coucou (n. m.)	cuckoo	hola	olá	Kuckuck	嗨
coude (n. m.)	elbow	codo	cotovelo	Ellenbogen	胳膊肘
couleur (n. f.)	colour	color	cor	Farbe	颜色
coup de cœur (n. m.)	favourite	flechazo	favorito(a)	Favorit	一见钟情
couper (v.)	to cut	cortar	cortar	schneiden	切断
coupe-vent (n. m.)	windcheater/anorak	cortavientos	corta-vento	Windschutz	防风衣
couple (n. m.)	couple	pareja	casal	Paar	一对夫妇/情侣
course (n. f.) (à pied)	race	carrera	corrida	Lauf	跑步
courses (n. f. pl.)	shopping	compra	compras (fazer compras)	Einkäufe	购物
cousin(e) (n.)	cousin	primo/a	primo(a)	Cousin(e)	表兄弟/表姐妹
coussin (n. m.)	cushion	cojín	almofada	Kissen	靠垫
couteau (n. m.)	knife	cuchillo	faca	Messer	刀
coûter (v.)	to cost	costar	custar	kosten	花费、值
couture (n. f.)	sewing	costura	costura	Nähen	缝纫、时装业
couvercle (n. m.)	cover/lid	tapa	tampa	Deckel	盖子
couvrir (v.)	to cover	cubrir	cobrir	abdecken	覆盖
créateur (n. m.)	creator/designer	creador/a	criador	Schöpfer	创造者
créatif(ive) (adj.)	creative	creativo/a	criativo	kreativ	有创意的
créer (v.)	to create	crear	criar	erstellen	创造
crème (n. f.)	cream	nata	nata	Sahne	奶油
crème solaire (n. f.)	sunscreen	crema solar	protetor solar	Sonnencreme	防晒霜
créneau horaire (n. m.)	time slot	franja horaria	faixa horária	Zeitfenster	时间段
crêpe (n. f.)	pancake	crepe	crepe	Pfannkuchen	饼
cuillère (n. f.)	spoon	cuchara	colher	Löffel	勺子

FRANÇAIS	ANGLAIS	ESPAGNOL	PORTUGAIS	ALLEMAND	CHINOIS
cuire (v.)	leather	cocer	cozer	kochen	烧、煮
cuisine (n. f.)	kitchen / cooking,cookery	cocina	cozinha	Küche	厨房
cuisiner (v.)	to cook	cocinar	cozinhar	kochen	烹饪
cuisinier(ère) (n.)	cook	cocinero/a	cozinheiro(a)	Koch / Köchin	厨师
culture (n. f.)	culture	cultura	cultura	Kultur	文化
culturel(le) (adj.)	cultural	cultural	cultural	kulturell	文化的
curcuma (n. m.)	turmeric	cúrcuma	curcuma	Kurkuma	姜黄
curieux(euse) (adj.)	inquisitive/curious	curioso/a	curioso(a)	neugierig	好奇的
d'abord	first of all/firstly	primero	em primeiro lugar	zuerst	首先
dans	in	dentro de	em	in	在
danse (n. f.)	dance	baile	dança	Tanz	舞蹈
danseur(euse) (n.)	dancer	bailarín/a	dançarino(a)	Tänzer(in)	舞者
date (n. f.)	date	fecha	data	Datum	日期
début (n. m.)	beginning/start	inicio	início	Beginn	开始
décembre (n. m.)	December	diciembre	dezembro	Dezember	十二月
décorateur(trice) (n.)	interior designer	decorador/a	decorador(a)	Dekorateur(in)	装饰师
décoration (déco) (n. f.)	decoration/interior design	decoración	decoração	Dekoration (Deko)	装饰
décorer (v.)	to decorate	decorar	decorar	dekorieren	装潢
découvrir (v.)	to discover	descubrir	descobrir	entdecken	发现
décrire (v.)	to describe	describir	descrever	beschreiben	描述
déçu(e) (adj.)	disappointed	decepcionado/a	desiludido(a)	enttäuscht	失望的
dégustation (n. f.)	tasting/sampling	degustación	degustação	Verkostung	品尝
déjeuner (v., n.)	lunch	almorzar	almoço	zu Mittag essen	用午餐
délicieux(euse) (adj.)	delicious	delicioso/a	delicioso(a)	köstlich	美味的
demain	tomorrow	mañana	amanhã	morgen	明天
demander (v.)	to ask	preguntar	perguntar	fragen	请求
déménagement (n. m.)	moving	mudanza	mudança de casa	Umzug	搬家
déménager (v.)	to move	mudarse	mudar de casa	umziehen	搬家
demi-frère (n. m.)	half-brother	hermanastro	meio-irmão	Halbbruder	异父（异母）兄弟
demi-sœur (n. f.)	half-sister	hermanastra	meia-irmã	Halbschwester	异父（异母）姐妹
démodé(e) (adj.)	old-fashioned	pasado/a de moda	fora de moda	altmodisch	过时的
dentiste (n.)	dentist	dentista	dentista	Zahnarzt / Zahnärztin	牙医
départ (n. m.)	start	salida	partida	Abreise	出发、起点
dépense (n. f.)	expense/expenditure	gasto	gasto	Ausgabe	开支、花费
déplacement (n. m.)	journey/trip	desplazamiento	deslocamento	Reise	移动
déplacer (v.) un rendez-vous	to change a rendezvous	mover una cita	adiar um encontro	eine Verabredung verschieben	改变一次预约
derrière	behind	detrás	atrás	hinter	在后面
descendre (v.)	to descend	bajar	descer	hinuntergehen	下来
description physique (n. f.)	physical description	descripción física	descrição física	körperliche Beschreibung	外貌描述
désirer (v.)	to desire/to want	desear	desejar	wünschen	渴望
désolé(e) (adj.)	sorry	lo siento	desolado(a)	es tut mir leid	抱歉的
dessert (n. m.)	dessert	postre	sobremesa	Nachspeise	甜点
dessin animé (n. m.)	cartoon	dibujos animados	desenho animado	Zeichentrickfilm	动画片
destination (n. f.)	destination	destino	destino	Ziel	目的地
détester (v.)	to hate	odiar	detestar	hassen	厌恶
devant	in front of	delante	diante de	vor	之前
développer (v.)	to develop	desarrollar	desenvolver	entwickeln	发展
devenir (v.)	to become	convertirse	tornar-se	werden	变成
devinette (n. f.)	riddle	adivinanza	enigma	Rätsel	谜语
devoir (v.)	to owe/to have to (do something)	deber	dever	müssen	应该、有义务
devoirs (n. m. pl.)	homework	deberes	trabalho de casa	Hausaufgaben	作业
diaporama (n. m.)	slide show	diaporama	diaporama	Präsentation	幻灯片
difficile (adj.)	difficult	difícil	difícil	schwierig	难的

FRANÇAIS	ANGLAIS	ESPAGNOL	PORTUGAIS	ALLEMAND	CHINOIS
digicode (n. m.)	door code	código digital	digicódigo	elektronisches Schloss	数码门控
dimanche (n. m.)	Sunday	domingo	domingo	Sonntag	周日
dîner (n. m.)	dinner	cena	jantar	Abendessen	晚餐
dîner (v.)	to dine/to have dinner	cenar	jantar	zu Abend essen	用晚餐
diplôme (n. m.)	qualification/diploma	diploma	diploma	Abschluss	文凭
dire (v.)	to say	decir	dizer	sagen	说
discours (n. m.)	speech	discurso	discurso	Rede	演说
discuter (v.)	to discuss	charlar	conversar	diskutieren	讨论
disponibilité (n. f.)	availability	disponibilidad	disponibilidade	Verfügbarkeit	可用性
disponible (adj.)	available	disponible	disponível	verfügbar	可用的
distance (n. f.)	distance	distancia	distância	Entfernung	距离
divorcé(e) (n., adj.)	divorced	divorciado/a	divorciado(a)	geschieden	离婚、离婚的
doigt (n. m.)	finger	dedo	dedo	Finger	手指
domestique (adj.)	domestic	doméstico/a	doméstico(a)	häuslich	家用的
dommage (n. m.)	a shame/a pity	qué pena	que pena	schade	遗憾
donner (v.)	to give	dar	dar	geben	给
dormir (v.)	to sleep	dormir	dormir	schlafen	睡觉
dos (n. m.)	back	espalda	costas	Rücken	背
douche (n. f.)	shower	ducha	duche	Dusche	淋浴
doudoune (n. f.)	down jacket	chaqueta de plumas	jaqueta de penas	Daunenjacke	羽绒服
douleur (n. f.)	pain	dolor	dor	Schmerz	疼痛
doux(ce) (adj.)	soft/gentle	suave	suave	süß	柔软的
échanger (v.)	to discuss	intercambiar	trocar	austauschen	交换
écharpe (n. f.)	scarf	bufanda	lenço	Schal	围巾
échecs (n. m. pl.)	chess	ajedrez	xadrez	Schach	国际象棋
école (n. f.)	school	escuela	escola	Schule	学校
économie (n. f.)	economy	economía	economia	Wirtschaft	经济
écouter (v.)	to listen	escuchar	escutar	zuhören	听
écran (n. m.)	screen	pantalla	ecrã	Bildschirm	屏幕
écrire (v.)	to write	escribir	escrever	schreiben	写
écriture (n. f.)	writing	escritura	escrita	Schreiben	写作
église (n. f.)	church	iglesia	igreja	Kirche	小教堂
emblématique (adj.)	emblematic	emblemático/a	emblemático(a)	symbolträchtig	标志的、象征的
embrasser (v.)	to kiss	besar	beijar	küssen / umarmen	拥吻
émouvant(e) (adj.)	touching	emotivo/a	emocionante	rührend	感动的
emplacement (n. m.)	space/place	espacio	localização	Standort	位置
emploi du temps (n. m.)	timetable/schedule	horario	horário	Stundenplan	时间表
en face	opposite	enfrente	diante de	gegenüber	对面
enfant (n.)	child	hijo/a	criança	Kind	孩童
enfin	at last	por fin	finalmente	endlich	最后
enlever (v.)	to remove	quitar	retirar	entfernen	除掉、去除
ensuite	next	a continuación	em seguida	dann	接下来
entre	between	entre	entre	zwischen	在……之间
entrée (n. f.)	entrance	entrante	entrada	Eingang	入口
entreprise (n. f.)	company/business	empresa	empresa	Unternehmen	公司
envoyer (v.)	to send	enviar	enviar	senden	寄送
épaule (n. f.)	shoulder	hombro	ombro	Schulter	肩膀
épeler (v.)	to spell	deletrear	soletrar	buchstabieren	拼读
épice (n. f.)	spice	especia	especiaria	Gewürz	香料
épicerie (n. f.)	grocery store	tienda de alimentación	mercearia	Lebensmittelgeschäft	食品杂货店
éplucher (v.)	to peel	pelar	descascar	schälen	削皮
époque (n. f.)	era/age/epoch	época	época	Zeit	时代
équilibré(e) (adj.)	well-balanced	equilibrado/a	equilibrado(a)	ausgeglichen	平衡的
équipe (n. f.)	team	equipo	equipa	Team	团队
équipé(e) (adj.)	fitted	equipado/a	equipado(a)	ausgestattet	设备齐全的
équipement (n. m.)	fixtures and fittings/ amenities/facilities	equipamiento	equipamento	Ausstattung	设备

FRANÇAIS	ANGLAIS	ESPAGNOL	PORTUGAIS	ALLEMAND	CHINOIS
escalade (n. f.)	climbing	escalada	escalada	Klettern	攀登
escalier (n. m.)	staircase	escalera	escada	Treppe	楼梯
espace (n. m.)	space	espacio	espaço	Raum	空间
espace de travail collaboratif (ETC) (n.)	collaborative workspace	espacio de trabajo colaborativo	espaço de trabalho corporativo	Coworking-Space	合作工作空间
espagnol(e) (adj.)	Spanish	español/a	espanhol/espanhola	spanisch	西班牙的
est (n. m.)	east	este	leste	Osten	东部
étagères (n. f. pl.)	shelves	estantes	estantes	Regal	架子
étape (n. f.)	stage/step	etapa	etapa	Etappe	步骤
été (n. m.)	summer	verano	verão	Sommer	夏天
étranger(ère) (adj., n.)	foreigner/stranger	extranjero/a	estrangeiro(a)	ausländisch / Ausländer(in)	外国的、外国人
être (v.)	to be	ser, estar	ser	sein	是
études (n. m. pl.)	studies	estudios	estudos	Studium	学业
étudiant(e) (n.)	student	estudiante	estudante	Student(in)	学生
étudier (v.)	to study	estudiar	estudar	studieren	学习
Europe (n. f.)	Europe	Europa	Europa	Europa	欧洲
européen(ne) (adj.)	European	europeo/a	europeu/europeia	europäisch	欧洲的
événement (n. m.)	event	evento	evento	Ereignis / Veranstaltung	事件
éviter (v.)	to avoid	evitar	evitar	vermeiden	避免
examen (n. m.)	exam	examen	exame	Prüfung	考试
exceptionnel(le) (adj.)	exceptional	excepcional	excecional	außergewöhnlich	破例的
excessif(ve) (adj.)	excessive	excesivo/a	excessivo	übermäßig	过度的、极端的
expatrié(e) (adj., n.)	expatriate	expatriado/a	expatriado(a)	Auswanderer / Auswanderin	离开本国的人
expérience (n. f.)	experience	experiencia	experiência	Erfahrung	经验
explorer (v.)	to explore	explorar	explorar	erkunden	探索
exposition (n. f.)	exhibition	exposición	exposição	Ausstellung	展览
extraordinaire (adj.)	extraordinary	extraordinario/a	extraordinário(a)	außerordentlich	非凡的
facile (adj.)	easy	fácil	fácil	einfach	简单的
faculté (n. f.)	faculty	facultad	faculdade	Fakultät	学院
faim (n. f.)	hunger	hambre	fome	Hunger	饥饿
faire (v.)	to make/to do	hacer	fazer	machen	做、作
faire connaissance (v.)	to get to know	conocer	conhecer	kennenlernen	认识某人
faire une pause (v.)	to take a break	hacer una pausa	fazer uma pausa	eine Pause machen	短暂休息
falloir (v.) (il faut)	to have to	hacer falta (hay que)	ser preciso	müssen (man muss)	需要、应当
familial(e) (adj.)	familiar	familiar	familiar	familiär	家庭的
famille (n. f.)	family	familia	família	Familie	家庭
fan (n.)	fan	fan	fã	Fan	粉丝
farine (n. f.)	flour	harina	farinha	Mehl	面粉
fatigué(e) (adj.)	tired	cansado/a	cansado(a)	müde	疲劳的
fauteuil (n. m.)	armchair	sillón	poltrona	Sessel	座椅
félicitations (n. f. pl.)	congratulations	enhorabuena	parabéns	Glückwünsche	祝贺
féliciter (v.)	to congratulate	felicitar	felicitar	gratulieren	恭喜
féminin(e) (adj.)	feminine	femenino/a	feminino(a)	weiblich	女性的
femme (n. f.)	woman	mujer	mulher	Frau	女性
fermer (v.)	to close	cerrar	fechar	schließen	关闭
festival (n. m.)	festival	festival	festival	Festival	节日
fête (n. f.)	party/celebration/fête	fiesta	festa	Fest	节庆
fêter (v.)	to celebrate	celebrar	festejar	feiern	庆祝
feu (n. m.)	fire	fuego	fogo	Feuer	火
février (n. m.)	February	febrero	fevereiro	Februar	二月
fièvre (n. f.)	fever	fiebre	febre	Fieber	发烧
file d'attente (n. f.)	queue	cola	fila	Warteschlange	等待队列
fille (n. f.)	daughter	hija	filha	Tochter	女孩、女儿
film (n. m.)	film	película	filme	Film	电影
fils (n. m.)	son	hijo	filho	Sohn	儿子

FRANÇAIS	ANGLAIS	ESPAGNOL	PORTUGAIS	ALLEMAND	CHINOIS
fin (n. f.)	end	final	fino	Ende	结局
finir (v.)	to finish/to end	acabar	terminar	beenden	结束
fixer (v.)	to make (an appointment)	fijar	marcar	vereinbaren	确定
flexible (adj.)	flexible	flexible	flexível	flexibel	灵活的
flûte (n. f.)	flute	flauta	flauta	Flöte	笛子
fonctionnel(le) (adj.)	functional	funcional	funcional	funktional	实用的
fonctionner (v.)	to work/to be operational	funcionar	funcionar	funktionieren	运行
fond (n. m.)	bottom	fondo	fundo	Hintergrund	底部、基础
football (foot) (n. m.)	football	fútbol	futebol	Fußball	足球
formuler (v.)	to formulate	formular	formular	formulieren	明确表达、列出
fort(e) (adj.)	strong	fuerte	forte	stark	强大的
fourchette (n. f.)	fork	tenedor	garfo	Gabel	叉子
frais (fraîche) (adj.)	fresh	fresco/a	fresco(a)	frisch	新鲜的
français(e) (adj.)	French	francés/francesa	francês/francesa	französisch	法国的
francophone (adj.)	French-speaking	francófono/a	francófono(a)	französischsprachig	讲法语的
fréquence (n. f.)	frequency	frecuencia	frequência	Häufigkeit	频率
frère (n. m.)	brother	hermano	irmão	Bruder	兄、弟
fromage (n. m.)	cheese	queso	queijo	Käse	奶酪
frontal(e) (adj.)	frontal/head-on	frontal	frontal	frontal	正面的
fruit (n. m.)	fruit	fruta	fruta	Frucht	果实
gai(e) (adj.)	cheerful/happy	alegre	alegre	fröhlich	欢快的
gants (n. m. pl.)	gloves	guantes	luvas	Handschuhe	手套
garçon (n. m.)	boy	chico	rapaz	Junge	男孩
garder (v.)	to keep / to look after	guardar	guardar	behalten	看管、保留
gare (n. f.)	station	estación de tren	estação	Bahnhof	车站
gastronomie (n. f.)	gastronomy	gastronomía	gastronomia	Gastronomie	美食
gâteau (n. m.)	cake/gateau	pastel	bolo	Kuchen	蛋糕
génial(e) (adj.)	fantastic/great/brilliant	genial	genial	großartig	很棒的
genou (n. m.)	knee	rodilla	joelho	Knie	膝盖
gens (n. m. pl.)	people	gente	gente	Leute	人
géologie (n. f.)	geology	geología	geologia	Geologie	地理
géologique (adj.)	geological	geológico/a	geológico	geologisch	地理的
gérer (v.)	to manage	gestionar	gerir	verwalten	管理、处理
gingembre (n. m.)	ginger	jengibre	gengibre	Ingwer	姜
gourde (n. f.)	water bottle	cantimplora	cabaça	Trinkflasche	水壶
gourmet (n. m.)	gourmet	gourmet	gourmet	Feinschmecker	美食的
gousse (n. f.)	pod/clove (garlic)	vaina	vagem	(Knoblauch-)Zehe	蒜瓣、荚
goût (n. m.)	taste	sabor	sabor	Geschmack	味道
goûter (v.)	to taste	degustar / merendar	provar	probieren	品尝
gramme (n. m.)	gram	gramo	grama	Gramm	克
grand(e) (adj.)	large/tall/big	grande	grande	groß	大的
grand-mère (n. f.)	grandmother	abuela	avó	Großmutter	奶奶、外婆
grand-parent (n. m.)	grandparent	abuelos	avós	Großeltern	祖父母
grand-père (n. m.)	grandfather	abuelo	avô	Großvater	爷爷、外公
graphiste (n.)	graphic designer	diseñador gráfico	designer gráfico	Grafikdesigner(in)	图像工作者
gras(se) (adj.)	fatty	graso/a	gorduroso(a)	fett	肥的
gratuit(e) (adj.)	free	gratuito/a	gratuito(a)	kostenlos	免费的
grec(que) (adj.)	Greek	griego/a	grego(a)	griechisch	希腊的
gris(e) (adj.)	grey	gris	cinza	grau	灰色的
gros(se) (adj.)	fat	gordo/a	gordo(a)	dick	胖的
groupe (n. m.)	group	grupo	grupo	Gruppe	组
groupe de travail (n. m.)	working group	grupo de trabajo	grupo de trabalho	Arbeitsgruppe	工作组
guidé(e) (adj.)	guided	guiado/a	guiado(a)	geführt	引导的
guide touristique (n. m.)	tourist guide	guía turístico	guia turístico	Reiseführer(in)	导游
guitare (n. f.)	guitar	guitarra	violão	Gitarre	吉他
habitant(e) (n.)	inhabitant	habitante	habitante	Einwohner(in)	居民
habiter (v.)	to inhabit	vivir	morar	wohnen	居住

Lexique

FRANÇAIS	ANGLAIS	ESPAGNOL	PORTUGAIS	ALLEMAND	CHINOIS
habitude (n. f.)	custom/habit	costumbre	hábito	Gewohnheit	习惯
harnais (n. m.)	harness	arnés	arnês	Gurt	安全背带
hébergement (n. m.)	accommodation	alojamiento	alojamento	Unterkunft	留宿
herbe (n. f.)	grass	hierba	relva	Gras	草
heure (n. f.)	hour/time	hora	hora	Uhrzeit / Stunde	时间、小时
heureux(se) (adj.)	happy	feliz	feliz	glücklich	幸福的
hindi (adj., n. m.)	Hindi	hindi	hindi	Hindi	印地语的
histoire (n. f.)	story	historia	história	Geschichte	故事
historique (adj.)	historical	histórico/a	histórico(a)	geschichtlich	历史的
hiver (n. m.)	winter	invierno	inverno	Winter	冬季
homme (n. m.)	man	hombre	homem	Mann	男人
horaire (n. m.)	time	horario	horário	Zeiten	时刻表
hôte(sse) (n.)	host(hostess)	anfitrión/anfitriona	anfitrião/anfitriã	Gastgeber(in)	东道主
hôtel (n. m.)	hotel	hotel	hotel	Hotel	宾馆、酒店
hôtel de ville (n. m.)	town hall	ayuntamiento	câmara municipal	Rathaus	市政厅
huile (n. f.)	oil	aceite	óleo	Öl	油
hygiène (n. f.)	hygiene	higiene	higiene	Hygiene	卫生
idéal(e) (adj.)	ideal	ideal	ideal	ideal	理想的
idée (n. f.)	idea	idea	ideia	Idee	想法、主意
immeuble (n. m.)	building/block of flats	edificio	imóvel	Gebäude	楼
impatient(e) (adj.)	impatient	impaciente	impaciente	ungeduldig	不耐烦的
imperméable (adj., n. m.)	waterproof (adj.) / raincoat (n.)	impermeable	capa de chuva	wasserdicht / Regenmantel	雨衣
inconfortable (adj.)	uncomfortable	incómodo	desconfortável	unbequem	不舒服的
incontournable (adj.)	inescapable / unavoidable	imprescindible	incontornável	unumgänglich	不可回避的
indépendant(e) (adj.)	independent	independiente	independente	selbständig	独立的
indien(ne) (adj.)	Indian	indio/a	indiano(a)	indisch	印度的、印第安的
indifférence (n. f.)	indifference	indiferencia	indiferente	Gleichgültigkeit	无所谓
indisponibilité (n. f.)	unavailability	indisponibilidad	indisponibilidade	Nichtverfügbarkeit	不可用
infirmier(ère) (n.)	nurse	enfermero/a	enfermeiro(a)	Krankenpfleger / Krankenschwester	护士
informaticien(ne) (n.)	IT expert/computer expert	informático/a	informático(a)	Informatiker(in)	信息工程师
information (n. f.)	information	información	informação	Information	信息
informer (v.)	to inform	informar	informar	informieren	告知
ingrédient (n. m.)	ingredient	ingrediente	ingrediente	Zutat	配方
initiative (n. f.)	initiative	iniciativa	iniciativa	Initiative	首创
institut (n. m.)	institute	instituto	instituto	Institut	机构、学员
instrument (n. m.)	instrument	instrumento	instrumento	Instrument	工具
insuffisant(e) (adj.)	insufficient	insuficiente	insuficiente	ungenügend	不够的
interdiction (n. f.)	ban	prohibición	proibição	Verbot	禁止
intéressant(e) (adj.)	interesting	interesante	interessante	interessant	有趣的
intérêt (n. m.)	interest	interés	interesse	Interesse	兴趣
intérieur (n. m.)	interior/inside	interior	interior	Inneres	内部
international(e) (adj.)	international	internacional	internacional	international	国际的
invitation (n. f.)	invitation	invitación	convite	Einladung	邀请函
italien(ne) (adj.)	Italian	italiano/a	italiano(a)	italienisch	意大利的
itinéraire (n. m.)	itinerary/route	itinerario	itinerário	Route	路线
jambe (n. f.)	leg	pierna	perna	Bein	腿
janvier (n. m.)	January	enero	janeiro	Januar	一月
japonais(e) (adj.)	Japanese	japonés/japonesa	japonês/japonesa	japanisch	日本的
jardin (n. m.)	garden	jardín	jardim	Garten	花园
jaune (adj.)	yellow	amarillo	amarelo(a)	gelb	黄色的
jeu (n. m.)	game/play	juego	jogo	Spiel	游戏
jeu de société (n. m.)	board game	juego de mesa	jogo de mesa	Gesellschaftsspiel	图版游戏
jeudi (n. m.)	Thursday	jueves	quinta-feira	Donnerstag	周四
jeune (adj.)	young	joven	jovem	jung	年轻的
journaliste (n.)	journalist	periodista	jornalista	Journalist(in)	记者

FRANÇAIS	ANGLAIS	ESPAGNOL	PORTUGAIS	ALLEMAND	CHINOIS
journée (n. f.)	day	día	dia	Tag	一天
joyeux(euse) (adj.)	cheerful/merry/joyous	feliz	feliz	fröhlich	快乐的
juillet (n. m.)	July	julio	julho	Juli	七月
juin (n. m.)	June	junio	junho	Juni	六月
jupe (n. f.)	skirt	falda	saia	Rock	半身裙
jusqu'à	until	hasta	até	bis	至、直到
kayak (n. m.)	kayak	kayak	caiaque	Kajak	皮艇
kényan(e) (adj.)	Kenyan	keniano/a	queniano(a)	kenianisch	肯尼亚的
kilo(gramme) (n. m.)	kilo(gramme)	kilo(gramo)	quilograma	Kilo(gramm)	公斤
kinésithérapeute (kiné) (n.)	physiotherapist (physio)	fisioterapeuta (fisio)	fisioterapeuta	Physiotherapeut(in)	体疗医生
lac (n. m.)	lake	lago	lago	See	湖
lait (n. m.)	milk	leche	leite	Milch	奶、乳
lampe (n. f.)	lamp	lámpara	lâmpada	Lampe	灯
langue (n. f.)	language	idioma	língua	Sprache	语言
latino-américain(e) (adj.)	Latin-American	latinoamericano/a	latino-americano(a)	lateinamerikanisch	拉丁美洲的
lave-linge (n. m.)	washing machine	lavadora	máquina de lavar roupa	Waschmaschine	洗衣机
lecture (n. f.)	reading	lectura	leitura	Lektüre	阅读
léger(ère) (adj.)	light/slight	ligero/a	leve	leicht	轻盈的
légume (n. m.)	vegetables	verdura	legume	Gemüse	蔬菜
lentilles (n. f. pl.)	lentils	lentejas	lentilhas	Linsen	扁豆
lessive (n. f.)	washing	colada	lavar a roupa	Wäsche	洗衣
lettre (n. f.)	letter	carta	carta	Buchstabe / Brief	信
librairie (n. f.)	bookshop	librería	livraria	Buchhandlung	书店
lien (n. m.)	link	vínculo	ligação	Link	连接物
lieu (n. m.)	place	lugar	lugar	Ort	地点
lire (v.)	to read	leer	ler	lesen	读
lit (n. m.)	bed	cama	cama	Bett	床
litre (n. m.)	litre	litro	litro	Liter	升
littéraire (adj.)	literary	literario/a	literário(a)	literarisch	文学的
littérature (n. f.)	literature	literatura	literatura	Literatur	文学
livre (n. m.)	book	libro	livro	Buch	书
local(e) (adj.)	local	local	local	lokal	本地的
localisation (n. f.)	location	ubicación	localização	Lage	定位
logement (n. m.)	accommodation	alojamiento	alojamento	Wohnung	住房
loin (de)	far (from)	lejos (de)	longe	weit (von)	远离……
loisir (n. m.)	leisure	hobby	lazer	Freizeit	娱乐活动
long(ue) (adj.)	long	largo/a	longo(a)	lang	长的
longer (v.)	to follow alongside	bordear	ladear	entlanggehen	沿着……走
loyer (n. m.)	rent	alquiler	aluguer	Miete	房租
lundi (n. m.)	Monday	lunes	segunda-feira	Montag	周一
lunettes (n. f. pl.) (de soleil)	(sun)glasses	gafas (de sol)	óculos (de sol)	(Sonnen-)Brille	（太阳）眼镜
lycéen(ne) (n.)	high school student	estudiante de instituto	estudante do secundário	Gymnasiast(in)	中学生
machine à café (n. f.)	coffee machine	cafetera	máquina de café	Kaffeemaschine	咖啡机
magique (adj.)	magic/magical	mágico/a	mágico(a)	zauberhaft	神奇的
mai (n. m.)	May	mayo	maio	Mai	五月
mail (n. m.)	email	e-mail	e-mail	E-Mail	邮件
maillot de bain (n. m.)	swimsuit	traje de baño	fato de banho	Badeanzug / Badehose	泳衣
main (n. f.)	hand	mano	mão	Hand	手
maison (n. f.)	house	casa	casa	Haus	家、房屋
mal (n. m.) (avoir mal)	pain	dolor	dor	Schmerzen	疼
maman (n. f.)	mum	mamá	mamã	Mutter	妈妈
mamie (n. f.)	granny/grandma	abuelita	vovó	Oma	奶奶、外婆
mandarin (n. m.)	Mandarin	mandarín	mandarim	Mandarin	普通话
manquer (v.)	to lack	hacer falta	sentir falta	fehlen	缺少

Lexique

FRANÇAIS	ANGLAIS	ESPAGNOL	PORTUGAIS	ALLEMAND	CHINOIS
marche (n. f.)	step	caminata	caminhada	Wanderung	运行
marché (n. m.)	market	mercado	mercado	Markt	市场
marcher (v.)	to walk	andar	andar	wandern	步行、运行
mardi (n. m.)	Tuesday	martes	terça-feira	Dienstag	周二
mari (n. m.)	husband	marido	marido	Ehemann	丈夫
mariage (n. m.)	wedding	boda	casamento	Hochzeit	婚礼
marié(e) (adj.)	married	casado/a	casado(a)	verheiratet	结婚的
marocain(e) (adj.)	Moroccan	marroquí	marroquino(a)	marokkanisch	摩洛哥的
marron (adj.)	brown	marrón	castanho(a)	braun	棕色的
mars (n. m.)	March	marzo	março	März	三月
masculin(e) (adj.)	masculine	masculino/a	masculino(a)	männlich	男性的
match (n. m.)	match	partido	jogo	Spiel	比赛
maternel(le) (adj.)	maternal	maternal	maternal	mütterlich	母性的
matière (n. f.)	fat	materia	gordura	Stoff	物质、材料
matière (n. f.) (scolaire)	(school) subject	asignatura	disciplina	Fach	题材
matin (n. m.)	morning	mañana	manhã	Morgen	早晨
matinal(e) (adj.)	morning/early/to be an early riser	matinal	matinal	morgendlich	早晨的
médecin (n. m., f.)	doctor	médico	médico(a)	Arzt / Ärztin	医生
médicament (n. m.)	medicine/drug	medicamento	medicamento	Medikament	药物
médiéval(e) (adj.)	mediaeval	medieval	medieval	mittelalterlich	中世纪的
mélanger (v.)	to mix	mezclar	misturar	mischen	混合
membre (n. m.)	member	miembro	membro	Mitglied	成员
menthe (n. f.)	mint	menta	hortelã	Minze	薄荷
menu (n. m.)	set menu	menú	ementa	Menü	菜单
mer (n. f.)	sea	mar	mar	Meer	大海
merci (n. m.)	thank you	gracias	obrigado(a)	danke	谢谢
mercredi (n. m.)	Wednesday	miércoles	quarta-feira	Mittwoch	周三
mère (n. f.)	mother	madre	mãe	Mutter	母亲
merveilleux(euse) (adj.)	wonderful	maravilloso/a	maravilhoso(a)	wunderbar	绝妙的
message (n. m.)	message	mensaje	mensagem	Nachricht	消息
météo (n. f.)	weather	pronóstico del tiempo	previsão do tempo	Wetterbericht	天气预报
métro (n. m.)	underground/metro	metro	metro	U-Bahn	地铁
métropolitain(e) (adj.)	metropolitan	metropolitano/a	metropolitano(a)	großstädtisch	都市的
mettre (v.)	to put	poner	colocar	setzen	放置
meuble (n. m.)	piece of furniture	mueble	móvel	Möbel	家具
micro (n. m.)	microphone	micrófono	microfone	Mikro	话筒
micro-ondes (n. m.)	microwave	microondas	micro-ondas	Mikrowelle	微波炉
miette (n. f.)	crumb	miga	migalha	Krümel	碎屑
mime (n. m.)	mime	mímica	mímica	Mime	哑剧
miroir (n. m.)	mirror	espejo	espelho	Spiegel	镜子
mitigé(e) (adj.)	reserved/uncertain	moderado/a	mitigado(a)	gemischt	含糊的
modération (n. f.)	moderation	moderación	moderação	Mäßigung	适度
modéré(e) (adj.)	moderate	moderado/a	moderado(a)	gemäßigt	适度的
moderne (adj.)	modern	moderno/a	moderno(a)	modern	现代的
mois (n. m.)	month	mes	mês	Monat	月份
moment-clé (n. m.)	key moment	momento decisivo	momento crucial	Schlüsselmoment	关键时刻
montage (n. m.)	collage/photomontage	montaje	montagem	Montage	剪辑
montagne (n. f.)	mountain	montaña	montanha	Berg	山
montagneux(euse) (adj.)	mountainous	montañoso/a	montanhoso(a)	bergig	多山的
monter (v.)	to go up	subir	subir	hinaufsteigen	登上
monument (n. m.)	monument	monumento	monumento	Sehenswürdigkeit	纪念性建筑物
morceau (n. m.)	piece	trozo	pedaço	Stück	块
mort (n. f.)	death	muerte	morte	Tod	死亡
motif (n. m.)	reason/motive	motivo	motivo	Grund	理由
motivation (n. f.)	motivation	motivación	motivação	Motivation	动机
motivé(e) (adj.)	motivated	motivado/a	motivado(a)	motiviert	积极的

FRANÇAIS	ANGLAIS	ESPAGNOL	PORTUGAIS	ALLEMAND	CHINOIS
mourir (v.)	to die	morir	morrer	sterben	死亡
moutarde (n. f.)	mustard	mostaza	mostarda	Senf	芥末
mouton (n. m.)	mutton	cordero	carneiro	Schaf	绵羊
mur (n. m.)	wall	pared	parede	Wand	墙
muscle (n. m.)	muscle	músculo	músculo	Muskel	肌肉
musée (n. m.)	museum	museo	museu	Museum	博物馆
musical(e) (adj.)	musical	musical	musical	musikalisch	音乐的
musicien(ne) (n.)	musician	músico/a	músico(a)	Musiker(in)	音乐家
musique (n. f.)	music	música	música	Musik	音乐
naissance (n. f.)	birth	nacimiento	nascimento	Geburt	诞生
naître (v.)	to be born	nacer	nascer	geboren werden	出生
nationalité (n. f.)	nationality	nacionalidad	nacionalidade	Nationalität	国籍
nature (n. f.)	nature	naturaleza	natureza	Natur	自然
naturel(le) (adj.)	natural	natural	natural	natürlich	自然的
naviguer (v.)	navigate	navegar	navegar	surfen	航行
nécessité (n. f.)	necessity	necesidad	necessidade	Notwendigkeit	必要性
neige (n. f.)	snow	nieve	neve	Schnee	雪
nettoyer (v.)	to clean	limpiar	limpar	reinigen	清理
niveau (n. m.)	level	nivel	nível	Niveau	水平、等级
noir(e) (adj.)	black	negro/a	preto	schwarz	黑色的
noisette (n. f.)	hazelnut	avellana	avelã	Haselnuss	榛子
noix (n. f.)	walnut	nuez	noz	Walnuss	干果
nom de famille (n. m.)	surname	apellido	apelido	Familienname	姓
nord (n. m.)	north	norte	norte	Norden	北部
nord-américain(e) (adj.)	North American	norteamericano/a	norte-americano(a)	nordamerikanisch	北美的
nouveau, nouvelle (adj.)	new	nuevo/a	novo(a)	neu	新的
nouvelle (n. f.)	a piece of news	noticia	notícia	Neuigkeit	消息
nouvelles technologies (n. f. pl.)	new technologies	nuevas tecnologías	novas tecnologias	neue Technologien	新技术
novembre (n. m.)	November	noviembre	novembro	November	十一月
numéro (n. m.)	number	número	número	Nummer	号码
objet (n. m.)	object	objeto	objeto	Gegenstand	物品
obligation (n. f.)	obligation	obligación	obrigação	Verpflichtung	义务、责任
obtenir (v.)	to obtain	obtener	obter	erhalten	获取
obtention (n. f.)	obtaining	obtención	obtenção	Erhalt	获得
occasion (n. f.)	occasion	oportunidad	oportunidade	Gelegenheit	机会
Océanie (n. f.)	Oceania	Oceanía	Oceânia	Ozeanien	大洋洲
octobre (n. m.)	October	octubre	outubro	Oktober	十月
office de tourisme (n. m.)	tourist office	oficina de turismo	posto de turismo	Tourist Information	旅游局
offrir (v.)	to offer	regalar	oferecer	anbieten	提供
oignon (n. m.)	onion	cebolla	cebola	Zwiebel	洋葱
olive (n. f.)	olive	aceituna	azeitona	Olive	橄榄
oncle (n. m.)	uncle	tío	tio	Onkel	叔叔
opéra (n. m.)	opera	ópera	ópera	Oper	歌剧
orage (n. m.)	thunderstorm	tormenta	tormenta	Gewitter	风暴
orange (adj.)	orange	naranja	laranja	orange	橘色的
ordinateur (n. m.)	computer	ordenador	computador	Computer	电脑
ordonnance (n. f.)	prescription	receta	prescrição	Rezept	处方
ordre (n. m.)	order	orden	ordem	Reihenfolge	命令、次序
ordre du jour (n. m.)	agenda	orden del día	ordem do dia	Tagesordnung	议程
ordures (n. f. pl.)	household waste/rubbish	basura	lixo	Müll	垃圾
organisateur(trice) (n.)	organiser	organizador/a	organizador(a)	Organisator(in)	组织者
organisation (n. f.)	organisation	organización	organização	Organisation	组织、机构
organiser (v.)	to organise	organizar	organizar	organisieren	组织
original(e) (adj.)	original/unusual	original	original	originell	最初的
origine (n. f.)	origin	origen	origem	Herkunft	起源
où	where	dónde	onde	wo	哪里

Lexique

FRANÇAIS	ANGLAIS	ESPAGNOL	PORTUGAIS	ALLEMAND	CHINOIS
oublier (v.)	to forget	olvidar	esquecer	vergessen	忘记
oui	yes	sí	sim	ja	是
pain (n. m.)	bread	pan	pão	Brot	面包
palmes (n. f. pl.)	flippers	aletas	barbatana	Palmen	棕榈叶
pamplemousse (n. m.)	grapefruit	pomelo	toranja	Grapefruit	柚子
pantalon (n. m.)	trousers	pantalón	calças	Hose	裤子
papa (n. m.)	daddy	papá	papá	Papa	爸爸
parapente (n. m.)	paraglider	parapente	parapente	Gleitschirmfliegen	山崖跳伞
parc (n. m.)	park	parque	parque	Park	公园
parce que	because	porque	porque	weil	因为
parcours (n. m.)	trail/route	recorrido	percurso	Strecke	路线
parent (n. m.)	parent/relation	padre/madre / familiar	parente	Eltern	父母
parfait(e) (adj.)	perfect	perfecto/a	perfeito(a)	perfekt	完美的
parking (n. m.)	car park	parking	parque de estacionamento	Parkplatz	停车场
parler (v.)	to talk/to speak	hablar	falar	sprechen	说话
part (n. f.)	portion/slice/share	parte	parte	Anteil	部分、份额
partagé(e) (adj.)	shared	compartido/a	partilhado(a)	geteilt	分享的
partager (v.)	to share	compartir	partilhar	teilen	分享
participant(e) (n.)	participant	participante	participante	Teilnehmer(in)	参与者
participer (v.)	to participate	participar	participar	teilnehmen	参与
partir (v.)	to leave	salir	partir	weggehen / abfahren	离开
passer (v.)	to pass/to go or come past	pasar	passar	geschehen	经过、通过
passion (n. f.)	passion/enthusiasm	pasión	paixão	Leidenschaft	激情
passionné(e) (adj.)	enthusiastic	apasionado/a	apaixonado(a)	leidenschaftlich	充满激情的
pâté (n. m.)	pâté	paté	patê	Pastete	肉酱
pâtes (n. f. pl.)	pasta	pasta	massa	Nudeln	面条
patient(e) (n.)	patient	paciente	paciente	geduldig	病患
pâtisserie (n. f.)	pastry/cake	pastelería	pastelaria	Konditorei	糕点店
patrimoine (n. m.)	heritage	patrimonio	património	Vermögen	遗产、财富
pause (n. f.)	pause/break	pausa	pausa	Pause	休息
payer (v.)	to pay	pagar	pagar	bezahlen	支付
pays (n. m.)	country	país	país	Land	国家
paysage (n. m.)	landscape/scenery	paisaje	paisagem	Landschaft	风景
pêche (n. f.)	fishing	pesca	pesca	Angeln	桃子
peinture (n. f.)	paint	pintura	pintura	Malerei	绘画
percussions (n. f. pl.)	percussion	percusión	percussão	Schlagzeug	敲击
père (n. m.)	father	padre	pai	Vater	父亲
période (n. f.)	period	período	período	Zeitraum	时期
permis de conduire (n. m.)	driving licence	permiso de conducir	carta de condução	Führerschein	驾照
personnalité (n. f.)	personality	personalidad	personalidade	Persönlichkeit	个性
personnel(le) (adj.)	personal	personal	pessoal	persönlich	个人的
petit(e) (adj.)	small	pequeño/a	pequeno(a)	klein	小的
petit mot (n. m.)	a little note/word	nota	nota	Wörtchen	简短的话
petit déjeuner (n. m.)	breakfast	desayuno	pequeno-almoço	Frühstück	早餐
petits pois (n. m. pl.)	peas	guisantes	ervilha	Erbsen	四季豆
peu (un)	a little	poco (un)	pouco (um)	wenig (ein)	一点
peur (n. f.)	fear	miedo	medo	Angst	害怕
pharmacie (n. f.)	pharmacists/chemists	farmacia	farmácia	Apotheke	药店
pharmacien(ienne) (n.)	pharmacist	farmacéutico/a	farmacêutico(a)	Apotheker(in)	药剂师
phénomène de société (n. m.)	social trend/social phenomenon	fenómeno social	fenónemo social	gesellschaftliches Phänomen	社会现象
photo(graphie) (n. f.)	photo/snapshot	foto(grafía)	foto(grafia)	Foto(grafie)	照片
photographe (n.)	photographer	fotógrafo/a	fotógrafo(a)	Fotograf(in)	摄影师
piano (n. m.)	piano	piano	piano	Klavier	钢琴
pièce (n. f.)	room	habitación	assoalhada	Zimmer	片、件
pied (n. m.)	foot	pie	pé	Fuß	脚

FRANÇAIS	ANGLAIS	ESPAGNOL	PORTUGAIS	ALLEMAND	CHINOIS
pincée (n. f.)	pinch	pizca	pitada	Prise	一小撮
placard (n. m.)	cupboard	armario empotrado	armário embutido	Schrank	橱柜
place (n. f.)	square	plaza	praça	Platz	广场
plage (n. f.)	beach	playa	praia	Strand	海滩
plaid (n. m.)	rug/throw	manta	manta	Decke	毛毯
plaisir (n. m.)	pleasure	placer	prazer	Vergnügen	乐趣
plan (n. m.)	plan/map	plano	plano	Plan	地图
planche (n. f.)	board	tabla	tábua	Brett	板
planning (n. m.)	schedule	planning	planeamento	Zeitplan	计划
plante (n. f.)	plant	planta	planta	Pflanze	植物
plat (n. m.)	dish	plato	prato	Platte	餐盘
plat (principal) (n. m.)	main dish	plato (principal)	prato (principal)	(Haupt-)Gericht)	（主）菜
plongée (n. f.)	dive	buceo	mergulho	Tauchgang	潜水
pluie (n. f.)	rain	lluvia	chuva	Regen	雨
poêle (n. f.)	frying pan	sartén	frigideira	Pfanne	锅
poésie (n. f.)	poetry	poesía	poesia	Poesie	诗
poids (n. m.)	weight	peso	peso	Gewicht	重量
poignet (n. m.)	wrist	muñeca	pulso	Handgelenk	手腕
point cardinal (n. m.)	compass point	punto cardinal	ponto cardinal	Himmelsrichtung	基点
pois chiches (n. m. pl.)	chick peas	garbanzos	grão-de-bico	Kichererbsen	鹰嘴豆
poisson (n. m.)	fish	pescado	peixe	Fisch	鱼
poivre (n. m.)	pepper	pimienta	pimenta	Pfeffer	胡椒
polaire (adj.)	polar/arctic	polar	polar	polar	南北极的
politique (n. f.)	policy	política	política	Politik	政治
pomme (n. f.)	apple	manzana	maçã	Apfel	苹果
pont (n. m.)	bridge	puente	ponte	Brücke	桥
porc (n. m.)	pork	cerdo	porco	Schwein	猪肉
port (n. m.)	port	puerto	porto	Hafen	港口
portable (n. m.)	mobile phone	móvil	telemóvel	Handy	手机
portugais(e) (adj., n.)	Portuguese	portugués/portuguesa	português/portuguesa	portugiesisch	葡萄牙的
positif(ive) (adj.)	positive	positivo/a	positivo	positiv	积极的、阳性的
position (n. f.)	position	posición	posição	Position	位置
poste (n. m.)	workstation	puesto	posto de trabalho	Arbeitsstelle	岗位
pot (n.) (fam.)	drink	copa (tomar una copa)	Beber um copo	Umtrunk	小型酒会
pot (n. m.)	pot/jar	bote	pote	Topf	罐、杯
poubelle (n. f.)	dustbin	papelera	caixote de lixo	Abfalleimer	垃圾桶
poulet (n. m.)	chicken	pollo	frango	Huhn	鸡肉
pour	for	para	para	für	为了
pourquoi	why	por qué	por que	warum	为什么
pouvoir (v.)	to be able to	poder	poder	können	能够
pratique (adj.)	practical/convenient	práctico/a	prático(a)	praktisch	实用的
pratiquer (v.)	practice/play	practicar	praticar	praktizieren	开展
précis(e) (adj.)	precise	preciso/a	preciso(a)	genau	精准的
préfecture (n. f.)	prefecture	prefectura	prefeitura	Präfektur	警察局
préférer (v.)	to prefer	preferir	preferir	bevorzugen	偏好
préhistorique (adj.)	prehistoric	prehistórico/a	pré-histórico(a)	vorgeschichtlich	史前的
prendre (v.)	to take / to catch	coger	apanhar	nehmen	拿、搭乘、做……
prendre congé (v.)	to leave	despedirse	despedir-se	sich verabschieden	请假
prénom (n. m.)	first name	nombre	nome	Vorname	名
préparé(e) (adj.)	ready (a ready meal)	preparado/a	preparado(a)	zubereitet	预制的
préparer (v.)	to prepare	preparar	preparar	zubereiten	准备
près (de)	near (to)	cerca (de)	perto (de)	in der Nähe (von)	靠近……
présence (n. f.)	presence	presencia	presença	Anwesenheit	在场
présentiel(le) (adj.)	face-to-face/in person	presencial	presencial	Präsenz-	到场的
prévention (n. f.)	prevention	prevención	prevenção	Vorbeugung	预防措施
printemps (n. m.)	spring	primavera	primavera	Frühling	春天

FRANÇAIS	ANGLAIS	ESPAGNOL	PORTUGAIS	ALLEMAND	CHINOIS
prix (n. m.)	price	precio	preço	Preis	价格
problème (n. m.)	problem	problema	problema	Problem	问题
prochain(e) (adj.)	next	próximo/a	próximo(a)	nächste(r)	下一个
produit laitier (n. m.)	dairy product	producto lácteo	produto lácteo	Milchprodukt	乳制品
professeur(e) (n.)	teacher	profesor/a	professor(a)	Lehrer(in)	教师
profession (n. f.)	profession	profesión	profissão	Beruf	职业
professionnel(le) (adj.)	professional	profesional	profissional	beruflich / professionell	专业的
profil linguistique (n. m.)	linguistic profile	perfil lingüístico	perfil linguístico	Sprachprofil	语言特点
programme (n. m.)	programme	programa	programa	Programm	计划、安排
projet (n. m.)	project	proyecto	projeto	Projekt	项目
proposer (v.)	offer/suggest	proponer	propor	vorschlagen	提议
propre (adj.)	clean	limpio	limpo(a)	sauber	干净的
propreté (n. m.)	cleanliness	limpieza	limpeza	Sauberkeit	洁净
propriétaire (n.)	owner	propietario/a	proprietário(a)	Besitzer	所有者
proximité (n. f.)	proximity	proximidad	proximidade	Nähe	邻近
public (n. m.)	public	público	público	Öffentlichkeit	公共的
puis	then	después	depois	dann	然后
pull (n. m.)	jumper/pullover	jersey	pulôver	Pullover	套衫
quai (n. m.)	quay	muelle	cais	Ufer	展台、河岸
quand	when	cuándo	quando	wenn	何时
quantité (n. f.)	quantity	cantidad	quantidade	Menge	数量
quartier (n. m.)	district	barrio	bairro	Stadtviertel	地区
quel(le) (adj.)	which/what	cuál	qual	welche(r)	哪个
qui	who	quién	quem	wer	谁
quitter (v.)	to leave	dejar	deixar	verlassen	离开
quotidien (n. m.ou adj.)	daily	diario	quotidiano	Alltag / täglich	日常、每日的
raison (n. f.)	reason	razón	razão	Grund	理由
rame (n. f.)	oar	remo	remo	Ruder	桨
randonnée (n. f.)	hike	senderismo	caminhada	Wanderung	远足
ranger (v.)	to put away	ordenar	arrumar	aufräumen	整理
rapide (adj.)	quick/rapid	rápido	rápido	schnell	快速的
rayon (n. m.)	section/department	sección	setor	Abteilung	柜台
recette (n. f.)	recipe	receta	receita	Rezept	菜谱
recevoir (v.)	to receive	recibir	receber	erhalten	收到
rechercher (v.)	to look for	buscar	procurar	suchen	寻找、研究
recommandation (n. f.)	recommendation	recomendación	recomendação	Empfehlung	推荐
recueil (n. m.)	collection/anthology	recopilación	compilação	Sammlung	文集
réduire (v.)	to reduce	reducir	reduzir	verringern	减少
réfrigérateur (n. m.)	refrigerator	frigorífico	frigorífico	Kühlschrank	冰箱
regarder (v.)	to look at	mirar	olhar	ansehen	看
régime (n. m.)	diet	régimen	regime	Diät	饮食制度
région (n. f.)	region	región	região	Region	地区
régulier(ère) (adj.)	regular	regular	regular	regelmäßig	定期的
relation (n. f.)	relation	relación	relação	Beziehung	关系
relooking (n. m.)	makeover	cambio de look	mudança de look	Umgestaltung	改造
remerciement (n. m.)	thanks/acknowledgement	agradecimiento	agradecimento	Dank	谢意
remercier (v.)	to thank	agradecer	agradecer	danken	感谢
remise (n. f.) (de diplômes)	graduation ceremony	entrega	entrega	Übergabe	颁发
rencontre (n. f.)	encounter/meeting	encuentro	encontro	Begegnung	会见
rencontrer (v.)	to meet	encontrarse	encontrar	treffen	遇见
rendez-vous (n. m.)	rendezvous	cita	encontro	Verabredung	约会
rentrée (n. f.)	back to school/back to work	vuelta	regresso	Rückkehr	返回
rentrer (v.)	to go home/to come home	volver	regressar	nach Hause gehen	回到
réorganiser (v.)	to reorganise	reorganizar	reorganizar	neu organisieren	重新组织

FRANÇAIS	ANGLAIS	ESPAGNOL	PORTUGAIS	ALLEMAND	CHINOIS
répartition (n. f.)	distribution/share	reparto	repartição	Verteilung	分配
repas (n. m.)	meal	comida	refeição	Mahlzeit	饮食、饭
réponse (n. f.)	answer/reply	respuesta	resposta	Antwort	回答
réservation (n. f.)	reservation	reserva	reserva	Reservierung	预定
résidence (n. f.)	residence	residencia	residência	Ferienwohnung	住宅
respect (n. m.)	respect	respeto	respeito	Respekt	尊重
ressembler (v.)	to resemble	parecerse	parecer	aussehen wie	和……相像
ressenti (n. m.)	perception	sensación	sensação	Empfinden	感受
retourner (v.)	to return	volver	retornar	zurückkehren	反转、返回
retraite (n. f.)	retirement	jubilación	reforma	Ruhestand	退休
réunion (n. f.)	meeting	reunión	reunião	Besprechung	会议
réveillon (n. m.)	Christmas Eve celebration New Year's Eve celebration	cena	consoada	Heiligabend / Silvester	前夜
rideau (n. m.)	curtain	cortina	cortina	Vorhang	窗帘
rivière (n. f.)	river	río	rio	Fluss	河流
riz (n. m.)	rice	arroz	arroz	Reis	米
robe (n. f.)	dress	vestido	vestido	Kleid	裙子
rose (adj.)	pink	rosa	rosa	rosa	玫瑰
rouge (adj.)	red	rojo/a	vermelho(a)	rot	红色
routine (n. f.)	routine	rutina	rotina	Routine	日常
roux(sse) (adj.)	ginger/auburn	pelirrojo/a	ruivo(a)	rotbraun	红色的
rue (n. f.)	road/street	calle	rua	Straße	街
russe (adj.)	Russian	ruso/a	russo(a)	russisch	俄罗斯的
rythme (n. m.)	rate/rhythm	ritmo	ritmo	Rhythmus	节奏
s'agrandir (v.)	to grow	crecer	crescer	sich vergrößern	变大
s'appeler (v.)	to be called	llamarse	chamar-se	heißen	名叫
s'endormir (v.)	to fall sleep	dormirse	adormecer	einschlafen	睡着
s'exercer (v.)	to practice	entrenarse	treinar	trainieren	练习、锻炼
s'habiller (v.)	to get dressed	vestirse	vestir-se	sich anziehen	穿着
s'il vous plaît	please	por favor	por favor	bitte	麻烦、请
s'inscrire (v.)	to sign up for/enrol	inscribirse	inscrever-se	sich anmelden	注册
s'installer (v.)	to move in/to settle in	instalarse	instalar-se	sich niederlassen	安置
s'occuper (v.)	to look after	ocuparse	cuidar	sich kümmern	照顾
sac à dos (n. m.)	backpack	mochila	mochila	Rucksack	背包
sachet (n. m.)	sachet	bolsita	sacola	Beutel	小袋
saison (n. f.)	season	estación	estação do ano	Saison	季节
salade (n. f.)	lettuce	ensalada	alface	Salat	色拉
salé(e) (adj.)	savoury	salado/a	salgado(a)	gesalzen	咸的
salle de bain (n. f.)	bathroom	cuarto de baño	casa de banho	Badezimmer	浴室
salon (n. m.)	living room/sitting room	salón	sala	Wohnzimmer	客厅、沙龙
saluer (v.)	to greet	saludar	cumprimentar	grüßen	打招呼
salut (n. m.)	greeting	hola	olá	Gruß	致意
samedi (n. m.)	Saturday	sábado	sábado	Samstag	周六
sandales (n. f. pl.)	sandals	sandalias	sandálias	Sandalen	凉鞋
santé (n. f.)	health	salud	saúde	Gesundheit	健康
satisfait(e) (adj.)	satisfied	satisfecho/a	satisfeito(a)	zufrieden	满意的
saumon (n. m.)	salmon	salmón	salmão	Lachs	鲑鱼
saut (n. m.) (à l'élastique)	jump (bungee jumping)	puenting	bungee jumping	Sprung	跳
sauter (v.)	to jump	saltar	saltar	springen	跳
saxophone (n. m.)	saxophone	saxofón	saxofone	Saxophon	萨克斯管
saynète (n. f.)	playlet	sainete	sainete	Sketch	独幕剧
scolaire (adj.)	school	escolar	escolar	schulisch	学校的
se baigner (v.)	bathing/swimming	bañarse	banhar-se	baden	沐浴
se brosser (v.) les dents	to brush one's teeth	cepillarse los dientes	escovar os dentes	sich die Zähne putzen	刷牙
se coucher (v.)	to go to bed	acostarse	deitar-se	schlafen gehen	睡觉
se démaquiller (v.)	to remove one's makeup	desmaquillarse	desmaquilhar-se	sich abschminken	卸妆
se déshabiller (v.)	to undress	desvestirse	despir-se	sich ausziehen	脱衣

FRANÇAIS	ANGLAIS	ESPAGNOL	PORTUGAIS	ALLEMAND	CHINOIS
se détendre (v.)	to relax	relajarse	descontrair-se	sich entspannen	放松
se doucher (v.)	to take a shower	ducharse	tomar banho	duschen	淋浴
se laver (v.)	to wash oneself	lavarse	lavar-se	sich waschen	洗漱
se lever (v.)	to get up	levantarse	levantar-se	aufstehen	起床
se maquiller (v.)	to put one's makeup on	maquillarse	maquilhar-se	sich schminken	化妆
se marier (v.)	to get married	casarse	casar-se	heiraten	结婚
se nourrir (v.)	to eat	alimentarse	alimentar-se	sich ernähren	吃饭、进食
se parfumer (v.)	to put perfume on	perfumarse	perfumar-se	sich parfümieren	喷香水
se parler (v.)	to talk to oneself	hablarse	falar-se	miteinander sprechen	自言自语
se préparer (v.)	to prepare oneself	prepararse	preparar-se	sich vorbereiten	准备
se présenter (v.)	to present oneself	presentarse	apresentar-se	sich vorstellen	自我介绍
se réunir (v.)	to get together	reunirse	reunir-se	sich treffen	会和
se réveiller (v.)	to wake up	despertarse	acordar	aufwachen	醒来
se sentir (v.)	to feel	sentirse	sentir-se	sich fühlen	感觉
sec (sèche) (adj.)	dry	seco/a	seco(a)	trocken	干燥的
séjour (n. m.)	stay	estancia	estadia	Aufenthalt	旅居
sel (n. m.)	salt	sal	sal	Salz	盐
selle (n. f.)	saddle	sillín	sela	Sattel	鞍
semaine (n. f.)	week	semana	semana	Woche	一周
sensation (n. f.)	sensation/feeling	sensación	sensação	Eindruck	感觉
sentiment (n. m.)	sentiment/feeling	sentimiento	sentimento	Gefühl	情感
septembre (n. m.)	September	septiembre	setembro	September	九月
sérieux(euse) (adj.)	serious	serio/a	sério(a)	zuverlässig	严肃的
serveur(euse) (n.)	waiter/waitress	camarero/a	empregado(a) de mesa	Kellner(in)	服务员
serviette (n. f.)	towel	toalla	toalha	Handtuch	毛巾
servir (v.)	to serve	servir	servir	dienen	服务
short(s) (n. m.)	shorts	pantalón corto	calção	kurze Hose	短裤
site naturel (n. m.)	natural beauty spot	paraje natural	sítio natural	Naturschutzgebiet	景点
situation de famille (n. f.)	marital status	estado civil	estado civil	Familienstand	家庭状况
situer (v.)	to situate	ubicar	situar	einordnen	位于
sociable (adj.)	sociable	sociable	sociável	gesellig	交际的
soda (n. m.)	fizzy drink	soda	soda	Sodawasser	苏打
sœur (n. f.)	sister	hermana	irmã	Schwester	姐、妹
soif (n. f.)	thirst	sed	sede	Durst	渴
soir (n. m.)	evening	noche	noite	Abend	晚上
soirée (n. f.)	evening	noche	noite	Abend	晚间
soleil (n. m.)	sun	sol	sol	Sonne	阳光
solidaire (adj.)	supportive	solidario/a	solidário(a)	solidarisch	单独的
sombre (adj.)	dark	oscuro/a	escuro(a)	dunkel	暗的
sommeil (n. m.)	sleep	sueño	sono	Schlaf	睡眠
sortir (v.)	to go out	salir	sair	ausgehen	出去
souffler (v.)	to blow	soplar	soprar	blasen	吹
souhait (n. m.)	wish	deseo	desejo	Wunsch	心愿
souriant(e) (adj.)	smiling/cheerful	sonriente	sorridente	freundlich	微笑的
sourire (n. m.) (v.)	smile	sonreír	sorrir	Lächeln / lächeln	微笑
sous	under	debajo de	debaixo	unter	在……之下
spectacle (n. m.)	show/spectacle	espectáculo	espetáculo	Vorstellung	表演
speech (n. m.)	speech	discurso	discurso	Ansprache	发言
spéléologie (n. f.)	caving	espeleología	espeleologia	Höhlenforschung	洞穴学
sport (n. m.)	sport	deporte	desporto	Sport	体育
sportif(ive) (adj.)	sporty	deportista	desportivo(a)	sportlich	爱运动的
stade (n. m.)	stadium/sports ground	estadio	estádio	Stadion	体育场
station de métro (n. f.)	underground station/ metro station	estación de metro	estação de metro	U-Bahn-Haltestelle	地铁站
station de radio (n. f.)	radio station	emisora de radio	estação de rádio	Radiosender	广播站
studio (n. m.)	studio flat	estudio	estúdio	Einzimmerwohnung	单间套房
style (n. m.)	style	estilo	estilo	Stil	风格

FRANÇAIS	ANGLAIS	ESPAGNOL	PORTUGAIS	ALLEMAND	CHINOIS
sucré(e) (adj.)	sweet	dulce	doce	süß	甜的
sucre (n. m.)	sugar	azúcar	açúcar	Zucker	糖
sud (n. m.)	south	sur	sul	Süden	南部
suédois(e) (adj.)	Swedish	sueco/a	sueco(a)	schwedisch	瑞典的
suisse (adj.)	Swiss	suizo/a	suíço(a)	schweizerisch	瑞士
super (adj.)	great	fenomenal	fixe	toll	很棒的
superbe (adj.)	superb	precioso/a	extraordinário	herrlich	极好的
sur	on	encima de	em cima de	auf	在……之上
surgelé(e) (adj.)	frozen	congelado/a	congelado(a)	tiefgefroren	冷冻的
surprise (n. f.)	surprise	sorpresa	surpresa	Überraschung	惊讶
sympathique (sympa) (adj.)	nice	simpático/a	simpático(a)	nett	和善的
symptôme (n. m.)	symptom	síntoma	sintoma	Symptom	症状
table (n. f.)	table	mesa	mesa	Tisch	桌子
tableau (n. m.)	picture	cuadro	quadro	Bild	图表
tâche (n. f.)	task	tarea	tarefa	Aufgabe	任务
tâche ménagère (n. f.)	household chores	tarea doméstica	tarefa doméstica	Hausarbeit	家务
tante (n. f.)	aunt	tía	tia	Tante	婶婶
tapis (n. m.)	rug/mat	alfombra	tapete	Teppich	地毯
tarif (n. m.)	price	tarifa	tarifa	Tarif	价格
tasse (n. f.)	cup	taza	chávena	Tasse	杯子
tee-shirt (n. m.)	tee-shirt/T-shirt	camiseta	t-shirt	T-Shirt	T恤
téléphone (n. m.)	telephone	teléfono	telefone	Telefon	电话
téléphonique (adj.)	telephone/phone	telefónico/a	telefónico(a)	telefonisch	电话的
télétravail (n. m.)	remote working	teletrabajo	teletrabalho	Telearbeit	远程办公
télévision (n. f.)	television	televisión	televisão	Fernseher	电视
témoignage (n. m.)	personal story	testimonio	testemunho	Bericht	证词
température (n. f.)	temperature	temperatura	temperatura	Temperatur	温度
temps (n. m.)	weather/ time	tiempo	tempo	Wetter	时间、天气
terminer (v.)	to finish/to complete	terminar	terminar	beenden	结束
terminus (n. m.)	terminus	última parada	paragem final	Endhaltestelle	终点站
tête (n. f.)	head	cabeza	cabeça	Kopf	头
théâtre (n. m.)	theatre	teatro	teatro	Theater	剧场
timide (adj.)	shy/timid	tímido/a	tímido	schüchtern	羞涩的
toilettes (n. f. pl.)	toilets	aseo	lavabos	Toilette	卫生间
tomate (n. f.)	tomato	tomate	tomate	Tomate	西红柿
tongs (n. f. pl.)	flip-flops	chanclas	chinelos	Flip-Flops	人字拖
top (adj.) (fam.)	great/fab	genial	genial	top	很好的
touriste (n.)	tourist	turista	turista	Tourist	游客
touristique (adj.)	touristy	turístico/a	turístico(a)	touristisch	旅游的
tourner (v.)	to turn	girar	girar	abbiegen	旋转
tout droit	straight ahead	todo recto	em frente	geradeaus	笔直
traditionnel(le) (adj.)	traditional	tradicional	tradicional	traditionell	传统的
traducteur(trice) (n.)	translator	traductor/a	tradutor(a)	Übersetzer(in)	翻译
train (n. m.)	train	tren	comboio	Zug	火车
tramway (n. m.)	tramway	tranvía	elétrico	Straßenbahn	电车
transférer (v.)	to transfer	transferir	transferir	übertragen	转移
transformé(e) (adj.)	ready (meal)/processed (food)	transformado/a	transformado(a)	verarbeitet	加工的
transport (n. m.) (en commun)	(public) transport	transporte (público)	transporte público	(öffentliches) Verkehrsmittel	交通
travail (n. m.)	work	trabajo	trabalho	Arbeit	工作
travailler (v.)	to work	trabajar	trabalhar	arbeiten	工作
traverser (v.)	to cross	cruzar	atravessar	überqueren	穿过
très	very	muy	muito	sehr	很
triste (adj.)	sad	triste	triste	traurig	悲伤的
trombinoscope (n. m.)	photographic who's who	directorio de fotos	registo fotográfico	Fotowand	照片档案
trottinette (n. f.)	scooter	patinete	trotinette	Roller	踏板车

Lexique

FRANÇAIS	ANGLAIS	ESPAGNOL	PORTUGAIS	ALLEMAND	CHINOIS
trousse à pharmacie (n. f.)	first aid kit	botiquín	kit de primeiros socorros	Verbandskasten	医药箱
turc, turque (adj.)	Turkish	turco/a	turco(a)	türkisch	土耳其的
union (n. f.)	union	unión	união	Vereinigung	联合
unique (adj.)	unique	único/a	único(a)	einzigartig / einzeln	独特的
unité (n. f.)	single unit/item	unidad	unidade	Einheit	单位
université (n. f.)	university	universidad	universidade	Universität	大学
urbain(e) (adj.)	urban	urbano/a	urbano(a)	städtisch	城市的
ustensile (n. m.)	utensil	utensilio	utensílio	Utensil	用具
vacances (n. f. pl.)	holidays	vacaciones	férias	Urlaub	假期
vaisselle (n. f.)	crockery	vajilla	loiça	Geschirr	餐具
valise (n. f.)	suitcase	maleta	mala	Koffer	行李
valoriser (v.)	to enhance/to show to best advantage	resaltar	valorizar	aufwerten	使增值
varié(e) (adj.)	varied	variado/a	variado(a)	vielfältig	多样的
végétarien(ne) (adj.)	vegetarian	vegetariano/a	vegetariano(a)	vegetarisch	素食的
véhicule (n. m.)	vehicle	vehículo	veículo	Fahrzeug	车辆
vélo (n. m.)	bike	bicicleta	bicicleta	Fahrrad	自行车
vendredi (n. m.)	Friday	viernes	sexta-feira	Freitag	周五
venir (v.)	to come	venir	vir	kommen	来
verre (n. m.)	glass	vaso	copo	Glas	玻璃杯
verser (v.)	to pour	verter	verter	eingießen	倒
vert(e) (adj.)	green	verde	verde	grün	绿色的
veste (n. f.)	jacket	chaqueta	casaco	Jacke	外套
vêtement (n. m.)	item of clothing	prenda	roupa	Kleidungsstück	衣服
viande (n. f.)	meat	carne	carne	Fleisch	肉
vide (n. m.)	empty	vacío/a	vazio(a)	Leere	空白
vidéo (n. m.)	video	vídeo	vídeo	Video	视频
vie (n. f.)	life	vida	vida	Leben	生活
vieux, vieille (adj.)	old	viejo/a	velho(a)	alt	旧的
vif(ve) (adj.)	lively	vivo/a	vivo(a)	lebhaft	活的、活泼的
village (n. m.)	village	pueblo	aldeia	Dorf	村庄
ville (n. f.)	town	ciudad	cidade	Stadt	城市
violet(te) (adj.)	purple/violet	violeta	violeta	violett	紫色的
visioconférence (n. f.) / visio (fam.)	video conference/video conf	videoconferencia	videoconferência	Videokonferenz	视频会议
visite (n. f.)	visit	visita	visita	Besuch	参观、拜访
visiter (v.)	to visit	visitar	visitar	besuchen	参观
visiteur(euse) (n.)	visitor	visitante	visitante	Besucher(in)	参观者
vite	quick/fast	rápido	rápido	schnell	快的
vivre (v.)	to live	vivir	viver	leben	生活
vocal(e) (adj.)	vocal	vocal	vocal	Stimm-	语音的
vœu (n. m.)	wish	deseo	desejo	Wunsch	祝愿
voisin(e) (n.)	neighbour	vecino/a	vizinho(a)	Nachbar(in)	邻居
voiture (n. f.)	car	coche	carro	Auto	车辆
vol (n. m.)	flight	vuelo	voo	Flug	飞行
voler (v.)	to fly	volar	voar	fliegen	飞
vouloir (v.)	to want to	querer	querer	wollen	想要
voyage (n. m.)	journey/voyage	viaje	viagem	Reise	旅行
voyager (v.)	to travel	viajar	viajar	reisen	旅行
week-end (n. m.)	weekend	fin de semana	fim de semana	Wochenende	周末
yaourt (n. m.)	yoghurt	yogur	iogurte	Joghurt	酸奶
yeux (n. m. pl.)	eyes	ojos	olhos	Augen	眼睛